झुंड

झुंड

शरणकुमार लिंबाले

हिन्दी अनुवाद

दामोदर खड़से

वाणी प्रकाशन

वाणी प्रकाशन

4695, 21-ए, दरियागंज, नयी दिल्ली 110 002

फ़ोन : +91 11 23273167 फ़ैक्स : +91 11 23275710

शाखाएँ

अशोक राजपथ, पटना 800 004, बिहार

कॉफ़ी हाउस कैम्पस, महात्मा गांधी मार्ग, इलाहाबाद 211 001, उत्तर प्रदेश

महात्मा गांधी अन्तरराष्ट्रीय हिन्दी विश्वविद्यालय, वर्धा 442 001, महाराष्ट्र

36/ए, शेक्सपीयर सरणी, रानी बिरला गर्ल्स कॉलेज के पास, कोलकाता 700 017, प. बंगाल

www.vaniprakashan.com
marketing@vaniprakashan.in
sales@vaniprakashan.in

Zhund
by Sharankumar Limbale
Translated by Damodar Khadse

ISBN : 978-93-5518-834-2
Novel

पेपरबैक प्रथम संस्करण 2023

मूल्य : ₹ 399

आर. टेक ऑफ़सेट प्रिंटर्स, दिल्ली-110 032 में मुद्रित

वाणी प्रकाशन का लोगो मक़बूल फ़िदा हुसेन की कूची से

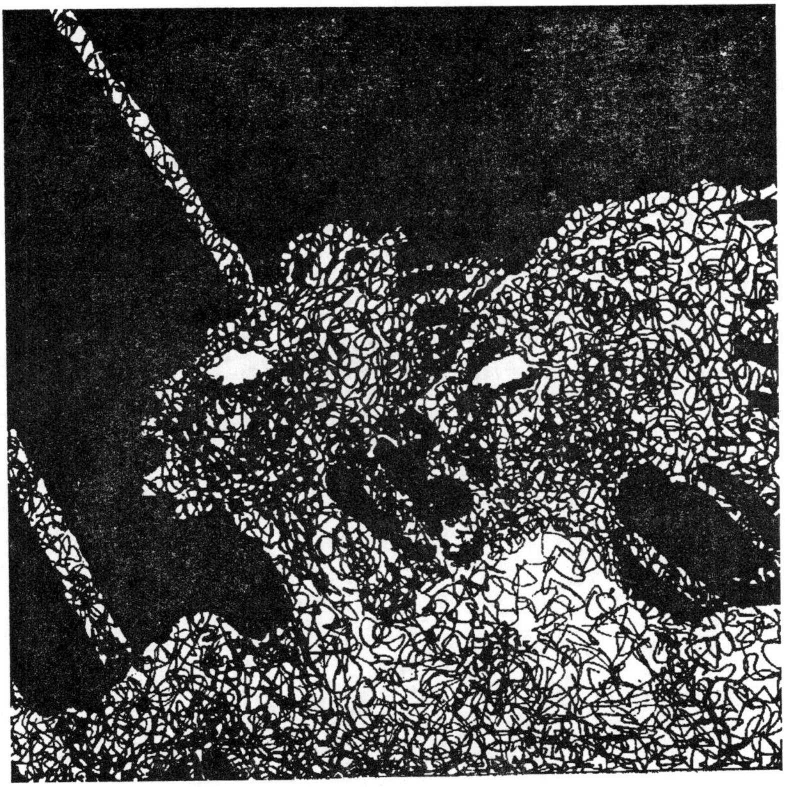

'झुंड' के सम्बन्ध में

'नर वानर', 'हिन्दू' और 'बहुजन' इन शृंखलात्मक उपन्यासों के बाद स्वतन्त्र उपन्यास लिखने का विचार था। ग्रामीण क्षेत्र के शिक्षकों के बारे में कभी लिखना तो चाहिए, यह हमेशा लगता। अरुण साधु का 'बहिष्कृत' उपन्यास पढ़कर यह बात अधिक तीव्रता से लगने लगी। शिक्षण, साहित्य और सामाजिक क्षेत्र में मेरा कार्य होने के कारण, इस विषय पर लिखने की आवश्यकता महसूस हुई। कई शिक्षक और उनकी समस्याएँ मुझे मालूम थीं यह उपन्यास लिखने का यह बहुत बड़ा कारण है। कई शिक्षकों की समस्याओं ने मुझे बेचैन कर दिया था। इस शिक्षा-व्यवस्था में कई दलित शिक्षक उजड़ गये हैं। अनेक दलित विद्यार्थी की जिन्दगी बरबाद हो गयी है। उनका ऑडिट करना आवश्यक था। शिक्षा-व्यवस्था पर उपन्यास लिखने का निर्णय लेकर यह उपन्यास लिखा, पर इसे दलितत्व का मजबूत कवच है। यह उपन्यास एक महीने में पूरा हो गया। उसका पुनर्लेखन किया है। एक बार और पुनर्लेखन करने की इच्छा थी, पर वह सम्भव नहीं हुआ। 'बहिष्कृत' उपन्यास सामने रखकर यह उपन्यास लिखने का विचार था। पर वह पूरी तरह असफल रहा। क्योंकि नायक जाति चुराकर गाँव में रहता है, यह विषय अचानक सूझा और उसी दृष्टि से यह उपन्यास विकसित होता चला गया। इस कारण तय तो कुछ और किया था और बन गया कुछ और ही। उपन्यास पढ़ने के बाद बाबूराव बागुल की कहानी 'जब मैने जाति चुराई थी' का स्मरण हो आया। यह उपन्यास 'बहिष्कृत' की तुलना में 'जब मैंने जाति चुराई थी' कहानी की सजातीय लगी। उपन्यास लिखने के दौरान मैं जवाहरलाल नेहरू विश्वविद्यालय, नयी दिल्ली और उस्मानिया युनिवर्सिटी, हैदराबाद गया था। उस दौरान इस उपन्यास के लेखन के बारे में प्रो. देवेन्द्र चौबे, नयी दिल्ली से चर्चा हुई थी। तब उन्होंने इसी कथानक पर एक जपानी उपन्यास होने की बात कही थी। शिमाजाकि तोसोन का 'हकाई' उपन्यास सन 1906 में प्रकाशित हुआ, इसके बाद 2008 में एक दलित

लेखक वैसा ही अनुभव लिखता है। लगभग सौ वर्ष का अन्तराल है। जापानी लेखक ने जो लिखा है, वह अद्वितीय ही है। पर मेरा उपन्यास भारतीय समाज-व्यवस्था की पार्श्वभूमि पर तैयार हुआ है। मैंने स्वयं जाति चुराकर रहने का अनुभव 'अक्करमाशी' में प्रस्तुत किया है। मेरा अपना अनुभव इस उपन्यास का मूल स्रोत है। मेरे आसपास के ज्वन्लत जातीय यथार्थ इसमें आया है। इसलिए 'हकाई' की तुलना में दलितों के जीवन की दाहकता अधिकता के साथ व्यक्त हुई है। दलितों की भयानक समस्याओं के ताने-बाने से इस उपन्यास की बुनावट हुई है। यह उपन्यास मूल रूप से 'जाति और मानवीय सम्बन्ध' पर आधारित है। मानवीय सम्बन्धों के विविध पहलू और जाति की झालर इस उपन्यास में प्रकट हुए हैं। मेरे अन्य उपन्यासों में प्रतिकूल व्यवस्था और उसके खिलाफ तेज संघर्ष को ही प्रधानता रही है। पर इस उपन्यास में सामाजिक संघर्ष के साथ मानवीय सम्बन्धों के विचित्र रसायन भी व्यक्त हुए दिखाई देंगे। आनंद काशीकर, जाति चुराकर रहनेवाले दलित शिक्षक के सम्बन्ध में नारायण पडवल का आत्मीय प्रेम और भयंकर तिरस्कार यहाँ दिखाई देगा। आनंद काशीकर की जाति जब तक मालूम नहीं होती, तब तक उससे होनेवाला मानवीय व्यवहार अलग है। जब उसकी जाति मालूम होती है, तब सब कुछ बदलता दिखाई देता है। दलित युवक जब नौकरी के निमित्त ग्रामीण इलाके में जाता है, तब उस पर बहुत तनाव होता है। यह तनाव मैंने सहा है। मेरा यह तनाव इस उपन्यास लेखन का सूत्र है। मेरी और नारायण सुर्वे की कई मुलाकातें हुई हैं। उन्होंने अपने बेटे की जाति 'मनुष्य' लिखी है। इस उपन्यास में यह बात कथानक का आशय लेकर व्यक्त हुई है। समय के अनुसार समाज बदल रहा है। हर कालखंड का अपना एक स्वभाव होता है। सवर्ण और अवर्णों के स्वभाव के ताने-बाने से इस उपन्यास की बुनावट हुई है। कुछ इधर, झुंड को, झुंड की हिसंक कारवाइयों को 'जनता की उत्स्फूर्त प्रतिक्रिया' कहा जाता है। यह खतरे की घंटी है। समाज के मुठ्ठी भर लोग कानून अपने हाथ में लेकर विनाश का नेतृत्व करते हैं। इस प्रवृत्ति को समाज की मान्यता मिल रही है। यह भयंकर स्थिति है। समुदाय-समुदाय के बीच विद्वेष पैदा करनेवाली, देश की एकता में दरार डालनेवाली, सामाजिक सद्‌भाव नष्ट करनेवाली और मानवीयता के चेहरे पर कालिख पोतनेवाली हरकतें खुल्लमखुल्ला हो रही हैं। देश की एकता टिकनी चाहिए। समाज में बन्धुत्व बढ़ना चाहिए। और मनुष्य को मनुष्य के रूप में जीने की आज़ादी चाहिए। इस दिशा में विचार करने की और लिखने की नितान्त आवश्यकता है। इस आवश्यकता की पूर्ति के लिए 'झुंड' का लेखन किया है। 'हकाई' उपन्यास का नायक उशिमात्सू है। यह नायक 'एता' नामक निचली जाति से है। उसे उसके पिता ने आज्ञा दी है, 'तू अपनी हीन जाति किसी को मत बता। यह तुझे मेरी आज्ञा है। मेरी आज्ञा की जब तू अवज्ञा करेगा, तब तेरा विनाश

होगा'। उशिमात्सू अपने पिता की आज्ञा के अनुसार अपनी जाति चुराकर रहता है। उपन्यास के अन्त में उसकी जाति उजागर होती है और उसे देशान्तर करना पड़ता है। 'झुंड'का नायक आनंद काशीकर नामक दलित शिक्षक है। वह भी अपनी जाति छिपाकर रखता है और उसकी जाति उपन्यास के अन्त में मालूम होती है। उसकी जाति मालूम होने के बाद उसका विनाश होता है। यह विनाश भयंकर विध्वंसक है। यह उपन्यास यहाँ समाप्त नहीं होता, इसे ध्यान में रखना चाहिए।

शिमाजाकी तोसोन (1872-1943) ने उपन्यास के अन्त में समझौता किया है। उन्होंने यथार्थ से आँखें चुराई हैं। उशिमात्सू की जाति जब उजागर होती है, तब उसे दूसरी नौकरी देकर विदेश भेजा गया है। 'झुंड' में ऐसा नहीं होता। 'झुंड' यथार्थ परक दारूण शोकान्त उपन्यास है। भारतीय संविधान ने मनुष्य को कानून के सामने समान माना है, परन्तु समाज में मनुष्य का स्तर समान नहीं है। कानून ने अस्पृश्यता नष्ट की है, पर समाज की अस्पृश्यता नष्ट नहीं हुई है। आनंद काशीकर जाति चुराकर रहता है। काननून अस्पृश्यता नष्ट करने के कारण, उसका जाति चुराकर रहना कोई अपराध नहीं है। आनंद काशीकर कानूनन सार्वजनिक स्थानों पर जा सकता है। यह भी अपराध नहीं है। पर गाँव कानून से नहीं चलते। गाँव की परम्परा दलितों को समानता नकारनेवाली है। इस कारण गाँव से माफी माँगनेवाला आनंद काशीकर हो या गाँव के खिलाफ विद्रोह करनेवाला दौलत काम्बले हो, इन दोनों को, व्यवस्था खत्म करने की कोशिश करती दिखती है। हिंस्र बाघ को 'बाघ' कहने पर भी वह खाएगा और 'बाघ्या' कहा तब भी खाएगा। दलित दयनीय होकर जीते हैं या गर्दन ऊँची करके जीते हैं, फिर भी व्यवस्था उसे उसकी औकात दिखाएगी ही। ऐसा होने के बावजूद समाज बदल रहा है। इस परिवर्तन की परिणामकारकता अत्यन्त महत्त्वपूर्ण है। समाज में हो रहे परिवर्तनों को नोट करनेवाला यह उपन्यास है। रेल जब पटरी बदलती है, तब जिस प्रकार की खड़खड़ाहट होती है, वैसे ही खड़खड़ाहट समाज परिवर्तन के समय होती है। इस खड़खड़ाहट के भयंकर झटके 'झुंड' में महसूस किए जा सकेंगे।

जाति चुराकर रहनेवाले आनंद काशीकर की जिन्दगी के चुनौती भरे क्षण, व्यवस्था के साथ सामंजस्य बनाने की उसकी कोशिश, उसके हर समझौते, उसके मन की बेचैनी, अस्तित्व बनाए रखने के लिए अपनाई गयी नरम भूमिका जान लेना महत्त्वपूर्ण है। उपन्यास का अन्त पाठकों के लिए अमानुष जाति-व्यवस्था का उत्पात और मानवीयता का प्रखर अहसास करानेवाला है। 'हकाई' की तुलना में 'झुंड' उपन्यास यथार्थ और जाति-व्यवस्था के सारे विवरण ठोस रूप में प्रस्तुत करता है। इसलिए वह पुस्तक रूप में आना मुझे जरूरी लगा।

शरणकुमार लिंबाले

सबकी मुट्ठियाँ तनी हुई थीं। उन सनसनाते हाथों में लाठियाँ, कुल्हाड़ियाँ थीं। दौड़ते हुए असंख्य पैरों की आवाजों से भयंकर दहशत पैदा हो रही थी। विकराल चेहरों का झुंड उन्मत्त होकर भीमनगर की ओर जा रहा था। 'पकड़ोऽ छोड़ो मतऽऽ मारोऽऽ' जैसे भयावह चीखों से आसमान दहल उठा था। भीमनगर हड़बड़ा कर जाग गया था। झोपड़ी धधक उठी थी। लपटें भभक रही थीं। चिनगारियाँ उड़ रही थीं। सुदाम को अपनी माँ की करुण चीत्कार सुनाई दी। वह दहल गया। झुंड ने उसके बाप को उठाकर आग में फेंक दिया था। असंख्य चिनगारियाँ उठी थीं। आग उल्टी-सीधी हो गयी थी। सुदाम ने भयभीत होकर देखा। माँ तो बेहोश होकर वहीं गिर पड़ी थी। भीड़ उसकी ओर बढ़ रही थी।

सुदाम जान हथेली पर लेकर वहाँ से भागा। फिर कभी उसने गाँव का मुँह नहीं देखा।

उस घटना को बरसों बीत गये। फिर भी, सुदाम को अपनी माँ की करुण चीत्कार सुनाई देती है। आज भी उसे बाप का शरीर आग के भक्षस्थान पर गिरने से उड़ी हजारों चिनगारियाँ दिखने का आभास होता रहता है। भूतकाल की याद आते ही वह दहल उठता है।

ड़बड़बाई आँखों से सुदाम अपने बेटे की ओर देख रहा था।

उसका बेटा, आनंद काशीकर नौकरी पर हाजिर होने निंकला था। सुदाम की पत्नी सावित्री अपने बेटे को विदा दे रही थी। वह व्याकुल थी। आनंद की आँखें भर आयी थीं। सुदाम इसी उम्र में गाँव छोड़कर भागा था। बेटे को विदा देते समय उसकी आँखों में भूतकाल के किनारे ढह रहे थे। बेटे को विदा देते समय अनिष्ट यादें उभरें, इसका उसे दुःख था।

"दूसरे इलाके में जा रहे हो। सँभल कर रहना।" सुदाम की आवाज भारी हो

चली थी। सावित्री आँचल से आँखे पोंछ रही थी। आनंद का गला भर आया था।

सुदाम को विदा के समय अशुभ ही सूझ रहा था। आनंद को भीड़ ने घेर लिया है। भीड़ प्रक्षुब्ध हो गयी है।

सुदाम ने निश्चयपूर्वक मन के अनिष्ट विचारों को खदेड़ने की कोशिश की। उसे हिन्दी फिल्म का गाना याद आया।

आनंद ने अपने पिता की ओर विचित्र निगाहों से देखा।

सुदाम का मूड बदला। सावित्री मन ही मन हँस रही थी।

रायपुर बस स्टैंड पर बसें आ रही थीं। जा रही थीं। यात्रियों में सीट के लिए छीना-झपटी मची थी। यात्री बस में चढ़ रहे थे, उतर रहे थे। हमालों में भगदड़ मची थी। बेंचों पर यात्री ऊँघ रहे थे। भिखारी भीख के लिए याचना कर रहे थे। कंट्रोल रूम से तेज आवाज में यात्रियों को सूचनाएँ दी जा रही थी।

भीड़ पर नजर रखकर पुलिस ड्यूटी बजा रही थी।

वेश्याएँ ग्राहक खोज रही थीं।

प्राइवेट ट्रैवल एजंट ग्राहकों को टोक रहे थे।

"भुसावल की बस गयी?" जल्दी में आये यात्री ने बैग टिकाते आनंद से पूछा। आनंद ने नकारात्मक सिर हिलाया।

मुंबई जानेवाली बस आयी। खिड़की से औरत धड़ाधड़ उल्टी कर रही थी। बस पर उल्टी के छींटे उड़े थे। यात्री कॉईन बॉक्स पर बातें कर रहे थे। एसटीडी बूथ पर लाईन लगी थी। अखबारों के स्टाल पर भी भीड़ थी। आरक्षण खिड़की पर कोई नहीं था। 'रोज कितने लोग यात्रा करते होंगे?' सावित्री के दिमाग में विचार उभरा था।

मुंबई जानेवाली बस के दरवाजे पर कुछ गड़बड़ हुई होगी। 'जेब कतरा है। मेरी जेब काटी इसने। ब्लेड मारा है।' एक बुजुर्ग यात्री जोर-जोर से चिल्लाता हुआ अपनी कटी जेब लोगों को दिखा रहा था।

लागों ने जेब कतरे को पकड़ लिया था। सब हाथ धो रहे थे। जेब कतरा चिल्ला रहा था। लेमनजूस-चॉकलेट बेचनेवाले लड़के घबराकर जेब कतरे की ओर देख रहे थे। इस भगदड़ में एक यात्री की बस छूट गयी थी। वह रुआँसा हो गया।

बस आयी। आनंद बस में चढ़ा।

सुदाम और सावित्री खिड़की के पास खड़े थे। कंडक्टर टिकट दे रहा था। लोग जहाँ सीट मिलती, बैठ रहे थे।

आनंद ने टिकट लिया। सावित्री की जान ही अटक गयी। सुदाम का चेहरा दुःख से मलिन हो गया।

ड्राइवर बस में चढ़ा। कंडक्टर ने दरवाजा खींच लिया। बेल बजाई। बस स्टार्ट हुई। घर्घर्र धुँआ उगलने लगी। सुदाम बस से दूर हुआ। आनंद ने विदा का हाथ लहराया। बस चल पड़ी।

अन्धा लड़का लॉटरी का टिकट बेच रहा था। वडापाव और मूँगफली बेचनेवाले लड़कों में विवाद छिड़ गया था। पीने के पानी के नल के पास यात्रियों ने पानी लेने के लिए भीड़ कर रखी थी। छोटे बच्चे वजन कराने की मशीन के पास खड़े थे। लोग मोबाइल पर बातें कर रहे थे। लोगों के चेहरों पर प्रतीक्षा झलक रही थी।

सुदाम और सावित्री बस स्टैंड से बाहर आये। दोनों के चेहरे उदास थे।

बस स्टैंड के बाहर रिक्शा की लाइन लगी थी। हथगाड़ियाँ भी उतनी ही संख्या में खड़ी थीं। ट्रॉफिक पुलिस का हाथ चलाना जारी था।

वाहनों की भीड़ लाँघकर सुदाम और सावित्री ने रोड पार किया। बेटे की नौकरी लग जाने से उनकी चिन्ता मिट गयी थी।

"कैसा होगा आनंद का?"

"पानी में उतरने पर तैरना आ ही जाता है। ठीक होगा सब।"

"कैसे लोग मिलेंगे उसे?"

"हम अच्छे रहे, तो सब अच्छे मिलते हैं।"

"चेहरा उदास हो गया था उसका।"

"पहली बार घर से बाहर जा रहा है न!"

"इसीलिए मुझे चिन्ता है।"

"चाय लें?"

"आधी - आधी लेंगे।"

चाय के ठेलिए के पास सुदाम ने चाय का ऑर्डर दिया। सड़क पर गड़बड़ी शुरू हुई। सुदाम के हाथ का पानी का गिलास फिसलकर गिर पड़ा। उसके कपड़े गीले हो गये। भेलपुरी बेचनेवाले भैया को लोग पीट रहे थे।

वह चिल्ला रहा था। सड़क पर भेलपुरी बिखरी पड़ी थी। अचानक हुए हमले के कारण सब लोग घबरा गये थे। भीड़ आततांई हो गयी थी। सड़क की सारी दूकानें फटाफट बन्द हो गयी। चाय का ठेलिया भी बन्द हो गया। रिक्शा भाग गये। क्षणभर में सब कुछ बन्द।

सावित्री परिशान हो उठी। सुदाम घबरा गया। वातावरण में तनाव पैदा हो गया।

'पकड़ो रेऽ छोड़ना नहींऽ, पीटोऽऽ' गुसैल भीड़ की चिल्लाहट सुनाई दे रही

थी। भीड़ ने सिटी बस पर पत्थर बाजी की भी। काँच तोड़े थे। लोगों की भागमभाग जारी थी। पल भर में सड़कें सुनसान हो गयी।

सुदाम को भूतकाल की अनिष्ट छाया डरा रही थी। उसके मन पर काले-काले बादल दौड़ रहे थे। 'साले भड़ुओं पर बहुत मस्ती चढ़ गयी है। किसी को जिन्दा मत छोड़ो।' भीड़ चिल्ला रही थी। उसे उसकी माँ की करुण चीत्कार सुनाई दी। धुएँ के बादल याद आये। महिलाओं और बच्चों का आक्रंदन याद आया। वह डर गया।

भीड़ का तांडव जारी था।

भीड़ को जनता के सार्वभौम आवाज की मुद्रा मिल गयी थी।

भीड़ उग्र हो उठी थी। भीड़ ने कानून हाथ में ले लिया था। पुलिस की वैन सायरन के साथ दौड़ रही थी।

"चल जल्दी चल।" सुदाम सावित्री पर झल्ला रहा था।

सावित्री भी तेज कदमों से चलने लगी। अपने पर ही हमला हो रहा है, ऐसा आभास सुदाम को हुआ। 'हमलावर मुझे कभी भी दबोच लेंगे' इस डर से वह घबरा उठा था। सड़क से दौड़नेवाले हर किसी पर उसे सन्देह होता। हर आदमी उसे हमलावर लगता।

"हमें कौन क्या करेगा? धीरे चलिए।" सावित्री पति का धीरज बँधाते बोली। सुदाम का चेहरा दयनीय हो गया। उसके हाथ पाँव फूल गये। उसने मनुष्य के भयंकर क्रौर्य दखे थे। मनुष्य को क्रौर्य का वलय है। अकेला रहा तो मनुष्य डरता है, झुंड में हिंस्त्र हो उठता है।

सुदाम और सावित्री घर की दूरी काट रहे थे। कोई भी बस न रुकती। रिक्शा न रुकता।

अगले चौक में जन-जीवन सामान्य था। वहाँ उन्हें बस मिली। सुदाम की जान में जान आयी। सावित्री खिड़की के पास बैठी। उसके बाल हवा में उड़ रहे थे। वह उसकी ओर कुतूहल से देख रहा था। 'इसी के कारण अपनी गृहस्थी सँवरी!' उसे उसके बारे में कितना आदर उमड़ रहा था।

"उत्तर भारतीयों पर हमले हो रहे हैं।"

"नहीं, ये हमले गरीबों पर हो रहे हैं।"

"उत्तर भारतीयों के कारण स्थानीय लोगों को रोजगार नही मिलता।"

"हमारे भी लोग बाहर जाते ही हैं न! मलेशिया में भारतीय मजदूरों पर हमले हो रहे हैं। अरुणांचल में छह हिन्दी मजदूरों की हत्या हुई है। काश्मीरी पंडितों को भगाया जा रहा है। श्रीलंका में तमिलों ने हथियार उठा लिए हैं। अमेरिका में भारतीयों को सूअरों सा व्यवहार दिया जाता है। तिब्बत में चीन ने एक लाख चीनी घुसाए हैं।

तिब्बत अशान्त है। दिनोदिन जनसंख्या के स्थलान्तर की समस्या विकट बनती जा रही हैं। यह समस्या सर्वव्यापी है। ये केवल उत्तर भारतीयों पर हमले नहीं हैं। यह विस्थापितों की समस्या है। बढ़ते शहरों की समस्या है।''

''भारत भी पंजाब और जम्मू काश्मीर में हिन्दुओं को बड़ी संख्या में घुसाए। जनसंख्या की अदला-बदली होनी चाहिए। तभी भाषा और प्रान्त का घमंड चूर-चूर होगा। नहीं तो प्रादेशिकता बुरी तरह बढ़ेगी और देश की अखंडता खतरे में पड़ जाएगी।''

सिटी बस में अगली सीट पर बैठे महाविद्यालयीन युवक चर्चा कर रहे थे। सुदाम उनकी बातें ध्यानपूर्वक सुन रहा था। वह भी सोच रहा था। ''दलित अनुसूचित जन-जातियाँ, आदिवासी और अल्पसंख्यकों को इकट्ठा कर एक नये राज्य का निर्माण करना चाहिए तो जातीय-दंगे नही होंगे। राष्ट्रीय संपत्ति का नुकसान नही होगा।'' सुदाम के रोम-रोम में असुरक्षा की भावना ने घर कर लिया था। वह अपना अलग ही विचार कर रहा था।

एक किसान था। उस किसान के चार कुत्ते थे। किसान अच्छा था। खेत अच्छा था। कुत्ते अच्छे थे। किसान के पास महान परम्परा थी। खेती उपजाऊ थी। कुत्ते सुखा थे।

कुत्ते हमेशा आपस में लड़ते। वे एक साथ रहते थे। फिर भी वे एक-दूसरे के जानी दुश्मन थे। कुत्तों का आपस में न बनता। एक दूसरे को कुत्ते फूटी आँख न सुहाते। निरन्तर गुर्राते रहते। ये कुत्ते दम्भ से पागल हो गये थे। कुत्ते सुखी थे। फिर भी उनके झगड़े कम न होते। किसान कुत्तों के झगड़े से तंग आ गया था।

एक दिन-चमत्कार हुआ।

खेत के कुत्तों का भेड़िए को पता लगा। उसने कुत्ते का शिकार करना तय किया। भेड़िए ने कुत्तों का अध्ययन किया। कुतों का आपस में बनता नहीं। उनके बीच बैर है। उनमें एकता नहीं। ऐसे में एक-एक कुत्ते का शिकार किया जा सकता है। भेड़िया आने पर चारों कुत्ते एक हो जाते। और भेड़िए को भगा देते। वे चार कुत्ते भेड़िए पर भारी पड़ते। भेड़िया भाग खड़ा होता। भेड़िया आने पर कुत्ते एक होते और भेड़िया जाने पर कुत्ते आपस में झगड़ने लगते।

कुत्तों का यह रहस्य किसान को भी पता न चलता। भेड़िए की भी समझ में न आता। कुत्तों की जाति ही ऐसी होगी यह वे मानने लगे।

सावित्री ने सुदाम की ओर देखा, ''अजी उठिए, उतरना है न?'' उसने उसे

मौन से उठाया था। बस रुकी। दोनों बस से उतरे।

चारों ओर धुँआ फैला था। पुलिस लोगों को भगा रही थी। फायर ब्रिगेड की गाड़ी आयी थी। लोग डरे हुए थे। हवा में गोलियों चली ज्यों ऐसी 'जय महाराष्ट्र' की घोषणाएँ सुनाई दे रही थीं। भीड़ ने शर्मा का गद्दी का कारखाना जला दिया था। शर्मा यू. पी. का था। शर्मा की पत्नी चीत्कार रही थी। शर्मा बेहोश पड़ा था। पुलिस विवश दिखाई दे रही थी।

हर चौक में झुंड दिखाई दे रहे थे। झुंड का युग अवतरित लग रहा था। झुंड यानी समाज-भावना हो गयी थी। महिलाएँ भी कमर में आँचल खोंस कर सड़क पर उतर आयी थी। सबको मर्दानगी दिखाने का मौका मिल गया था। जनसामान्य का क्षोभ सड़क पर उतर आया था।

झुंड ने सबका ध्यान खींच लिया था। झुंड ने नये प्रश्न निर्माण किए थे। नये नेता निर्माण किए थे। जनता के सत्याग्रह के आधुनिक रूप के रूप में झुंड लोकमान्य हो गया था।

राजीव गाँधी नगर के उत्तर भारतीयों को जिन्हें स्थानीय लोग 'भय्या' कहते उनके चेहरों पर हवाइयाँ उड़ने लगीं। वे अल्पसंख्यक थे। वे घबराए थे। जो बहुसंख्यक थे मगरूरी पर उतर आये थे। जनसंख्या का विस्फोट हो गया था। जिन्होंने आग लगाई थी, वे भाग गये थे। तमाशबीन जमा हो गये थे। शर्मा की मदद के लिए महाराष्ट्रीयन पड़ोसी दौड़े थे। तमाशबीनों की उपस्थिति ने स्थिति खराब कर दी थी। पुलिस ने तमाशबीनों पर लाठी चार्ज किया था। तमाशबीन गलियों में भाग गये थे। उनके पलायन से अफवाहों को हवा मिली।

हर चौक में पुलिस फोर्स तैनात किया गया था।

"शहरों में पुलिस है, गावों का क्या? केवल आतंक के साए तले जिएँ?" सुदाम स्वयं से ही बुदबुदाया। राजीव नगर में भी बेचैनी दिखाई दे रही थी। सावित्री ने घर का दरवाजा खोला। मिश्रा का घर बन्द था। लक्खूभाई ने दरवाजा बन्द कर लिया। सुदाम ने ही उन्हें रहने की जगह दी थी। भैया डर गये थे। पूरी बस्ती में शर्मा की गद्दी के कारखाने का धुँआ फैल गया था। आकाश में धुएँ की काली लपटें फैल गयी थीं।

"अब कहाँ पहुँचा होगा?"

"नासिक पहुँच गया होगा।"

"रात तक पहुँच जाएगा?"

"कैसे जाएगा? रास्तें में दंगे-फसाद चालू होंगे न। टी. वी. लगा।" सुदाम की आवाज में वेदना झलक रही थी। सावित्री चिन्ताग्रस्त हो बैठी थी। सावित्री आनंद

के फोटो की ओर देख रही थी। एन. सी. सी. के यूनीफॉर्म में खींचा आनंद का रोबीला फोटो दीवार पर टँगा था। माँ-बेटे की नज़र टकराई। पड़ोस का श्रीवास्तव घर में आया। उसका चेहरा उदास था। बस्ती के तमिल और मलयाली लोग भी सकते में थे।

"क्यों रे, आनंद गया क्या?"

"हां, गया।"

"हम भी निकल रहे हैं। यहाँ का माहौल बिगड़ गया है।"

"कुछ लोग आपके खिलाफ हैं। पूरा समाज नहीं। आप मत जाइए।"

"भाभीजी हमारे घर का ध्यान रखना।"

श्रीवास्तव की आवाज डूब रही थी। वह अपराधी-सा बैठा था। रोज के व्यवहार की सहजता उसमें नहीं थी। अल्पसंख्यक होने के डर से वह पूरी तरह उखड़ गया था।

उसने दयनीय होकर दोनों हाथ जोड़ लिए। वह लाचार-सा घर से निकल गया।

"इसने कभी हमारी आवाज को आवाज नहीं दी। आनंद की परीक्षा फीस भरनी थी। इससे पैसे माँगे तो दिए नहीं। हमें अपने घर पर ध्यान देने के लिए कहता है। हम क्या उसके नौकर हैं? बस्ती में मगरूरी से रहता था। आज सारी मस्ती उतर गयी।" सावित्री अपने मन का गुबार उतार रही थी। सुदाम लाचार-सा बैठा रहा।

"जिनकी जनसंख्या अधिक, उनकी मगरूरी अधिक। अल्पसंख्यकों की संख्या बढ़ने लगी कि बहुसंख्यकों का गुस्सा बढ़ता है। अल्पसंख्यकों को सोशल इंजिनियरिंग जैसे मगरूरी उतारने के उपाय करने चाहिए।" सुदाम के सिर में चिनगारियाँ उठ रही थी।

अल्पसंख्यक यानी असुरक्षा और डर।

अल्पसंख्यक यानी विवशता और हीनता।

सुदाम ने अल्पसंख्यक होने के बेशुमार बोझ उठाए थे।

"कहां तक पहुँचा होगा?"

'अब बस भी करो, पहुँचेगा, चिन्ता न करो।'

सुदाम की आवाज में खीझ थी। झल्लाहट थी। पर सावित्री बच्चे की याद में विह्वल थी। उसे सूना-सूना लग रहा था। अभी यहाँ होता तो भोजन माँगा होता! किताब लेकर बैठा होता। अब उसे खाने के लिए कौन कहेगा। क्या खाएगा? कहाँ सोएगा? सावित्री आनंद की चिन्ता कर रही थी।

लक्खूभाई की पत्नी अपने छोटे बच्चों को लेकर सुदाम के घर आयी। "भाई

साब, आओ कभी बिहार...आपका बुद्ध हमारे बिहार में है। आनंद के लिए देखूँ क्या उधर की लड़की? आपकी जाति के लोग उधर भी हैं। आना-जाना होगा।'' लक्खूभाई की पत्नी हमेशा की तरह हँसी-मजाक में बोली।

''सब निकले हैं क्या?''

''हां, सब डरे हुए हैं। कोई नहीं रहेगा।''

''तुम रहो।''

''मेरा तो दिल है रहने का। मगर अकेली कैसी रहूँगी?''

''हमारे बुद्ध को इधर भेज दो।''

''भाई साब, बुद्ध को भी बिहारी समझकर मारेंगे ये लोग।''

''अभी तो कह रही थी, बुद्ध हमारी जाति का है, हमारा है, अब वह बिहारी कैसे हो गया?''

''चलती हूँ, निकलना है। भाभी याद रखना।''

लक्खूभाई की पत्नी भावुक हो गयी थी। वह उदास लग रही थी। सुदाम अन्तर्मुखी हो गया था। भयंकर बादल गड़गड़ा रहे थे। उसका स्थानीय चेहरा था। वे स्थानीय भाषा में गरज रहे थे। स्थानीय लोग अल्पसंख्यक होते जा रहे हैं। अपना राज्य, अपनी भाषा, अपनी संस्कृति, अपना आदमी यह संकल्पना अति संवेदनशील और स्फोटक बन गयी थी। कल-परसों तक बाँग्लादेशी घुसपैठियों के बारे में बोला जाता था। अब उत्तर भारतीयों का सवाल उठ खड़ा हुआ था।

सावित्री ने टी. वी. शुरू किया। राज्यभर में भड़क उठी हिंसा के समाचार ब्रेकिंग न्यूज के रूप में बार-बार टी. वी. पर दिखाए जा रहे थे। नासिक में भी उत्तर भारतीयों पर हमले हो रहे थे। स्थानीय लोग सड़कों पर उतर आये थे। ये सब सवर्ण थे। वैसे ये भी बाहर के ही थे। खैबर पास से आये हुए। 'एक दिन खैबर पास में जाकर अनशन किया जाना चाहिए।' सुदाम के सिर में तूफान मचने लगा। उसे भूतकाल काल का हाहाकार सुनाई दे रहा था।

सुदाम गाँव में घूम रहा था।

वह सामने से आ रही थी। वह पानी के लिए निकली थी। वह उसकी माँ की उम्र की थी। वह उसके सामने से गुजर रहा था। उसके माथे पर शिकन थी 'महार गाँव में क्यों घूम रहा है?' उसका गुस्सा था यह। वह गुस्से में थी। वह उसके लिए रास्ता छोड़ने वाला था। पर वही बगल में खिसक गयी। उसे इससे भ्रष्ट नहीं होना था। ऐसा ही घटा था दो-एक बार। एक बार वह भी बाजू हो गया और वह भी। 'महार गाँव में घूमे, वह भी सवर्ण के सामने से' इस बात की उसे चिढ़ थी। उसका सामने से आना उसे खटक गया था। उसके लिए वह राह का काँटा था। उसने उसके

खिलाफ घर में शिकायत की थी।

भीड़ ने उसका घर जला दिया। उसे बाप की देह आग के भक्ष चढ़ाए जाने पर उठीं चिनगारियाँ याद आयी।

रामलीला मैदान में जलनेवाले रावण के पुतले की तरह वह जल रहा था।

"अब पहुँच गया होगा क्या?" सावित्री ने फिर यह सवाल किया।

***

नासिक रोड पर बस रोकी गयी थी। काँच फोड़े गये थे। सारे यात्री सामान लेकर नीचे उतरे थे। सब सम्भ्रम में थे। आनंद भी नीचे उतरा। तमाशबीनों की भीड़ इकट्ठा हो गयी थी। थोड़ी देर में पुलिस भी आयी। यात्रियों को दूसरी बस से नासिक रोड बस स्टैंड तक पहुँचाया गया। आनंद तंग आ गया। यात्री निर्वासितों की तरह बैठे थे। आनंद को भीड़ की हुल्लड़बाजी याद आ रही थी। उनके उग्र चेहरे, उनका भयंकर गुस्सा, उनकी आक्रमक मुद्रा, उनका पागल आवेग, उनकी भ्रष्ट विवेकबुद्धि, उनकी भयानक नफरत वह अनुभव कर रहा था। ड्राइवर की पीठ पर लात मारनेवाला युवक, ड्राइवर के बाल खींचनेवाला दाढ़ीवाला, बस की काँच तोड़नेवाली बेकाबू भीड़ और इस अचानक उठी समस्या से घबराकर रोनेवाली गर्भवती यात्री-महिला याद आ रही थी। वह घुटनों में गर्दन झुकाए बैठी थी।

रात उतर चुकी थी। ठंड पड़ रही थी। सभी ने कुछ न कुछ ओढ़ रखा था। चाय बेचनेवाला छोकरा आया। कइयों ने चाय ली। उसने भी चाय ली। चायवाले छोकरे के पास चिल्हर नहीं थी। आनंद ने उस छोकरे को आँखों के इशारे से ही कहा था, 'और एक चाय उस औरत को दो।' वह अकेली बैठी थी। उसने चाय ली। उसे चाय की जरूरत थी। उसे लगा, 'मैं बेकार में हिन्दी में बोला, कोई मुझे 'भय्या' समझकर पीटेगा।' उसे लगा, 'मुझ पर किसी का तो ध्यान नहीं है। हर कोई तो अपनी चिन्ता कर रहा है।'

भीड़ बस स्टैंड तक आ गयी तो? कितनी बसेस का नुकसान होगा? यात्रियों की कितनी भागमभाग होगी? जड़वत बैठी इस गर्भवती महिला का क्या? वह उसकी ओर देख रहा था। एक सुन्दर स्थान मिल गया था।

बस आयी। उसने उसका बैग उठाया। दोनों एक ही सीट पर बैठे। उसने उसका नाम पूछा। वह आनंद और वह आशा। वह रानमसले जा रहा था। नौकरी करने शिक्षक की। वह उरण जा रही थी। वह सरकार अस्पताल में नर्स थी। उसका पति सेना में था, श्रीनगर में।

वही बोल रहा था। वह सुन रही थी।

वह सुनते-सुनते सो गयी उसके कन्धे पर। वह रात भर जागता रहा।

भोर में वह बस से उतरा। बस आगे बढ़ गयी। उसने बस की खिड़की की ओर देखा। खिड़की बन्द थी। वह निराश हो गया। उसका मोहक स्पर्श उसके शरीर में सुगन्ध की तरह महमहाता था। वह रोड पर खड़ा था। चाँदनी में गाँव खिला-खिला-सा लग रहा था। वह बस स्टॉप की ओर मुड़ा। विधायक गजानन राव पिसाल के विधायक निधि से बनाया गया यह बस स्टॉप। वह पिसाल स्टॉप पर गया। बेंच पर बैग रखा। बेंच पर एक आदमी बैठा था। भक्ष्य की ओर देखा जाय, ऐसी नजर से उसने इसकी ओर देखा। वह बेंच पर बैठा। उसकी आँखों में नींद थी। वह थका था। उसे दिन निकलने तक बस स्टॉप पर ही बैठना था। अब वह आदमी उठा। उसके सामने आकर खड़ा हो गया। हाथ का चाकू दिखाकर उसने उसे धमकाया, 'नोट निकालऽऽ'। आनंद चुपचाप अपनी जगह पर खड़ा रहा। "मैं गरीब शिक्षक हूँ।" आनंद की नींद उड़ चुकी थी। अज्ञात व्यक्ति आक्रमक हो गया। आनंद ने अपनी पर्स उसे दी। वह आदमी वहाँ से चल दिया।

आनंद दहल गया। अवाक हो बेंच पर बैठ गया। उसे रायपुर बस स्टैंड का जेब कतरा याद आ गया।

उसके आसपास मच्छर भिनभिना रहे थे। वह मच्छरों को मार रहा था।

स्वागत इस तरह हुआ। बिदाई कैसी होगी? आनंद अपने पर हँसा, "क्या खाना है? कहाँ रहना है? अपनी पर्स गयी।' उसकी समस्या और विकट हो गयी थी।

भोर में मुर्गे ने बाँग दी। लाली फूटी व पंछियों की चहचहाहट शुरू हुई। मंदिर में घंटानाद हुआ। घरों से ज्वार की रोटियाँ थापने की आवाज आने लगी। वह अपनी जगह से उठा। अंगड़ाई ली। बादाम के पेड़ पर कोयल कूक रही थी। उसने अपने कपड़े झटके। बाल ठीक किए। बैग उठाया और चल पड़ा। गाँव बाहर के गाड़ी-रस्ते से। हनुमान मन्दिर के पीछे वह काशीनाथ प्रशाला के पास पहुँचा। उसने प्रशाला का बोर्ड पढ़ा। मानव विकास शिक्षा संस्थान संचलित काशीनाथ प्रशाला, रानमसले, तहसील उरण। उसके चेहरे पर सन्तोष झलका।

एक ओर हनुमान का मन्दिर, दूसरी ओर काशीनाथ प्रशाला। बीच से नदी में जाने का रस्ता। नदी के आसपास इमली के बड़े-बड़े पेड़। नदी के उस पार बरगद का बड़ा सा पेड़। आनंद भौंचक सा परिसर देखता रह गया। हनुमान का मन्दिर, मन्दिर के चारों ओर चबूतरा। नगरद्वार, स्कूल के चारों ओर कंटीले तारों की बाड़। सुरक्षा रक्षकों की तरह खड़े अशोक के ऊँचे-ऊँचे पेड़। वह गेट से स्कूल में गया। रात में पढ़ाई के लिए आये बच्चे स्कूल के गेट से बाहर जा रहे थे। पोपट पांचाल

बरामदे में झाड़ू लगा रहा था।

पांचाल ने आनंद को पहचान लिया। पांचाल ने उसका बैग स्टाफ रूम में रखा। नदी का रास्ता दिखाया। मुख्याध्यापक का क्वार्टर दिखाया। जम्हाई दी। फिर झाड़ू मारने लगा।

आनंद ने अपने कपड़े लिये। नहाने के लिए नदी की ओर बढ़ा। सूर्य की किरणे पानी पर गिर रही थीं। और पानी से भाप उठ रही थी। रामझिरा नदी का पानी चमचमा रहा था। विशाल रेगिस्तान में उसने कदम रखे थे। सीता की खोज में लंका जाते समय श्रीराम, लक्ष्मण और हनुमान यहाँ विश्वेश्वर के मन्दिर में दो दिन रुके थे। उस समय उन्होंने यहाँ से छोड़ा बाण एक किलोमीटर पर जा गिरा था। वहाँ पानी का झरना बन गया था। इसी झरने से रामझिरा नदी का उदगम हुआ। वह रानमसले की परिक्रमा कर बह रही थी। उसे माँ की याद आयी।

विधायक गजाननराव पिसाल औंधे पड़े थे और बाबू बारबोले उनकी मालिश कर रहा था। बारबोले तेल लगाकर उनका शरीर रगड़ रहा था। जोशी, विधायक के सामने आज्ञाकारी बच्चे की तरह बैठा था। "सर, आप बोलिए। मैं सुनता हूँ। जरा पीठ की मालिश कर रेऽ" विधायक ने एक साथ जोशी और बारबोले को काम पर लगाया था। विधायक 'हाऽहूऽ' कर मालिश को प्रतिसाद दे रहे थे। बारबोले उकड़ू बैठा था और विधायक का बायाँ पैर कन्धे पर रखकर तेल लगा रहा था। बारबोले पसीना-पसीना हो गया था। "तलुए घिसूँ क्या?" जोशी ने आत्मीयता से पूछा, "नहीं, नहीं...आप बोलिए। अरे बाब्याऽऽ औरत का पैर नहीं है। एमएलए का पैर है। रगड़"। एमएलए की कठोर आवाज से बारबोले और जोर लगा रहा था। एमएलए की खुली गोरी जाँघें सेक्सी लग रही थीं।

"अब दूसरा पैर ले।" एमएलए ने अपना दायीं पैर बारबोले के कन्धे पर रखा।

वासु कालपांडे ने जोशी को चाय दी। जोशी चाय का घूँट लेते बोलने लगा।

"नया शिक्षक आया है ज्वाइन करने।"

"ज्वाइन कर लीजिए। अंग्रेजी का न? अब कांबळे का अलाउंस बन्द कर डालिए"

"कांबले चिढ़ जाएगा।"

"क्यों चिढ़ेगा? उसकी नियुक्ति हाइस्कूल पर है। जूनियर के लिए फुल टाइम शिक्षक लिया है। उसे काम दीजिए।"

"सीएचबी पर तुकाराम काले को लिया है। ढाई हजार वेतन तया हुआ है।

वह हिन्दी पढ़ाएगा। उसे पीटी के भी पीरियड देना है। उसका दो सौ रुपये अलाउंस उसे मिलेगा।''

''वासु के हस्ताक्षर लीजिए। हताले आता है न?''

''हां''

''कांबले को टेंशन दीजिए। उसके पीछे लगिए। उसने संस्था को तकलीफ दी है। उसकी फाइल तैयार कीजिए। उसको मेमो देते रहिए। वह संस्था छोड़ दे।''

''कांबले चालाक है। वह गलतियाँ नहीं करता।''

''उसके खिलाफ लिख लीजिए। रेकॉर्ड तैयार कीजिए। जाँच लगाइए। इस नये शिक्षक का नाम क्या है?''

''आनंद सुदाम काशीकर।''

''जवान लड़का है। अच्छा लड़का है। ओपन कैटैगरी का है। उसे प्रोत्साहन दीजिए। मुझे स्नान के लिए जाना है। और कुछ बोलना है क्या?''

''नहीं।''

''वासु के दस्तखत लीजिए।''

एमएलए स्नान के लिए निकल चुके थे। जोशी ने वासु को उपस्थिति रजिस्टर दिया। वासु ने महीने भर के हस्ताक्षर किए। वासु कालपांडे साहब का पी.ए. का काम कर रहा था। वासु के नाम पर नवनाथ हताले डमी शिक्षक काम कर रहा था। नाम वासु का था, हस्ताक्षर वासु के थे। पूरा वेतन वासु ले रहा था। नवनाथ हताले वासु का पूरा काम कर रहा था। उसे वासु की ओर से आधा वेतन मिल रहा था। इस कारण हताले का नाम 'डमी' पड़ गया था। बाबू बारबोले स्कूल में चपरासी था। वह केवल हस्ताक्षर करता। पर काम साहेब की कोठी पर करता। एमएलए ने अपने रिश्तेदारों को संस्था में लगा दिया था।

वासु एमएलए का मुंबई आफिस सँभालता। बारबोले एमएलए के गाँव की कोठी सँभालता। दीनानाथ मुजुमदार एमएलए की संस्था का सेक्रेटरी था और एमएलए का साला था। वह संस्था और निर्वाचन क्षेत्र का काम देखता था। जोशी काशीनाथ प्रशाला का प्राचार्य और मुख्याध्यापक था। इस चौकड़ी से गाँव घबराया रहता।

विधायक पिसाल ने अपने पिता के नाम पर गाँव में हाईस्कूल खोला था। गोदाम में शुरू स्कूल बहुत कम समय में भव्य इमारत में स्थलान्तरित हो गया था। काशीनाथ प्रशाला की इमारत के उद्घाटन के लिए एमएलए ने मुख्यमन्त्री को गाँव में लाया था। रानमसले में हाईस्कूल और जूनियर कॉलेज खुल जाने के कारण आसपास के गाँवों के बच्चों की शिक्षा की व्यवस्था हो गयी थी। उच्च माध्यमिक की

कक्षाएँ सुबह सात दस से दोपहर बारह पन्द्रह तक चलतीं। उसके बाद उसी इमारत में दोपहर बारह बीस से पाँच तीस तक माध्यमिक की कक्षाएँ चलतीं।

नारायण पडवल एमएलए का मित्र था। एमएलए उसे 'नारया'ही कहता। इसी में वह धन्यता अनुभव करता। एमएलए के मैं कितना करीबी हूँ, यह इसमें ये जताने की कोशिश करता। 'मैं तो अपने एमएलए का नारया हूँ।' वह इसी तरह अपना परिचय देता था। लोग में मजाक में उसे 'पागल नारया' कहते।

एमएलए ने नारायण पडवल को नौकरी पर रखा, उसी तरह जनसेवा पतसंस्था में क्लर्क का काम करनेवाले जोशी को भी शिक्षक के रूप में नियुक्ति दी। गाँव के दौलत कांबले को भी उन्होंने नौकरी दी। कांबले गाँव का पहला ग्रॅज्युएट दलित युवक था। एमएलए ने पोपट पांचाल से एक लाख रुपये लेकर उसे चपरासी की नौकरी दी थी। वाले और चारमगोल को ज्युनियर कॉलेज में फुल टाइम नियुक्ति दी थी। उनसे तीन-तीन लाख रुपये लिये थे। एमएलए ने अपने मित्र की विधवा पत्नी जाई जगताप को हेडक्लर्क की नौकरी दी थी। नवनाथ हताले पर होस्टल की जिम्मेदारी थी। धनश्री दांडगे लाइब्रेरियन के रूप में काम कर रही थी। बाजीराव पिसाल होस्टल में चपरासी था। होस्टल वही चलाता था।

एमएलए के गाँव में आने पर कोठी पर लोगों की भीड़ होती। लोग एमएलए से मिलने आते। एमएलए के आने के बाद मुजुमदार का काम बढ़ जाता। एलएलए के न रहने पर वही एमएलए की तरह रुबाब झाड़ता। निर्वाचन क्षेत्र के लोग उसके पास काम लेकर आते। वह लोगों के काम कर देता। इस कारण एमएलए के बाद मुजुमदार का रोबदाब था।

आनंद सुदाम काशीकर एमएलए की संस्था में ज्वाइन कर चुका था।

जोशी और आनंद साथ-साथ खा रहे थे। आनंद के मन की जाति-व्यवस्था की मीनार ढह रही थी। मैं एक उच्च कुलीन ब्राह्मण के घर भोजन कर रहा हूँ, इस बात की उसे मन ही मन खुशी हो रही थी। 'बाबासाहब आंबेडकर न हुए होते तो मैं जानवर ही चरा रहा होता। ब्राह्मण की बगल में बैठकर खाना न खा सकता।' आनंद भोजन करते समय अपने इतिहास को बत्तीस बार चबा रहा था।

जोशी की पत्नी वैजयंती उसे आग्रहपूर्वक परोस रही थी। उसे क्या पसन्द-नापसन्द है, देख रही थी। जोशी की बेटी झूले पर बैठकर पोथी पढ़ रही थी। जोशी खाना खाते खाते मजाक कर रहा था।

"सुनती हो? इनकी जाति क्या होगी, बता तो।"

"ब्राह्मण तो निश्चित नहीं है।"

"काशीकर सर, हम जात-पात मानते नहीं हैं। यूँ ही आपकी गलतफहमी न हो। मजाक कर रहा हूँ। कांबले सर भी हमारे घर खाना खा चुके हैं।"

"उस समय आप लोगों को बाहर खाना परोसा था और होस्टल से थालियाँ लाई थी। कुछ भी कहें, मुझे अछूत घर आये, यह पसन्द नहीं। गोमाँस खाते हैं।'

"काशीकर सर, आप ही बताएँ अपनी जाति।"

आनंद विचलित हुआ। क्या उत्तर दें, समझ न पड़ता। उसे ठसका लगा। उसने पानी लिया। उसकी आँखों में पानी आ गया। वह घिर गया था।

वैजयंती उसकी ओर उत्सुकता से देख रही थी। वह निवाला निगलने की दयनीय कोशिश कर रहा था। वैजयंती ने उसकी पीठ पर हाथ फेरा। "जल्दी मत कीजिए। आराम से खाइए। पानी पीजिए। फिर बताइए आराम से अपनी जात।" वैजयंती आनंद पर स्नेह कर रही थी। आनंद घबराया था।

फोन बजा। जोशी ने फोन उठाया। अपने खास अन्दाज में 'हलोऽ' कहा। नारायण पडवल का फोन था। जोशी उससे अदब से बात कर रहा था। वैजयंती के माथे पर शिकन उभर आयी थी। "हां, बोलिए सर, कार्यक्रम में आऊँगा। एमएलए आएँगे क्या? हाँ खाना खा रहा हूँ। आज अंग्रेजी के शिक्षक ने ज्वाइन किया है। उन्हें घर ले आया हुँ। सरनेम काशीकर हैं। ओपन में से हैं। उनकी जाति कुछ पता नहीं। सर्टिफिकेट पर जाति की जगह 'मनुष्य' लिखा है। सभी अपनी जाति 'मनुष्य' लिखें। जाति के सर्टिफिकेट देकर जाति-प्रथा मजबूत करने की, कोशिश चल रही है। मैं उन्हें लेकर आता हूँ। अच्छा रहेगा।" जोशी ज्यों खाना भूलकर भाषण ही करने लग गया था। वैजयंती ने माथे पर हाथ मार लिया था। पर गौरी उनकी बातें ध्यानपूर्वक सुन रही थी। "अजी खाना खाइए। भोजन ठंडा हो रहा है।" वैजयंती ने टोका था। जोशी ने बातें समेट ली थीं। "काशीकर को लेते आता हूँ। उनका सार्वजनिक सम्मान होना चाहिए। मुझे दो मिनट बोलने का अवसर दीजिए।" जोशी ने फोन रख दिया।

"कैसा कार्यक्रम?"

"एमएलए के हाथों पडवल कोचिंग क्लास के गुणवान विद्यार्थियों का सम्मान होनेवाला है। उसी कार्यक्रम में काशीकर का भी सम्मान। पहले ही दिन और वह भी एमएलए के हाथों।"

"काशीकर क्या पडवल कोचिंग क्लास के विद्यार्थी हैं?"

"अरी, उनकी जाति 'मनुष्य' है इसलिए सम्मान।"

"बाकी क्या पशु हैं?"

"इन्होंने कागजों पर अपनी जाति 'मनुष्य' लिखी है। इन्होंने अपनी जाति

दफना दी है।''

''अरे वाह! यानी इनका तो सम्मान होना ही चाहिए। एमएलए पर सतत जातीयवादी होने का आरोप रहता था। पडवल की तो एट्रोसिटी के कारण नौकरी गयी। काशीकर का सम्मान कीजिए तो सारे लोगों के मुँह को ताले लग जाएँगे।''

''काशीकर की रोटी पर और घी डाल।''

गौरी लपाक से झूले से उठी। उसका चेहरा भी खिल उठा। ''बाबूजीऽऽ काशीकर सर के माँ-बाप बहुत प्रगतीशील होंगे न?'' जोशी ने पानी पीते-पीते सकारात्मक सिर हिलाया था। उसकी भाव-मुद्रा बहल गयी थी। अपने घर में सम्मानित व्यक्ति है, इसकी उसे खुशी थी। वह उत्साहित था। ''काशीकर, मैं आप पर बोलने वाला हूँ।'' आनंद ने ज्यों छिपकली शरीर पर गिरी हो, वैसे ही यह निमन्त्रण झटक दिया था।

''नहीं, मैं कार्यक्रम में नहीं आऊँगा। यात्रा में थक गया हूँ मैं।''

''आपको आना पड़ेगा। एमएलए आ रहे हैं।''

''कृपा करके मुझे मत ले जाइए।''

''यह आपकी विनम्रता है।''

''मेरे लिए सम्भव नहीं है।''

''काशीकर, इस तरह बेवकूफ की तरह मत रहो। हमारे ये रिटायर होने को आये, तब भी अब तक उनका एमएलए के हाथों सम्मान नहीं हुआ। उन्होंने जहाँ कहा वहां इन्होंने आँखे मुँदकर दस्तखत किए। पर हमें पूछता कौन है? हम ठहरे गरीब ब्राह्मण।''

''तेरा हमेशा का...तू चुप बैठ।''

''मैंने, जो सच है, वही कहा। लोग हमारी जात भूलने के लिए तैयार नहीं।''

आनंद के सिर में तूफान उठा था। 'सुबह लूटा, शाम को सम्मान' उसे मितली आने लगी। भाग जाने का मन हुआ। मैं गलती से दुश्मनों के हाथ लग गया हूँ, यह उसे लगने लगा। जोशी उसे यमदूत लगने लगा था।

''पहले दिन सम्मान हो रहा है। रिटायर होने पर लोग पुतले खड़े करेंगे।'' जोशी ताना मारता बोला। आनंद ने उसकी बातों की ओर ध्यान नहीं दिया था। पर गौरी उसकी ओर कुतूहल से देख रही थी। उसके मन में उसके लिए बहुत गहरे कहीं जगह तैयार हो गयी थी। बिल्कुल बगीचा में किसी खाली बेंच की तरह। वह उसके शिकवे-शिकायत सुन रही थी।

आनंद को असुरक्षित लग रहा था। वह स्वयं से विवाद कर रहा था। ''मैं लोगों को धोखा नहीं देता। मेरी जाति सर्टिफिकेट पर हस्ताक्षर-सिक्के के साथ लिखी है। वही जाति लेकर मैं पैदा हुआ हूँ। जिया, बडा हुआ। 'मैं मनुष्य' यही सबको दृढ़ता से बताया। पर आज मैं लड़खड़ा रहा हूं। मेरे पैर डगमगा रहे हैं।'' आनंद अपने पर ही चिढ़ रहा था। उसे कुछ न सूझता। उसका दिमाग सुन्न हो गया था। वह अपनी जगह से उठते-उठते नीचे बैठ गया। जोशी ने उसे सहारा दिया। उसे उठाया, ''पैरों झुनझुनी भरी क्या? जमीन पर पैर पटकिए। झुनझुनी जाएगी।'' जोशी की आवाज में इंसानियत थी। ''पैरों पर पानी डालें? झुनझुनी जाएगी।'' वैजयंती ने अपनेपन से पूछा। वह कुछ नहीं बोला।

''हम शाम को साथ में कार्यक्रम में जाएँगे। लोगों से परिचय होगा। 'पडवल कोचिंग क्लास' में पढाइए। दो पैसे मिलेंगे। उनके पास रहने के लिए जगह है। आपके ठहरने की व्यवस्था हो जाएगी।'' जोशी बुजुर्गीयत से बोल रहे थे। वह केवल चिल्लाया। उसे जोशी का बोलना असह्य हो रहा था। वह बिफर गया।

''मैं कहीं भी रहूँगा।''

''अजी, आप महारवाडे में भी रहेंगे आप डिकास्ट हो चुके हैं। पर यहाँ के लोग जातिवादी हैं। संस्था जातिवादी है। कांबले सर महार हैं इसलिए उन्हें परेशान किया जाता है। उसे कहीं भी नौकरी मिलेगी। रिजर्व जगहें हैं उनके लिए। अपना विचार कीजिए। आप ओपन में आते हैं। ओपन के लोगों के लिए नौकरी मिलना मुश्किल है। नौकरी टिकानी होगी तो कार्यक्रम में चलिए। एमएलए के गुड बुक में रहेंगे।''

आनंद तंग आ गया था। उसे आवश्यक न होने पर भी सुझाव और सलाहें मिल रही थीं। वह चिल्लाकर कहना चाहता था कि ''मैं महार हूँ। आप भ्रष्ट हुए, गोमूत्र से नहाइए।'' पर उसका साहस न होता। जोशी के अति उत्साह के कारण उसे कार्यक्रम के लिए जाना पड़ रहा था। भाग जाने के लिए उसके पास बस भाड़े के लिए भी पैसे नहीं थे। उसकी हालत विकट हो गयी थी।

गौरी ने उसे हाथ पोंछने के लिए नैपकिन आगे बढ़ाया, पर उसने नहीं लिया। अपने ही रूमाल से उसने हाथ पोंछा। मुँह पोछा। गौरी ने सौंफ दी। उसकी ओर न देखते ही उसने सौंफ ली। गौरी चिढ़ी। 'यह आदमी कुछ अलग ही दिखता है।' गौरी का वाक्य उसके सिर में स्कूल की घंटी की तरह बजता रहा। वह अपनी मानसिक स्थिति में कीलें ठोंककर ठीक-ठाक करता रहा।

''काशीकर, काशी के ब्राह्मण लगते हैं आप।'' जोशी ने उनका मजाक उड़ाया। आनंद ने उनकी ओर ध्यान नहीं दिया।

गाय पवित्र, गो मूत्र पवित्र।
गोमूत्र छिड़का तो सब पवित्र।
गाय पवित्र, गोमाँस अपवित्र।
गोमाँस भक्षण से सब अपवित्र।

नवीन जगह के कारण आनंद को नींद नहीं आ रही थी। वह सोच रहा था। करवटें बदल रहा था। उसे बेचैनी हो रही थी। वह लाचार अनुभव कर रहा था। उसकी नींद उड़ चुकी थी। देश में कहीं भी जाय तो यही अनुभव होगा। जाति जानेवाली नहीं थी। जाति इस देश की पहचान है। आनंद फैन के नीचे सोया था। फैन तेजी से घूम रहा था। उसने तेजी से घूमनेवाले फैन की ओर देखा। वह ध्यान केन्द्रित कर फैन की ओर देखने लगा। उसे फैन की गति का अहसास हुआ। वह फैन के बारे में सोचने लगा। उसने अपना बिस्तर फैन के नीचे से दूसरी ओर खींच लिया। वह फिर सो गया। फिर उसका ध्यान फैन की ओर गया।

नारायण पडवल ने आनंद को कोचिंग क्लास में रहने के लिए जगह दी। कोचिंग क्लास में ट्यूशन का काम दिया। बदले में उसे भोजन मिलने वाला था। उसके ठहरने-खाने की समस्या इस तरह दूर होनेवाली थी। वह उठा। फैन की गति कम करने की कोशिश की। फैन की गति कम न होती। एक तो फैन बन्द होता या उसी गति से घूमता था। उसकी और फैन की हालत एक जैसी थी। एक तो भाग जा, नहीं तो जाति चुरा कर रह। वह फैन की ओर देखता रहा। फैन की आवाज से उसे फैन टूट जाने का डर लगने लगा। फैन टूट जाएगा, गिर पड़ेगा। इस दीवार से उस दीवार से टकराएगा। लट्टू की तरह चक्राकार घूमेगा। उसका पंख नाजुक जगह टकराएगा। वह डरा, उठा। फैन बन्द किया।

पंखे के बन्द होते ही मच्छर काटने लगे। वह तंग आ गया। दीवार पर दो छिपकलियाँ उसे लड़ती हुई दिखाई दीं। एक छिपकली ने दूसरी छिपकली की पूँछ मूँह में जोरदार ढंग से पकड़ रखी थी। छिपकलियों को भी भयंकर गुस्सा आता है, इसका उसे आश्चर्य हुआ।

वह एकटक छिपकली की ओर देखता रहा। वह छिपकली से डरने लगा। ये बेकाबू छिपकलियाँ नीचे आयी तो? छिपकली काटने पर कोई दवाई नहीं। वह विचलित हुआ। उसे एक-एक छिपकली मगरमच्छ की तरह दिखने लगी। फिर उसने हनुमान का जाप शुरू किया, 'जय बजरंग बली, तोड़ दे दुश्मन की नली', वह उठा। लाईट बन्द की और सो गया।

नींद में उसे सपना आया।

सपने में उसके माता-पिता आये थे। वह क्लास में पढ़ा रहा था। बच्चे उधम कर रहे थे। वह लड़कों को 'साइलेंस प्लीज' कह रहा था। टेबल पर डस्टर पटक रहा था। पोपट पांचाल क्लास में आया था। 'सर आपसे मिलने मेहमान आये हैं।' वह क्लास के बाहर आया। पांचाल क्लास में रुका। और अच्छी अंग्रेजी पढ़ाने लगा। क्लास शान्त बैठा था।

वह स्कूल के बरामदे में बैठे अपने माता-पिता के पास गया। जाई जगताप उसकी ओर कुत्सित नज़र से देख रही थी। माँ-बाप आये हैं, यह देखकर उसे चक्कर ही आ गया। उनका चेहरा, उनकी चमड़ी का रंग और उनके कपड़े, वे दलित होने के प्रमाण दे रहे थे। उन्हें तत्काल वह कमरे में ले गया। वह माता-पिता पर नाराज हुआ। माता-पिता के अचानक आ जाने के कारण वह कठिनाई में आ गया था। माता-पिता के कारण अपनी जाति मालूम हो जाएगी और लोग मुझ पर हमला करेंगे, यह सोचकर वह घबरा गया। कमरे में जाने के बाद उसने दरवाजा लगा लिया।

"आप क्यों आये?"

"तुझे मिलने के लिए। क्या हुआ?"

"बिना बताए क्यों आये?"

"तू माँ के सपने में आया था। वह तुझे याद कर रही थी। आ गये हम।"

"क्या जरूरत थी? मुझे बताते। मैं आ गया होता।"

"हम आये तो क्या गलत हुआ?"

"मैं यहाँ जाति चुराकर रहता हूँ। दलितों को यहाँ किराए से जगह नहीं मिलतीं। लोगों को यदि मेरी सही जाति मालूम हो गयी तो मुझे जान से मार डालेंगे, मुझे यहाँ डर लगता है। आपके आने के बाद मेरी असलियत खुलने का डर लगता है।"

"हम एक दिन रुकेंगे। कल चले जाएँगे।"

"आपको लोगों ने देख लिया तो मैं संकट में आ सकता हूँ।"

"ठीक है, हमें वापस भेज दो। हम जाते हैं।"

"आप बताइए मत कि आप मेरे माता पिता हैं। गाँव के हैं, यही बताइए। यहाँ किसी से न मिलें। न बोलें। घर में ही बैठे रहें। बाहर न निकलें।"

"हमें भेज दो। हम जाते हैं।"

आनंद के माता पिता के चेहरे उतर गये थे। सुदाम गम्भीर हो गया था। सावित्री की आँखे भर आयी थीं और उसकी नींद टूट गयी। वह भावुक हो उठा था। उठ बैठा था। उसे बुरा लगा था। उसे माता-पिता की खूब याद आ रही थी।

***

स्टाफ रूम में शिक्षकों में विवाद छिड़ गया था। अखबारों में उत्तर भारतीयों पर हुए हमलों के समाचार छपकर आये थे। हर व्यक्ति उत्तर भारतीय पर हमलों का समर्थन कर रहा था। पर आनंद शान्त बैठा था।

"दूसरे राज्यों से आने वाले लोगों का रेला रोकना मुश्किल है। वे आएँ, पर मगरूरी न करें। महाराष्ट्र की भाषा और संस्कृति को अपनाएँ।"

"अपना संविधान बदलना चाहिए, संविधान के कारण ही राज्याभिमान और भाषाभिमान में वृद्धि हो रही है।"

हर व्यक्ति बेवकूफी की बातें कर रहा था। आनंद से रहा नहीं गया तो वह भी बोला, "उत्तर भारतीय कोई पराए नहीं हैं। वे भी भारतीय ही हैं। हम क्या अपने ही देशबन्धुओं पर हमले करेंगे?" आनंद के दया भावपूर्ण सवाल के कारण हँसी हुई, 'वाह रेऽ मानवता के महान पुजारी' हताले की चढ़ती आवाज ने उसे ठेस पहुँचाई और सबका मनोरंजन हुआ था।

आनंद काशीकर को सब सर कहते थे। साथी शिक्षक, विद्यार्थी, चपरासी, पालकों के मुँह से 'सर' शब्द सुनते समय उसे बड़ी रोमांचक अनुभूति होती। स्कूल की कुर्सी में बैठते समय, चॉक, डस्टर हाथ में लेते समय, क्लास में पढ़ाते समय, स्टाफ रूम में बैठते समय, लाइब्रेरी में जाते समय, मस्टरपर हस्ताक्षर करते समय उसे रोमांच होता। 'मैं कुछ तो हूँ' इस बात का अहसास उसे पल-पल होता रहता। उसकी भाव-मुद्रा में परिवर्तन हो गया था। उसने प्रयत्नपूर्वक अपनी भाषा बदल दी थी। वह खुलकर न बोलता। सहयोगियों को दाद देते हुए उन्मुक्त न हँस पाता। सभी लोग उसके बारे में जानने के लिए उत्सुक होते। पर वह अपनी मुट्ठी न खोलता। विद्यार्थियों के बीच वह आकर्षण का विषय था। पर आनंद सबको टालता। सबसे दो हाथ दूर ही रहता था। मैं शामिल होता गया तो व्यक्तिगत प्रश्न पूछेंगे और अन्त में वे जाति पर आएँगे इसकी उसे गहरी अनुभूति रहती।

घंटी बजी। सभी शिक्षक क्लास में गये। आनंद का पीरियड नहीं था। वह स्टाफ रूम से बाहर आया और लाइब्रेरी की ओर बढ़ा। रास्ते में एक बच्चे को चार-पाँच विद्यार्थी मार-पीट कर रहे थे। किसी ने उसका शर्ट फाड़ डाला था। किसी ने उसका बस्ता छीनकर फेंक दिया था। किसी ने उसके गाल पर निशान खींच दिया था। आनंद उस विद्यार्थी के पास गया और उनका झगड़ा छुडाया। मार खानेवाला लड़का रो रहा था। दूसरे लड़के बिगड़ रहे थे।

"क्यों रे, क्या हुआ? झगड़ते क्यों हो?"

"ये धेड हमें उल्टे उत्तर देता है।"

"क्यों रे बाबू, गालियाँ क्यों देता है?"

"ये हमेशा मेरा अपमान करते हैं। मेरे पिता इनके घर भीख माँगने जाते हैं इसलिए ये मुझे चिढ़ाते हैं। मुझे रोज तंग करते हैं।"

"चलो, माफी माँगो एक-दूसरे की।"

"हम इस महारडा से माफी नहीं माँगेंगे।"

लड़के आवेश में आकर निकल गये थे। आनंद असमंजस में पड़ गया। लड़कों ने उसकी बात नहीं मानी। पर महार का लड़का हांफता हुआ खड़ा था।

"नाम क्या है रे तेरा?"

"हर्ष गायकवाड!"

"मैं उन लड़कों को समझाऊँगा। तू मन पर न ले। ऐसे प्रसगों पर मात कर आगे बढ़ना चाहिए। टूटना नहीं। समझा क्या?"

आनंद ने हर्ष को प्रेम से समझाया। हरीश कस्तुरे मराठी की पीरियड पूरा कर आया। वह आनंद को देखकर अपनी ही जगह पर रुक गया, "सर, बच्चों के झगड़ों में ध्यान मत दीजिए। यह रोज का ही है। चलिए चाय पीते हैं।" कस्तुरे ने उसे चाय के लिए आग्रह किया। आनंद कस्तुरे के साथ चाय के लिए चल पड़ा। वे नगरद्वार पर कानिफनाथ होटल की ओर गये। कस्तुरे की वहाँ उधारी चलती थी।

होटल के बाहर रखे बेंच पर बैठे लोगों की ओर आनंद का ध्यान गया। वह काँप गया। आनंद को जिसने लूटा था, वह यही आदमी था। उसने आनंद को देखकर नमस्कार किया। वह गन्ना चूस रहा था। आनंद ने उसकी ओर ध्यान नहीं दिया।

कस्तुरे और आनंद को देखकर कानिफनाथ होटल का मालिक केशव काकड़ ने स्वयं उठकर उन्हें पानी दिया। सेंपल के रूप में प्याज के भजिए दिए और उनके लिए स्पेशल चाय रखी।

"सर, किस गाँव से हैं?"

"रायपुर।"

"क्या नाम है?"

"काशीकर सर, उनका नाम भी डायरी में लिखिए। पगार होने पर उधारी देंगे।"

"काशीकर यानी किस जाति के?"

"आज उनका नाम और गाँव मालूम हो गया न? सब एक ही दिन पूछ लेने पर बोलने के लिए कल क्या रह जाएगा? धीरे-धीरे सब मालूम हो जाएगा। कोई दिक्कत है?"

"काशीकर कहते ही मुझे काशी के ब्राह्मण लगे।"

"चाय हो जाने पर दीजिए।"

"थोड़ी उबलने दिजिए। उबलने पर अच्छी लगेगी।"

होटल कानिफनाथ के सामने रामकिसन आया। उसे देखते ही आनंद को अपने पिता याद हो आये। रामकिसन अपनी जात का चेहरा है। उसके व्यवहार से, बोलने से उसकी जात तेजी से बहने लगती है। शिक्षा के कारण जाति का कवच भेद कर आनंद को आधुनिक पहचान मिली थी। आनंद व्यथित होकर अपने भूतकाल को देख रहा था। रामकिसन उसके अभद्र भूतकाल का उल्टा सीधा रूप था। रामकिसन ने दलितों के लिए अलग कप-प्लेट धो ली। केशव काकडे ने उपर से चाय उँडेली।

केशव काकडे ने कस्तुरे और आनंद को चाय दी।

आनंद का पूरा ध्यान रामकिसन पर केन्द्रित हुआ था। काकडे की नजर से यह छूटा नहीं था। काकडे ने अपनी ओर से ही खुलासा किया, "उसके लिए अलग से कप-प्लेट रखी है। वैसे चाय पीने के लिए उनके कोई लोग नहीं आते। एकाध ही कोई आता हैं।"

आनंद से रहा नहीं गया। वह तुरन्त बोला। उसकी बातों में कड़वाहट थी। "कानून ने अस्पृश्यता नष्ट कर दी है। दलितों को बरोबरी का व्यवहार देना चाहिए।"

आनंद की आवाज की तीक्ष्णता देखकर काकडे को उसकी जाति का संशय आया। "एक-दो लोगों के लिए क्या मैं गाँव के ग्राहक तोड़ दूँ!" काकड़े ने अपने मन का गुबार बाहर निकाला।

आनंद और कुछ बोले, इससे पहले कस्तुरे ने उसे उठाया। "चलिए, घंटी बजेगी। यह गाव-खेडा है। यहाँ ये सब चलेगा ही। वो महार विद्यार्थी था न, उसका ये बाप है रामकिसन गायकवाड।"

कस्तुरे आनंद को लेकर स्कूल की ओर चल पड़ा। पर आनंद नजर से दूर निकल जाने तक रामकिसन को भावुक निगाहों से देख रहा था।

कस्तुरे के दिमाग में बात रह गयी थी। उसने वह पूछ ही ली। "पावले ने आपको क्यों नमस्कार किया?" कस्तुरे की आवाज में कुछ अजीब बात थी। "कौन पावले?" आनंद ने आश्चर्य से पूछा था। "वही, जो गन्ना चूसते बैठा था। दिन में सोता है और रात में लोगों को लूटता है। आपको तो नहीं लूटा?" कस्तुरे ने आनंद की दुखती रग पर हाथ रखा था। आनंद ने धूर्त राजनीतिज्ञ की तरह उसका सवाल टाल दिया था।

होटल कानिफनाथ में आनंद की उधारी शुरू हुई। उसकी एक और समस्या दूर हुई।

घंटी बजी।

आनंद पीरियड पर गया।

विद्यार्थी कक्षा में कराटे का खेल खेल रहे थे। इन्हीं लड़कों ने हर्ष गायकवाड़ को मारा था। आनंद के क्लास में जाते सब शान्त-चुप हो गये थे। आनंद ने उनमें से एक लड़के को पैर का अँगूठा पकड़कर उकड़ू रहने के लिए कहा। पढ़ाते समय कई बार वह चूक जाता। बीच-बीच में सॉरी कहता। बच्चे हँसते थे।

पीरियड खत्म होने पर जोशी ने आनंद को ऑफिस में बुला लिया। जोशी गुस्से में थे, "आपने जिस लड़के को अँगूठे पकड़ने की सजा दी थी, वह अपने सचिव का बेटा है। दीनानाथ मुजुमदार का बेटा है वह। अभी आप नये हैं। थोड़ा धीरज से काम लीजिए। इतने उतावले न हों। अन्यथा घर का रास्ता नापना पड़ेगा।" जोशी की आवाज में भयंकर गुस्सा था। आनंद विचलित हुआ।

घंटी बजी। स्कूल की छुट्टी हुई। भेडों का झुंड जाय इस तरह विद्यार्थी स्कूल के कम्पाउंड से बाहर जाने लगे।

***

दौलत कांबले आज काम पर आया। इस कारण स्टाफ रूम की चर्चा के विषय बदल चुके थे। वातावरण बदल गया था। यह परिवर्तन आनंद के भी ध्यान में आया। आनंद ने जान बूझकर स्वयं को कांबले से दूर रखा था। कांबले को भी इसका अन्दाजा आ गया था। कांबले भी बहुत गहरे नहीं गया।

आनंद को और एक बात अलग लगी। दलित बच्चे कांबले को 'जय भीम' करते थे और कांबले भी दलित बच्चों को 'जय भीम' करता था। आनंद को यह दृश्य देखकर आंतरिक खुशी हुई। कांबले खुले स्वभाव का था। वह आत्म-सम्मानी था। उसका आत्मविश्वास भी मजबूत था। उसपर किसी प्रकार का दबाव नहीं था। परन्तु उसका आभास भी होता तो स्कूल की इट भी सतर्क हो जाती।

दौलत कांबले ने आनंद का हाथ, हाथ में लेकर जोरदार ढंग से मिलाया। आत्मीयता से पूछताछ की। उसके व्यवहार में, बातें करने में कोई पूर्वग्रह न होता।

आनंद को लगा, यह अपना जिगरी दोस्त बन सकता है। पहले दिन कांबले से भेंट हुई होती तो मैं अपने लोगों में जाकर रहता। उसे अपने मुखौटे से घृणा लगने लगी।

***

घर-घर के लोग रामझिरा नदी पर आये थे। पनघट लोगों से भरे पड़े थे। सुबह की कच्ची धूप की किरणों से रामझिरा नदी का प्रवाह चाँदी-सा सफेद शुभ्र लग

रहा था। स्त्रियाँ पानी ले जा रही थीं। पुरुष डुबकियाँ लगा रहे थे। होस्टल के विद्यार्थी नहाने के लिए नदी पर आये थे। आनंद भी नदी पर आया था। गौरी पानी भर रही थी।

नदी के ऊपरी हिस्से में सवर्णों का पनघट था। निचले हिस्से में अस्पृश्यों का। आनंद सवर्णों के पनघट पर नहा रहा था। आनंद ने नहाने के बाद सूर्य को अर्ध्य देकर नमस्कार किया था। सच तो यह था कि उसे ये सारे कर्मकांड मान्य नहीं थे। अलग छिटक न जाय इसकी वह सावधानी बरत रहा था। गाँव के लोगों में घुलमिल रहा था। कार्यक्रमों में भाग लेता था। वह सवर्णों के साथ शामिल हो जाने की कोशिश कर रहा था। उसे लोग उसके नाम से पहचानने लगे थे।

आनंद नहाकर घर जाते समय हनुमान का दर्शन लेता था। वह कभी मन्दिर जाता। परन्तु आज जयराम पुजारी ने उसे मन्दिर में बुलाया था। "भीतर क्यों नहीं आते? बाहर से क्यों दर्शन लेते हैं? आप तो अस्पृश्य थोड़े न हैं?" जयराम पुजारी की आवाज में जितनी मृदुता थी, उतना ही जहर भी था। आनंद मन्दिर की सीढियाँ चढ़ा। मन्दिर में जाते हुए उसका पैर लड़खड़ा गया। दर्शन लेते हुए उसका भ्रम-भंग हुआ। मन्दिर में बहुत बड़ी शिला थी। उस पर सिन्दूर चुपड़ा था। पत्थर निर्जीव और निष्क्रिय है। आदमी सजीव और सृजनक्षम है। सृजनक्षम जीव को निर्जीव और निष्क्रिय पत्थर के सामने ध्यान मग्न होकर हाथ जोड़ने के लिए कहना मनुष्य का घोर अपमान है। आनंद ने आँखे मूँदकर दर्शन लिया था। पुजारी ने उसके हाथ पर प्रसाद रखा था।

आनंद मन्दिर की सीढियाँ उतर रहा था। सीढियों के पास रामकिसन खड़ा थां। ध्यान लगाकर वह दर्शन ले रहा था। उसकी जगह सीढ़ियों के पास थी। वह अपनी जगह जानता था और उसका पालन करता था। पर आनंद ने सीढ़ियाँ लाँघ ली थीं। उसके मन में भयंकर पछतावा था।

वह होटल कानिफनाथ में बैठकर चाय पी रहा था। अखबार पलट रहा था। रामकिसन होटल के बाहर खड़ा था। उसके हाथों में, दलितों के लिए अलग से रखी कप प्लेट थी।

आनंद होटल से बाहर निकला। रामकिसन ने उसे प्रणाम किया। आनंद ने विनम्र होकर रामकिसन को नमस्कार किया।

आनंद ने आज घर जाने का रास्ता बदल लिया। गाँव शुरू होते ही दायीं ओर जानेवाला रास्ता नारायण सदन को जाता है। आज वह बायीं ओर से निकला। इस रास्ते पर सबसे पहले एमएलए गजाननराव पिसाल का सम्पर्क कार्यालय लगा। उससे आगे बढ़ने पर रास्ते पर वाले सर मिले। वाले ने आनंद से चाय का आग्रह

किया। यह रास्ता बदलने का परिणाम था। आनंद वाले के घर गया।

आनंद वाले के घर से चाय पीकर निकला। वाले की पत्नी ने उसे भोजन पर आने का निमन्त्रण दिया। आनंद रास्ते पर आ गया। वाले अपने मानसिक रूप से विकलांग बेटे को लेकर खड़ा था। वह आनंद को हाथ हिलाकर 'बाय बाय' कर रहा था। आगे बढ़ने पर आनंद को कुँजीर अखाड़ा दिखा। अखाड़े की गली में कई पहलवान लंगोट में खड़े थे। आनंद को देखते ही वे तुरन्त ओट में हो लिए। अखाड़े के आगे पीपल का पेड़ था। आनंद इधर-उधर देखता चल रहा था। आगे उसे लाखे किराना दुकान दिखाई दिया। उसकी कक्षा में लाखे नामक लड़की थी। दुकान के पाससे दायीं ओर मुड़ा रास्ता भीमनगर की ओर गया था। लाखे किराना दुकान के आगे ओम ड्रायक्लिनर्स की दुकान थी। बोर्ड पर प्रो. विश्वास महाले नाम थी। दुकान बन्द थी।

आनंद आगे-पीछे देखता बढ़ रहा था।

चौक में एमएलए की भव्य कोठी थी। कोठी का शीशम का दरवाजा, कोठी के सामने की सीढ़ियाँ, कोठी का महाकाय रूप के कारण कोठी तुरन्त आकर्षित कर लेती। कोठी के सामने तोफ रखी थी। कोठी का यह राजशाही ठाठ था। कोठी का चक्कर लगाकर आनंद आगे बढ़ा। कोठी के पीछे 'जनसेवा क्रेडिट सोसायटी' का कार्यालय था। शुरू में जोशी यहाँ क्लर्क के रूप मे काम करता था। अगली गली में जिला परिषद का स्कूल था। आनंद ने क्षणभर रुक कर यह स्कूल देखा था। स्कूल के पीछे दीनानाथ मुजुमदार का 'छाया' नामक बँगला था। बँगले के सामने उनकी एम्बेसेडर कार खड़ी थी। इसी गली में कहीं तो पोपट पांचाल किराए से रहता था। उसके बच्चे जिला परिषद के स्कूल में थे।

आनंद गाँव के इस हिस्से में पहली बार ही आया था। वह गाँव को चक्कर लगाकर नारायण सदन की ओर निकला। रास्ते में सुतार गली लगी। आनंद को ट्यूशन के लिए आये दो लड़के मिले। लड़कों ने उसे नमस्कार किया। आगे आटे की चक्की थी। इस इलाके में जाई जगताप और चारमगोल रहते थे। आनंद आगे बढ़ गया। रास्ते में विश्वेश्वर का मन्दिर लगा। मन्दिर के आसपास बड़ा ग्राउंड था। पीछे तालाब था। आनंद ने बाहर से ही ईश्वर के दर्शन लिये।

मन्दिर के बायीं ओर के मैदान में क्रिकेट का खेल चल रहा था। आज छुट्टी होने के कारण बच्चे सुबह ही खेलने के लिए आये थे। आनंद दायीं ओर मुड़ा। वहाँ पोस्ट ऑफिस था। जानवरों का दवाखाना था। ग्रामीण रुग्णालय था। स्टेट बैंक ऑफ इंडिया की ब्रांच थी। आनंद बैंक के पास से बायीं ओर मुड़ा। यह रास्ता नारायण सदन की ओर जाता था।

चौक की दीवार पर 'पडवल कोचिंग क्लासेस' का विज्ञापन पुता था। नारायण सदन दो मंजिला इमारत थी। तल मंजिल पर नारायण पडवल रहता था। कोचिंग क्लास के लिए उसने उपरी मंजिल चढ़ा ली थी। आनंद नारायण सदन के दरवाजे से भीतर गया। शीला पडवल तुलसी की पूजा कर रही थी। आनंद सीढ़ियाँ चढ़कर उपर गया। वह कोचिंग क्लास के कार्यालय में रह रहा था। एक आलमारी में उसने अपना सामान रखा था।

आनंद तैयार होकर नीचे आया।

नारायण पडवल और आनंद नाश्ता कर रहे थे। पडवल का बेटा पढ़ाई कर रहा था। पडवल मैडम किचन में थी। नारायण सदन के दरवाजे पर रामकिसन की पत्नी चांगुणा, जोगवा* माँगने आयी थी। पडवल लपाक से उठा और उसने धडाम् से दरवाजा लगा लिया। दरवाजे के थर्राने का कम्पन आनंद तक पहुँचा।

"गरीबों के प्रति दया रखनी चाहिए। अपनी रोटी का टुकड़ा दूसरे को देना हमारी संस्कृति है।" आनंद ने कहा।

"उन्होंने मेरे भोजन में मिट्टी मिलाई है। मैं सड़क पर आ गया हूँ। नौकरी गयी। ट्यूशन करके जी रहा हूँ। हमें ही नहीं मालूम कि हम कैसे जी रहे हैं।" पडवल भड़भड़ाकर बोल रहा था। उसकी आवाज में भयंकर वेदना थी और दलितों के बारे में बहुत नफरत।

आनंद विचलित हुआ। पडवल के मन का बाँध फूट पड़ा। "महार लोग एस्ट्रोसिटी कानून का दुरुपयोग कर रहे हैं। सवर्णों को तकलीफ देने के लिए बदले की भावना से शिकायतें कर रहे हैं।" पडवल जहर उगल रहा था। पडवल मैडम भी उसमें शामिल हो गयी। "आप भी सँभलकर रहिए। हमारे घर में रहे इसलिए आपको तकलीफ हो सकती है।" पडवल मैडम की आवाज में द्वेष भरा था।

आनंद घबरा गया। अपने आपको वह अपराधी-सा पा रहा था। पडवल मैडम की आँखों में आँसू उतर आये थे। पडवल ने आवाज चढ़ाई, "वर्ण-व्यवस्था आदर्श समाज व्यवस्था है। सबको इसका पालन करना चाहिए।" पडवल की आवाज से चिंगारियाँ झर रही थीं।

आनंद भी भीतर से सुलग रहा था। उसे प्रतिकार करना आवश्यक लग रहा था। उसने सारी शक्ति इकट्ठा की। बुद्धि की पराकाष्ठा की। वह धीर गम्भीर आवाज में बोलने लगा, "वर्ण-व्यवस्था आदर्श कैसे है? ब्राह्मणों को विद्यादान करने का अधिकार था। तब उन्होंने सारे समाज को विद्यादान क्यों नहीं किया? आज भी हमारा समाज निरक्षर क्यों है? क्षत्रियों को लड़ने का अधिकार था। क्षत्रियों ने की क्या देश की रक्षा? फिर हमारा देश अनेक वर्ष गुलाम क्यों रहा?" आनंद के प्रति

प्रश्न से पडवल घायल हो गया। निरुत्तर हो गया। आनंद की ओर अजीब नजरों से देखता रहा। उसे आनंद की नजर में कांबले की नजर की दाहकता दिखी। वह भौंचक रह गया।

***

घंटी बजी।

आनंद क्लास के लिए निकला। पांचाल ने आनंद को बुला लिया। जोशी ने आनंद को वापस बुलाया। ज्यों किसी आवारा बच्चे को समझाया जाय, कुछ इस तरह जोशी आनंद को समझाने लगा। आनंद शांन्ति से सुनता रहा। उसका चेहरा कोरे ब्लेक बोर्ड - सा था।

बोर्ड पर गणित छुड़ाकर दिखाएँ इस मुद्रा में जोशी बोला, "अभी मुजुमदार का फोन आया था। उन्होंने आपको मुलाकात के लिए बुलाया है। वे जितना पूछेंगे, केवल उतना ही बताइए। जाते ही उनके पैर छुइए। उन्हें पैर छूना अच्छा लगता है। वे क्या कहते हैं, सुन लीजिए। वे हमारे सचिव है। मैं मराठी में बोला। आप सब समझ गये न? या फिर एक बार बताऊँ?" आनंद ने 'समझ गया' के रूप में सकारात्मक सिर हिलाया था। फिर भी जोशी बोलता रहा। "अभी मुजुमदार का फोन आया था। उन्होंने आपको मुलाकात के लिए बुलाया है। वे जितना पूछेंगे उतना ही बोलिए। जाते ही उनके पैर छुइए। वे पैर छूना पसन्द करते हैं। वे क्या कहते हैं सुन लीजिए। वे हमारे सचिव हैं। मैं मराठी में बोला। आपकी समझ में पूरा आया? या फिर एक बार बताऊँ?" जोशी के प्रश्न का आनंद ने तपाक् से जवाब दिया। "समझा, यस आई अंडरस्टैंड।"

आनंद ने मन की तैयारी कर ली थी। जाते ही पैर कैसे पकड़ना, कुर्सी में कैसे बैठना, कैसे बोलना है, कितना बोलना है, कब बोलना है...आदि-आदि विषयों पर वह विचार करने लगा था। 'मैं दुनिया के सारे प्रश्नों का उत्तर दूँगा, केवल उन्होंने मुझे जाति के बारे में कुछ नहीं पूछना चाहिए।' आनंद क्या बोलना और कैसे बोलना है, यह मन ही मन बार-बार तय कर रहा था।

आनंद ने एमएलए के सम्पर्क कार्यालय में प्रवेश किया। मुजुमदार की मुलाकात के लिए काफी लोग रुके थे। आनंद को लगा जाते ही मुलाकात होगी। पर उसे काफी देर रुकना पड़ा था। आनंद ने भीतर चिट भेजी, फिर भी उसे भीतर नहीं बुलाया था। वह काफी देर प्रतीक्षा करता रहा। उसे कई बार लगा कि वह चला जाय। वह बाजीराव से मिला। भीतर जाने देने का अनुरोध किया। "साहब ने ही बुलाया है। फोन किया था, इसलिए आया हूँ।" आनंद ने बाजीराव को समझाने की कोशिश

की। बाजीराव ने आनंद की एक न सुनी। उसे बैठे रहने के लिए कह रहा था। ''साहब सबको बुलाते हैं। सबसे मिलते हैं। आप बैठिए। आपका बुलावा आने पर आपको भीतर जाने दूँगा।'' बाजीराव ने आनंद को टका-सा जवाब दिया था। आनंद दुःखी हुआ था। उसे अपमानित होने जैसा लग रहा था।

''आप बताइए कि मैं आया हूँ।''

''आपकी चिट भेज दी है।''

''मेरे बाद आये लोग मिल रहे है।''

''वे लोग हैं, आप नौकर हैं।''

बाजीराव के रूखे उतर से आनंद दहल गया। उसे अपनी कीमत मालूम हुई। वह चुपचाप बैठा रहा। ज्यों उसके चेहरे पर तूफानी हिम-वर्षा हो रही हा। लोग भीतर जा रहे थे। बाहर आ रहे थे। आनंद का सारा उत्साह ठंडा हो रहा था।

सारी भीड़ जा चुकी थी। बाजीराव ने ऑफिस समेटा। आनंद बैठा था। बाजीराव ने आनंद को भीतर भेजा। भीतर जाते ही आनंद ने मुजुमदार के पैर छुए। मुजुमदार ने उसकी पीठ थपथपाई। ''गाँव पसन्द आया क्या?'' मुजुमदार ने पहाड़ी आवाज में कुछ डाँट से पूछा। उसने 'हाँ' का 'हाँ' से 'ना' का 'ना' से जवाब दिया। मुजुमदार के बेटे को उसने अँगूठा पकड़ने के लिए कहा था। शायद उस बारे में फटकार मिलेगी ऐसा आनंद को लगा था। पर वैसा कुछ नहीं हुआ। उलटे मुजुमदार ने आनंद से हँस कर कहा था। ''आप अपना वेतन लें, पढाएँ और घर जाएँ। संस्था आपको परेशान नही करेगी। आप संस्था को परेशान न करें। समझे?'' मुजुमदार ने आँख मारकर पूछा था। मजबूर स्त्री के दामन में हाथ डालने-सा उसने उसकी आँखों में आँख डाली थी।

आनंद ने सकारात्मक सिर हिलाया। ''ठीक है, आप जाइए। मुझे खाना खाने जाना है। गोलियाँ लेनी हैं।'' मुजुमदार इतना बोलकर उठा। और दनादन कदम बढ़ाता बाहर निकल गया था। आनंद उसके पीछे लगभग घिसटता निकला। 'बाजीराव, सर को पहुँचा दो।' कहते हुए मुजुमदार अपनी पुरानी एम्बेसेडर कार में घुसा। कार निकल चुकी थी। मुजुमदार ने फिर आनंद की ओर देखा नहीं था। पर आनंद अपनी जगह पर हाथ जोड़कर खड़ा था। बाजीराव ने सम्पर्क कार्यालय का शटर नीचे खींचा। ताला लगाया। बुलेट स्टार्ट की। बुलेट धड़धड़ाने लगी।

''मैं चला जाऊँगा। आप तकलीफ न उठाएँ।''

''मैं केवल साहब का सुनता हूँ। उन्होंने पहुँचाने के लिए कहा है। मैं पहुँचाऊँगा। नहीं तो साहब मुझ पर नाराज होंगे। बैठिए।'' बाजीराव की आवाज में उद्दंता थी। उसने आँखे फाड़ कर मूछें पर ताव दिया। आनंद चुपचाप उसके पीछे

बैठ गया। बाजीराव ने एक के एक गेयर डाले। हार्न बजाया। गाँव में यह एकमेव बुलेट थी। लोग बुलेट के लिए रास्ता देते। बाजीराव को नमस्कार कर रहे थे। आनंद ने डरते-डरते बाजीराव के कन्धे पर हाथ रखा। बाजीराव ने कन्धा झटका। कन्धे पर आनंद हाथ रखे, यह उसे बिल्कुल पसन्द नहीं था।

बाजीराव ने आनंद को सीधे स्कूल की सीढियों पर ले जाकर छोड़ा। स्कूल के आंगन में बुलेट की आवाज़ गूँजी। आनंद नीचे उतरा। उसे आभार व्यक्त करना था पर बाजीराव ने उनकी ओर ध्यान भी नहीं दिया। हिन्दी सिनेमा के गुंडों की तरह बाजीराव ने जगह पर ही गाड़ी घुमाई। गाड़ी खूब रेज की और अगला चक्का हवा में उठा दिया। पिछले चक्के पर गाड़ी दौड़ाई। आनंद अवाक् हो गया। हनुमान मन्दिर के चबूतरे पर बैठे आवारा चौकड़ी का अच्छा मनोरंजन हुआ।

आनंद स्टाफ रूम की ओर निकला। जोशी ने बेल दबाई। पांचाल ने आनंद को 'जोशी सर से मिलिए' बताया। आनंद जोशी के सामने जा बैठा। जोशी के चेहरे पर भयंकर पांडित्य का ढोंग था।

"मुलाकात हुई।"

"हाँ"

"एक शब्द में उत्तर मत दें। एस्से टाइप बोलिए। मुझे शार्ट एन्सर नहीं चाहिए।"

"अच्छा बोले। अच्छा पढ़ाइए। विद्यार्थियों को अच्छे संस्कार दीजिए। आपके हाथों अच्छे विद्यार्थियों का निर्माण हो।"

"मतलब खास कुछ नहीं।"

"उन्होंने मेरा स्वागत किया। बाकी कुछ नहीं।"

"आपका पीरियड वाले ने ले लिया है। आप उनके पीरियड पर जाइए। ग्यारहवीं बी के लड़के शरारती हैं।"

आनंद ग्यारवी बी की कक्षा में पहली ही बार गया था। इस कारण उसने बच्चों का अपना परिचय दिया। बच्चे भी अपने स्थान से उठकर खड़े रहते थे। 'माई नेम इज' यह इतना अंग्रेजी में बोलते और अपना पूरा नाम मराठी में बता रहे थे।

सबका परिचय होने के बाद आनंद बोर्ड की ओर मुड़ा। तभी क्लास के एक शरारती लडके ने उन्हें रोका।

"सर एक प्रश्न पूछूँ क्या?"

"येस, पूछो।"

"सर आपकी जाति मनुष्य है न?"

पूरी कक्षा में हँसी उठी। आनंद ने कुछ भी उतर दिया नहीं था। वह लड़का अपनी जगह पर बैठ गया था। गलत उत्तर दिए लड़के की नाक पकड़कर किसी ने

झापड़ मार दी हो, ऐसा उस विद्यार्थी का प्रश्न उसकी गाल पर पड़ा। वह सुन्न हो गया। कक्षा में पिन ड्राप साइलेंस फैल गया।

***

गाँव के बाहर हनुमान मन्दिर था। यहाँ बैठने पर हाई वे जानेवाले वाहनों की ओर देखा जा सकता है। नदी की ओर जानेवाली स्त्रियों की ओर देखा जा सकता है। इस कारण बिना काम की चौकड़ी दिनभर मन्दिर के चबूतरे पर बैठी रहती। बीच में ही पढ़ाई छोड़ने वाले, बिना नौकरी के युवक यहाँ इकट्ठा होते। 'यहाँ क्यों बैठते हैं?' ये उन्हें कोई न पूछता। मन्दिर की जगह और गाँव के बाहर की जगह होने के कारण फालतू लोगों को बैठने के लिए अपने अधिकार की जगह मिल गयी थी। लोग रोज आकर बैठते हैं इसलिए जयराम पुजारी सफाई रखने लगा था। उसे भी बात करने के लिए अधिकार के अपने लोग मिल गये थे। गाँव में नयी बहू किसके घर आयी, वह दिखने में किस हीरोइन की तरह है, इसकी चर्चा जिस तरह यहाँ होती उसी तरह गाँव में कौन-सी लड़की सयानी हो रही है, दिखने में कौन अच्छी है, इसकी भी की चर्चा होती। इनमे केसर की चर्चा सबसे अधिक होती। ग्यारहवीं में पढ़ रही मीनाक्षी का नाम भी कई बार लिया जाने लगा। जोशी की बेटी गौरी पर भी इनकी नजर पड़ी थी।

दिनभर चबूतरे पर बैठकर नदी की ओर जाने-आने वाले लोगों की ओर देखना ठीक नहीं, यह बात जयराम पुजारी ने सबको डाँटकर बताई थी। इस कारण रोज आनेवाली संख्या में थोड़ी कमी आयी थी। गाँव के जवान लड़के बिना काम के दिन भर बैठे रहते हैं, यह गाँववालों को भी नहीं सुहाता था। सुबह गया लड़का दोपहर के बाद भी खाना खाने नहीं आता, इसलिए घर के लोग चिन्ता करते रहते। परन्तु हनुमान मन्दिर के चबूतरे पर बैठे लोगों को कोई चिन्ता न होती। हनुमान मन्दिर, मुंबई-बंगलूर हाई वे, काशीनाथ स्कूल और रामझिरा नदी के कारण यहाँ बैठनेवालों का समय बहुत अच्छी तरह बीतता था।

श्रावण लोमटे, संदीप ताकमोगे, श्रीकांत पावले, दत्ता जगताप और सुनील नवले ये रोज हनुमान मन्दिर के चबूतरे पर बैठते। उनकी यह बैठने की जगह ही हो गयी थी। जयराम पुजारी और उनकी अच्छी दोस्ती हो गयी थी। एक दिन श्रावण लोमटे ताश के पत्ते ले आया और वहाँ उनकी बैठक को भरपूर कारण मिल गया। वे रोज ताश खेलते। ताश खेलते-खेलते वे पत्तों पर पैसे भी लगाने लगे। जयराम पुजारी भी ताश खेलने लगा था। ईश्वर की पगली भक्ती और जुए की भयंकर लत के कारण उनका समय अच्छा गुजर रहा था। उन्होंने आनंद काशीकर की भी चर्चा

शुरू कर दी थी। ये दिखने में अच्छा है। अच्छे कपड़े पहनता है, क्लास की लड़कियों पर डोरे डालता होगा, मीनाक्षी को भी वह फाँस सकता है। ये सारी बातें उनकी चर्चाओं में होतीं। 'मुझे सादा चपरासी तो बनने दे, मैं आठ-दस लडकियों पर तो हाथ घुमाऊँगा।' सुनील नवले मन से मन का बोल रहा था। सबने उसकी बात पर मन से दाद दी थी।

"पुजारी आपको कोई पसन्द है क्या?" संदीप ताकमोगे के अनपेक्षित पूछे प्रश्न से जयराम पुजारी कुछ शरमा गया। 'बताइए...बताइए' श्रावण लोमटे ने आग्रह किया। 'हम किसी को नाम नहीं बताएँगे, बताइए।' श्रीकांत पावले ने और घी डाला।

"है एक। नाम नहीं बताऊँगा। साँवली है पर चेहरे-मोहरे से अच्छी है। मुझे अच्छी लगती है वह।"

"नाम बताइए न।'

'नाम नहीं बताऊँगा।'

"हम पर विश्वास नहीं है क्या?"

"नाम नहीं बताऊँगा।"

"तो आप हमें बना रहे हैं।"

"बस हुआ, मैं पुजारी हूँ।"

जयराम पुजारी गम्भीर हुआ। उसके मुँह से नाम निकल गया होता। पर वह दूर की दत्ता जगताप की रिश्तेदार थी। इस कारण जयराम पुजारी उखड़ा हुआ था। उसकी मानसिकता अजीब हो गयी थी। सभी ने विषय बदल दिया था।

"हनुमान मन्दिर के चबूतरे पर बैठकर ऐसी गन्दी बातें नहीं करनी चाहिए।"

"ठीक है। हम इसके लिए दूसरा मन्दिर बनाएँगे."

"गुड आइडिया, हम अच्छा विचार करेंगे। सच है, हम बुरे विषयों पर बात करते हैं।"

"जवानी बुरे विषयों पर बोलने के लिए ही होती है। धर्म-अध्यात्म ये बुढापे की बाते हैं।"

"अपने गाँव में हनुमान का मन्दिर है। पर प्रभु राम का मन्दिर नहीं। हम राममन्दिर निर्माण की चर्चा करेंगे।"

"यह हमारा खेल नहीं है।"

"यह विषय अच्छा है। गाँव को हमें यह आयडिया देना चाहिए। गाँव ने ध्यान दिया तो जबरदस्त राममन्दिर का निर्माण किया जा सकेगा।"

"हम शुरू करें, लोग अपने आप हमारे पीछे आएँगे।"

जयराम पुजारी दुसरा मन्दिर बनेगा यह सोचकर गम्भीर हो गया था। प्रभु

रामचन्द्र का मन्दिर बना तो अपने मन्दिर में कौन आएगा। यह चिन्ता उसे खाये जा रही थी। भयंकर तूफान के थपेड़े खाए समुद्र किनारे-सी उसकी भावमुद्रा हो गयी थी।

घंटी बजी थी।

स्कूल छूट गयी थी। कारागार से ज्यों सामूहिक पलायन करें, इस तरह विद्यार्थी स्कूल से बाहर निकल रहे थे। गाँव के बाहर से जानेवाले गाड़ी के रास्ते पर भी स्कूली बच्चों की संख्या काफी दिखाई दे रही थी। यह रास्ता भीमनगर की ओर जाता था।

***

रामझीरा का विशाल पाट। पाट की अथाह रेत। नदी किनारे कतार में खड़े ताड़ी-माड़ी के पेड़। प्रवाह में साफ दिखनेवाला काला-काला पत्थर। पानी में पनपी घनी घास। प्रवाह के मोडों पर उभरे गहरे भँवर। भँवर पर पसरी गूलर की घनी शाखाएँ। जामुन के पेड़ पर बैठे सफेद-शुभ्र बगुले। जान की चिन्ता से चिल्लाती-फिरती-उड़ती टिटहरी। प्रवाह से बहते आता निर्माल्य। पानी की मछलियों पर निशाना साधकर उड़ता जलपक्षी-कौड़िल्ला। पानी में तैरकर उस पार जानेवाले कुत्ते, नदी में कपड़े धोनेवाली स्त्रियाँ। पानी में डुबकी लगानेवाले आवारा लड़के। पानी में शान्त बैठी भैंसे। रेत पर आये भेड़ों की भीड। नदी में मछली पकड़नेवाले लड़के। नदी के किनारे स्थित श्मशान घाट। श्मशान के रास्ते खड़ा एक पुराना बरगद। बरगद पर बैठे भूखे गिद्ध और उनका डरावना कल्लोल। यह परिसर आनंद के लिए परिचित हो गया था। आनंद ने रामझिरा पर कविता भी लिखी थी।

आनंद ने कइयों को पानीभरी गागर उठाकर दी थी। गौरी को, केशर को, मीनाक्षी को। केशर कई बार आनंद से गगरी उठवाती। सिर पर गागर रखते समय उसके उरोज सहज दिख जाते। वह खिलखिलाकर हँसती। आनंद छुट्टी के दिन नदी पर कपड़े धोने जाता। वह कपड़े धोने आया था। केशर भी कपड़े धोने आयी थी। आनंद के मन में पानी कल-कल कर रहा था। साफ पानी में आकाश का नीला-नीला प्रितिबिम्ब गिर रहा था। आनंद ने केशर की ओर ध्यान न होने का नाटक किया था। पानी में खड़े रहकर कपड़े धोनेवाली केशर की गोरी जाँघें देखकर आनंद बौरा गया था। पोपट पांचाल ने आनंद को केशर का मजेदार किस्सा सुनाया था। केशर को देखते ही उसे वह किस्सा याद आता और वह मन ही मन हँसा करता।

गंगापुर नहर से पानी छोड़ा था। इस कारण रामझीरा में पानी आया था। केशर नदी पार कर रही थी। उसने साड़ी घुटनों तक ऊपर उठाई थी। जैसे ही पानी गहराता, वह साड़ी उठाती। उसने साड़ी जाघों तक उठा ली थी। उसने साड़ी कमर

के उपर तक उठा ली थी। पानी जैसे-जैसे कम हुआ, वैसे वैसे उसने साड़ी नीचे लाई भी। वह नदी से बाहर आ गयी थी। उसकी साड़ी भीगी नहीं थी। पांचाल ने उसके आधे स्नान का फालतू वर्णन किया था।

"सर, कपड़े धो दूँ?"

"नहीं, मैं अपने धो लूँगा।"

"साबुन देंगे क्या? मेरा ब्लाउज मैला है।"

आनंद ने साबुन उसकी दिशा में फेंका। वह उसके हाथ से फिसलकर रेत में गिर गया था। 'हाथ में नहीं दे सकते क्या?' केशर ने उल्टे आनंद को ही डाँटा। उसकी बगल का गीला ब्लाउज और उसके खुले बाल देखकर आनंद विचलित हो गया। वह जल्दी जल्दी समेटकर पलभर भी न रुकते हुए वहाँ से निकल पड़ा। उसने अपने गीले कपड़े स्कूल के कंपाउंड पर सुखाने डाल दिए। जोशी आँगन में खड़ा था। तालियां बजाकर उसने उसे बुला लिया। आनंद जोशी के क्वार्टर की ओर निकला। उसके मन में नदी अब भी कल-कल कर रही थी। उसे भँवर में लहराता हुआ घुसा हरा साँप याद हो आया।

"खाना खाओगे क्या?" जोशी।

"मेरा खाना हो चुका है।" आनंद।

"आज क्या सफाई मुहिम छोड़ रखी है शायद।" जोशी।

"शादी कीजिए। पत्नी कपड़े धो देगी।" वैजयंती।

"फिलहाल तो शादी का इरादा नहीं।" आनंद।

"पांचाल को पैसे देते रहिए। कपड़े धो देगा।" जोशी।

"मुझे भी तो क्या काम है?" आनंद।"

"चाय लेंगे या शर्बत?" जोशी।"

"कुछ भी चलेगा" आनंद।"

"गौरी, चाय चढ़ा" वैजयंती।

वैजयंती भीतरी कमरे में सोने चली गयी थी। गौरी चाय चढ़ा रही थी। जोशी और आनंद बाहर की कुर्सी पर बैठे। जोशी बोलते-बोलते आनंद के पढ़ाने पर फिसल गया। "आप अच्छा पढ़ाते हैं। फिर भी सुधार लाने की गुंजाइश है। परफॉर्मन्स और अच्छा होना चाहिए। मेहनत करनी चाहिए।" आनंद ने विषय बदलने की कोशिश की। "सर, उस बरगद के पेड़ को 'भूत का पेड़' क्यों कहते हैं, यह मैं जानना चाहता हूँ। आपको इस बारे में कुछ मालूम है?"

जोशी ने विषय बदला। गौरी ने चाय ला दी। और वह भी भीतरी कमरे में सोने के लिए निकल पड़ी। पर जोशी दोपहर में न सोता।

"क्या करेंगे जानकर? आपका भूत-प्रेत पर विश्वास है?"

"बिल्कुल नहीं।"

"फिर क्यों जानना चाहते है?।"

"उत्सुकता के कारण।"

"सारे गाँव को मालूम है।"

"फिर मुझे भी बताइए।"

जोशी के चेहरे पर अन्तिम क्रिया की भीड़ इकट्ठी हो गयी थी। उसकी आँखे कौए खोजने लगी थीं। वह श्राद्ध मैं बैठने सा बैठा था। आनंद उसकी ओर एकटक देख रहा था। जोशी भूतकथा बताने की मुद्रा में बोल रहा था।

"पिछले दिनों की बात है। गाँव में मलेरिया डॉक्टर आया था। वह जाति से हरिजन था। अभी जहाँ ओम ड्राइक्लिनर्स का दुकान है, वहाँ दवाखाना था। डॉक्टर दवाखाने में ही रहता था। साइकिल पर घूम-घूमकर आस-पास के गाँव जाता था। उसकी दवाइयों का असर बहुत जल्दी होता।" जोशी ने जानबूझकर बड़ा पॉज लिया था। आनंद की उत्सुकता बढ़ाई थी। जोशी धीरे-धीरे रहस्य खोल रहा था। डॉक्टर हरिजन था, इसलिए आनंद की उत्सुकता बढ़ती चली गयी थी।

"देखिए आपके कपड़े सूख गये क्या? हवा से उड़ जाएँगे, नहीं तो जानवर चबा जाएँगे।' जोशी ने बखूबी विषय बदल दिया। "मुझे पहले डॉक्टर के बारे में सुनना है।" आनंद ने आग्रह किया। "हरिजन डॉक्टर की कहानी सुनकर क्या करेंगे?" जोशी ने टेढ़ा प्रश्न किया था। "मुझे भूत के झाड़ का अर्थ समझ लेना है।" आनंद ने सहज ही कहा।

"ऐसा हुआ, डॉक्टर तो अच्छा था, पर निचली जाति का था। लोगों के लिए यह असहनीय था। वह नाड़ी जाँचने के लिए सवर्ण स्त्रियों के हाथ पकड़ता। उनकी छाती पर स्टेथस्कोप रखकर जाँचता। उन्हें इंजेक्शन देता। दवाइयाँ देता। हरिजन के हाथ से दवाइयाँ लेना, इंजेक्शन लेना, जाँच लेना सवर्णों को अच्छा न लगता। इस डॉक्टर को भगाए बिना दूसरा डॉक्टर मिलनेवाला नहीं है। इसीलिए उसके खिलाफ अपप्रचार शुरू हुआ। इस मुहिम का सूत्रधार बजरंग पहलवान था। वह इस इलाके का मशहूर पहलवान था। आपको कुश्ती अच्छी लगती है? गाँव में अखाड़ा है। आप वहाँ जाइए।" जोशी ने फिर विषय बदलने की कोशिश की। "सर, विषय मत बदलिए। आगे क्या हुआ यह बताइए न।" आनंद ने अत्यन्त आत्मीयता से पूछा। आनंद को यह अपना प्रश्न लगा।

"डॉक्टर भले मानुष थे। सबसे अच्छा व्यवहार करते। अपना खाना खुद बनाते। स्वयं चाय बनाकर पीते। गाँव को उनसे कोई तकलीफ नहीं थी। उल्टे रात-

बेरात वे लोगों के घर जाते। उपचार करते। इस कारण जरूरतमंदों में डॉक्टर के प्रति आदरभाव था। एक हरिजन का गाँव में मुक्त संचार बजरंग पहलवान को अहसनीय था। डॉक्टर जब गाँव से चलते, तब लोग 'डॉक्टर जा रहे हैं' कहकर उनकी ओर देखते। इससे पहले लोग इस तरह बजरंग पहलवान की ओर देखते। 'उस्ताद जा रहे हैं' कहते हुए लोगों की निगाहें उसकी ओर उठतीं। वह गाँव के छुट्टे साँड की तरह था। मुझे पांचाल ने कहा था, 'आप जब गाँव से जाते हैं, लोग आपकी ओर देखते हैं।'' जोशी ने फिर विषय बदला। ''मैं गाँव में नया हूँ इसलिए देखते होंगे। मैं थोड़े ही पहलवान हूँ, लोगों के देखने के लिए?'' आनंद ने सहज ही कहा था। जोशी ने चुभनभरी टिप्पणी की थी, ''फिर आप डॉक्टर होंगे।'' आनंद खुले मन से हँसा था। ''अजी मैं स्कूल मास्टर हूँ। मुझे बीमारी के बारे में क्या मालूम?'' जोशी का व्यंग आनंद के ध्यान में नहीं आया था। ''कोचिंग क्लास में कितने विद्यार्थी आते हैं चलता है क्या क्लास? सारे पीरियड आपको ही लेने पडते हैं या वे भी लेते हैं? नारायण पडवल पढ़ाता है क्या?'' जोशी ने अपना मोर्चा दूसरी ओर मोड़ दिया था। ''मुझे आगे बताइए। बेकार में विषय मत बदलिए।'' आनंद की आवाज में थोड़ा रंज था।

''बजरंग पहलवान डॉक्टर को परेशान करने लगा। डॉक्टर के दिखते ही अश्लील गालियाँ देने लगा। 'अरे महार, मैं तेरी टांग तोड़ दूँगा।' कहकर धमकाने लगा। डाक्टर पर पत्थर के टुकड़े फेंकने लगा। डॉक्टर को देखकर विकृत हाव-भाव करने लगा। डॉक्टर परेशान होकर भाग जाय, इसके लिए वह कई कारनामे करने लगा। डॉक्टर को भी इसकी तकलीफ होने लगी। डॉक्टर मजबूर था। नौकरी छोड़ नहीं सकता था। इसलिए गाँव भी नहीं छोड़ पा रहा था। और बजरंग पहलवान प्रसिद्ध उस्ताद था। गाँव का वह प्रतिष्ठित व्यक्ति था। इस कारण डॉक्टर का सुननेवाला कौन था? उपर से डॉक्टर ठहरा हरिजन।'' जोशी अपनी जगह से उठा। घर में गया। फिर आकर कुर्सी पर बैठ गया। आनंद उनकी बेचैन चहल कदमी को देखता रहा।

''कोई सुन रहा है क्या, यह देख रहा था। घर की खिड़की से देख लिया। आँगन में जाकर देखा। विश्वास कर लेना अच्छा। लोगों के अपनी ओर कान, आँख होते हैं। हम देहात में रहते हैं। नौकरी करते हैं। सँभाल कर रहना चाहिए, बोलना चाहिए। दीवालों के भी कान होते हैं। ध्यान रखिए।'' जोशी का स्वर बदल गया था। विषय बदल गया था। ''मतलब आप विषय टाल रहे हैं। आपको बताना नहीं है क्या? कुछ भयंकर है?'' आनंद ने उत्सुकता से एक के बाद एक प्रश्न किए। ''आप गलतफहमी कर ले रहे हैं।'' जोशी ने आनंद को टोका। 'तो आगे सुनाइए' आनंद ने फिर जिद की।

"डॉक्टर हरिजन होने के कारण उसके पीछे कोई खड़ा न रहता। अब कांबले के कारण महारपारा बदल रहा है। कांबले बामसेफ का कार्यकर्ता है। उसकी पहचान है। वह एमएलए से भी नहीं डरता। संस्था ने भी उसके आगे घुटने टेक दिए हैं। दलितों को टिके रहने के लिए संघर्ष करना पड़ता है। कांबले में यह ताकत है। पर आप कांबले से दूर रहें। वह जिस समाज में पैदा हुआ है, उस समाज के लिए संघर्ष करना उसके लिए जरूरी है। हमें बेकार में पिसने की आवश्यकता नहीं है।" जोशी ने फिर विषय बदला था। आनंद शरारती हँसी हँसा था। "मैं चलता हूँ अब।" आनंद उठा। "बैठिए बैठिए मैं अन्त सुनाता हूँ। पर मैंने आपको बताया है, यह किसी न कहें। वह पहलवान जाई जगताप का सगा मामा था। आप कहीं नहीं बताएँगे। जाई जगताप एमएलए को राखी बाँधती है, ध्यान रखिएगा।" जोशी आनंद को डरा रहा था। "मुझे अन्त सुनाइए।" आनंद ने निडर होकर कहा।

"बजरंग पहलवान डॉक्टर की जान पर बन आया था। नौकरी छोड़ कर निकल जाना, इतना ही डॉक्टर के बस में था। नौकरी वैसे भी जानेवाली है, ऐसे भी निकल जाएगी, तो अब संघर्ष ही करना चाहिए। डॉक्टर ने तय कर लिया था। मुझे जिन्दगी से उठानेवालों से बदला लेना चाहिए। डॉक्टर ने इसका विचार किया होगा। बजरंग पहलवान दिनोदिन आक्रमक हो चला था। उस दिन वह डॉक्टर के पीछे ही पड़ा था। डॉक्टर जान हथेली पर रखकर दवाखाने की ओर निकला था। बजरंग पहलवान उसे जातिवाचक गालियाँ देता हुआ उसके पीछे पीछे चल रहा था। घरों से लोग देख रहे थे। उसके पीछे छोटे लड़कों की भीड़ चल रही थी। पर डॉक्टर सिर झुकाए चुपचाप दवाखाने की ओर जा रहा था। डॉक्टर की ओर से कोई प्रतिकार न देखकर वह अधिक आक्रमक हो गया।

डॉक्टर अपने दवाखाने में गया। बजरंग पहलवान दवाखाने के सामने खड़ा था। वह क्रोधित था, 'अरे ओ, महारड्याऽऽ बाहर निकलऽऽ बाहर आऽऽ' बजरंग पहलवान चिल्लाया था। आगे क्या होगा किसी को नहीं मालूम था। डॉक्टर दवाखाने से बाहर कूदा। उसके हाथ में धारदार छुरा था। महार आक्रमक होगा और हाथ में हथियार उठा लेगा, यह पहलवान ने कभी सोचा भी नहीं था। पहलवान ने अपनी ताकत के बल पर कई आखाडों में अपने झंडे गाड़े थे। उसने विजयी शोभा-यात्रा में कई बार शोभा के लिए तलवार हाथ में उठाई थी। गदा उठाई थी। हथियार उठाकर कोई उस पर हमला करेगा, यह उसने सपने में भी नहीं सोचा था। अचानक और अनपेक्षित हमले से पहलवान बहुत डर गया। जान हथेली पर लेकर भाग खड़ा हुआ। 'बचाओ, बचाओ रेऽ ये मुझे मार डालेगाऽऽ' पहलवान जान के खतरे से बहुत चिल्ला रहा था। भयभीत होकर भागा हुआ पहलवान सारे गाँव ने देखा था।

पहलवान के कलेजे में यह बात फँस गयी थी। यह अपमान वह सहन नहीं कर पाया था।

''पहलवान ने बरगद से लटककर फाँसी ले ली। तबसे इस पेड़ को 'भूत का पेड़' कहा जाने लगा।'' कथा की समाप्ति की तरह इस घटना की जोशी ने समाप्ति कर दी।

वैजयंती के खर्राटे की आवाज जोर-जोर से आ रही थी। आनंद स्वयं को हरिजन डॉक्टर की जगह रखकर देख रहा था।

***

एक हफ्ते में एमएलए दूसरी बार आये थे। इस कारण कोठी पर इतनी भीड़ नहीं थी। आनंद पहली बार ही इस कोठी की सीढ़ियाँ चढ़कर ऊपर गया था। इसीलिए जाते ही बैठने के लिए कुर्सी मिली, चाय भी मिली। इस कारण उसका चेहरा खिल गया था। आनंद ने एमएलए का भाषण लिखा था।

मुजुमदार लोगों की अर्जियाँ ले रहा था और उन पर टिप्पणियाँ लिख रहा था। बाजीराव मुजुमदार की बगल में खड़ा था। ''काशीकर सर, आपको भीतर बुलाया है,'' बाबू बारबोले ने सन्देश दिया था। ''सर, आप भीतर जाइए'' मुजुमदार ने अपनी आँखों का चश्मा ठीक करते आनंद से कहा। आनंद चाय का कप अधूरा छोड़कर जल्दी- जल्दी भीतर गया। कोठी भीतर से शानदार और आलीशान थी। जमीनदारी के सारे रागरंग कोठी की दीवालों पर नजर आ रहे थे। दीवाल पर बंदूक टँगी थी। शेर की छाल पोस्टर जैसे लगाए थे। हरिण का सिर लटक रहा था। एमएलए के पूर्वजों के फोटो दीवाल पर लगाए थे। कोठी के भीतर फव्वारा था। फव्वारें के पानी में बदख तैर रहे थे। कोठी में बदाम का पेड़ था। आनंद कोठी के हाल में पहुँच गया था। उसके हाथ में उसके द्वारा लिखा गया भाषण था। हॉल की दीवारें सफेद शुभ्र और ऊँची थी। दीवाल पर नाचते हुए मोर का चित्र था। मखमली परदे थे। कालीन बिछा था। एमएलए फोन पर ऊँची आवाज में बोल रहे थे। वे किसी सरकारी अफसर को डाँट रहे थे। हॉल में नेहरू गाँधी जी के फोटो लगे थे। एमएलए के सामने टी पॉय था। उस पर पुष्पगुच्छ और हारों के ढेर थे। एमएलए की पत्नी शुभांगी अखबारों के पन्ने पलट रही थी। आनंद आज्ञाधारक नौकर की तरह उनके सामने खड़ा था। वासु कालपांडे ने एमएलए को बताया कि 'काशीकर आ गये है'। हाथ के इशारे से ही आनंद को भाषण की प्रति टी पॉय पर रखने के लिए कहा। बाद में हाथ के इशारे से ही उसे बाहर जाने के लिए कहा। आनंद उदास हो गया। आनंद को लगा था कि एमएलए भाषण पढ़कर देखेंगे, उनके मुद्दे पर बात करेंगे।

बारबोले ने आनंद को बाहर निकाला था। आनंद कोठी की सीढ़ियाँ उतर रहा था। पीछे से लोगों का रेला आया था। एमएलए कोठी से बाहर निकल रहे थे। उनकी कार तैयार थी। एमएलए किसी के कन्धे पर हाथ रख रहे थे, तो किसी को गले लगा रहे थे। किसी से हाथ मिला रहे थे। उनके साथ उनकी पत्नी थी।

उनके पीछे मुजुमदार जल्दी में निकला था।

एमएलए कार में बैठे। कार निकल गयी और कोठी के सामने की भीड़ घट गयी।

आनंद नारायण सदन की ओर चल पड़ा। रास्ते में अखाड़ा लगा। उसे बजरंग पहलवान की याद हो आयी और हँसी आयी थी। रास्तें में कस्तुरे मिला। कस्तुरे ने आग्रह किया कि घर चलें। घर पहुँचे। पत्नी से चाय चढ़ाने के लिए कहा। दोनों कॉट पर बैठकर बातें करने लगे।

"एमएलए को भाषण पसन्द आया?"

"उनके पास भाषण पढ़ने के लिए समय ही नहीं था।"

"फिर?"

"केवल मुद्दों पर चर्चा की। उन्हें मेरे मुद्दे पसन्द आये।"

"वाह आप एमएलए के गुड बुक में चले गये। इस गरीब पर ध्यान बनाए रखिए।"

कस्तुरे ने आनंद का हाथ अपने हाथ में लिया। आत्मीयता से दबाया। आनंद को अजीब लगा। कस्तुरे की पत्नी चाय लेकर आयी। कस्तुरे आनंद के गुड बुक में जाने की कोशिश कर रहा था।

"आप गुड बुक में रहिए। उसके फायदे हैं। कांबले साहब के बैड बुक में है, ध्यान रहे।"

"कांबले ने क्या किया है?"

"अजी एमएलए यानी इस इलाके का राजा है। उनके हाथों में सत्ता है। हम उनकी संस्था में काम करते है। कांबले को इसका अहसास नहीं है।"

"कांबले की गलती कहाँ होती है, बताइए।"

"एमएलए को लगता है कि उनके आगे-पीछे घूमते रहें। उनकी चमचागिरी करनी चाहिए। कांबले की समझ में यह नहीं आता। अब मैं चमचा होना चाहता हूँ, पर मैं इस लायक नहीं। कांबले को एमएलए की मर्जी का ध्यान रखना चाहिए।"

"मर्जी का ध्यान रखना यानी क्या?"

"आपको मालूम नहीं क्या? आपको उन्होंने अपने पास रखा यानी आपमें वे सारे गुण हैं। वे यूँ ही किसी को, अपने करीब नहीं आने देते। उनके पास सत्ता

है, वैभव है, यश है। इनके पास रहने से हमारा भी फायदा होता है।''

''मुझे उनके गुड बुक में रहने के लिए, आपको क्या लगता है; मुझे क्या करना चाहिए?''

''साहब के मन से उतरिए मत। मुजुमदार के विश्वास में रहिए। बारबोले से दोस्ती बढ़ाइए?''

''बारबोले तो चपरासी है न?''

''साहब का चपरासी, साहब का ड्राइवर, साहब का पीए, इन सबकी मर्जी सँभालनी पड़ती है। साहब यानी उनके आसपास के सब। सबकों सँभालकर रखना पड़ता है। अपने मुख्याध्यापक जोशी सर, मुजुमदार के घर साग-सब्जी पहुँचाते है। मुजुमदार की कार पोंछते हैं। उनके गार्डन में काम करते हैं। ये सब बड़े होने के लक्षण हैं। हमें यह सम्भव नहीं। हम जो थे, वहीं हैं। आप हमें आगे ले जाइए। हमारा हाथ मत छोड़िए।''

कस्तुरे सर के घर काशीकर सर बैठे हैं, यह मालूम होने पर मीनाक्षी आयी। मीनाक्षी कस्तुरे की गली में ही रहती थी। आनंद ने किसी तरह वहाँ से अपने आपको बाहर निकाला था। कस्तुरे उन्हे छोड़ने के लिए विश्वेश्वर मन्दिर तक चलता आया था।

***

हनुमान मन्दिर के चबूतरे पर ताश का खेल चल रहा था। श्रावण लोमटे पर बारी आयी थी। वह पत्ते फेंट रहा था। ''रोती पारी मत खेल। पत्ते ठीक से पीस।'' सुनील नवले ने उसे हड़काया। जयराम पुजारी बीच में ही उठा और मन्दिर में आये भक्तों का नारियल चढ़ाने गया।

''हम मन्दिर कब बनाएँगे?''

''पुजारी कौन होगा?''

''पुजारी यह पद बारी-बारी से होगा।''

''पहले पुजारी पद के नियम और शर्ते तय करें। इसके बाद ही मन्दिर का शिलान्यास करें।''

जयराम पुजारी आधा नारियल लेकर आया। उन्होंने नारियल खाया। श्रावण लोमटे ने सबके सामने पत्ते डाले।

***

नारायण सदन में विश्वास महाले आया था। महाले महीने दो महीने में आता था। ''बाल काटने हैं क्या?'' पूछता था। बीच में वह उरण गया था। वहाँ उसका

धन्धा चला नहीं इसलिए वह रानमसले लौट आया था।

महाले अच्छा कारीगर था। वह अच्छी कटिंग बनाता था।

बीच के समय में गाँव में नाई न होने की वजह से कइयों को बाल कटवाने के लिए उरण जाना पड़ता था।

काफी दिनों बाद महाले नारायण सदन में आया था। इसलिए प्रतीक को खुशी हुई थी। ज्यों अपने घर मेहमान ही आ गया, ऐसा उसे लगता। वह दौड़ते जाकर नाई से लिपट गया। अपना बच्चा नाई से जाकर लिपट गया यह देखकर पडवल का माथा भड़क उठा। पडवल के बाल बढ़ गये थे। प्रतीक के बाल बढ़ गये थे। आनं के भी बाल बढ़ गये थे। पडवल ने कल ही नाई की याद निकाली और आज अचानक नाई आ गया था। आनंदित होने जैसी ही घटना थी। महाले से अपना बेटा लिपट जाय, यह बात पडवल हजम नहीं कर पाया। उसने नाई को डपट दिया और प्रतीक को डाँटा।

"काशीकर सर, आप बाल कटवा लीजिए।"

"आप पहले कटवा लीजिए।"

"आपके बाल पहले काट लिए तो क्या फर्क पड़ जाएगा? आप थोड़े न महार हैं? महार के बाल काट लिए इसलिए भ्रष्ट होने-सा? काट लीजिए?"

कुछ न बोलकर आनंद नाई के सामने बैठ गया। महाले ने उसके चारों ओर सफेद कपड़ा लपेटा। आनंद के बालों को पानी लगाकर मालिश किया। एक हाथ में कंघी और दूसरे हाथ में कैंची ली। आनंद महाले के सामने गर्दन झुकाकर बैठा। आनंद सोचने लगा जहाँ सिर के बाल समानता से नहीं काट सकते वहाँ समता और बन्धुता की भाषा यानी केवल ढोंग लगता है।

आनंद ने नाई के आईने में अपना चेहरा देखा। बस के सामने जैसा बोर्ड होता है, वैसा ही आदमी के माथे पर जाति का बोर्ड होता होगा। "क्यों रे महाले, आज महार के बाल तो नहीं काटे ना?" पडवल विद्वेषी स्वर में महाले को कठोरता से पूछ रहा था। महाले भी दस घाट का पानी पिया हुआ था। "नहींऽ आज सीधे आप ही के घर आया हूँ। महार के बाल न काटना अपराध है। इस कारण उनके भी बाल काटने पड़ते हैं। कोई उपाय नहीं।" महाले कंघी में बाल थामता और बाल का सिरा काटते-काटते पडवल से बातें कर रहा था। पर आनंद चुपचाप शान्त बैठा था।

"बाल बहुत मत काटना. केवल ऊपर-ऊपर के काट।"

"मध्यम रखता हूँ। आप चिन्ता मत कीजिए।"

महाले और आनंद में इतना ही नाम मात्र संवाद हुआ। महाले अंगुलियों में बाल पकड़कर उसके घोर छाँट रहा था। पर आनंद गम्भीर हो गया था। "अछूतों के

बाल और सवर्णों के बाल में क्या फर्क होता है?'' आनंद ने महाले को व्यंग्य भरा प्रश्न पूछा था। ''महार सिर नहीं धोते। उनके बाल बढ़े होते हैं। उनके बालों में जूँ-लीखे होते हैं। खौ रा होता है।'' महाले बोलते हुए आनंद के बाल काढ़ रहा था। ''मेरे बाल कैसे है?'' आनंद ने महाले से दूसरा प्रश्न पूछा। ''आपके बाल बहुत घने हैं। रेशम की तरह नर्म हैं।'' महाले आनंद से बोलते-बोलते उसका कट मार रहा था।

आनंद के पूछे प्रश्न के कारण महाले के दिमाग में विचारचक्र शुरू हुआ था। आनंद ने अछूत और सवर्णों के बाल का फर्क पूछकर अपने बाल कैसे हैं यह क्यों पूछा होगा इसका पता लगाने लगा। उसे यूँ ही आनंद की जाति का संशय आने लगा। मैं अछूतों के बालों पर अँगुली उठाई, इसीलिए उसने दूसरा प्रश्न पूछा और उसके बाल रेशम जैसे हैं, ऐसा मैंने कहा। अछूतों के बाल रेशम की तरह भी होते हैं, यह उसे बताना होगा। यह सोचते-सोचते वह कट मार रहा था, इस कारण आनंद को उस्तूरा लग गया था। खून आ गया था। जहाँ उस्तूरा लगा था वहाँ जलन हो रही थी। आनंद अपनी जगह से उठ गया था। महाले ने उसके सिर को एक बार ध्यान से देखा था। कटिंग अच्छी हो गयी थी। महाले ने उसे आईना दिया था। आनंद आईने में अपनी कटिंग देख रहा था।

''सर आपकी जात कौन-सी?'' महाले के अचानक पूछे सवाल से आनंद विचलित हो गया था। महाले का संशय और बढ़ गया था। ''मैं आदमी हूँ। मैं जाति-व्यवस्था नहीं मानता। मनुष्य के साथ मनुष्यता से व्यवहार करना यह अपना धर्म है।'' आनंद ने महाले के सीधे-सरल सवाल का बहुत कठिन उत्तर दिया था। महाले का संशय और मजबूत हुआ। जाति चुराया महार ऐसे ही घुमावदार उत्तर देता है। वह सीधे बात ही नहीं करता। महाले आगे कुछ बोलता तभी पडवल गरजा। ''वे काशी के ब्राह्मण हैं। उनका नाम ही काशीकर है। क्यों रे मैं क्या घरे में महार को रखूँगा क्या? मेरी पत्नी ब्राह्मण है। तू बाल काट। तुझे क्या करना है रे उसकी जात लेकर? रिश्ता करना है क्या?'' पडवल ने महाले का अपमान किया। महाले काटे हुए बाल इकट्ठा कर रहा था। आनंद बेचैन हो गया। वह सीढ़ियाँ चढ़ने लगा।

***

रानमसले गाँव के चारों ओर बैलगाड़ी का रास्ता था और गाँव से उसी तरह का गोलाकार पक्का रास्ता था। नगरद्वारसे दायीं ओर गये तो सबसे पहले एमएलए का सम्पर्क कार्यालय, उसके बाद जोशी के क्वार्टर का गाँव के ओर का दरवाजा, उसके आगे वाले का घर, अखाड़ा, एमएलए की कोठी, लाखे किराना दुकान, ओम ड्रायक्लिनर्स, जिला परिषद की स्कूल, मुझुमदार का बँगला, विश्वेश्वर का मन्दिर,

पोस्ट ऑफिस, ग्रामीण अस्पताल, स्टेट बैंक ऑफ इंडिया की ब्रांच, पडवल कोचिंग क्लासेस का विज्ञापन और नारायण सदन; ऐसा रास्ता था। बायीं ओर से जानेपर होटल कानिफनाथ, मुसलमानों की मस्जिद, हताले का घर, बाजीराव की कोठी, होटल कानिफनाथ के मालिक का काकडे निवास, जयराम पुजारी की ढही हुई कोठी, ग्राम पंचायत का कार्यालय, पटवारी का कार्यालय, शेवते किराना दुकान और नारायण सदन की ओर जानेवाली गली। दायाँ रास्ता यहाँ से हाइ वे को मिल गया था। आनंद ने पूरे गाँव को एक चक्कर लगाया था। जहाँ जाता वहाँ उसकी जात पूछी जाती। आनंद दुःखी था। निराश हो गया था। उसने सारा गाँव छान मारा, पर उसे कहीं भी किराये से कमरा नहीं मिला। सारे गाँव को मालूम था, वह पडवल के घर रहता है। इस कारण पडवल का गुस्सा झेलने को कोई भी तैयार नहीं था। उसे हर कोई पूछता। "पडवल का घर क्यों छोड़ रहे है? झगड़ा हुआ क्या?" और हर कोई पडवल से कहता था, "काशीकर हमारे पास कमरा किराये से लेने के लिए पूछताछ करने आये थे।"

आनंद थका था और जोशी के क्वार्टर पर आया था। जोशी पोथी पढ़ते बैठा था। काशीकर को देखकर उसने पोथी बन्द कर दी थी। और मुस्कराकर उसका स्वागत किया था।

"मैं सोच रहा था पडवल का घर छोड दूँ।"

"फिर कहाँ जाएँगे?"

"गाँव में किराये से कमरा ढूँढा, कमरा नहीं मिला।"

"फिर!"

"सोचता हूँ, होस्टल में रहूँ। वहीं खाना खाऊँगा। मैं उसके पैसे दूँगा।"

"यह निर्णय मैं नहीं ले सकता। आप मुजुमदार से मिलकर बात करें। देखिए क्या कहते हैं वे।"

आनंद को पछतावा हुआ। मैं बेकार में कमरा देखता फिर रहा हूँ, ऐसा उसे लगा। वह असमंजस में पड़ गया। पडवल को क्या बताएँ यह समस्या पैदा हो गयी। उसे बदनामी महसूस होने लगी। पडवल भी असमंजस में था। लोगों ने उसे नमक मिर्च लगाकर बताया था। पडवल मैडम व्यथित हो गयी थी।

***

जोशी, मुजुमदार से समय लेकर मिलने गया। मुजुमदार निश्चल, निष्क्रिय और निःस्तब्ध बैठा था। पर जोशी याचक की तरह बैठा था।

"मैं साहब से कहता हूँ, पर वे विषय बदल देते हैं। आप मेरे लिए साहब के

पास कहें। मैं कितने दिनों से पीछे लगा हूँ। बेटी की उम्र बढ़ रही है उसकी शादी नहीं हो रही है। कम से कम उसे नौकरी लग जाय तो उसके जीने की समस्या दूर हो जाएगी। मैंने इतनी सेवा की है। आप साहब से कहेंगे तो मेरा काम हो जाएगा। मैं और किसके दरवाजे जाऊ? आप ना मत कहिए। मैं आपका उपकार नहीं भूलूँगा।'' जोशी।

''साहब का स्वभाव ही वैसा है। आपने उनसे कह रखा है न! फिर वे ध्यान में रखेंगे। उनकी मेमरी बहुत स्ट्रांग है। जब काम करना होगा, तब काम जरूर करेंगे। आप निश्चिंत रहें।'' मुजुमदार।

''नौकरी लगती तो उसकी शादी होती। घर में पत्नी ने रट लगाई है। मेरा रिटायरमेंट नजदीक आ गया है।'' जोशी।

''एक बार आप बेटी को ले आइए। साहेब के सामने खड़ी करें। अगले महिने उनका दौरा है। आपकी लड़की को, साहब का प्रत्यक्ष देख लेना जरूरी है। उनकी सैकड़ों पहचान है। उसे कहीं भी चिपका देंगे।'' मुजुमदार।

''साहब ने देखा है मेरी बेटी को।'' जोशी।

''वैसे देखना और, फिर मुलाकात करवाइए।'' मुजुमदार।

जोशी हताश होकर बैठ गया। बेटी की बढ़ती उम्र की उसे चिन्ता हो रही थी। कम होती जाती अपनी जिन्दगी की चिन्ता से वह खोखला होता जा रहा था। उसकी पत्नी उसके पीछे पड़ी रहती। 'बेटी का रिश्ता देखिए। आपकी इतनी पहचान है। उम्र निकल गयी तो कोई नहीं करेगा। अभी से देखना शुरू करना चाहिए। लड़की किसी का भी हाथ थामकर निकल जाएगी। उसके लक्षण ठीक नहीं लगते। वह चंचल है। मुझे उसका बहुत टेन्शन है।' जोशी अपनी पत्नी की बातें सुनकर व्याकुल हो जाता।

***

गौरी, शादी हो जाय इसलिए पोथी बाँचती थी। उपवास कर रही थी। परन्तु, उसका कहीं नहीं जम पा रहा था। उसकी पत्रिका में मंगल था। उसकी बढ़ती उम्र की जोशी को चिन्ता लगी थी। गौरी की शादी की चिन्ता से वह बेचैन हो रहा था।

''काशीकर अच्छा है, उसकी जात पूछ लीजिए। नहीं तो उसे खाने पर बुलाइए। मैं बात करती हूँ। दोनों का जम गया तो अच्छा हो जाएगा। नहीं तो यह रिश्ता भी हाथ से निकल जाएगा।''

वैजयंती अपने मन की बात बोल गयी थी।

''मुझे भी कई बार लगता है वैसा। काशीकर ब्राह्मण ही होगा। संघ के उस

पर संस्कार हुए होंगे। उसने अपनी जाति जान बूझकर बदल दी होगी। 'ब्राह्मण' कहने पर ब्राह्मणेतर का रोष सहना पड़ता है। 'मनुष्य' कहने के बाद सभी की 'सहानुभूति' मिलती है। दलित होता तो वह अपनी जाति न बदलता। आसानी से कौन आरक्षित सीट छोड़ता है।'' जोशी काशीकर के पक्ष में विचार कर रहा था। वैजयंती उसके भी आगे जाकर सोच रही थी। ''काशीकर अच्छा है। वह यदि ब्राह्मण न भी हुआ तब भी विचार करना चाहिए। अन्तरजातीय विवाह नहीं होते क्या? नारायण पडवल और शीला कुलकर्णी का उदाहरण हमारी आँखों के सामने ही है।'' वैजयंती के विचार सुनकर जोशी चकित रह गया था। ''गौरी आ गयी, विषय बदलिए।'' वैजयंती ने चर्चा बदल दी थी। जोशी ने विषय ही नहीं, तो चेहरे की भाव-मुद्रा भी बदल दी थी।

गौरी टोकरी में फूल लेकर आयी थी। इनमें मोगरे की कलियाँ ही अधिक थीं। उसने कलियों पर पानी छिड़का। गीला कपड़ा बिछाया और टोकरी पूजाघर के पास रख दी। वैजयंती गौरी पर चिढ़ी हुई थी। 'कहाँ गयी थी? कितना समय हो गया? बता कर जाना चाहिए न?'' गौरी माँ के गुस्से का कारण नहीं जान पा रही थी। वह अल्हड़ता से बोली थी। ''कहाँ मतलब, सहेली के पास गयी थी। थोड़ी देर बैठी तो क्या बिगड़ गया? तुझे विश्वास नहीं होगा तो चल उसके पास।'' जोशी, माँ-बेटी के विवाद में न पड़ता। वह शान्त बैठा रहता। ''अरी हमें तुम्हारी चिन्ता रहती है।'' वैजयंती चिन्ता के स्वर में बोल रही थी।

''लोगों की नजर बुरी होती है। अब तू बड़ी हो गयी है।'' जोशी

''मुझे सब पता है।'' गौरी।

''तुम्हें बताना हमारा कर्तव्य है।'' जोशी।

''इस साल इसके हाथ पीले कर डालिए।'' वैजयंती।

''मैं शादी नहीं करूँगी। आप मेरी चिन्ता न करें।'' गौरी।

''ये बोलने नहीं देती।'' वैजयंती।

''तुझ पर गयी है।'' जोशी

''बाबूजी, आपने सही कहा।'' गौरी।

वैजयंती अपनी बेटी की ओर आँख भरकर देख रही थी। अपनी बेटी बड़ी हो जाने का सुखद आश्चर्य उसकी नजरों में नहीं समा रहा था। गौरी गुनगुना रही थी। वह अपनी जिन्दगी को फूलों की अँजली समझ रही थी। वैजयंती गौरी को काँच का बर्तन के रूप में समझ रही थी।

''आप एमएलए से बात क्यों नहीं करते?''

''बात की। कई बार बात की। मुझे गौरी की चिन्ता है। एम एल ए कहते हैं

कांबले के पीछे लगे। बिल्ली मारी तो काशी में जाकर पाप धो सकते हैं। दलितों का ऐसा नहीं है। सारी व्यवस्था डगमगा जाती है। कांबले मुझे फाड़ कर खा जाएगा।''

जोशी गम्भीर हो गया था। वैजयंती गूँगी बैठी थी। गौरी अटारी पर गयी थी। वैजयंती सहजन की फल्लियों के छिलके उतार रही थी। जोशी कुर्सी में बैठकर उसकी ओर देख रहा था। शादी हुई तब कितनी सुन्दर थी। सुन्दर दिखती थी। आज उसके चेहरे से उम्र झलक रही है। उसका रूप ढल रहा है। गृहस्थी का बोझ खींच-खींचकर वह तितर-बितर हो गयी है। चलते समय कुछ-कुछ लँगडाती है। एकाध कोई चमत्कार हो और नयी कोपल फूटे, वैसी वह युवा हो जाय...जोशी सपनों में खो गया था। मोगरे के फूलों की गन्ध कमरे में घूमने लगी थी।

***

नारायण पडवल विद्यार्थियों के अभिभावकों से बातें कर रहा था। बारहवीं और दसवीं परीक्षा में उत्तीर्ण होने के लिए अतिरिक्त अभ्यास कक्षाएँ शुरू हो चुकी थी। विद्यार्थियों से पुराने प्रश्नपत्र छुड़वा लेना, परीक्षा के लिए महत्त्वपूर्ण प्रश्न देना, नमूना इकाई प्रश्नों की जाँच करना, ऐसी तैयारियाँ अतिरिक्त अभ्यास कक्षाओं में करवा लिए जाते। इन तैयारी कक्षाओं में प्रवेश लेनेवाले विद्यार्थियों को खास तौर पर यश मिलता। इसलिए इन कक्षाओं को अच्छा प्रतिसाद मिलता था। परीक्षा से तीन महिने पहले तैयारी की ये कक्षाएँ शुरू होतीं। आनंद और पडवल अभिभावकों को अतिरिक्त अभ्यास कक्षाओं की और फीस की जानकारी देते थे।

नारायण सदन में दीपक लाखे धोबी आया था। लाखे ने अपना ओम ड्रायक्लिनर्स बन्द कर दिया था। आज वह फिर 'कपड़े धोना है क्या?' पूछने आया था। इस कारण पडवल मैडम का चेहरा खिल गया था। ''तू गया तो गायब हो जाता है। कहाँ था इतने दिन?'' पडवल मैडम लाखे से आस्थापूर्वक बात कर रही थी। ''बहन के पास गया था।'' लाखे ने उड़ता उड़ता उत्तर दे दिया। पडवल मैडम ने अपनी चार-पाँच साड़ियाँ और प्रतीक के दो-तीन ड्रेस लांड्री को देने के लिए निकाले। धोबी को देने के लिए वह पडवल के कपड़े खोज रही थी। ''आपके कौन से कपडे दूँ?'' पडवल मैडम ने पडवल को पूछा ''कब देगा कपड़े? तेरा कुछ भरोसा नहीं। कपड़े लेकर जाएगा भी कहाँ?'' पडवल लाखे की खिल्ली उड़ा रहा था। ''तीन दिन में दूँगा। अब कहीं नहीं जाऊँगा।'' लाखे ईमानदारी से बोल रहा था। प्रतीक एक-एक कपड़ा तह करके लाखे को दे रहा था। पडवल प्रतीक की ओर देखकर परेशान हो गया था।

लाखे ने सारे कपड़े इकट्ठा किए और कपड़ों की गठरी लेकर नारायण सदन

से बाहर आया। पूछताछ के लिए आये अभिभावक भी चले गये थे।

पडवल मैडम ने आनंद और पडवल के सामने भोजन की थाली रखी। पडवल चिढ़ा बैठा था। "अजी मैडम, सारे गाँव की ट्यूशन लेती हैं। इस नालायक की भी ट्यूशन लीजिए। यह धोबी को कपड़े उठाकर दे रहा था। इसे बुद्धि कम है। निचली जाति के लोगों से कैसे व्यवहार करें, इसे नहीं मालूम।" पडवल की आवाज में जहर था। आनंद पडवल का गुस्सा कम हो इसलिए प्रतीक की ओर से बोल रहा था। "धोबी भी आदमी ही है। जाने दीजिए। इतना क्या मन पर लेते है?" आनंद ने खाने की थाली अपनी ओर खींच ली थी।

पडवल का गुस्सा कम होने की बजाय बढ़ गया था। उसके क्रोध ने क्रौर्य का रूप धारण कर लिया था। "एमएलए के साथ उठना-बैठना है हमारा। गाँव में रौब है। हमें अपनी प्रतिष्ठा के अनुसार व्यवहार करना चाहिए। मेरी कमाई प्रतिष्ठा यह धूल में मिला देगा।" पडवल की आवाज में कड़वाहट थी। पडवल मैडम ने प्रतीक को एक ओर खींचा और उसके हाथ में बस्ता थमाया। प्रतीक बस्ता खोल कर बैठा।

"मुझे निचली जाति से घृणा है। घिन होती है। वे हमारी तुलना में हीन हैं, यह हम कभी नहीं भूल सकते। निचली जाति का आदमी बराबरी के रिश्ते से बोलते हुए भी मैं कभी सह नहीं सकता। मैं चिढ़ जाता हूँ। खानदानीपन मेरे खून में है। मेरी पत्नी ब्राह्मण है, फिर भी हमारे घर के लोगों ने उसे बहू के रूप में स्वीकार नहीं किया। मैं निचली जाति के लोगों को कभी अपने पास नहीं बिठाता।" पडवल की फुँफकार सुनकर आनंद बेचैन हो गया था। आनंद चुपचाप खाना खा रहा था। और प्रतिवाद कर रहा था। "जाति-व्यवस्था अब कालबाह्य हो गयी है। हमें अब पुराने और घिसे हुए विचार छोड़ देने की जरूरत है। हमें इन्सानों की तरह व्यवहार करना चाहिए।" आनंद का प्रतिवाद सुनकर पडवल के चेहरे पर दरार उभर आयी थी। उसका चेहरा भूकम्पग्रस्त प्रदेश-सा दीख रहा था। "मैं जातिवादी हूँ, यही मेरी पहचान है। निचली जाति के लोग अपनी औकात में व्यवहार करें।" पडवल ने प्रत्येक शब्द ठोस, स्पष्ट और निर्भीकता से उच्चारा था। "अजी वे भी इन्सान हैं।" आनंद ने फिर अपना मुद्दा उठाया था। पडवल के घर का नमक खाने के कारण आनंद की आवाज की खुद्दारी कुछ कम हो गयी थी। पडवल मैडम रसोई से बाहर आ गयी थी। उसके हाथ आटे से सने थे। "काशीकर शान्ति से खाना खाइए। खाना हमारा खाते हैं और समर्थन दूसरों का करते हैं। ये तो जिस थाली में खाया उसी में छेद करने जैसा है। उन्हें शान्ति से खाना खाने दीजिए। उन्हें बी. पी. की तकलीफ है। आपका भोजन हो गया होगा तो हाथ धो लीजिए।" पडवल मैडम आक्रामक हो

गयी थी। आनंद गड़बड़ा गया था। ''मैं किराये से कमरा खोजता फिरा उसका यह खुन्नस निकाल रही है शायद।' मन को समझा कर आनंद ने हाथ धोए थे। पडवल शान्त हो गया था। थाली से उठते आनंद को उसने नीचे बैठाया था। वह समझाने के स्वर में बोलने लगा था। ''सर, आपको बताता हूँ। एक बार मेरे साथ एमएलए का ड्राइवर खाना खाने बैठा था। मैंने उसका अपमान कर उसे अपने पास से उठा दिया था। वह थाली लेकर दूसरी ओर बैठ गया था। और एक प्रसंग सुनाता हूँ। एक बार एमएलए का ड्राइवर मेरे पास सोया था। रूम में जगह पर्याप्त नहीं थी। मैं रातभर सो नहीं पाया। ड्राइवर मेरी बगल में सोया है, यह मैं सहन नहीं कर पा रहा था। मैं कई बार उठकर ड्राइवर को देखता। मुझे उससे घृणा होती। मरा हुआ गधा मेरी बगल में पड़ा है, उसकी दुर्गन्ध फैली है और लगा कि मेरा दम घुट रहा है। मैं उस रात सो नहीं पाया। ईश्वर द्वारा ही यह व्यवस्था है। ईश्वर बड़ा कि कानून? परम्परा बडी कि संविधान? व्यवस्था बड़ी कि निचली जाति?'' पडवल एक के बाद एक सवाल पूछ रहा था। आनंद मानसिक विकलांग बच्चे की तरह बैठा रहा था।

पडवल मैडम उसकी थाली उठा रही थी। स्वयं से बोल रही थी, ''हमारी लव मैरिज होने के कारण कुछ कठिनाइयाँ हैं। इनके घर के लोगों को ब्राह्मण बहू नहीं चाहिए थी। और हमारे घर में ब्राह्मणेतर नहीं चाहिए था। दोनों के घर के लोगों ने हम पर बहिष्कार डाला। हमारे पास कोई नहीं आता। केवल धोबी और नाई आते हैं। बच्चे को उनका विशेष लगता है। हम किसी के घर नहीं जाते। इन्हें यह पसन्द नहीं।'' पडवल मैडम, आनंद और पडवल के सामने से थालियाँ हटा रही थी। पडवल ने बड़ी सी डकार दी थी। 'अन्नदाता सुखी भव' कहकर अपनी पत्नी की ओर देखा था।

प्रतीक गणित छुड़ाते-छुड़ाते विदूषक का चित्र बना रहा था।

***

जोशी, आनंद और पांचाल काशीनाथ प्रशाला के परिसर में चहलकदमी कर रहे थे। ''पेड़ो को पानी देना चाहिए। ये पेड़ जल गया है। पांचाल आप ध्यान नहीं देते। मैं सभी कामों में ध्यान नहीं दे सकता। अपना परिसर साफ और सुन्दर होना चाहिए।'' जोशी हाथ पीछे बाँधकर चल रहा था। उसने मुजुमदार की स्टाइल मारी थी। आवाज, चलना, पीछे हाथ बाँधना ये बातें उसने मुजुमदार से ली थीं। आनंद बायीं ओर पांचाल दायीं ओर चल रहे थे। केवल पढ़ाना यानी नौकरी नहीं, संस्था की छोटी-मोटी बातें भी जान लेना और विकास की दृष्टि से विचार करना यह भी अपना कर्तव्य है, यह आनंद का विचार था। जोशी की छोटी-मोटी बातों को वह

बारीकी से देख रहा था। मन में उतार रहा था।

स्कूल के प्रवेश-द्वार पर ध्वज डंडा था। प्रवेश-द्वार पर स्व. काशीनाथराव पिसाल का अर्ध्द पुतला था। जोशी ने पुतला निहारा था। जोशी स्वयं से ही बुदबुदाया था। "होंठ और नाक का आकार हुबहू बना है। पांचाल पानी ले आ। मुझे प्यास लगी है।" पांचाल पानी लेने गया था। जोशी ने आनंद के कन्धे पर हाथ रखा। उसे अपने पास लिया और कान में बुदबुदाए, "ये पुतला गौर से देखिए। काशीनाथराव के फोटो देखिए। चेहरा ध्यान में रखिए और पावले का चेहरा देखिए। पावले और एमएलए के चेहरे में साम्य है। पावले की माँ काशीनाथराव के घर काम करने जाती थी। एमएलए पावले से कभी नहीं मिलते। उससे डरते हैं। पावले को पैसा भेजते हैं, पर बोलते नहीं।" पांचाल पानी की बोतल ले आया था। 'किसी को बताइए मत।' कहते हुए जोशी ने आनंद को इशारा किया था। जोशी अपने कन्धे पर हाथ रखते हैं, रहस्य बताते हैं, विश्वासपात्र समझते हैं इस भावना से आनंद का मन भर आता था। स्कूल की इमारत के लिए स्विश सरकार और नागरिकों की ओर से आर्थिक सहायता मिली थी।

जूनियर कॉलेज को तीन पूर्णकालिक शिक्षक, एक पीरियड वेतन पर शिक्षक नियुक्त किए गये थे। हाई स्कूल के शिक्षक जूनियर कॉलेज को भी पढ़ाते थे। जोशी ने नोटिस बोर्ड का कागज देखा। कई पुरानी नोटिस वैसी ही लगी थी। उन्होंने पांचल से बोर्ड की सारी पुरानी नोटिसें निकालने का आदेश दिया।

"अपनी इमारत अच्छी है। जगह अच्छी है। पर जेड़ पी. के स्कूल में जितने विद्यार्थी हैं, उतने अपने पास नहीं है। वहाँ विद्यार्थियों पर ज्यादा ध्यान दिया जाता है। शिक्षक अच्छा पढ़ाते हैं। यहाँ कोई किसी का नहीं सुनता। मन में होने के बाद भी सुधार नहीं हो पाता।" जोशी अपने मन की बात कह रहा था। आनंद के भीतर जेड. पी. के. स्कूल के सन्दर्भ में कुतूहल जाग उठा था।

***

दौलत कांबले ने आनंद के बारे में सॉफ्ट कॉर्नर रखा था। एक तो आनंद की जाति 'मनुष्य' थी। यह एक प्रबल कारण था। इस कारण आनंद जातिवादी नहीं होगा, यह वह मानकर चल रहा था। आनंद ने केवल जाति ही बदली थी, यही नहीं उसने अपना जातिवाचक उपनाम भी बदल डाला था। इस कारण हर बात में कांबले आनंद की तरफदारी करता था। पर आनंद उससे सुरक्षित दूरी बनाए रखता था। आनंद पडवल के घर रहने के कारण दूरी रखकर व्यवहार करना अपेक्षित था। कांबले ने यह दूरी भी समझ ली थी।

स्कूल के सांस्कृतिक कार्यक्रम का संचालन हो, या ट्रिप हो, एन.सी.सी. की जिम्मेदारी हो या स्कूल प्रबन्धन के महत्त्वपूर्ण काम हों, वे आनंद को सौंपे जा रहे थे। इस कारण कम समय में ही आनंद के काम की छाप पड़ी थी। दौलत कांबले ने आनंद के साथ हमेशा ही स्नेहसम्बन्ध रखे थे। हमेशा सहयोग किया था।

स्कूल छूटने के बाद आनंद स्वयं कांबले के साथ बोला था और भीमनगर में आने की इच्छा व्यक्त की थी। वे दोनों गाँव से बाहर के बैलगाड़ी के रास्ते से भीमनगर की ओर निकले थे। इस कारण कइयों की भौंहे चढ़ गयी थीं। दलित विद्यार्थियों को खुशी हुई थी। कांबले और आनंद के बीच यह मित्र-भाव देख कर दूसरों को ईर्ष्या हुयी थी। सबने तर्क लड़ाया था। पडवल ने ही आनंद को कांबले के पास भेजा होगा। इसमें कुछ तो चाल होगी। पर कांबले को आनंद को अपने घर ले जाने में कोई दबाव नहीं लगा था। कानोकान यह खबर नारायण सदन तक पहुंच गयी थी।

दौलत कांबले और जिला परिषद स्कूल के मुख्याध्यापक मल्लिकार्जुन बनसोडे इन दोनों ने दलित बच्चों के लिए 'भीमाई अध्ययन कक्ष' शुरू किया था। यह अध्ययन कक्ष मुफ्त था। दलित बच्चों की अंग्रेजी और गणित विषय की अच्छी तैयारी करवा ली जाती थी। इसलिए दलित विद्यार्थियों की स्कूल छोड़ देने की संख्या में कमी आयी थी। आनंद कांबले द्वारा चलाए जा रहे अध्ययन कक्ष को देखना चाहता था। दलित बस्ती के समाज मन्दिर में 'भीमाई अध्ययन कक्ष' चल रहा था। आनंद कांबले के घर आया था। उसे अपने मानुष की भाषा सुनने के लिए मिली थी। आनंद को घर जाने वाला राम किसन दिखा था। कांबले की पत्नी आम्रपाली ने, उसे पानी दिया था। उसे अच्छा लगा था। अपने लोगों के बीच आने की भावना उसके मन में थी। अछूतों की बस्ती में अभूतपूर्व परिवर्तन हो रहे थे। दलितों की भाषा बदल रही थी। कपड़े बदल रहे थे, भोजन बदल रहा था। नाम बदल रहे थे, सांस्कृतिक कार्यक्रम बदल रहे थे। अछूतों ने देहातीपन झटक दिया था। घर के देवी-देवता कूड़े खाने में फेंक दिए थे। धर्म बदल दिया था। एक नये जागरण की शुरुवात हो गयी थी। पर गाँव आज भी हजारों वर्ष पुराने रीति-रिवाजों के दलदल में फँसा पड़ा था। समय बदल चुका था। परिस्थितियाँ बदल चुकी थीं। शिक्षा से मन बदल गये थे। कानून और विज्ञान के ठेलाठेल से व्यवस्था डर गयी थी। पुराने बुर्ज ढहने लगे थे।

हजारों वर्षों की पवित्र परम्परा के विरुद्ध दलितों ने विद्रोह किया था। संस्कृति में दरारें दिखाई दे रही थीं। धर्म के सामने चुनौतियाँ पैदा हो गयी थीं। लोकतंत्र ने सबको समान स्तर पर ला खड़ा किया था।

आनंद मुक्त साँस ले रहा था। बोंबिल भूनने की गन्ध वह मन से महसूस कर

रहा था। आनंद ने तत्काल इसे स्वीकार कर लिया।

आनंद बहुत सहजता से दलित बस्ती के वातावरण में घुल गया था। उसे थोड़ी भी परेशानी नहीं हुई। ज्यों वह उसी बस्ती का बाशिन्दा हो, ऐसा ही उसका व्यवहार था। कांबले और आनंद के बीच की दूरियाँ खत्म हो गयी थी। उनमें आत्मीयता का रिश्ता पैदा हो गया था।

पडवल तुरन्त भीम नगर की और निकला। दौलत कांबले काशीकर को बिगाड़ेगा, उसका मन कलुषित करेगा, उनके कान भरेगा इसलिए पडवल बेचैन हो रहा था। पिछले कई वर्षों से वह कांबले के घर नहीं गया था। पर आज उसके सामने विकल्प नहीं था। वह हाथ से सारे काम छोड़कर भीम नगर में दाखिल हो गया था। आनंद कांबले के घर एकरूप हुआ देखकर पडवल बिगड़ पड़ा। अचानक आये पडवल को देखकर कांबले और आनंद दोनों चौंक गये। कांबले दौडकर बाहर आया। कांबले और पडवल पुराने जिगरी दोस्त थे। आम्रपाली ने भी पडवल को आग्रहपूर्वक घर में बुलाया। पडवल कांबले के घर गया। उसके चेहरे का तनाव दूर हुआ।

''हमारा मेहमान भगा ले जाने का विचार है क्या?'' पडवल-।

''चाय के लिए बुलाया है।'' कांबले।

''अब आप भी चाय लीजिए।' आम्रपाली।

''कितने सालों के बाद रे ऽ, तेरे घर कितने वर्षों बाद आया'' पडवल।

पडवल की आवाज भारी हो गयी थी। उसकी आँखें भर आयी थीं। कांबले भी अस्वस्थ हो गया। दोनों के बीच भयानक मौन उपस्थित हो गया था। आनंद ने विषय बदलने की कोशिश की।

''यहाँ का अध्ययन कक्ष देखने आया था।'' आनंद।

''कांबले मेरा मित्र है। आज भी मैं उसे मित्र मानता हूँ। वह भले ही मेरा जीवन संकटमय कर दिया, फिर भी मेरा उस पर प्रेम है। वह मन से अच्छा है। उसने दूसरों के बहकावे में आकर मुझ पर केस की। सच है न?'' पडवल।

''अब मुझे इस विषय पर बात नहीं करनी है।'' कांबले।

''हाँ, मैंने जातिवाचक गाली दी। वह मेरी गलती थी। पर हमारे बाप-दादों से यह भाषा जुबान पर चढ़ी है। हम आदतों के गुलाम हैं। अब महार को महार कहा तो उसमें क्या गलती हुई। कांबले सर, मैं फिर महार-मांग कहता हूँ। आप फिर मुझ पर एॅट्रोसिटी कीजिए। महार-मांग को जातिवाचक गालियाँ देकर बाते करना हमारी भाषा है। धीरे-धीरे बदलेगा। अचानक परिवर्तन नहीं होगा।'' पडवल।

''आपने केवल जातिवाचक नहीं कहा। दलित पर जानलेवा हमला भी हुआ

था।'' कांबले।

''जाने दे रे। मैंने सजा भोगी न'' पडवल।

''अब मेरे भी मन में कुछ नहीं।'' कांबले।

''चलिए काशीकर सर, मैं आपको लेने आया हूँ।'' पडवल।

''वे खाना खाकर आएँगे।'' आम्रपाली।

''नहीं, नहीं, इन्होंने घर में कहाँ बताया? फिर कभी आ जाएँगे, आज नहीं। चलिए। चलते हैं।'' पडवल।

पडवल कांबले के घर से बाहर निकला। पीछे-पीछे आनंद भी उठा। पडवल भीमनगर में आया था, यह जानकारी मिलने पर पूरी बस्ती में खलबली थी। पडवल और आनंद जा रहे थे। पर दौलत कांबले बेचैन हो गया था। उसके मन में भूतकाल से मितली आ रही थी। भूतकाल की घटनाओं का कीचड़ उठ रहा था। उसने पडवल पर जातिवाचक गालियाँ देने के आरोप में रिपोर्ट लिखाई थी। आरोप में पडवल को हुई सजा, उसके बाद कांबले को संस्था में टिके रहने के लिए कदम-कदम पर किए गये संघर्ष की याद आ रही थी। पडवल घर आ जाने के कारण कांबले के मन का भूतकाल फिर एक बार जीवन्त हो उठा था। जानलेवा आक्रमण होने - सा उसे आभास हुआ। वह सोच में पड गया।

मुजुमदार ने पडवल को फोन किया था। एमएलए को भाषण लिखकर चाहिए था। वह भी बाबासाहब आंबेडकर पर। एमएलए पहली बार ही आंबेडकर पर बोल रहे थे। एमएलए का अपना विषय न होने पर वे मुजुमदार से भाषण लिखने को कहते और मुजुमदार अपनी जिम्मेदारी पडवल पर धकेलकर मुक्त हो जाते। पडवल यह जिम्मेदारी कांबले पर सौंप देते। पर श्रेय मुजुमदार को ही मिलता। कांबले ने एमएलए के कई भाषण लिखे थे। भाषण मैं लिखूँ और श्रेय मुजुमदार ले, इसलिए कांबले ने भाषण लिखने से मना कर दिया था।

मुजुमदार ने कांबले को सम्पर्क कार्यालय में बुला भेजा था। ''साहब का भाषण लिखिए'' कहकर उसके सामने कागज और पेन रख दिया था। कांबले ने कागज हाथ में उठाकर मुजुमदार के मुँह पर दे मारा। कांबले द्वारा किया गया यह अपमान मुजुमदार के कलेजे को चीर गया। वह हाथ धोकर कांबले के पीछे पड़ गया। उसने एमएलए के कान भरे और पडवल के कान फूँके। संस्था में कांबले के विरोध में वातावरण बना। कांबले पर नजर रखी जाने लगी। उसकी हर बात को संशय से देखा जाने लगा। उसे कई मामलों में उपेक्षित किया जाता। कांबले भी डगमगाए बिना हर बात पर भारी पड़ता। वह शेर को सवा शेर साबित होता। परीक्षा के दौरान इस संघर्ष को विकृत दिशा मिल गयी थी।

मुजुमदार, अपने बच्चे विवेक और विनोद पास हो इसलिए प्रयत्न करता था। इसके लिए वह परीक्षा के दौरान स्कूल के बरामदे में कुर्सी डालकर बैठता। कोई नकल करते पकड़ता तो उसका वह विरोध करता, अब कहीं बहुजन समाज पढ़ने लगा है। उसकी नकल मत पकड़िए। उनकी नकल पकडेंगे तो वे आगे कैसे जाएँगे? इनके पास शिक्षा की परम्परा नहीं थी। गरीबों के बच्चे हैं। पढ़ने चाहिए। आगे जाने चाहिए। मुजुमदार परीक्षा होने तक स्कूल परिसर में डटे रहते। उन्हें बहुजन समाज के बच्चों की बजाय अपने बच्चों की चिन्ता होती। कांबले ने इस नकल मामले में कड़ा रुख अपनाया था। इस कारण मुजुमदार घर चल दिया था।

कांबले ने नौ लडकों को नकल करते पकड़ा था। सारे लडके सम्पन्न और सवर्ण थे। पडवल ने सबकी नकल करने की कॉपी छीन ली; उन्हें फटकारा और फिर पेपर के लिए बैठने दिया। कांबले और पडवल के बीच नकल के मामले में सौहार्द्र पूर्ण चर्चा हुई। "बच्चे हैं छोड़ दीजिए। उनका साल खराब होगा। बच्चे फेल हो गये तो मस्टर की संख्या कम होगी, रिजल्ट कम लगा तो संस्था का नाम खराब होगा। नकल करने की कॉपी निकाल लीजिए और परीक्षा के लिए बैठने दीजिए।"

कांबले ने विरोध नहीं किया। उन्होंने मुख्याध्यापक की बात का मान रखा था।

वाले ने तीन को नकल करते पकड़ा। पडवल ने इसबार भी समझौतावादी भूमिका ली। "लडकों की नकल करने की सामग्री निकाल लीजिए, उन्हें आधा घंटा बैठाए रखिए, बाद में पेपर लिखने दीजिए। वैसे भी वे फेल ही होने वाले हैं।"

परन्तु कांबले ने इस बात पर जोरदार आपत्ति जताई थी। "यदि हमने सबको छोड़ दिया तो विद्यार्थियों में गलत सन्देश जाएगा। नकल करने की प्रवृत्ति बढ़ेगी।" पडवल ने कांबले की बात की ओर कोई ध्यान नहीं दिया। उन्होनें बच्चों को पेपर लिखने की अनुमति दी भी।

चारमगोल ने मुजुमदार के बेटे विवेक को नकल करते पकड़ लिया था। विवेक ने रबर बैंड के सहारे नकल करने की सामग्री अपनी जाँघ में बाँध रखी थी। उसने अपने जुराबों में साम्रगी छिपा रखी थी। पडवल ने माथा पीट लिया था। मुजुमदार का बेटा विवेक गुस्से मे था, "मैंने नकल नहीं की। जाँच कर देखिए, मुझे पेपर लिखने दीजिए। मेरा समय बरबाद हो रहा है। गलती से कागज रह गया। याद करने के लिए रखा था।" विवेक अपनी गलती कबूल नहीं कर रहा था। पडवल ने भी विवेक का साथ दिया था। पडवल आक्रमक हो गया था, "अजी, ये हमारे सचिव के सुपुत्र हैं। उन्हें मालूम हुआ तो भारी पड़ेगा। मैं उन्हे क्या जवाब दूँगा! मेरे सिर के बाल नहीं रखेंगे। इतनी केस मैनेज नहीं कर सकते-कहकर दुर्गति कर देंगे। यह

हमारी इज्जत का सवाल है। छोड़ दीजिए।''

चारमगोल शान्त हो गया था। ''आप अपने अधिकार में छोड़ दीजिए। मेरा कुछ कहना नहीं है। मैंने अपना काम किया है।'' चारमगोल ने अपने हाथ की उत्तर-पुस्तिका और नकल करने की सामग्री पडवल को सौंप दी।

पडवल ने विवेक को उत्तर-पुस्तिका लौटा दी। विवेक रौबदार ढंग से कक्षा की ओर निकल गया था। कांबले स्तब्ध होकर उसे, जाते निहारता रहा। पडवल को स्वयं पर ही गुस्सा आया। ''बच्चों को ठीक से पढ़ाते नहीं। ज्यादा परियड नहीं लेते। मेहनत करने की इच्छा नहीं। बच्चे नकल नहीं करेंगे तो क्या करेंगे?'' पडवल की आवाज में तल्खी और खब्त थी।

हताले ने मीनाक्षी की नकल करने की सामग्री पकड़ी थी। लड़की रो रही थी। चारमगोल और कांबले स्तब्ध खड़े थे। हताले के हाथ में मीनाक्षी की उत्तर-पुस्तिका और रुमाल था। यह सब उन्होने पडवल को सौंप दिया। मीनाक्षी ने रुमाल पर प्रश्नों के उत्तर लिखकर लाए थे। पडवल रुमाल पर लिखी सामग्री निहार रहा था। ''बच्ची है, जाने दीजिए, छोड़ दीजिए। बच्चियाँ भावुक होती हैं। कल को यदि उसने अपनी जिन्दगी का कुछ सही-गलत कर लिया तो? हमें ही संकट हो जाएगा। सारी बातों का विचार होना चाहिए।'' कांबले ने पडवल का विरोध किया था। ''हम नकल पकड़ते हैं, विद्यार्थियों का गुस्सा झेलते हैं और आप उन्हें छोड़ देते हैं। ये ठीक नहीं हैं।'' कांबले की आवाज में उपहास था। पडवल ने एक कदम पीछे ले लिया था, ''ठीक है। उसका पेपर ले लीजिए। उसे घर जाने दीजिए। नकल का केस मत बनाइए।'' पडवल की आवाज नीचे आ गई थी।

''मैंने नकल नहीं की। मुझे पेपर लिखने दीजिए।'' मीनाक्षी।

''सब यही कहते हैं।'' कांबले।

''मुझे नया पेपर दीजिए। मैं फिर से पेपर लिखूँगी।'' मीनाक्षी।

''ऐसा नहीं कर सकते।'' कांबले।

''बाकी लडको को छोड़ दिया। फिर मेरी ही नकल क्यों पकड़ रहे हैं?'' मीनाक्षी।

''मीनाक्षी, अब तू घर जा। कल की परीक्षा की पढ़ाई कर आ। हम तुम्हारी नकल की केस नहीं बनाएँगे। तूने जितना लिखा है, तुम्हे उतने नम्बर मिलेंगे। चिन्ता मत कर। अब तू जा।'' पडवल।''

मीनाक्षी रोती हुई स्कूल से बाहर आयी। चारमगोल हाथ में अखबार लेकर बैठा। पडवल मीनाक्षी की उत्तर पुस्तिका पलटने लगा। ''बच्ची ने बहुत लिखा है। पास हो जाएगी।'' पडवल अपने आप से बात कर रहा था। उसकी बात की ओर चारमगोल और कांबले ने ध्यान नहीं दिया था। ''नकल होगी ही। यह प्रवृत्ति है। हम

नकल नहीं रोक सकते।'' पडवल ने फिर अपना मत व्यक्त किया था। कांबले चिढ़ गया था। ''यदि कोई कार्रवाई होने वाली नहीं होगी तो हम नकल क्यों पकड़े?'' कांबले ने स्पष्ट ठोस सवाल पूछा था।

जाई जगताप ने हर्ष गायकवाड नामक दलित विद्यार्थी की नकल की सामग्री पकड़कर लाई थी। 'भीमाई अध्ययन कक्ष' का यह विद्यार्थी था। कांबले विचलित हुआ नीचे गिरकर आईना टूट जाय, ऐसा उसका चेहरा फूट गया था। कांबले सर होने के कारण हर्ष गायकवाड आत्मविश्वास से बोलने लगा था। ''यह नकल की सामग्री मेरी नहीं है। पीछे से किसी ने फेंकी है। किसने फेंकी मुझे नहीं मालूम। मैंने नकल नहीं की। मेरा पेपर जाँच कर देखिए।'' पडवल चिढ़ गया था। ''सब यही कहते है।'' पडवल की आवाज में व्यंग्य था।

''इसका क्या करें?'' जाई जगताप मैडम।

''कांबले से पूछिए।'' पडवल।

''मैं नकल के खिलाफ हूँ।'' कांबले।

''अब तक सबको छोड़ दिया। इसे भी छोड़ दीजिए।'' चारमगोल।

''एक-दो नकल की केसेस करनी चाहिए। इसके बिना विद्यार्थियों में धाक नहीं रहेगी। इसकी नकल की केस बनाइए। उससे लिखित खुलासा लीजिए और उसे घर जाने दीजिए।'' पडवल।''

''मैंने कॉपी नहीं की है।'' हर्ष गायकवाड।

''सर यह नकल करने वाला विद्यार्थी नहीं है। इसे पेपर दीजिए।'' कांबले।

''अब तक मैं विद्यार्थियों की ओर से बोलता था, आप विरोध कर रहे थे। अब ''मैंने केस बनाने का फैसला कर लिया है।'' पडवल।

''आपने मुजुमदार के बेटे को छोड़ा। फिर इसे क्यों नहीं छोड़ रहे है?'' कांबले

''मुजुमदार संस्था के सचिव हैं, उनकी तुलना महार माँग से नहीं की जा सकती।'' पडवल।

''आप जातिवाचक बोल रहे हैं।'' कांबले।

''हाँ, हम सभी जातिवाचक हैं। मैं सवर्ण विद्यार्थिंयों का पक्ष ले रहा था, तब आप विरोध कर रहे थे। अब मैं दलित विद्यार्थियों की विरोधी भूमिका में हूँ, तो आप लोग उनका पक्ष ले रहे हैं। यह हमारे खून में है। सच्चाई झुठला कर नही चलेगा।'' पडवल।

पडवल ने राक्षसी भूमिका अपनायी थी। कांबले चिढ़ा था। मुख्याध्यापक के कार्यालय में बाजीराव और बाबू बारबोले आये थे। उनके पीछे-पीछे भीड़ भीतर

आयी थी। बाजीराव के हाथ में धारदार छुरा था। उसने चारमगोल की कॉलर पकड़ रखी थी। कांबले बीच में आ गया था। बारबोले ने चारमगोल के बाल पकड़ थे, और कमर में लात मारी थी। जगताप मैडम रोने लगी थी। पडवल ने झगड़ा छुड़ाया था। बाजीराव और बारबोले गाली-गलौच करते हुए स्कूल के बाहर आ गये थे। यह मामला पूरे गाँव में फैल गया था। कांबले ने पुलिस कार्रवाई करने की जिद की थी। चारमगोल घबरा गया था। पडवल उन्हें समझा रहा था। "ये नाजुक मामला है। संस्था की बदनामी होगी। मैं मुजुमदार से बात करूँगा। उन्हे माफी माँगने के लिए कहेंगे। आप अधिक मत तानिए।" कांबले प्रतिवाद कर रहा था।

पेपर का समय समाप्त हुआ। विद्यार्थी कक्षा से बाहर आये।

जगताप मॅडम ने, हर्ष गायकवाड की ओर से लिखित खुलासा लिख लिया था।

उपस्थिति सूची के अनुसार उत्तर-पुस्तिकाएँ गिनकर सीलबन्द करने का काम शुरू था। सबके चेहरे पर तनाव था। स्कूल में हुई अनुचित घटना के कारण सब हिल गये थे। पर पडवल खुश था। उसने बाजीराव को फोन लगाकर उसे शाबाशी दी थी। "अच्छा ठंडा कर दिया। कांबले को भी एक झापड़ मारनी चाहिए थी। संस्था हमने बनाई। ये संस्था के नौकर हैं और इनकी इतनी अकड़। वेल डन।" पडवल ने बाजीराव की पीठ थपथपाई थी।

पडवल जब शाम को घर गया तब उसने स्कूल में घटा किस्सा हँस-हँसकर सुनाया था। बाजीराव और बारबोले स्कूल में किस तरह आये थे, बाजीराव ने धारदार छुरा किस तरह पकड़ रखा था। बारबोले ने चारमगोल के बाल खींचकर किस तरह उसके कमर में लात जमाई थी, चारमगोल किस तरह लटक गया था, इसका वर्णन चटखारे ले-लेकर पडवल कर रहा था। पडवल मैडम भी हँसकर उन्हें दाद दे रही थी। "कांबले को एक चांटा मारा होता तो और मजा आता!" पडवल आनंदित हो रहा था।

नारायण सदन के दरवाजे पर हर्ष गायकवाड, रामकिसन, उसकी पत्नी चांगुणा, उनके पड़ोसी विक्रम कांबले और गया कांबले आये थे। अपने दरवाजे पर आये दलित देखकर पडवल को गुस्सा आ गया। पडवल मैडम घबरा गयी थी। विक्रम कांबले सबसे आगे था। ये कांबले का चाचा था। "क्या चाहिए?" अत्यन्त रोषपूर्ण आवाज में पडवल ने उन्हें वहीं रोक दिया था। रामकिसन घबराया था। विक्रम कांबले और उसकी पत्नी गया कांबले गम्भीरता से खड़े थे।

"सबके बच्चों को छोड़कर हमारे ही बच्चों को क्यों पकड़ा? हमारे बच्चों का नुकसान कौन भर देने वाला है?" चागुणा

"मैंने नकल नहीं की। मेरी पढ़ाई हुई थी। किसी ने पीछे से कागज फेंका मुझे मालूम नहीं। कागज मेरी जगह गिरा इसलिए मैडम ने मुझे पकड़ा?" हर्ष गायकवाड।

"उसी समय शिकायत करनी थी।" पडवल सर।

"मैंने मैडम से कहा था, आपको भी बताया था।।" हर्ष गायकवाड।

"अक्तूबर में पेपर दे। एक पेपर निकल जाने पर तू कोई बूढ़ा नहीं हो जाएगा।" पडवल सर।

"हमारे बच्चों का नुकसान हो गया, उसका क्या? सबके बच्चे छोड़ दिए। हमारे बच्चों ने आपका क्या नुकसान किया था?" विक्रम कांबले।

"आपको कांबले सर ने सिखा-पढ़ाकर भेजा है।" पडवल सर।

"कांबले सर का नाम लेने की कोई जरूरत नहीं। आप जातीयवादी हैं।" गया कांबले

"आपके लड़के ने नकल की है। हमने नकल की केस की है। अगले साल आप कहीं और एडमिशन ले लें। हमें घुन नहीं चाहिए।" पडवल सर।

"हम बोर्ड में शिकायत करेंगे। आपका सारा कामकाज बोगस है।" विक्रम कांबले।

"जा रे धेड़ग्या ऽ जा, जहाँ शिकायत करनी है, वहाँ कर। मेरा कोई कुछ टेढ़ा नहीं कर सकता। चलो फूटो बाहर।" पडवल सर।

पडवल ने सबको घर से खदेड़ा। उसका देह जल रहा था। महार घर में आकर सवाल कर रहे हैं, यह बात उसे चुभ गयी। उसे लगा, यह उसके कुल का घराने का घोर अपमान है। उसके मन-मस्तिष्क में वर्ण-व्यवस्था का सनातन तूफान उठा। नीच-जात अपने घर में घुसने की हिम्मत कैसे कर लेता है। इस विचार मात्र से उसका नख-शिख सुलग रहा था। उसके नस-नस से द्वेष ने आतंक मचाया था। उसने मुजुमदार को फोन किया। "कांबले ने बहकाकर महारों को मेरे घर भेजा। महार उबल रहे थे। उन्होंने धमकी दी। बोर्ड में शिकायत करेंगे। अखबारों में छपवाएँगे। मुजुमदार के लड़के को छोड़ते हैं और हमारे बच्चों की नकल पकडते हैं। वे, मुजुमदार अनादारसूचक उल्लेख कर रहे थे। मैं उन्हें..." पडवल को और कुछ कहना था, पर मुजुमदार ने फोन काट दिया।

घर लौटने वाले दलितों को रास्ते में ही रोक दिया और उन्हें मुजुमदार के सामने हाजिर किया। मुजुमदार लकड़ी के झूले पर बैठे थे। झूला आगे-पीछे झूल रहा था। लोहे की सांकल की कर्रकर्र आवाज आ रही थी। मुजुमदार की पत्नी प्राजक्ता दरवाजे पर खड़ी थी।

उसने विवेक को और विनोद को भीतरी कमरे में बैठाया। वे कंप्युटर पर गेम खेल रहे थे।

हर्ष गायकवाड, उनके माँ-पिता राम किसन और चांगुणा एक ओर तो दूसरी ओर विक्रम कांबले और उसकी पत्नी गया कांबले खड़ी थी। बाजीराव और बारबोले मुजुमदार के दाएँ-बाएँ भाला धारी और लठैत की तरह खड़े थे।

मुजुमदार ने उन सब की ओर चुभती नजरों से देखा।

"क्यों रे भोसड़ी के, बहुत घमंड हो गया है क्या?" मुजुमदार के बोलते समय ही बीच में ही रामकिसन ने बोलने की कोशिश की। मुजुमदार बहुत चिढ़ा था और झूले से उठकर खड़ा हो गया। बाजीराव और बारबोले आगे बढ़े। मुजुमदार की आवाज में बहुत विस्फोट था। "कुछ नहीं बोलना है। मैं तेरा कुछ नहीं सुनना चाहता। गाँव में रहना है या नहीं? लगता है सींग उग आये हैं। अगले वर्ष हमारे स्कूल से महार के सारे लडकों के नाम निकाल डालेंगे। हमें तुम लोगों के लड़के नहीं चाहिए। हमारी स्कूल बन्द हो गयी तब भी चलेगा। अगले साल तुम लोग दूसरा स्कूल देखो। अब भागो यहाँ से।" मुजुमदार चिंघाडता हुआ बोला।

विक्रम कांबले ने बोलने की कोशिश की थी। मुजुमदार ने उसे इशारे से ही रोका, "बाजीराव बाहर भगाओ इन सबको ऽ, चलो निकलो।" मुजुमदार को पैर की चप्पल भुनभुनाने का आभास हुआ। महार अपनी सीमा भूलकर पेश आ रहे हैं, इस बात का उसे भयंकर गुस्सा आया।

"पानी दूँ क्या?" प्राजक्ता।

"नहीं।" मुजुमदार।

मुजुमदार झूले पर बैठा। "महार सिर पर चढ़ रहे हैं। उन्हें सबक सिखाना चाहिए।" इस विचार से वह बेचैन हो गया। वह झूले पर झूलने लगा था। झूले की कर्र-कर्र आवाज आ रही थी। मुजुमदार के चेहरे की जलती दावाग्नि दिखाई दे रही थी।

***

बाजीराव ने पीछे से रामकिसन के कमर में लात मारी थी और बारबोले ने हंटर से विक्रम कांबले को पीटना शुरू किया था। गया कांबले ने बारबोले का हाथ पकड़ा। बारबोलेने उसे भी हंटर से मारा। गया कांबले का सिर फट गया। चांगुणा ने चीखना शुरू किया। हर्ष गायकवाड भीमनगर की ओर भागा। बाजीराव ने कमर में लपेट रखी साइकिल की चैन निकाली और रामकिसन को बेहोश होने तक मारा। दलित स्त्रियों की चीख-पुकार सुनकर किसी को दया नहीं आयी थी। जो दौड़कर आये थे, उन्होंने मदद करने की बजाय हमला ही किया था।

चांगुणा और गया चीख रही थी। विक्रम और रामकिसन मदद के लिए

चिल्ला रहे थे।

हर्ष गायकवाड भीमनगर में गया था। उससे सारी हकीकत कांबले सर को सुनाई। कांबले ने भीमनगर के युवकों को पुकारा। सब लोग गाँव की ओर बढ़े।

खून से लथपथ रामकिसन को चांगुणा और गया ने पकड़ रखा था। जख्मी विक्रम कांबले उनके पीछे चल रहा था। उनके कपड़े फटे थे। चांगुणा और गया चिल्ला रहे थे। रामकिसन वेदना से कराह रहा था। वे भीमनगर की ओर निकले थे।

रोती-धोती चांगुणा और गया, खून से लथ-पथ रामकिसन और विक्रम को देखकर कांबले चिढ़ गया। चांगुणा ने कांबले सर के पैर पकड़ लिये। गया ने उनके सामने हाथ जोड़े। "आगे मत जाइए। नाश होगा। उनके पास हथियार हैं। पीछे मुड़िए। इन दोनों को बहुत मारा है। दवाखाना ले जाने का देखिए। जो कुछ करना है कानून से कीजिए। गाँव में मत जाइए। हैवान हैं वे।" गया का रोना-धोना और विलाप चल रहा था। यह हृदय विदारक दृश्य देखकर कांबले हिल गया।

जिन्होंने दलितों पर प्राणघातक हमला किया था वे खुश थे। खून से लथ-पथ हुए दलित और विलाप करती दलित स्त्रियों को देखकर गाँववालों को मजा लग रहा था। "भड़ुओं को और पीटना चाहिए था। बहुत चरबी चढ़ गयी है। उदंद्ड व्यवहार करते हैं। अच्छा काम किया। इन्हें सबक सिखाना ही चाहिए।" गाँव के लोगों की यही प्रतिक्रिया थी। गाँव के लोगों ने मारनेवालों की मुँहभरकर तारीफ की। दलितों का विलाप देखकर गाँववालों का खूब मनोरंजन हुआ। 'गाँव में दो-चार छंटे हुए लोग जरूरी हैं। इनके बिना उन नीच महारों को रास्ते पर कौन लाएगा? एक-दो बार और इसी तरह पीटना चाहिए। तभी वे फिर सिर नहीं उठाएँगे" सवर्णों ने इस घटना का स्वागत किया था। गाँव के छोटे-बड़ों को इससे खुशी हुई थी।

कांबले ने चारमगोल जोशी और वाले को फोन करके इस घटना की जानकारी दी थी। इन सबने पुलिस में रिपोर्ट लिखाने की सलाह दी। "पुलिस में रिपोर्ट नहीं लिखाई तो ये और मगरूरी करेंगे।" यह चारमगोल के कहे जाने पर तो "इस मामले का मास्टर माइंड पडवल है। उसे इसमें खींचिए। उसे मुक्त मत छोड़िए। एट्रॉसिटी की तहत रिपोर्ट कीजिए।" जोशी ने अपनी भूमिका स्पष्ट की। "मैं आपके साथ हूँ।" वाले ने कहा। पडवल ने अपना फोन बन्द कर रखा था। मुजुंमदार ने कांबले से फोन पर बात करने से मना कर दिया था। विक्रम कांबले और रामकिसन गायकवाड को उरण के सरकारी अस्पताल में एडमिट किया। नारायण पडवल, बाजीराव पिसाल और बाबू बारबोले पर एट्रॉसिटी की केस दाखिल की गयी।

अखबारों ने इस घटना को प्रमुखता से उठाया। 'एमएलए के गुंडों का दलितों पर जानलेवा हमला' यह हेडलाईन सभी अखबारों ने छापी थी। एमएलए की

संस्था के मुख्याध्यापक और प्राचार्य नारायण पडवल, संस्था का चपरासी बाजीराव पिसाल और बाबू बारबोले का इस अपराध में समावेश होने के कारण एमएलए संकट में आ गये थे।

गाँव में पुलिस आयी। उन्होंने नारायण पडवल, बाजीराव पिसाल, और बाबू बारबोले को गिरफ्तार किया। दलित नेताओं ने एमएलए पिसाल पर जातिवादी होने का आरोप किया। एमएलए बेचैन हो गये। उन्होंने मुजुमदार को आड़े हाथों लिया। "यह मामला इतना क्यों बढ़ गया। यह गाँव के भीतर ही क्यों नहीं निपटाया गया?" इसकी तहकीकात करने के लिए एमएलए ने मुजुमदार को तुरन्त मुंबई बुला लिया। मुजुमदार ने इस घटना के लिए कांबले को दोषी करार दिया।

पत्रकारों ने इस मामले में एमएलए को घेरा, "अपराधियों पर कड़ी कार्रवाई होनी चाहिए।" एमएलए ने प्रतिक्रिया व्यक्त की। इस मामले में राजनीति होने लगी। इस कारण यह मामला अधिक संवेदनशील हो उठा। साहब से मिलने मुजुमदार मुंबई गया। जाते समय उसने अपनी पत्नी को मायके भेज दिया। मुजुमदार हफ्ता भर मुंबई में ही रहा। एमएलए ने स्कूल का जिम्मा जोशी को सौंप दिया। जोशी को वह मिल गया, जो वह चाहता था।

मुजुमदार ने भगवान के प्रति आभार माना, 'मैं आग से खेला' ऐसा उसे लगा। 'दलितों पर अत्याचार हुआ तो तीखी प्रतिक्रिया हो सकती है। अब जमाना पहले जैसा रहा नहीं।' यह सोचकर मुजुमदार का दिमाग चक्कर खाने लगा। दलितों पर हुए हमले से उत्पन्न प्रतिक्रियाओं को देखकर मुजुमदार हिल गया। 'अपने घर पर हमला होगा।' इस डर से वह काँप गया था। उसके दिमाग में झुनझुनी हो रही थी। वह पडवल को दोष दे रहा था। 'पडवल ने मुझे उकसाया, मुझे उसका कहना सुनना नहीं चाहिए था। कम विश्वासनीय आदमी पर जरूरत से ज्यादा विश्वास डालने पर विनाश आता है।' इसका उसे अनुभव हुआ। 'साहब मेरे कारण संकट में फँस गये। जिंदगी में उन्होंने मेरे लिए पहली बार अपशब्दों का प्रयोग किया। मैंने साहब का नाराजगी मोल ले ली।' यह सोचकर मुजुमदार स्वयं को दोष देने लगा। उसे पश्चाताप हो रहा था। वह गेट वे ऑफ इंडिया के पास बैठकर रोने लगा। समुद्र यानी आसुओं का विराट रूप है, उसे लगा था। वह समुद्र से डर गया था।

***

मुजुमदार मुंबई से लौट आया। पर अपने बच्चों पत्नी को नहीं बुलाया था। फिलहाल वह सम्पर्क कार्यालय में नहीं जा रहा था। लोग भी उसके पास न आते। वह घर में ही बैठा रहता। बाजीराव के सास-ससुर आकर गये थे। बाबू बारबोले का

भाई और उसकी पत्नी मिलने आये थे। मुजुमदार के घर जाकर जोशी ने चर्चा की। मुजुमदार ने फिलहाल शान्त रहना ही पन्सद किया।

अपना नाम इसमें नहीं डाला गया इस बात का मुजुमदार को रह-रहकर आश्चर्य लगता। कई दलित नेता रानमसले को भेंट दे रहे थे। पत्रकार और सामाजिक कार्यकर्ता भी गाँव में आ रहे थे। रोज दलितों पर हुए हमले के सम्बन्ध में अखबारों में कुछ न कुछ छपकर आता ही था। इस कारण गाँव मे तनावपूर्ण स्थिति थी। मुजुमदार इन सबसे अलिप्त रहने की कोशिश करता।

गेट बजा। कोई तो आ रहा है; मुजुमदार को लगा। चूड़ियों की खनखनाट सुनाई दी। वह सतर्क हुआ। उसने दरवाजे की ओर उत्सुकता से देखा। पडवल मैडम आ रही थीं। मुजुमदार का चेहरा उदास हो गया।

पडवल मैडम ने आते ही मुजुमदार के पैर पकड़े। वह फूट-फूटकर रोने लगी। मुजुमदार पेशोपेश में पड़ गये। "साहब को फोन कीजिए और सर को छुड़ा लीजिए।" मैं आपके पैर पकड़ती हूँ।" पडवल मैडम ने फिर एक बार मुजुमदार के पैर पकड़े। वह रोना रोक नहीं पा रही थी। मुजुमदार उसे दिलासा दे रहे थे। उसका बाँध फूट चुका था। मुजुमदार एमएलए को फोन करेंगे। एमएलए पुलिस को फोन करेंगे और पुलिस पडवल को छोड़ देंगे। यह पडवल मैडम का कयास था। यह इतना सरल है, यह उसका मानना था। मुजुमदार ने उसे अपने पैरों के पास से उठाया। और गद्दी पर बिठाया। उसके काँधे पर हाथ रखा। 'रोइए मत ऽऽ' कहकर धीरज बँधाया।

मुजुमदार की आवाज में आत्मीयता और मृदुता सुनकर पडवल मैडम का साहस बढ़ गया था। वह उठी। उन्होंने फोन का रिसीवर उठाकर मुजुमदार की ओर बढ़ाया, "प्लीज फोन करें। नम्बर बताइए, मैं लगा देती हूँ।" पडवल मैडम उत्तेजित हो गयी थी। वह उतावली होकर बातें कर रही थी। वह आत्मीयता से मुजुमदार से अनुनय कर रही थी। मुजुमदार ने शान्तभाव से फोन रख दिया। पडवल मैडम असहायता से उसकी ओर देखती रह गयी। उसकी संपूर्ण देह उसके सामने लीन हो गयी थी। वह व्यथित हो गया। "ये क्या करती है? कोई आया और देख लिया तो ? कृपा कर आप यहाँ से जाइए। पत्रकारों ने एमएलए के सामने संकट खड़ा कर दिया है। आप जाइए मुझे संकट में मत डालिए।" मुजुमदार की आवाज में झुँझलाहट थी।

पडवल मैडम लज्जित हुई, "सॉरी मैं गलत थी। आप साहब से बात करेंगे तो अच्छा होगा। साहब उन्हें चाहते हैं।" पडवल मैडम की आँखो में पानी आ गया। वह भावुक हो उठी। मुजुमदार शान्त था। "लोगों की अपने पर नजर है। पुलिस को

फोन किया तो पुलिस पर दबाव डाला जा रहा है, यह खबर छपेगी। वातावरण कुछ शान्त होने दें। आप इधर मत आइए।" मुजुमदार ने पडवल मैडम को झटकने की कोशिश की।

पडवल मैडम रोने लगी। "कोई आएगा, रोइए मत। जल्दी निकलिए।" मुजुमदार ने पडवल मैडम को घर से बाहर निकालने की कोशिश की। पडवल मैडम चिढ़ गयी। "आपके फोन किए बिना मैं यहाँ से नहीं हिलूँगी। आप फोन कीजिए।' पडवल मैडम ने पैंतरा बदला। वह जिद करने लगी। मुजुमदार ने भी मूड बदला। "आप गेट बन्द कर आइए। वहाँ चाबी है, उठाइए। ताला लगाइए। भीतर तब कोई नहीं आएगा। मैं पुलिस को फोन कर रहा हूँ, यह किसी को मालूम हो गया तो संकट और बढ़ जाएगा।"

पडवल मैडम आज्ञाकारी की तरह गेट की ओर गयी और गेट को ताला लगा कर लौट आयी। "दरवाजा भी लगा लीजिए। दरवाजा खुला देखकर लोग भीतर आते हैं। दरवाजा बन्द कीजिए।" मुजुमदार ने फिर फरमान छोडा।"

पडवल मैडम ने दरवाजा बन्द किया। मुजुमदार का चेहरा खिला। पिछले कई दिनों का तनाव शिथिल हुआ। पहले मुँह धो लीजिए। मुझसे आपका चेहरा देखा नहीं जाता। वहाँ वाश बेसिन है, देखिए। कोई आया तो आपको रोता हुआ न देख सके, जाइए।" मुजुमदार ने फिर आदेश दिया। पडवल मैडम ने वाश बेसिन के सामने खड़े रहकर मुँह धोया। मुजुमदार ने उसके उसके काँधे पर सफेद टॉवेल रखा। पडवल मैडम ने मुँह पोंछा। मुजुमदार की कली खिली। पडवल मैडम ने उसकी हर आज्ञा का पालन किया था। इसलिए मुजुमदार उत्तेजित हो गया था। "अब कितनी अच्छी लग रही हो। पडवल सर ने कोई खून नहीं किया। बम विस्फोट नहीं किया। इतना घबराने का कोई कारण नहीं। हम उन्हे छुड़ा लेंगे। वे हमारे मित्र हैं। चलिए हम भीतर के कमरे में बैठते हैं। बाहर नहीं। अपनी बात कोई सुन न सके। भीतर भी फोन है।'

मुजुमदार ने पडवल मैडम का हाथ थामा। उसे उसके स्पर्श में विचित्र-सी कुछ अलग अनुभूति हुई। वह विचलित हुई। वहीं स्तब्ध खड़ी रही।

उसकी निक्रियता देखकर मुजुमदार भी घबराया। उसकी आँखों में ठंडापन देखकर मुजुमंदार अपने इरादे से पीछे हट गया। "आप मुझसे डरी हैं क्या? वैसा होगा तो गेट खोल कर आइए। मै घर में अकेला ही हूँ। आप कल सम्पर्क कार्यालय में ही आइए। हम आफिस से फोन करेंगे। मैंने बाजीराव से बात की है। सारा आरोप बाजीराव और बाबू अपने ऊपर लेनेवाले हैं। इस कारण सर इस मामले में फँसने वाले नही हैं। उन्हें बेमतलब इसमें फँसाया गया है। मैं एमएलए जी से भी बोलूँगा। पुलिस से भी बात करूँगा। वकील को भी फोन करने वाला हूँ। आप निश्चिंत रहें।"

मुजुमुदार ने फिर घुमा- फिराकर उसे टालने की कोशिश की।

पडवल मैडम रूँआसी हो गयी थी। "आपके फोन किए बगैर मैं नहीं जाऊँगी। उन्होंने आपके बच्चे की परीक्षा में मदद की है इसलिए..." पडवल मैडम जो तय करके आयी थी, वह बोल रही थी।

मुजुमदार ने उसकी बात बीच में ही काट दी। "इस मामले में आप मेरा या मेरे बेटे का नाम मत लीजिए।' मुजुमदार का चेहरा लकडबग्घे के जबड़े की तरह दिख रहा था। वह विचलित हुई। विवश हुई। उसे पति के लिए कुछ भी करना सम्भव नहीं लग रहा था।

"फोन कीजिए।" पडवल मैडम

"भीतर के कमरे में चलिए।" मुजुमदार।

पडवल मैडम चुपचाप भीतर के कमरे में चली गयी थी। मुजुमदार ने अपनी कमीज उतारकर खूँटी पर टाँग दी थी। वह उदास हो गयी थी। वह मुजुमदार के हाव भाव और हरकतों को निहार रही थी। उसे लग रहा था, काम करवा लेने का शायद यह कोई तरीका होगा।

"फोन करेंगे नहीं क्या?" पडवल मैडम।

"करूँगा। इस बार करूँगा।" मुजुमदार।

"जो करना है, दो मिनट में कीजिए।" पडवल मैडम।

मुजुमदार की देह में तूफान उठा था। निरभ्र आकाश में बरसाती बादलों ने ज्यों भीड़ की हो ऐसा उसका चेहरा हो गया था। उसके शरीर में तूफानी हवाएँ चलने लगीं। वह जल प्रपात-सा ढहने लगा। वह पंख की तरह हवा में तैरने लगा। वह बेकाबू हो गया। उसके शरीर से फव्वारे उड़ने लगे। उसकी जाँघें प्रज्वलित हो गयी। उसका शरीर गरजने लगा। वह आक्रमक हो गया। वह बाढ़ आयी नदी की तरह मटमैली हो गयी। उसकी कमर मुक्त हुई। जाँघे ढीली पड गयी। उसके चेहरे पर ग्लानि फैल गयी। उसका शिश्न सिकुड़ गया। वह अपने आप पर खुश हुआ।

वह उठी और निकल पड़ी।

उसे काफी देर तक बाढ़ आयी नदी याद आती रही। झागदार बहते पानी की लहरें याद आती रहीं। नदी के विस्तारित पात्र याद आते रहे। पानी की कल कल याद आती रही। उसे एक नया पर्याय मिल गया था।

***

पडवल ने जातिवाचक गालियाँ दी थीं, यह सच था। बाजीराव पिसाल और बाबूराव बारबोले ने दलितों पर जानलेवा हमला किया था यह सच था। ये दोनों

अलग अलग घटनाएँ थीं। वे अलग-अलग जगह घटी थीं। और समय भी अलग-अलग था। ये दोनों घटनाएँ घटते समय वाले और चारमगोल उपस्थित नहीं थे। फिर भी वे चश्मदीद गवाह बन गये थे। अपराधियों को सजा मिलना जरूरी था। अपराधी सबूतों के अभाव में यदि निर्दोष छूट गये तो कानून का डर खत्म हो जाएगा और वे उन्मुक्त छूट जाएँगे इसलिए कांबले और जोशी ने दिमाग लड़ाया था।

वाले और चारमगोल ने बहुत विचार किया था। एमएलए के खिलाफ खड़े रहना अर्थात नौकरी से हाथ धोना था, पर उनका कांबले पर बहुत विश्वास था। उन्होंने घर की किसी की बात नहीं मानी थी। मुजुमदार उन्हें बुलाएगा, धमकाएगा, गवाही से मुकर जाने को कहेगा, यह सब वे जान रहे थे। उन्होंने विचार पक्का कर लिया था। बुलावा आने पर क्या बोलना है, इसकी तैयारी की। वह मुजुमदार के बुलावे की प्रतीक्षा कर रहे थे और उन्हें मुजुमदार का फोन आया था। वे गड़बड़ाए। मुजुमदार से मिलने के लिए उनके 'छाया' बंगले की ओर चल पड़े। उन्हें डर लगा था। दलितों पर जिस प्रकार जानलेवा हमला हुआ था, वैसा होगा। बंगले में गुंडों को बुलाया होगा, हथियार होंगे, यह सोचकर वे त्रस्त हो गये थे। उन्होंने अपने घर 'छाया' में जा रहे हैं, यह बता रखा था। जोशी चिन्तित हो गया था।

गेट बजते ही मुजुमदार सतर्क हो गया था। उसे लगा, पडवल मैडम या पुलिस आये होंगे। गेट में वाले और चारमगोल को देखकर उसने निःश्वास छोड़ा। मुजुमदार अपराध बोध से ग्रसित हुआ, 'बेकार में अपने बेटे को नकल करने दी, बेकार में दलितों पर हमला करवाया, इसमें से तो निकल आया। बाद में, शान्त बैठना था। फिर एक अपराध मेरे हाथों हो गया। पडवल मैडम ने मुँह खोला तो क्या होगा? साहब क्या कहेंगे। मैं नालायक हूँ।' ऐसे विचारों से मुजुमदार पागल हो गया था। उसका मानसिक सन्तुलन बिगड़ चुका था। वह पश्चाताप से जल रहा था।

दरवाजे पर वाले और चारमगोल हाथ जोड़कर खड़े थे। मुजुमदार ने उन्हे भीतर बुलाया। वे भीतर आये। उन्होंने मुजुमदार के पैर पकड़ लिये। मुजुमदार को बहुत बुरा लगा। 'पडवल मैडम ने मुँह खोल दिया तो मुझे मुँह छिपाने की भी जगह नहीं मिलेगी। मैं मिट्टी मोल हो जाऊँगा।' मुजुमदार विचार कर रहा था। मुजुमदार को गम्भीर होता देख और कुछ न बोलते पाकर वाले और चारमगोल घबरा गये थे। उन्हें नहीं सूझ रहा था की उन्हें क्या बोलना है। वे शान्ति से बैठे थे। वाले के हाथ पैर थर थर काँप रहे थे।

वाले और चारमगोल की ओर मुजुमदार ने बड़ी दयनीयता से देखा। वह उनसे नजर नहीं मिला सका। उसके अपराध बोध ने उसे गम्भीर बना दिया था। उसका गला भर आया था। चारमगोल घबराया। मुजुमदार व्याकुल होकर रोने लगा।

वह रोना रोक नहीं पा रहा था। वह बहुत देर तक रोता रहा। उसने हाथ से ही इशारा कर वाले और चारमगोल को निकल जाने को कहा। वाले और चारमगोल चुपचाप उठे और 'छायां' के गेट से बाहर निकल आये।

"हमें गवाही नहीं देनी चाहिए थी। अपनी गवाही से मुजुमदार को तकलीफ हो रही है। हम उनका नमक खाते हैं और उन्हीं पर उलट पड़ते है। इस कारण उन्हें तकलीफ तो होगी ही। एमएलए को भी तकलीफ हुई होगी। पडवल को भी तकलीफ हुई होगी।" वाले व्यथित होकर बोला। चारमगोल गम्भीर हो गया था।

मुजुमदार नींद की गोली खाकर सो गया।

सुबह जब उसकी आँख खुली तो उसके मन में मोर पंख पसार कर नाच रहा था। उसका दबाव शिथिल हो गया था। उसके मन में सम्भोग की मीठी झुरझुरी उठी थी। उसे पडवल मैडम की गोरी देह याद आयी। वह विचार कर रहा था उसका, उसके व्यवहार का। उसके प्रत्येक हाव-भाव का वह अर्थ लगा रहा था। ज्यों फाड़े हुए अनेक टुकड़ वह जोड़ रहा था। उसे ज्यों उसका विचार करने का शौक ही लग गया था। वह बिस्तर पर लोटता रहा।

फोन बजा। मुजुमदार ने उठकर फोन उठाया।

"मैं पडवल बोल रही हूँ। फोन किया क्या?" पडवल मैडम की आवाज में टंकार थी। मुजुमदार को गुदगुदी हो रही थी। पल भर विलम्ब न कर वह बोलने लगा था। "कल वाले और चारमगोल को बुला लिया था। उनसे बात की। उन्होंने गवाही से मुकर जाने की बात मान ली है। थोड़ी देर में उरण जाने वाला हूँ। वकील से मिलता हूँ। पुलिस से मिलता हूँ। पडवल सर से भी बात करता हूँ। आने पर सब कुछ बताऊँगा।" मुजुमदार आत्मीय हो बाल रहा था।

पडवल मैडम अत्यन्त ठंडे पर गम्भीर स्वर में बोली, "मैं भी आपके साथ चलूँगी। मुझे ले जाइए।" पडवल मैडम नाप तौलकर बोल रही थी। "ठीक है, मैं आता हूँ आपके पास, ग्यारह बजे निकलेंगे। तैयार रहिए। निकलते समय मैं रिंग दूँगा।" मुजुमदार ने फोन रख दिया और उसके मन में गड़गड़ाहट के साथ मूसलाधार बारिश शुरू हो गयी। "गाड़ी निकालेंगे, पडवल मैडम को साथ लेंगे। वकील के पास जाएँगे। पुलिस के पास जाएँगे। पडवल से मिलेंगे। रात हो गयी इसलिए गेस्ट हाउस में रुकेंगे। सिनेमा देखेंगे। हर तारीख पर जाएँगे। पडवल निर्दोष छूट जाय, इसलिए देव धर्म करते फिरेंगे। ज्योतिष के पास जाएँगे। पडवल मैडम को घुमाएँगे। तनाव दूर करने के लिए स्त्री चाहिए। अब अधिकार की अपनी जगह मिल गयी है।" नहाते समय मुजुमदार, पडवल मैडम का विचार कर रहा था। पेग में ज्यों बर्फ तैरता है, वैसा उसके विचारों मे वह तैर रहा था।

वह पूजाघर में हाथ जोड़कर खड़ा था। उसने मन से ईश्वर की आराधना की। उसने ईश्वर से मन्नत माँगी, 'हे ईश्वर, पडवल को सजा होने दे। उसे जेल जाने दे। हे ईश्वरऽऽ महार पीछे न हटें। उन्हे संघर्ष की प्रेरणा दे। उन्हें यश मिलने दे।' मुजुमदार ने भक्ति-भाव से ईश्वर को नमस्कार किया।

मुजुमदार जल्दी जल्दी में तैयार हुआ। कपड़ों पर सेंट छिड़का। कड़क प्रेस के कपड़े पहने।

फोन बजा। उसने जल्दी जल्दी में फोन उठाया। "निकल रहा हूँ" कहकर फोन कान से लगाया। यह फोन मुजुमदार की पत्नी प्राजक्ता का था। पत्नी की आवाज सुनकर पकड़े गये चोर सी उसकी हालत हो गयी थी। "कहाँ निकल रहे हैं?" प्राजक्ता ने पूछा था। पल भर का भी विलम्ब न करते हुए उसने कहा "सम्पर्क कार्यालय की ओर, साहब का मुंबई से लगातार फोन आ रहे हैं। रात में अपने घर पर पत्थर मारे गये। मैं बाहर निकला ही नहीं। गाँव में तनाव है। पत्रकार और नेताओं के निरन्तर दौरे चल रहे हैं। तू और कुछ दिन वहीं रह। मैं परसों आता हूँ।" मुजुमदार ने पत्नी को झाँसा दिया।

मुजुमदार ने घर पर ताला लगाया। गेट पर वाले और चारमगोल खड़े थे। मुजुमदार ने उन्हें भीतर बुलाया। "चलिए जरा गाड़ी साफ कर दें। मुझे जल्दी है।" मुजुमदार ने उन्हें काम पर लगाया। वाले और चारमगोल ने कार पर गीला कपड़ा घुमाया। मुजुमदार ने गेट खोला।

मुजुमदार ने वाले और चारमगोल के काँधे पर हाथ रखा। "भइयों ऽऽ तुम लोगों ने जो किया वह योग्य किया। मैंने भी यही किया होता। साहब ने भी यही भूमिका रखी है। आपने अखबारों में उनकी प्रतिक्रियाएँ सुनी होंगी। अपराधियों पर कड़ी कार्यवाई होनी चाहिए। तुम लोग गवाही से मुकरो नहीं। स्टिकअप रहो। अपराधी अन्दर होने ही चाहिए। अन्यथा वे निर्दोष छूट जाएँगे। साहब को संकट में डालेंगे। उनके विरोधियों को घर बैठे कारण मिल जाएगा। दबाव लाकर गवाह तोड़ डाले, केस कमजोर कर दी, कोर्ट ही खरीद लिया, ऐसे आरोप होंगे। साहब को इस केस से दूर रहना है। अगले साल चुनाव हैं। मैंने आपसे साफ कह दिया है। मेरी सभा आयोजित करें। सभा में भी मैं यही कहूँगा। हम साहब का नमक खाते हैं। साहब को संकट में नहीं डालना है। समझ में आया क्या?" मुजुमदार ने उन दोनों को सेल्युट ठोंका। वाले और चारमगोल शर्मिन्दा हुए।

मुजुमदार ने अपनी कार बाहर निकाली। चारमगोल ने गेट बन्द कर गेट पर ताला लगाया। मुजुमदार ने गेट की चाबी ली और गियर पर गियर डालकर गाड़ी रेज की। गाड़ी नारायण सदन की दिशा में गयी। वाले और चारमगोल अब भी मील के

पत्थर की तरह रास्ते के किनारे खड़े रहकर विचार करते रहे।

अगली तारीख मिली। केस बोर्ड पर आयी। गवाही हुई। जिरह हुई। आरोपियों का बयान हुआ। वकीलों का युक्तिवाद हुआ। केस का निर्णय हुआ। अपराधियों को सजा हुई। मुजुमदार को गुदगुदी हुई। पडवल मैडम कोर्ट में ही बेहोश हो गयी।

चुनाव घोषित हुए। एमएलए के विरोध में वातावरण गर्म हुआ। एमएलए पुराने खिलाड़ी थे। उन्होंने अपने प्रचार का नारियल रामकिसन के हाथों फोड़ा। उन्होंने दलित बस्ती में मुकाम किया। दलितों का अन्न खाया। दलितों के बच्चों कों अपने काँधे पर खिलाया। दलितों के मन मोड़ दिए।

प्रचंड बहुमत से एमएलए तीसरी बार चुनकर आये।

पडवल मैडम ने पेट पानी के लिए 'पडवल कोचिंग क्लासेस' शुरू की। किसी कठिनाई पर मुजुमदार की मदद थी ही।

सजा भोग कर नारायण पडवल, बाजीराव पिसाल और बाबूराव बारेबोले बाहर आये। जेल जाकर आये इसलिए लोग उनसे डरने लगे। उनकी नौकरी चली गयी थी। अब वे पूरे समय के राजनीति के कार्यकर्ता बन गये थे। गाँव में उनकी दहशत थी।

पडवल की खाली जगह पर खुले संवर्ग से आनंद सुदाम काशीकर की नियुक्ति हुई थी।

***

पुजारी जयराम ने हनुमान की मूर्ति पर सिन्दूर लगाने के कारण मूर्ति चमक रही थी। भड़कीली हो गयी थी। जयराम पुजारी ने गर्भगृह की भी सफाई की थी। मन्दिर धो लिया था। आज मन्दिर की ओर कोई नहीं आया। इस कारण जयराम पुजारी का मन नहीं लग रहा था। वह हनुमान के चबूतरे पर खड़ा रहकर बेंगलूर मुंबई हाई वे की ओर देख रहा था।

होटल कानिफनाथ का मालिक, केशव काकडे का बेटा साँप काटने से मर गया। इस कारण रोज ताश खेलने के लिए आने वाले सुनील नवले, संदीप ताकमोगे, श्रीकांत पावले, दत्ता जगताप और श्रवाण लोमटे भी आज नहीं आये थे। वे सब लोग काकड़े के घर गये थे। काकड़े का जवान बेटा गुजर जाने के कारण दुःख पसर गया था।

आज स्कूल की छुट्टी होने के कारण स्कूल में भी कोई दिखाई नहीं दे रहा था। इस कारण जयराम पुजारी अकेलापन महसूस कर रहा था। वह अकेला ही

मन्दिर के चक्कर लगा रहा था। अन्त्येष्टि दोपहर में होनी थी। उरण से काकडे की बड़ी बेटी आनेवाली थी। सब उसकी राह देख रहे थे। जयराम पुजारी भी हाई वे पर रुकने वाले हर वाहन की ओर देख रहा था। 'काकडे की बेटी आये बिना अन्त्येष्टि नहीं होगी। वह कब आएगी पता नहीं?' जयराम पुजारी स्वयं से ही बुदबुदाया।

गाँव की दूसरी ओर से बैलगाडी आयी। बैलगाड़ी में उपले भरे थे। बैलगाड़ी के पीछे श्रावण लोमटे, दत्ता जगताप, सुनील नवले और संदीप ताकमोगे आ रहे थे। सुनील नवले के हाथ में मिट्टी के तेल का डिब्बा था। श्रावण लोमटे के हाथ में कैरी बैग थी। उसमे अगरबत्ती, माचिस, कपूर, मोमबत्ती, नारियल, नमक और डालडा था। वे आगे जाकर चिता रचनेवाले थे। श्रीकांत पावले गाड़ी चला रहा था।

"कब निकलेगी शवयात्रा?" जयराम पुजारी।

"शव को नहला रहे हैं। थोड़ी देर से निकलेगी।" श्रावण लोमटे।

"उरण की लडकी आयी क्या?" जयराम पुजारी।

"आ गयी, आ गयी।" श्रावण लोमटे।

"कितना समय लगेगा।" जयराम पुजारी।

"घंटे भर में सब निपट जाएगा।" श्रावण लोमटे।

बैलगाड़ी श्मशान की और निकल चुकी थी। उसके पीछे लोमटे, जगताप, नवले और ताकमोगे निकले। जयराम पुजारी उदास हो गया। वह नदी में गहरे झाँक रहा था। उसे नदी उजड़ी हुई लग रही थी। श्मशान की राह पर पुराना बरगद का पेड़ भयावह लग रहा था। जोशी क्वार्टर से बाहर आया। जयराम पुजारी को पुकार कर रोका। पुजारी जोशी के साथ काकडे के घर निकला।

शव को बिठाकर नहलाया गया। "मुँह धोइए मेरे बच्चे का, अच्छी तरह नहलाइएऽऽ" कहकर काकडे की पत्नी दहाड़ मारकर चीख रो रही थी। नये कपड़े पहनाकर शव को अरथी पर रखा। शव पर कफन ओन्ढाया। शव हिल न पाए इसलिए अरथी को सुतली से बाँध दिया। दुर्गन्ध न आये इसलिए शव पर निलगिरी का तेल छिड़का। शव पर हार डाला। शव का अनेक लोगों ने दर्शन लिया। स्त्रियाँ दहाड़ मारकर रो रही थीं।

शवयात्रा निकली। काकडे की बेटी अति दुःख के कारण बेहोश हो गयी। सबके चेहरे दुःख में डूब गये। शवयात्रा में कई लोग सहभागी हुए। शव को काँधा देने वाले शव के आसपास चल रहे थे। शव के मुँह पर मक्खियाँ न बैठे, इसलिए शव के मुँह से कपड़ा घुमाया जाता।

शवयात्रा के लोग करुण आवाज में भजन गा रहे थे। भजन के स्वर और शब्द हृदय हिला देते थे। शोकगीत के कारण शवयात्रा का स्वरूप बहुत गम्भीर हो

गया था। लोग रास्ते में शवयात्रा का दर्शन लेते। शवयात्रा गाँव के बाहर निकल गयी थी। शवयात्रा में आनंद, चारमगोल और कस्तुरे एक साथ चलते दिखाई दे रहे थे। शव को काँधा देने वाले काँधे बदल रहे थे।

शवयात्रा जब पुराने बरगद के पेड़ के नीचे से गुजरी तब उस पर बैठे गिद्ध उड़ गये थे। पुराने बरगद को देखकर आनंद को डर लगा था। आनंद पहली बार सवर्णों के श्मशान में आया था।

शव चिता पर रखा गया। शव पर उपले डाले गये। शव का मुँह खुला रखा गया। चिता पूरी तैयार होने पर रिश्तेदारों ने शव को पानी पिलाया। शव के मुँह पर भी उपले रखे गये। उपलों पर जगह जगह कपूर और नमक छिड़का गया। चिता में अनेक स्थानों पर नारियल की कटोरी में डालडा भर कर रखा था। चिता पर घी भी डाला था।

नाई ने केशव काकडे का मुंडन किया। काकडे नदी में डुबकी लगाकर आया। वह गीले बदन से खड़ा था। उसके काँधे पर पानी से भरा घड़ा रखा था और घड़े में छेद किया गया था। काकडे ने घड़ा काँधे पर रखकर चिता की प्रदक्षिणा की। घड़े से पानी की धारा चिता के चारों और गिर रही थी। प्रदक्षिणा पूरी होने के बाद काकडे ने घड़े से हाथ निकाल लिया। घड़े नीचे गिरकर फूट गया।

काकडे ने मोमबत्ती से चिता जलाई। दूसरों ने अलग अलग जगहों पर आग फैलाई। चिता पर मिट्टी का तेल डाला गया। चिता ने आग पकड़ ली।

जोशी ने श्रद्धांजली दी। आनंद भी दो शब्द बोला। श्रावण लोमटे बोला। इसके बाद मृतात्मा की शान्ति के लिए सब दो मिनट स्तब्ध खड़े रहे।

चिता ने आग पकड़ ली थी। लपटे उठ रही थीं। धुँआ आसमान मे विली हो रहा था। शव जल रहा था।

***

मुजुमदार टेबल पर रखी फाइलें पलट रहा था। उसके सामने वाले, कांबले, आनंद और चारमगोल बैठे थे। उन्हें चाय दी।

मुजुमदार आज खुश था। 'किसी गम्भीर विषय पर चर्चा होगी।' यह सबको लग रहा था। पर मुजुमदार गम्भीर नहीं दिख रहा था। "मैंने आपको क्यों बुलाया है, यह पहले ही बता देता हूँ, ताकि आप विचार कर सकें।" मुजुमदार ने यह वाक्य कहकर लम्बा पॉज लिया। सबकी आँखे चमकीं। "विधायक फंड से कुछ रकम खर्च करनी है। यह रकम किस लिए खर्च की जाय यह आप लोग सुझाइए। अपने गाँव तक का विचार कर बताइए।" मुजुमदार ने चर्चा के लिए विषय खुला कर दिया।

सबके पहले आनंद ने मुँह खोला "अपने स्कूल के लिए दस कंप्यूटर दीजिए। बच्चों को कंप्यूटर सिखाया जा सकेगा।" आनंद का सुझाव मुजुमदार को दिल से पसन्द आया। गाँव मे गाय बैलों के साथ कंप्यूटर की भी आवश्यकता है। देहात के बच्चों ने कंप्यूटर पर गेम भी खेला तो काफी है। मुजुमदार ने आनंद को शाबाशी दी। आनंद कंप्यूटर चलाना जानता था। उसने कंप्यूटर के कोर्सेस किए थे। "ओर सुझाइए" मुजुमदार ने दूसरों से भी पूछा "गाँव मे पीने के पानी की सुविधा नहीं। सब लोग नदी का पानी पीते है। गाँव के लिए एक सार्वजनिक कुआँ होना चाहिए।" चारमगोल ने अपना सुझाव रखा। मुजुमदार ने उसके सुझाव का भी स्वागत किया।

इसी को जोड़कर कांबले ने अपनी माँग सामने रखी, "और दलित बस्ती में एक कुँआ होना चाहिए।" मुजुमदार ने कोई प्रतिक्रिया नही दी। कांबले का भी सुझाव लिख लिया। "ये फंड पुरे चुनाव क्षेत्र में खर्च करना है। स्टेप बाय स्टेप, एक-एक सुविधा उपलब्ध की जा सकेगी। मैं साहब के सामने रखूँगा। क्या मंजूर होता है, देखेंगे।" मुजुमदार ने सुझावों के लिए सबको धन्यवाद दिए।

जब जब सम्पर्क कार्यालय से बुलावा आता, तब तब शिक्षकों को अशैक्षणिक काम सौंपा जाता। पर इस बार वैसा कुछ नहीं हुआ। इसलिए सभी दिल खोलकर हँसते हुए सम्पर्क कार्यालय से बाहर आये। 'दलित बस्ती में कुआँ हो' कांबले का यह सुझाव मुजुमदार ने गम्भीरता से नहीं सुना था। इस कारण कांबले को इसमें विषमता लगी।

जोशी ने सबको बुला लिया। वाले ने मजाक में कहा, "चलिए, एक और मुजुमदार के पास," सबने हँसकर दाद दी। सब मुख्याध्यापक के आफिस में गये। जोशी मुख्याध्यापक के आवेश में बोला, "कल अपने स्कूल का इन्स्पेक्शन होनेवाला है। पंचायत समिति से फोन आया था। शिक्षाधिकारी आनेवाले हैं। सूचना जारी हो गयी है। आप लोग ध्यान दीजिए। कल सभी विद्यार्थी यूनिफॉर्म में आएँ। सबकी उपस्थिति कंपलसरी है। सबको बताइए इन्स्पेक्शन अच्छा होना चाहिए।"

सबने हामी भरी गर्दन हिलाई।

***

गाँव के बाहर से बैलगाड़ी के रास्ते से भीमनगर की और से शादी की बरात आ रही थी। दूल्हा दुल्हन घोड़े पर बैठे थे। बजनियों का दल बरात के सामने था। जवान लडके बरात के सामने नाच रहे थे। बरात धीरे-धीरे हनुमान मन्दिर की ओर बढ़ रही थी। दलित की शादी की बरात पहली ही बार भीमनगर से बाहर आयी थी।

हिन्दू धर्म के अभद्र और वीभत्स सत्य ईश्वर की ओर निकले थे। हिन्दुओं के ईश्वर ने ही कुछ हिन्दुओं को पवित्र बनाया और कुछ लोगों को जनम से अपवित्र। अस्पृश्य। अपवित्र हिन्दुओं मे नयी हलचल शुरू हो गयी थी। उनके मन मे अपनी अपवित्रता के बारे मे सवाल पैदा हो गये थे। ज्यों यह बरात उन सवालों के उत्तर खोजने के लिए मन्दिर की ओर कूच कर रही थी। दलितों की बरात पहली ही बार नगरद्वार तक पहुँची थी और गाँव में हो हल्ला मच गया था। 'महार मन्दिर अपवित्र कर देंगे' कहकर हर व्यक्ति नगरद्वार की ओर भागा। नगरद्वार पर झुंड इकठ्ठा हो गये थे।

जयराम पुजारी के होश उड़ गये थे। श्रावण लोमटे, सुनील नवले, दत्ता जगताप, संदीप ताकमोगे और श्रीकांत पावले ने ताश का खेल खत्म कर दिया था। मन्दिर की ओर आनेवाली बरात देखकर उन्हें आश्चर्य हो रहा था। गाँव के भीतर रहने वालों की आँखे फटी की फटी रह गयी। नदी पर जानेवाली स्त्रियाँ विचलित हो गयी थीं। काशीनाथ प्रशाला के ग्राउंड पर खो खो खेलनेवाले विद्यार्थी बरात की ओर भागे थे। बरात धीरे-धीरे आगे सरक रही थी। बरात में चल रहे हर किसी के मन में डर बैठ गया था।

झुंड सीमा पर खड़ा था। झुंड शिकार की तरह दलितों के बरात की ओर देख रहा था। झुंड में आवेश चढा। झुंड आक्रमक हो गया। गाँव के बाहर से बाजे गाने के साथ आनेवाले बरात के कारण गाँव हिल गया था। महारों के खिलाफ गाँव एक हो गया। इन्हे सबक सिखाना चाहिए। हर कोई यही सोच रहा था।

बरात हनुमान मन्दिर तक पहुँची थी। ईश्वर के आशीर्वाद के बिना उनका आज तक कुछ रुका नहीं था। आज भी कुछ न रुकता। बरात के हर किसी ने मन में तैयारी कर ली थी। 'कुछ भी हो जाय, आज मन्दिर प्रवेश करना ही है।' बरात के लोगों का मन सुलग रहा था। ईश्वर से उनका कोई लेना देना नहीं था। उन्हें मन्दिर भी महत्त्वपूर्ण न लगता। उन्हें आज तक जिस बात से नकारा गया वह महत्त्वपूर्ण लग रही थी। दलितों की शादी की बरात ईश्वर के दर्शन के लिए नहीं आयी थी। वह तो मन्दिर प्रवेश करने आयी थी। 'हम हिन्दू हैं। हम हिन्दुओं के मन्दिर में प्रवेश करेंगे।' यह उनकी भूमिका थी। उनके लिए ईश्वर महत्त्वपूर्ण नहीं था। समता महत्त्वपूर्ण थी। उन्हें ईश्वर के अस्तित्वं की तुलना में अपने अस्तित्व की महिमा अधिक लगी थी। बजानियों ने बजाना बन्द कर दिया था। बरात का घोड़ा मन्दिर के सामने खड़ा था। सुरंग की बत्ती जल गयी थी। अब केवल स्फोट की प्रतीक्षा थी।

मन्दिर के चबूतरे पर ताश खेलने वाले बरात को रोकने आगे बढ़े। मन्दिर की सीढ़ियों पर श्रावण लोमटे, सुनील नवले, दत्ता जगताप, संदीप ताकमोगे और श्रीकांत पावले सट सटकर कतार में खड़े थे। उनके पीछे जयराम पुजारी खड़ा था।

झुंड दुल्हन की ओर लोलुपता से देख रहा था। सीढ़ियों पर खड़े सब लोक कुत्सित ढ़ंग से हँस रहे थे। विक्रम कांबले दुल्हा दुल्हन को लेकर आगे आया था। "हमको दर्शन के लिए मन्दिर में जाने दीजिए।" विक्रम कांबले ने गाँववालो से रास्ता माँगा। सीढ़ियों पर खड़ा श्रीकांत पावले अकारण ही जोर से हँसा। श्रावण लोमटे क्रुद्ध हो गया। "हमारे पैर पड़ो, भगवान तक पहुँच जाएगा।" जयराम पुजारी धारदार आवाज में चिल्लाया, "सीढियों के पास से दर्शन लीजिए, भगवान तक पहुँच जाएगा। आपको मन्दिर प्रवेश नहीं मिलेगा।" बरात के लोग सीढ़ियों के पास इटे रहे।

झुंड आगे बढ़ रहा था। एक ने दूल्हे के सिर से शादी का मौर निकाल फेंका। एक बजनिया के गले का तासा अपने गले में डालकर पीटने लगा। एक ने दुल्हन को उठा लिया। झुंड ने बरात पर हमला किया। बजनिया भाग खड़े हुए। बरात जैसी आयी थी उल्टे पाँव लौट चली। दूल्हे के सिर का मौर रास्ते पर ही गिरा पड़ा था।

काशीनाथ प्रशाला के विद्यार्थियों ने लौटनेवाली बरात को देखकर 'हुर्रेऽऽ' किया था।

***

मुजुमदार का किसी बात में मन न लगता। अपने शरीर का जीवन रस किसी ने सोख लिया है और वह शुष्क हो गया है, ऐसा उसे आभास हो रहा था। उसे अपना जीवन वीरान रेगिस्तान की तरह लग रहा था। रोज कड़क प्रेस के कपड़े पहननेवाला मुजुमदार वही वही कपड़े रोज पहनता। दाढ़ी न बनाता। जीवन से उसकी श्रद्धा ही नष्ट हो गयी थी। लोग उसके दुख के कारण खोदते रहते। पर उसे स्पष्ट पूछने का ढ़ाँढ़स किसी को न होता। पर केशर ने आज बाजी मार ली थी।

"उस रांड़ का मन में इतना क्यों दुःख कर लिया? माँ बाप को छोड़कर भागी वह, आपके बारे में सोचेगी क्या? जब तक पति जेल में था, तब तक आपको लूटा उसने। आप उसे अपने दिमाग से निकाल दीजिए। आप एमएलए के पी. ए. हैं। आपकी एक आवाज पर दस आएँगी।" केशर की बात सुनकर मुजुमदार की आँखे छलक गयी। मुजुमदार भावुक हो उठा। वह घुल रहा था। पश्चाताप से दुर्बल हो रहा था। केशर ने उसके दुःख का खुरंड निकाल दिया था और उस जख्म से तेज खून रिसने लगा था।

"लोगों मे गलतफहमी है। हमारे वैसे सम्बन्ध नहीं थे।" मुजुमदार ने विषय टाला था। केशर और ढीठ हो गयी थी। "सारे गाँव में चर्चा है। आपके इन्कार करने से क्या होगा।" केशर की बातों मे व्यंग्य था।

मुजुमदार दुःखी हुआ। "लोगों का क्या जाता है, बोलने में। ऐसी चर्चा करके

पडवल का घर तोडेंगे।'' केशर शरारती हँसी हँसकर व्यंग्यपूर्ण बोली, ''फिर तो अच्छा ही हो जाएगा। चांडालिन आपके घर में घुस जाएगी। आपके भरे पूरे घर में आग लगाएगी।'' रहस्य से परदा उठाने की मुद्रा में केशर बोल रही थी। ''आप अपने मन का सच नहीं बताते। क्या आपको लगता है कि मैं आपकी बदनामी करूँगी?'' केशर ने और आत्मीयता से पूछा। मुजुमदार ने उससे बात करना टाला। केशर बीच की गली से निकल गयी। उसने मुजुमदार के जख्मों पर नमक ड़ाल दिया था।

मुजुमदार सम्पर्क कार्यालय की ओर निकला। एमएलए का चुनाव क्षेत्र में दौरा कम हो गया था। उस पर काम का बोझ बढ़ गया था। वह सोचता विचारता निकला था। उसके दिमाग में पडवल मैडम पैठ गयी थी। पडवल मैडम का अन्तिम वाक्य उसे रह रहकर याद आता। ''अब आगे मै सम्बन्ध नही रखूँगी। मेरा पति आ गया है। मुझे अपनी गृहस्थी तोड़नी नही हैं।'' वह पडवल मैडम के नकार से घायल हो गया था। वह हर साँस में उसको याद करता। उसे ठेस लगी थी। यदि वह गिर जाता तो उसके सामने के दो दाँत टूट जाते। उसने सन्तुलन सँभाला। वह गिरत गिरते बच गया। उसके हाथ की डायरी और आँखो का गॉगल नीचे गिरा। उसका अँगूठा लहुलूहान हो गया।

अँगूठा दर्द कर रहा था। वह लँगडाते चल रहा था। उसे वेदना हो रही थी। फिर भी वह पडवल मैडम का ही विचार कर रहा था।

चुनाव हार गया है। अमानत रकम जप्त हो गयी है। विजयी उम्मीदवार का जुलूस बाजे गाजे के साथ आ रहा हैं। ढोल तासे बज रहे हैं। पटाखे फूट रहे हैं। विरोधक नाच रहे हैं और मुँह दिखाने तक की जगह नहीं बची ऐसी मुजुमदार की दारुण स्थिति हो गयी थी। वह व्याकुल हो गया था। 'पडवल मैडम के कारण बदनाम हुआ।' लँगडाते हुए वह सम्पर्क कार्यालय के पास आया।

सम्पर्क कार्यालय की सीढ़ियों पर बैठकर नारायण पडवल सिगरेट पी रहा था। पडवल को देखकर मुजुमदार का शक्तिपात हो गया। उसका चेहरा सिकुड़ गया। पडवल निश्चिंत होकर सिगरेट के कश ले रहा था। वह मुजुमदार की प्रतीक्षा कर रहा था।

''केवल ट्यूशन पर घर नहीं चलता। मैडम को नौकरी पर रखिए। उसका क्वालिफिकेशन है। आप साहब से बात करेंगे तो हमारा काम होगा। आप मन पर लीजिए।'' पडवल विनम्र होकर बोल रहा था।

''आपका कहना सही हैं'' मुजुमदार इतना ही बोला और अपने फूटे हुए अँगूठे की ओर देखता रहा। उसका अँगूठा दर्द से टीस रहा था।

''आप साहब से मुलाकात करवा दें। मैं उनसे बात कर लूँगा।'' पडवल

परेशान होकर बोला।

"मैं आपके बारे में नहीं कहता क्या? मैं साहब से कहता हूँ, पर वे विषय बदल देते हैं। दूसरी समस्या पर बात करते हैं। मैं क्या करूँ?" मुजुमदार की आवाज में झुँझलाहट थी। अँगूठे में टीसती वेदना थी।

"कुछ भी कीजिए। मै कुछ नहीं सुनना चाहता। मैं मुश्किल में हूँ। उसे नौकरी लगाइए। आपकी पहचान से कहीं भी लगाइए। हम बाहर गाँव भी जाने को तैयार हैं। पर वह आपकी नजरों के सामने नहीं होगी। सोच लीजिए।" यह वाक्य उसने विशेष जोर देकर कहा। मुजुमदार भौंचक था।

"कुछ भी कीजिए। हाथ जोडता हूँ।" पडवल ने नाटकीयता से हाथ जोड़े। मुजुमदार विवश होकर उसकी ओर देखता रहा। वह सिगरेट पीते वहाँ से दनादन निकल गया।

मुजुमदार चिन्तित हुआ।

***

"सच तो यह है कि दौलत कांबले की कुछ भी गलती नहीं थी। मेरा स्वभाव आड़े आया। महार के लड़के की नकल छोड़ दी होती तो क्या बिगड़ जाता। पूरी शिक्षा व्यवस्था ही सड़ गयी है। मुजुमदार के लड़के को पास करने के लिए सभी को लूज छोड़ना पड़ा। आज मुजुमदार मेरे लिए क्या कर रहा है?" पडवल भोजन करते हुए दिल का गुबार निकालते बोल रहा था।

"शान्ति से खाना खाइए, खाना खाते समय तो..." पडवल मैडम खाना परोसते हुए बोली।

पडवल ने उसे हाथ के संकेत से चुप रहने के लिए कहा।

"मुझे जातिवाचक नहीं बोलना चाहिए था। महार मांगो को गालियाँ दिए बगैर मैं बोल ही नहीं सकता। यह परम्परागत विरासत है। इसमें मेरे अकेले की क्या गलती है? हम पर संस्कार ही ऐसे हुए। हमारे संस्कारों में खोट है। इसका मुझे बड़ा झटका लगा। मैंने जेल भोगी। मुजुमदार ने मेरा घर चलाया। मेरे बीबी बच्चों को सँभाला।" पडवल की आवाज में घृणा थी और कडुवाहट थी। पडवल मैडम उसके पास से उठी और भीतर के कमरे में जाकर सो गयी। आनंद, पडवल की व्यथा सुन रहा था।

"हजारों वर्षों से दलितों का शोषण चल रहा है। उनके साथ जानवरों की तरह व्यवहार किया जाता है। उनके साथ इन्सानियत का व्यवहार करना चाहिए। उन्हें मुख्य धारा में लाना होगा। सामाजिक समता पैदा होनी चाहिए, तभी देश अखंड रह

सकता है। दलितों के साथ न्यायपूर्वक व्यवहार करना चाहिए। दलितों पर इतने अन्याय हुए हैं कि यहा की परम्परा को उनकी क्षमा माँगनी चाहिए। नहीं तो वे विद्रोह कर देंगे। हाथों में हथियार उठा लेंगे।'' दलितों का पक्ष लेकर आनंद बोल रहा था।

पडवल बेचैन हो गया था। ''सच है सर, यह अहसास काफी वर्ष पहले किसी ने करानी थी। हमारे मन में दलितों के बारे मे घृणा ही है। मैंने मुजुमदार के बेटे और महार के बेटे में भेद किया, यह मेरी गलती थी। सच बताऊँ? दलित आदमी है यह कहा तो मुझे आश्चर्य होता है। दलित कहा तो अस्पृश्य। अस्पृश्य कहा तो हीन, नीच इतना ही मुझे पता था।'' पडवल की बात में एक साथ व्यंग्य और पश्चाताप की भावना व्यक्त हो रही थी।

आनंद उठा। पडवल ने चिल्लाकर 'गुडनाइट' कहा। आनंद 'गुडनाइट' कहकर ऊपर की मंजिल चढ़ने लगा। मैं आग लगी घर में रह रहा हूँ। इसकी भीषण अनुभूति आनंद को हुई। आनंद को अपने पिता की याद हो आयी। उसके पिता ने सुनाया,...उस अत्याचार की याद आयी। साल गुजर गये फिर भी उसके पिता को उनकी माँ की चीत्कार सुनाई देती है। अब भी उन्हें बाप की देह आग में फेंकने पर हजारों चिनगारियाँ दिखने का आभास होता है। आनंद बहुत डर गया था। वह सीढ़ियाँ चढ़कर ऊपर गया। मुंबई-बंगलूर हाई वे पर वाहनों की आवाजाही चल रही थी।

पडवल अपनी जगह पर वैसा ही बैठा रहा। पडवल की नींद उड़ गयी थी। पडवल मैडम की नींद उड गयी थी।

जेल से आने के बाद पडवल विचित्र और विक्षिप्त व्यवहार करने लगा था। उसमें चिढ़ और सनकीपन बढ़ गया था। उसके मन में संशय के पिशाच चक्कर काटने लगे थे। ''यह जेल के बाहर आया, फिर भी कैदी ही है। इसने घर को जेल बनाया है। हम किसी अपराधी के साथ जी रहे हैं। जेल में। मुझे इस घर से बाहर निकलना चाहिए। शरीर के कपड़े, गहने इसके सामने फेंकने चाहिए। इसकी चप्पल भी नहीं चाहिए। बिल्कुल नंगे, नंगे पैर यह घर छोड़ देना चाहिए। यहा साँस भी नहीं लेना चाहिए।'' पडवल मैडम के मन में तूफान उठा था। वह अपनी जिन्दगी से तंग आ गयी थी।

पडवल मैडम उठी। हॉल में आयी।

पडवल विचार करते हुए शून्य में देख रहा था। वह भीतर ही भीतर कुढ़ रह था।

''सोना नहीं है क्या?'' पडवल मैडम।

''नींद उड गयी है।'' पडवल।

पडवल मैडम ने लाईट बन्द किए। जीरो का बल्ब ऑन किया। टी. वी. बन्द किया। फिर वह भीतरी कमरे में जाकर सो गयी। उसकी भी नींद उड गयी थी।

"इसके साथ जीना मुश्किल है। अलग रहकर, डाइवोर्स लेकर यह गाँव छोड़ देना चाहिए, दूसरे गाँव जाकर रहना चाहिए। ट्यूशन करके जी सकेंगे।" पडवल मैडम त्रस्त होकर सोचने लगी थी। उसकी तकदीर उसके सामने भूतनी सी बैठी थी। उसे जिन्दगी नरक-सी लगने लगी। रात में भी उसे सपने में मैला भरा संडास ही दिखता। कई बार वह सपने में मैले में घूमती रहती। उसके पैर मैले से सन गये थे। उसके शरीर पर मैले के छींटे पड़े थे। नींद में उसका दम घुटने लगता। दिन में भी उसे रात में दिखे सपने की घिन आती।

उसे कदमों की आवाज सुनाई दी। उसने गर्दन उठाकर सामने देखा। पडवल भीतर आया था। उसके हाथ में मिट्टी के तेल का डिब्बा था।

पडवल मैडम चौंक कर उठी। लाईट ऑन किया। तब तक पडवल उस तक पहुँच चुका था। वह अपनी जगह पर स्तब्ध खड़ी रही। प्रतीक शान्त सोया था। आधी रात बीत चुकी थी। पडवल और आगे आया। वह आक्रामक और डरावना लग रहा था।

पडवल मैडम काँप गयी। वह उसे अपलक देखती रही। वह मैले के ढेर-सा लग रहा था।

उसने उसके ऊपर मिट्टी के तेल का डिब्बा उँडेल दिया। वह मिट्टी के तेल से पूरी तरह भीग चुकी थी। कमरे में मिट्टी के तेल की गन्ध भर गयी। उसके शरीर से निथरकर मिट्टी के तेल की धार दरवाजे तक गयी। वहाँ मिट्टी का तेल ठहर गया।

पत्थर की मूर्ति की तरह वह मृत्यु के सामने खड़ी थी। उसे अपनी मृत्यु दिखाई दे रही थी। उसे और कुछ याद नहीं आ रहा था। कुछ दिखाई नहीं दे रहा था।

वह उसकी और संतप्त होकर देख रहा था। उसने जेब से माचिस निकाली। वह उसकी ओर बैचेन होकर देख रही थी। वह देहभान भूल चुकी थी। वह उसके प्राण लेने के लिए प्रवृत्त हो चुका था। उसने बहुत धीमे स्वर मे पर हिंसक ढंग से उसे पूछा था, "तू मुजूमदार के साथ सोयी क्या?" उसने कोई उत्तर नहीं दिया। वह स्तब्ध खड़ी थी। उसका चेहरा तन गया था। उसकी नजर पत्थर सी निर्विकार हो गयी थी। वह कुछ नहीं बोल रही थी। ज्यों उसकी आवाज चली गयी हो। वह और आक्रामक हो गया था। उसका चेहरा भयानक दिख रहा था। उसने आवाज चढ़ाई। उसने माचिस उसकी आँखों के सामने रखी। "मैं तीली जला दूँगा। सच बोल, तू सोयी क्या?" वह निश्चल खड़ी थी। वह कुछ न बोलती। पडवल गुस्से से थरथर काँप रहा था।

थोड़ी देर में पडवल हॉल में गया और आराम कुर्सी में बैठा रहा। पडवल मैडम बाथरूम में गयी। उसने अपने कपड़े उतारे। ठंडे पानी से स्नान किया।

बाथरूम में मिट्टी के तेल की गन्ध फैल चुकी थी। वह रात भर नही सोयी। पडवल भी रात भर आरामकुर्सी में बैठा रहा।

सुबह उन दोनों को नींद लगी थी। पडवल मैडम प्रतीक के पास तो पडवल आरामखुर्ची में सोया था। वह खर्राटे भर रहा था। सुबह आनंद बाथरूम में गया तब उसे मिट्टी के तेल की तेज गन्ध का अनुभव हुआ। पडवल मैडम के तेल सने कपड़े दिखाई दिए। वह भीतर से काँप गया। उसे अपने पिता द्वारा सुनाई याद की याद हो आयी। सालों बीत गये। फिर भी उसके पिता को अपनी माँ की करूण चीख सुनाई देती है। अब भी उसके पिता को, अपने बाप को आग के भक्ष्य स्थान पर फेंकने के बाद उठी हजार चिनगारियाँ दिखाई देने का आभास होता है। आनंद सिहर गया। उसकी सुबह खराब हो चुकी थी।

आनंद का आज किसी काम में मन न लगता। उसे लग रहा था, नौकरी छोड़ दे। पर नौकरी छोड़कर करेगा क्या? उसे लग रहा था, स्थान बदलना चाहिए। पर किराये से जगह न मिलती। आनंद एक चक्रव्यूह मे घिर गया था।

'अपने प्रमाणपत्र में महार जाति ही होनी चाहिए थी। सब मुझे महार के रूप में ही जानने चाहिए थे। मुझे महार मुहल्ले मे रहना चाहिए था। महार के हिस्से आती अवहेलना मुझे सहन करनी चाहिए थी। ये जाति चुराकर रहना अस्पृश्य होने से भी भयंकर है।'

आनंद बेचैन हो गया। उसे गाँव के हर सवर्ण से डर लगने लगा। इस कारण वह विनम्र होकर व्यवहार कर रहा था। सवर्णों की मर्जी का खयाल रखता था। गाँव के हर सवर्ण को वह स्वयं आगे बढ़कर हाथ जोड़कर नमस्कार करता था। सारा गाँव उसे एक सज्जन और पापभीरू शिक्षक के रूप मे पहचानने लगा।

आनंद जोशी के क्वार्टर पर गया था। उनके सामने जड़वत बैठा रहा। उसकी हालत गुम हुए छोटे बच्चे की तरह को गयी थी। वह डर गया था। उसे सहारा चाहिए था।

"वहीं क्यों नही रहते? खाना मिलता है, ट्यूशन मिलती है, मुफ्त में रहने के लिए जगह है। आपकी दिक्कत क्या है, मेरी समझ में नहीं आता।" जोशी

"मुझे जगह बदलनी है। मुझे वहाँ दम घुटने-सा लगता है। मैं बाहर निकलना चाहता हूँ।" आनंद।

"पडवल मैडम नाराज होगी न?" जोशी।

"मुझे वहाँ से निकलना है। मुझे स्टाफ रूम में सोने की अनुमति दीजिए। मैं होस्टल में खाना खाऊँगा। उसके पैसे दूँगा।" आनंद।

"अब छुट्टियाँ लगेंगी। तब तक आप वहीं रहें। छुट्टियों से लौटने पर दूसरी जगह देखिए। अब थोड़े दिन के लिए पडवल को क्यों नाराज करते हैं। पडवल द्वेषी हैं।" जोशी।

दरवाजे पर कदमों की आवाज आ रही थी। जोशी ने दरवाजे की ओर देखा। दरवाजे पर पडवल और पडवल मैडम खड़े थे। जोशी को काटो तो खून नहीं। पडवल मैडम दरवाजे से ही चिल्लाई थी, 'चलिएऽऽ' आनंद का चेहरा सफेद फक्क हो गया था। जोशी तुरन्त उठे। उन्होंने पडवल को घर में आने का आग्रह किया था। पडवल और पडवल मैडम जोशी के घर में आये थे। वैजयंती, पडवल मैडम के गले लग गयी। गौरी भी पडवल मैडम से मिलने दौडी चली आयी।

"काशीकर सर के कारण आप हमारे घर आये। बैठिए चाय पीकर जाइए। कितने दिनों बाद आपके पैर हमारे घर पड़े।" जोशी भावुक हो उठा।

"सर यहाँ नये है। हमारे बिना उनका कोई नहीं। हमें उनकी चिन्ता है। आज सुबह से घर नहीं आये, इसलिए उन्हें खोजते आये।" पडवल।

"मैंने ही उन्हें रोक रखा है। अगले हफ्ते स्कूल को कंप्यूटर मिलनेवाले हैं। सर कंप्यूटर जानते हैं। उन्हीं की चर्चा कर रहे थे।" जोशी।

"अब आप घर आइए।" पडवल मैडम।

"हम भी आएँगे, आप भी आइए। आते-जाते रहना चाहिए।" जोशी।

"हां, अब आना हो सकेगा।" पडवल।

"आना चाहिए। हमारी पुरानी दोस्ती है।" जोशी।

"अब यह रोज ही आएगी। इसे कंप्यूटर टीचर के रूप में ज्वाइन करने के लिए कहा है।" पडवल।

"अरे वाह, फिर तो पेढे देने चाहिए।" वैजयंती।

"कल ले आती हूँ।" पडवल मैडम।

जोशी के मुँह पर तमाचा जड़ने सा हुआ था। जोशी का चेहरा बदल गया था। पडवल मैडम निकल गयी थी। वैजयंती ने उन्हें सिन्दूर लगाया था। पडवल मैडम ने भी उन्हे सिन्दूिर लगाया था। पडवल के साथ साथ आनंद, जोशी के घर से बाहर निकला था। वैजयंती बेचैन हो गयी थी।

"देखिएऽऽ उसे नौकरी में ले लिया। और अपनी गौरी को नहीं। आप कितने दिनों से उनके पीछे हैं। आपकी कोई नही सुनता।" वैजयंती।

"मुजुमदार की वह रखैल है। उसने उसे लिया होगा।" जोशी।

गौरी को भी अपने भविष्य की चिन्ता लगी थी। उसके चेहरे पर भी उदासी पसर गयी। धीरे-धीरे घर मे अँधेरा आ रहा था। दिया बत्ती का समय हो गया था।

गौरी ने लाइट लगाया। जोशी ने दीये को नमस्कार किया।

***

हनुमान मन्दिर के चबूतरे पर ताश का खेल चल रहा था। श्रावण लोमटे सबको पत्ते बाँट रहा था। जयराम पुजारी ने तम्बाकू मसल कर आधी तम्बाकू मूँह में डाली और आधी सुनील नवले को दी। सुनील नवले ने भी तम्बाकू मुँह में डाली।

"काकडे की बहू का क्या होगा?"

"क्या होगा यानी, शादी होगी!"

"कौन करेगा?"

"अरे वह काकडे की बहन की बेटी है। काकडे का पहला लड़का मर गया तो दुसरे बेटे के साथ शादी करवा देंगे। घर की ही बिटिया जो ठहरी।"

"मनहूस है वह। पति मरा। उसे कोई अपनाएगा नहीं।"

"उसकी चिन्ता मत करो। पत्ता खेल।"

पत्तों की चाल शुरू हो गयी थी। स्कूल की बीच की छुट्टी थी। स्कूल के परिसर में लड़के लड़कियों का हो हल्ला शुरू था। स्कूल के बच्चे इमली के पेड़ पर पत्थर चला रहे थे। इमली गिरा रहे थे। पुराने बरगद के पेड़ के गिद्ध नगरद्वार सीमा पर बैठे थे। गिद्ध शोर कर रहे थे।

"काकडे का बेटा गिद्ध हो गया होगा। गिद्ध कानिफनाथ होटल की तरफ मुँह करके बैठा था।"

"सालाऽ तू कहता है, वह सच है। गिद्ध कभी नगर के द्वार पर मैंने नहीं देखा था।"

"नगरद्वार पर गिद्ध का बैठना अशुभ है। कुछ तो बुरा घटेगा।"

"पत्ते डाल।"

"सोचने दे न।"

बेल बजी। बच्चे स्कूल में गये। गिद्ध उड़कर हनुमान मन्दिर पर बैठ गये। जयराम पुजारी तपाक से उठा। श्रावण लोमटे भी उठा। उन्होंने चिल्लाकर गिद्ध को उड़ाया। गिद्ध उड़कर बरगद की ओर गया।

***

आनंद जब पडवल मैडम के साथ स्कूल में आया, तब सभी को आश्चर्य हुआ था। मुख्याध्यापक के कार्यालय के पास कबाड़ के कमरे का रूप ही बदल गया था। रात मे लाइट लगाकर कमरे की मरम्मत की गयी थी। कमरे की पुरानी खिड़कियाँ

निकालकर स्लाईडिंग विंडो लगाई थी। विंडो को गॉगल ग्लास लगाए थे। खिड़की में लोहे के ग्रिल बिठाए थे। दो खिडकियों के बीच एअर कंडिशनर लगाया था। कमरे की पुरानी फरशी निकालकर यूरो टाइल्स बिठाए थे। दीवारों पर पुराना रंग निकाल कर उस पर प्राइमर लगाया था। खिड़की के परदे लगाने की व्यवस्था की थी। कमरे का पुराना दरवाजा बदल दिया था। दरवाजे के पास जूते-चप्पल रखने के लिए स्टैंड रखा था। दरवाजे के पास पैर पोंछने की चटाई रखी थी। दरवाजे पर बोर्ड लगाया था, 'विधायक गजाननराव पिसाल की निधि से निर्मित कंम्यूटर केन्द्र'' यह डिजिटल बोर्ड सबका ध्यान खींच लेता था। कमरे को प्लेस्टिक कलर का पहला हाथ मारने का काम शुरू था।

ट्यूशन के लिए आनेवाले विद्यार्थी पडवल मैडम को गुडमॉर्निंग कर रहे थे। जाई जगताप और पडवल मैडम की दोस्ती हो गयी थी। विद्यार्थियों के मन में मैडम के बारे में उत्सुकता पैदा हो गयी थी। स्कूल में कंप्यूटर शिक्षा शुरू हो गयी थी, इसलिए विद्यार्थियों में खुशी का वातावरण था।

परन्तु, स्टाफ रूम का वातावरण ठंडा पड़ गया था। "ये औरत चालबाज है। चुगलियाँ करेगी। हमें इससे सावधान रहना चाहिए।" यही भावना सबके चेहरे पर दिख रही थी।

दोपहर में मुजुमदार स्कूल मे आये। उन्होंने पडवल मैडम को बुलावा भेजा। उसका नाम मस्टर पर लिया। उसके हस्ताक्षर लिये। मुजुमदार आने के कारण कर्मचारियों में उल्टी सीधी चर्चा शुरू हुई। मुजुमदार कंप्युटर केंद्र के कमरे को भेट देकर काम पर नजर घुमा रहा था। कुछ सुझाव दिए। मुजुमदार स्कूल परिसर का चक्कर लगा रहा था। ग्राउंड पर आठवीं की कक्षा थी। विद्यार्थी कबड्डी खेल रहे थे। कस्तुरे पी. टी. का पीरियड ले रहा था। हनुमान मन्दिर के चबूतरे पर बैठी चौकड़ी की निगाहे स्कूल की ओर लगी थी। जयराम पुजारी व्यंग्य करता बोला, "मुजुमदार की सेवा करने का ईनाम बाई को मिला।"

सुनील नवले घोड़े की तरह हिनहिनाया।

पडवल मैडम की स्कूल में ज्वाइनिंग के बाद आनंद की ओर देखने की सबकी नजर बदल गयी। कस्तुरे उसकी प्रशंसा करने लगा। हताले ने उसे खाने का निमन्त्रण दिया। पांचाल ने तो उसके पैर ही पकड़ लिये। "अब आपका ही राज है। गरीब पर ध्यान रखिएगा। मैडम को मेरे बारे में अच्छा बताते रहिए। आप भी मैडम को मत छोड़िए। वे आपका कल्याण करेंगी।" आनंद को आश्चर्य हुआ। पडवल मैडम के कारण उसके चारों ओर वलय निर्माण हो गया था। अब उसने नारायण सदन छोड़ने का इरादा रद्द कर दिया था। आनंद को, पडवल परिवार के प्रति आदर

भाव जागने लगा। मै पडवल के घर रहता हूँ, इसका उसे गर्व होने लगा।

पडवल मैडम को कंप्यूटर की शिक्षिका की नौकरी लगने से उसकी जिम्मेदारी बढ़ गयी थी। उसे पडवल मैडम को कंप्यूटर सिखाना पड़ेगा। पडवल मैडम को कंप्यूटर ज्ञान होने तक विद्यार्थियों को उसे ही कंप्यूटर सिखाना पड़ेगा। पडवल मैडम नौकरी के लिए स्कूल जाने के कारण अब उसे घर पर रुकना पड़ेगा। कुल मिलाकर वह नारायण सदन में महत्त्वपूर्ण व्यक्ति हो गया था।

पडवल मैडम को नौकरी लगने के कारण आनंद के दैनिक जीवन में परिवर्तन हो गया था। यह परिवर्तन उसे सुखद लग रहा था। पहले वह सुबह स्कूल जाता। कभी कभी ग्रन्थालय की आलमारी के पीछे सोता था। शाम को वह घर आता। ट्यूशन लेता। अब वह दोपहर को घर रुकने लगा था। घर में रहने के कारण उसे आराम मिल रहा था। टी. वी. देख सकता था। नारायण पडवल घर होता तो वे दोनो शतरंज खेलते होते। इस कारण उनमें घसीट हो गयी थी। पडवल न होने पर आनंद को ही घर सँभालना पडता। पडवल मैडम को भी स्कूल की रणनीति में आनंद अपने साथ चाहिए था। इस कारण आनंद अब नारायण सदन में कोई पराया नहीं रह गया था।

***

गाँव के पीने के पानी के कुएँ का भूमि पूजन और काशीनाथ प्रशाला के कंप्यूटर केन्द्र के उदघाटन की निमन्त्रण पत्रिका सबको मिल चुकी थी। इतनी जल्दी में घटनाएँ घट जाएँगी, इस पर किसी का विश्वास नहीं था। कार्यक्रम को एमएलए आनेवाले थे इस कारण उनके कार्यकर्ताओं में उत्साह निर्माण हो गया था। सभी कार्यक्रम सफल बनाने की तैयारी मे लग गये थे। गाँव मे बैठकें होने लगी थीं और कार्यक्रम की तैयारियाँ चल रही थीं। गाँव को पीने के पानी के लिए कुआँ मिलनेवाला था, इसलिए ग्रामवासियों को आनंद हुआ था। कोई कह रहा था, पानी की टंकी बनाई जाएगी और चौक में सार्वजनिक नल मिलेगा। सारी अफवाहें ही थी। लोग नमक मिर्च लगाकर कार्यक्रम की चर्चा कर रहे थे।

पर, भीमनगर में इससे उल्टा वातावरण था। दलितों के बीच, यह भावना फैल गयी थी कि उनकी उपेक्षा की गयी है। दलितों का पनघट गाँव के निचले हिस्से में था। दलितों को गाँव की गंदगी पीनी पड़ती थी। दलितों को पीने के पानी का कुआँ चाहिए था। वह उन्हें नहीं मिला था। इस कारण दलितों के मन में असन्तोष फैल गया था। दौलत कांबले बेचैन हो गया था। उनके मन में कुचले जाने की भावना पैदा हो गयी थी। पर आनंद इससे दूर ही रहा। उसे दलितों के दुःख की आँच पहुँची नहीं थी।

मुजुमदार ने एमएलए का भाषण लिखने की जिम्मेदारी आनंद पर सौंप दी थी। कंप्यूटर शिक्षण के कारण गाँव का किस तरह लाभ होगा, इस पर जोर देते हुए आनंद भाषण लिख रहा था। पडवल मैडम कार्यक्रम का संचालन करनेवाली थी। 'पडवल कोचिंग क्लास' की ओर से एमएलए के स्वागत के लिए भव्य प्रवेश द्वार खड़ा किया गया था।

दस कंप्यूटर, दस कंप्यूटर चेअर, दस कंप्यूटर टेबल, तीन प्रिंटर और कंप्यूटर स्टेशनरी लेकर टेम्पो आया। एक कंप्यूटर सम्पर्क कार्यालय में, एक कंप्यूटर मुजुमदार के घर, एक कंप्यूटर पडवल मैडम के घर, एक कंप्यूटर एमएलए की कोठी पर और अन्य कंप्यूटर स्कूल में रखे गये थे। पडवल मैडम प्रेक्टिस कर सके इसलिए घर में कंप्यूटर लगाया गया। कंप्यूटर-बेचनेवाली एजेन्सी ने श्रीमती शीला नारायण पडवल नाम से 'डिप्लोमा इन कंप्यूटर ऑपरेशन' का रंगीन प्रमाणपत्र भी दिया था। कंप्यूटर एजेन्सी का एक टेक्निशियन महीना भर रहकर पडवल मैडम को कंप्यूटर सिखाने वाला था। कंप्यूटर केन्द्र उद्‌घाटन के लिए तैयार हो गया था। हनुमान मन्दिर के पीछे कुएँ के लिए जगह निश्चित हो गयी थी। हनुमान मन्दिर के चबुतरे पर बैठनेवालों के लिए देखने के लिए एक नया स्थान बन गया था। सारा गाँव जी जान से काम में लग गया था। इस कारण गाँव में उत्साह का वातावरण बन गया था।

***

बाजीराव की पत्नी, भैरवी सुबह हमेशा की तरह गाय का दूध निकालने गयी और उसका कलेजा काँप गया। गाय का पेट फूल गया था। गोशाला के पास कौए जमा हो गये थे। एक कौवा गाय की आँखो मे चोंच मार रहा था। गाय के पैर ऐंठ गये थे। गाय मर गयी थी। गाय की पूँछ और पिछले पैर गोबर से सन गये थे। खिलारी अच्छी नस्ल के बैलों की जोड़ी तो पगुरा रही थी। गोशाला के आसपास कुत्ते जमा हो गये थे। भैरवी घबराई। वह दौड़ते हुए घर गयी।

एक कौवा गाय की आँखें फोड़ रहा था। एक कौवा गाय की पीठ पर बैठा था। गाय पर असंख्य मक्खियाँ बैठी थीं। गोशाला के बाहर खड़े कुत्ते मृत गाय को सूँघ रहे थे। सुबह का झुटपुटा चेहरा उदास हो गया था। गाय का बछड़ा शान्त सोया था। गाय का फूला हुआ पेट तुरन्त ध्यान खींच ले रहा था।

बाजीराव और उसकी पत्नी जल्दी जल्दी में गोशाला आये। भैरवी रो पड़ी। बाजीराव के भी आँखो में पानी आया। उसकी प्रिय गाय चंद्री मर गयी थी। भैरवी का रोना सुनकर बाजीराव का बेटा श्रीधर जाग गया और गोशाला के पास आया।

वह भी गम्भीर हो गया था। बाजीराव का बेटा श्रीधर भी रोने लगा। पड़ोस से मंगला चाची और गिरीश चाचा आये। बाजीराव ने कौए को उड़ाया। गाय से उड़कर कौए छप्पर पर बैठ गये। कुत्ते गोशाला के पास मँडराने लगे।

चंद्री के दूध-घी पर, गोबर मूत पर बाजीराव का घर पला था। चंद्री के दूध पर श्रीधर पहलवानी कर रहा था। भैरवी को घर का कोई व्यक्ति मरने सा दुःख होने लगा। गाय रात मे ही मर गयी थी। बाजीराव के दरवाजे पर पैदा हुए कुत्तों के कान खड़े हो गये थे। छप्पर के कौए काँव काँव कर रहे थे। बाजीराव के घर पर शोक पसर चुका था।

"गाय का पेट फूल गया है। गाय को किसी ने जहर दिया होगा।" गिरीश।

"रात में गाय अच्छी थी। सुबह देखा तो गाय मरी हुई।" भैरवी।

"महारों ने ही गाय को जहर दिया है। अब उन्हें गोमाँस मिलेगा। गाय का चमड़ा मिलेगा।" गिरीश।

"श्रीधर, बैलों ओर बछड़ो को वहाँ से छोड़ो। पेड़ के नीचे ले जाकर बाँध।' बाजीराव।

"भाभी, गाय की पूजा कर लीजिए। महारों को बुलाना पड़ेगा। गाय को ज्यादा देर नहीं रखा जा सकता।" गिरीश।

श्रीधर ने गोशाला के बैल खोले। बाजीराव ने गाय का बछड़ा खोला। भैरवी ने गोशाला का गोबर निकाला। मंगला चाची ने गोशाला साफ की। गिरीश ने मोबाइल करके बंडू को बुला लिया। पेड़ पर कौए जमा हो गये थे। श्रीधर ने पेड़ के नीचे बैलों की जोड़ी बाँध दी। बछड़े को भी बाँध दिया। बाजीराव हताश हो गया था। भैरवी और मंगला चाची गाय की पूजा की तैयारियाँ कर रही थीं।

गाय का धड़ ऐंठ गया था। गाय की चमड़ी सूख गयी लग रही थी। गाय की आँखे सूख गयी थीं। गाय के मुँह के पास, कान के पास और आँखो के पास लाल चीटियाँ लगी थीं। गोशाला के गोबर-मूत्र की तीखी गन्ध आ रही थी। गाय डरावनी दिख रही थी। गोशाला सूनी सूनी लग रही थी। गाय की चमड़ी पर असंख्य मक्खियाँ बैठी थीं।

"श्रीधर और बंडू आप दोनो जाइए। महारों को बताइए।" बाजीराव।

"महारवाडा में जाकर किसे बताऊँ?" श्रीधर।

"वैसे भी उन्हें मालूम हो गया होगा। वे बुलाने की ही राह देख रहे होंगे। जाओ।" बाजीराव।

"महारवाडा में जाइए। पूछताह कीजिए। महारों को साथ लेकर आइए।" गिरीश।

श्रीधर और बंडू बुलेट पर बैठकर महारवाडा की ओर निकले। बुलेट की

आवाज से दरवाजे पर खड़े कुत्ते दूर भाग गये। बाजीराव और गिरीश खाट पर बैठे। भैरवी ने गाय की पूजा की। गाय की खुले जबड़े से दाँत दिख रहे थे। गाय की आँख से पानी ढुलका था। छप्पर पर बैठे कौए गाय के शव की ओर देख रहे थे। बाजीराव ने छप्पर पर बैठै कौवों को कंकड़ मार कर उड़ाया। कौवे उड़कर पेड़ पर बैठ गये थे। बाजीराव के घर से जो रोज दूध ले जाया करते थे, वे लोट गये। उन्होंने भी दुःख व्यक्त किया। पेड पर गिद्ध आकर बैठे थे। बाजीराव की चिन्ता बढ़ गयी थी।

श्रीधर और बंडू वापस आ गए। उनके चेहरे लटक गये थे। वे बुलेट खड़ी कर बाजीराव के पास खड़े हो गये। उनके चेहरे की ओर देखकर बाजीराव का तनाव बढ़ा। गिरीश चिढ़ा।

"क्या हुआ रे? क्या बोले?" बाजीराव।

"उन्होंने मना कर दिया।" श्रीधर।

"मतलब?" बाजीराव।

"उन्होंने गाँव का काम करना छोड़ दिय: है। वे कहते हैं अब वे मरे हुए जनावर नही उठाएँगे।" श्रीधर।

"ये कौन बोला?" गिरीश।

"महारों ने!" श्रीधर।

"फिर जानवर कौन उठाएँगे?" गिरीश।

पेड़ पर बैठे गिद्धों ने कोलाहल किया था। बाजीराव ने पेड़ पर देखा था। वह बेचैन हो गया था। वह विचार कर रहा था। 'महार हमें मुश्किल में डालना चाहते हैं। मैने महारों को पीटा था। उसका वे बदला निकालना चाह रहे हैं। अब किसी तरह उन्हें मनाना पडेगा।' बाजीराव फँस गया था। क्या करे उसे न सूझता।

"आपने उन्हें समझाया क्या?" गिरीश।

"हमने हर तरह से उन्हें समझाकर देखा। उन्होंने इन्कार कर दिया, इसलिए वापस आये।" बंडू।

"मुजुमदार को बताना होगा। वे कांबले से कहेंगे। कांबले महारों को समझाएगा। महारों को क्या गाँव मे रहना नहीं है? जानवर उठाना उनका काम है। कैसे कर सकते है, इन्कार वे?" गिरीश।

"मैंने मुजुमदार के बेटे का पक्ष लेकर महारों को पीटा था। महारों ने मुझ पर केस की। मुजुमदार ने कहाँ मदद की। मुजुमदार किसी काम का नहीं और कांबले मुजुमदार का सुननेवाला नहीं। मैं ही जाता हूँ। उनके पैर पकडता हूँ।" बाजीराव।

"आप मत जाइए। गिरीश चाचा को जाने दीजिए।" श्रीधर।

बाजीराव का चेहरा गोबर से सुना हुआ लग रहा था। बंडू सकते में खड़ा था। भैरवी विचलित थी। गाय के बछड़े की रँभाने की आवाज आ रही भी। भैरवी की आँखे भर आयी थीं। श्रीधर के चेहरे पर ज्यों कौओं की कतार बैठी थी। मंगला चाची विचलित थी। बाजीराव का चेहरा गिद्ध की तरह लग रहा था।

"महारों ने क्या कहा? अपने ही जानवर नहीं उठाएँगे या समूचे गाँव के जानवर नही उठाएँगे।" बाजीराव।

"वे कह रहे थे, अब हीन काम नहीं करेंगे।" श्रीधर।

"उन्होंने झगड़ा किया?" बाजीराव।

"नहीं, बहुत शान्ति से बोले। उनकी बातों में मुझे बैर-भाव नहीं लगा। उन्होंने तय किया होगा।" श्रीधर।

"महारों ने जानवर उठाने का काम बन्द कर दिया तो यह काम कौन करेगा? आज हमारा जानवर मरा है, कल और किसी का मरेगा। यह सवाल केवल हमारा नहीं है। यह सवाल पूरे गाँव का है। महारों ने इन्कार किया तो वह पूरे गाँव को बताना पड़ेगा। गाँव निर्णय लेगा। महारों ने जानवर उठाए नहीं तो दुर्गन्धी उठेगी। सारे गाँव को तकलीफ होगी। पता चलने दो गाँव को भी महार कितने गुस्ताख हो गये हैं।" बाजीराव की बात से उसके भीतर की भयंकर झुँझलाहट बाहर आ रही थी। पर श्रीधर शान्त खड़ा था। बाजीराव का गुस्सा उफन रहा था। "गाय महारों को ही उठानी होगी। हम उसे नहीं हिलाएँगे। देखे ऽ गाँव इसमे क्या करता है।" बाजीराव निर्णयात्मक रूप से बोलता दिखा।

समय बदल गया था। महार बदल गये थे। उन्होंने धर्म बदल दिया था। भाषा बदल दी थी। नाम बदल दिए थे। रहन-सहन बदल दिया था। स्वभाव बदल दिया था। महारों ने इंकार करना शुरू कर दिया था। महारों के इन्कार के कारण व्यवस्था में दरार आ गयी थी। परम्परा मुश्किल में पड़ गयी थी। धर्म अधर्म लगने लगा था।

"अब तक जानवर उठाते थे। फाड़कर खाते थे। अभी ही उनमें घमंड आ गया है क्या ?" गिरीश।

"वे आंबेडकर का नाम ले रहे थे।" बंडू।

"आंबेडकर न बुझनेवाली आग है।" बाजीराव।

बाजीराव हताश होकर बोल रहा था। उसे जेल के दिन याद आये। पेड़ पर एक और गिद्ध आकर बैठा। बाजीराव का मानसिक सन्तुलन डगमगा गया था। पेड़ पर बैठे गिद्ध ने कोलाहल किया। बाजीराव क्षुब्ध हुआ। "ये गिद्ध नहीं, किसी हरामखोर महार का भूत है। उसे गोमाँस चाहिए।" बाजीराव की आवाज में कड़ुवाहट थी।

हवा के झोंके के साथ दुर्गन्ध आयी। सबने इस दुर्गन्ध का अनुभव किया। बाजीराव का चेहरा बदल गया। "दुर्गन्ध आयी भई, जल्दी कुछ करना होगा, नहीं तो यहाँ रुकना भी मुश्किल हो जाएगा।" गिरीश बाजीराव को स्थिति की जानकारी दे रहा था। "फिर हम ही खींच कर फेंक देंगे।" श्रीधर ने आगे बढ़कर कहा था। तब बाजीराव गुस्से से बोला, "तू महार है क्या? तू कैसे जानवर खींचेगा? कल गाँव ने तुम्हें जाति से निकाल बाहर किया तो? यह प्रश्न हमारे एक घर का नहीं है। दुर्गन्ध फैली तो हम दुसरे गाँव चले जाएँगे। पर जानवर उठना नहीं।"

बाजीराव श्रीधर को डरा रहा था। "महार आये ही नहीं तो क्या करेंगे?" भैरवी ने दयनीय होकर पूछा था। बाजीराव फिर भड़क उठा था। "कैसे नहीं आएँगे? गाँव बड़ा कि महारवाडा बड़ा? उन्हें गाँव में रहना है कि नहीं? उन्हें गाँव का सुनना पड़ेगा। यदि उन्होंने गाँव का नहीं सुना तो गाँव महारवाडा का बहिष्कार करेगा। फिर हम उठाएँगे अपनी गाय। कुछ तो निर्णय होने दो ना। आज हम जानवर उठाएँगे, कल किसी और को जानवर उठाना पड़ेगा। महारों के काम गाँव करे क्या? और ऐसी प्रथा क्या हम शुरू करें?" बाजीराव तैश में आकर बोल रहा था।

पेड़ पर गिद्धों का झुंड बैठा था। कौए उड़ गये थे। गिद्धों का कोलाहल चल रहा था। बंडू ने पत्थर मारकर गिद्धों को उड़ाने की कोशिश की। श्रीधर बुलेट पर जाकर पटाखे ले आया। मंगला चाची नाक पर आँचल ओढ़कर बैठी। श्रीधर ने पटाखे उड़ाए। गिद्ध उड़े। गिद्ध बाजीराव के घर के चक्कर लगाने लगे। बाजीराव के आसपास के पड़ोसी जमा हो गये।

अन्तिम कोशिश के रूप में गिरीश और बंडू महारवाडे की ओर गये। वे महारों को मनाने की कोशिश करने वाले थे। बाजीराव अपने पड़ोसियों को लेकर मुजुमदार की ओर निकला। अब भैरवी ने भी नाक को आँचल लगा लिया। मंगला चाची का सिर दुखने लगा, इसिलिए वह घर चली गयी। श्रीधर हाथ में पटाखे रखकर पेड़ की ओर देख रहा था। छप्पर पर कौए बैठे थे। गोशाला के उस ओर इकट्ठा हुए कुत्तों में झगड़े शुरू हो गये थे।

"बाजीराव की गाय मर गयी है। महारों ने मरी गाय उठाने से इन्कार कर दिया है।" यह समाचार तुरन्त गाँव भर में फैल गया। गाँव चिन्ता में था। कोई कह रहा था, "बाजीराव ने महारों को मारा, उसी का यह परिणाम है। गाँव का इसकी तकलीफ हो रही है।" कोई कहता, "गाँव को पीने के पानी का कुआँ मिला। महारों को कुआ मंजूर नहीं हुआ इसलिए वे बिगड़ गये हैं।" कोई कहता "शिक्षा के कारण महार बिगड़ गये हैं। एक बार आमने-सामने हो जाना चाहिए।"

हनुमान मन्दिर के चबूतरे पर ताश खेलने वाली चौकड़ी के बीच भी चर्चा

शुरू हो गयी थी। जयराम पुजारी गुस्सें से बोल रहा था, "आंबेडकर का हमारे देश में जनम होना सबसे बड़ी गलती है। उधर इंग्लैंड अमेरिका में आंबेडकर पैदा हुए होता तो अच्छा होता। हमारे देश को आंबेडकर का ग्रहण लग गया है।" चौकड़ी के चेहरे गम्भीर हो गये थे। उन्हें पटाखों की आवाज सुनाई दी थी।

***

विश्वेश्वर मन्दिर के प्रांगण में गाँव के 'टंटामुक्त समिति' की बैठक शुरू हुई थी। इस समिति की बैठक में गाँव के प्रतिष्ठित लोगों को बुलाया गया था। दलितों के प्रतिनिधि के रूप में दौलत कांबले इस बैठक में उपस्थित था। आनंद भी इस बैठक में बैठा था। मरे हुए जानवर की समस्या पर गाँव में पहली बार बैठक हो रही थी। सवर्ण और दलितों में अनबन पैदा हो गयी थी। हवा उल्टी दिशा में बह रही थी। इस कारण दुर्गन्ध फैल रही थी। बैठक के लोग गम्भीर हो गये थे।

"आज बाजीराव के घर का जानवर मरा है। कल किसी और का जानवर मरेगा। महारों ने अपना काम छोड़ दिया तो कौन करेगा?" गिरीश।

"महारों ने मृत माँस खाना छोड़ दिया है। मरे हुए जानवर उठाना छोड़ दिया है। इतना ही नहीं तो हिन्दु धर्म भी छोड़ दिया है। अब वे महार नहीं हैं। जिनका जानवर मरेगा। उन्होंने उसे रफादफा करना। चाहिए।" कांबले।

"इस गाँव के महार गाँव का काम करने वाले नहीं होंगे, तो दुसरे गाँव के महारों को बुलाइए। नहीं तो मांगो को काम दीजिए।" जयराम पुजारी।

"एक समझौता किया जा सकता है। मैं दलितों के प्रतिनिधी के रूप में मरे हुए जानवर उठाने के लिए तैयार हूँ, पर मेरे साथ मुजुमदार, बाजीराव और जयराम पुजारी ने भी जानवर उठाना चाहिए।" कांबले।

"कांबले सर, महारों ने पीढ़ी-दर-पीढ़ी मरे जानवर उठाए हैं। ये आपने-हमने तय नहीं किया है। यह व्यवस्था है।" मुजुमदार।

"इन्होंने यदि हिन्दू धर्म नकार दिया होगा, तो गाँव को भी इन्हें नकारना चाहिए। इन पर गाँव में आने की बन्दी लगानी चाहिए। नाक दबाए बिना ये मुँह नहीं खोलेंगे।" श्रावण लोमटे।

"यह समस्या शान्ति से सुलझानी चाहिए।" मुजुमदार।

"दलित और सवर्णों के बीच की कोई भी समस्या शान्ति से सुलझने वाली नहीं है। संघर्ष होगा ही।" कांबले।

बैठक समाप्त होने की कोई स्थिती दिखाई नहीं दे रही थी। विवाद बढ़ता चला जा रहा था। अकेला दौलत कांबले दलितों का पक्ष रख रहा था। लोग तू-तू,

मैं-मैं पर उतर रहे थे। कांबले शान्त और गम्भीरता से प्रतिवाद कर रहा था।

'कांबले सर पढ़े-लिखे हैं। वे हमारा मान नहीं रखेंगे। हम महारवाड़ा जाएँगे। महारवाडे में पुराने अनुभवी लोग हैं। उनके सामने कठिनाई रखेंगे। वे गाँव का शब्द नहीं टालेंगे।'' दीपक लाखे।

''सब जाने की जरूरत नहीं। चार बुजुर्ग लोग जाएँ। महारों को समझाएँ। वे समझ जाएँगे। पढ़े-लिखों के पीछे न लगे।'' केशव काकडे।

पटाखे फुटने की आवाज आयी थी। गिद्धों का शोर-गुल सुनाई दिया था। ''अब समय खराब मत करो। दुर्गन्ध फूट रही है। जल्दी निपाटाओ।'' मुजुमदार अधिकारवाणी से बोल रहा था और बैठक बरखास्त कर दी थी।

भीमनगर में भी बैठक शुरू हो गयी थी। गाँववालों को क्या जवाब देना चाहिए, यह तय किया जा रहा था। भीमनगर की दृष्टि से यह जीन-मरने की समस्या थी। गाँव को नकार देने से सामाजिक बहिष्कार का डर था। युवा-पीढ़ी गाँव के खिलाफ नहीं थी। पर गाँव के कामों के खिलाफ थी। ''कभी तो हमें गुलामी के खिलाफ लड़ना पडेगा। हम भी इन्सान हैं, यह बताने का समय आ गया है। हम कितने दिन डर कर जिएँगे।'' विक्रम कांबले बैठक में पहल करते हुए बोल रहा था। बैठक का नेतृत्व वही कर रहा था। युवा-वर्ग कांबले के साथ था।

''हमें गाँव में रहना है। गाँव के खिलाफ कदम उठाकर कैसे चलेगा? शिक्षा ने आप लोगों का दिमाख खराब कर दिया है। आप लोग जानवर मत उठाइए। हम उठाएँगे।' रामकिसन खड़ा होकर बोल रहा था। रामकिसन की कँपकँपी आवाज से बैठक गम्भीर हो गयी थी।

''हमने जानवर उठाए। आगे हमारे बच्चे भी जानवर उठाएँ ऐसा हमें नहीं लगता। हमने पूजा-अर्चा तो छोड़ ही दिया है। गाँव भी छोड़ देंगे। अब हल्के काम नहीं करने है।'' विक्रम कांबले आवेश में बोल रहा था। महिलाओं ने विक्रम कांबले का पक्ष उठा रखा था।

भीमनगर में विचार-मंथन चल रहा था। युवा पीढ़ी अन्याय के खिलाफ बोल रही थी। पुरानी पीढ़ी गाँव का पक्ष ले रही थी। पुरानी पीढ़ी गाँव की दहशत जानती थी। नयी पीढ़ी को गुलामी के खिलाफ समझ आ गयी थी। दो पीढ़िओं के बीच संघर्ष खड़ा हो गया था। युवा-पीढ़ी ने स्वाभिमान के साथ जीने का संकल्प किया था। गाँव, दलितों का स्वाभिमान नहीं चाहता था।

भीमनगर ने गाँवों के काम को नकार दिया था और गाँव भड़क गया था।

***

दलित और सवर्णों के बीच खाई बन गयी थी। गाँव के युवाओं का दिमाग खराब हो चुका था। पत्रा अखाड़े के पहलवान खौल उठे थे। 'महारों को सबक सिखाएँगे और जानवर उठाने के लिए मजबूर करेंगे।' यह भूमिका उन्होंने अपनाई थी। मरे हुए जानवर की दुर्गन्ध गाँव में फैल रही थी। गाँव का हर घर महारवाडे के खिलाफ हो गया था। सब महारों से चिढ़े थे। हर व्यक्ति महारों के खिलाफ बोल रहा था। गाँव में विस्फोटक स्थिति पैदा हो गयी। आनंद गाँव की बेचैनी समझ रहा था। गाँव में चिनगारी न भड़के, यह वह चाहता था। महार कुछ सुनने को तैयार नहीं थे, गाँव पीछे हटने को तैयार नहीं था। गाँव में समस्या पैदा हो गयी थी।

आनंद विचार कर रहा था। गाँव का वातावरण खराब न हो, इसकी उसे चिन्ता थी। मैं ही जानवर उठाकर फेंक दूँ, ऐसा उसे कई बार लगा था। गाँव में वैमनस्य न फैले, ऐसी उसकी इच्छा थी। श्रमदान किया जाय और जानवर खींचा जाय। छात्रावास के बच्चों की मदद ली जाय। गाँव का विवाद मिटाया जाय, ऐसा उसे लगने लगा। जानवर उठाने से अपनी जाति भी खुल जाएगी, ऐसा डर भी उसके मन में था। वह सोच-सोचकर थक गया था। हर चौराहे पर गाँव के लोग इकट्ठा हो गये थे। वे भी विचार कर रहे थे। मुजुमदार ने कांबले को कई बार बुलाने की कोशिश की। कांबले ध्यान ही न देता।

छात्रावास के विद्यार्थी लेकर आनंद बाजीराव के घर पहुँचा। घर लोग आये यह देखकर बाजीराव खुश हुआ। बाजीराव, श्रीधर और भैरवी ने मुँह पर कपड़ा लपेटा था। बाजीराव के पड़ोसियों ने घर छोड़ दिए थे। वे बाहर गांव चले गये थे। बाजीराव अकेला पड़ गया था। पड़ोसियों ने भी मुसीबत के समय उसका साथ छोड़ दिया था।

आनंद ने सबसे पहले बाजीराव से मुलाकात की। गोशाला में मरी पड़ी गाय देखी। गाय के सींग, निर्जीव आँखे, खुला जबड़ा, अकड़े पैर और फूला हुआ पेट देखकर आनंद के रोंगटे खड़े हो गये। विद्यार्थीयों को घिन लगी। पेड़ पर बैठे गिद्ध कोलाहल कर रहे थे। श्रीधर ने पटाखा छोड़ा। पेड़ से गिद्ध उड़े ओर बाजीराव के घर का चक्कर लगाने लगे।

आनंद ने बाजीराव से बैलगाड़ी ली। विद्यार्थीयों ने गाड़ी खींच लाई और गोशाला के सामने खड़ी कर दी। आनंद ने बाजीराव से लम्बी रस्सी माँगी और दो मजबूत लकड़ी। छात्रावास के लड़के अछूत ही थे। उन्हें जानवर खींचना, फाड़ना मालूम था। आनंद को भी यह काम मालूम था। आनंद और विद्यार्थी गोशाला में गये और श्रीधर भी उनके साथ गोशाला में खड़ा था। मंगला चाची और मीनाक्षी दरवाजे के भीतर से ही बाजीराव के घर की ओर देख रही थीं।

आनंद ने गाय के सामने के पैर बाँधे। आनंद को दलित विद्यार्थी मदद कर रहे थे। आनंद अभ्यस्तता से गाय के पैर बाँध रहा था। बाजीराव को आश्चर्य हुआ। श्रीधर बाहर चला गया। गाय के पैर बाँधने के बाद पिछले और अगले पैरों के बीच लकड़ी खोंसी। दुर्गन्ध भयंकर थी। बाजीराव बाहर गया। विद्यार्थियों ने ताकत लगाई और मृत-गाय को उठा लिया। गाय की पूँछ और उसका सिर उल्टा लटक गया था। भैरवी गाय से डर रही थी। आपधापी में आनंद के मुँह से कपड़ा खिसक गया था। पर आनंद ने उसकी परवाह नहीं की। श्रमदान की भावना से वह अभिभूत था। विद्यार्थिओं ने ताकत लगाई। बाहर खड़े कुत्ते सतर्क हो गये।

आनंद और विद्यार्थियों ने कसरत करके गाय को बैलगाड़ी में डाल दिया। विद्यार्थियों ने गाड़ी का जुआ उठाया। उन्होंने गाड़ी खींची। कुछ विद्यार्थियों ने पीछे गाड़ी में जोर लगाया। आनंद गाड़ी के साथ चल रहा था। कुत्ते भी गाड़ी के पीछे चल पड़े थे। कुछ विद्यार्थी गाड़ी खींच रहे थे, कुछ गाड़ी धकेल रहे थे। बाजीराव ने राहत की साँस ली। भैरवी ने खरहरा हाथ में उठाया। पेड़ के गिद्ध उड़ गये थे। बाजीराव गोशाला साफ करने लगा।

गाँव से बाहर बैलगाड़ी के रास्ते मरी गाय को लेकर दलित विद्यार्थी निकल पड़े थे। हनुमान मन्दिर के चबूतरे पर बैठे लोगों को आश्चर्य हो रहा था। गाडी नेशनल हाई वे की ओर जा रही थी। जयराम पुजारी ने यूँ ही नाक पकड़ रखी थी। उसके मन में शंका कुशंका पैदा हो गयी थी।

"अन्ततः महारों ने जानवर नहीं ही उठाया।" जयराम पुजारी।

"अरे, जानवर उठाने वाले महार ही हैं बोर्डिंग के लड़के महारों के ही हैं न!" श्रावण लोमटे।

"साला, ये मास्टर भी महारों का ही होगा।" सुनील नवले।

आनंद ने छात्रावास के लड़कों के साथ मरे जानवर को उठाने की खबर पूरे गाँव में फैल गयी थी। दौलत कांबले को जब यह खबर मिली, तब उसका गुस्सा बहुत भयंकर हो गया। वह आनंद पर क्रोधित हुआ। "काशीकर को चाहिए था कि वह सवर्ण विद्यार्थियों को लेकर जानवर उठाता। यह दलित विद्यार्थियों का अपमान है।" यह चर्चा भीमनगर में शुरू थी।

पर गाँव में आनंद की प्रशंसा हो रही थी। आनंद ने श्रमदान कर विद्यार्थियों की मदद से गाँव की जटिल समस्या सुलझा दी थी। आनंद के अभिनव कदम का गाँव के हर व्यक्ति ने सराहनीय स्वागत किया। जोशी तुरन्त मुजुमदार के घर पहुँचा। उन्हें भी आनंद के काम का सुखद कुतुहल था। मुजुमदार ने भी आनंद के कार्य की भरपूर तारीफ की। "काशीकर को सामाजिक भान है। उसने गाँव की समस्या पर

अच्छा उपाय निकाला। फिलहाल तो यह प्रश्न खत्म हुआ। एक समस्या से गाँव को छुटकारा मिला। गाँव का तनाव दूर हुआ। अब हमारे पास समय है। दलितों से चर्चा करके कोई समाधान ढूंढा जा सकता है।'' मुजुमदार और जोशी को आनंद के काम ने प्रभावित किया था। ''गाँधी जी ने संडास साफ किए थे। काशीकर ने मरा जानवर उठाया। काशीकर सच्चा गाँधीवादी है।'' जोशी आनंद के बारे में बहुत अच्छा बोल रहा था।

पर नारायण पडवल को अजीब लग रहा था। आनंद ऐसा कुछ करेगा। इसकी उन्हें सपने में भी कल्पना नहीं थी। वह भ्रम में पड़ गया था। सबने आनंद की तारीफ की, इस कारण उसके मन की ऐंठन कुछ कम हुई। पडवल मैडम को भी आश्चर्य हुआ था। पर पडवल परिवार ने एक भी शब्द आनंद से नहीं पूछा था। उसकी प्रशंसा भी नहीं की थी। उन्होने आनंद के काम का नोटिस ही नहीं लिया था। आनंद ने भी कोई बात नहीं निकाली। सारा गाँव बात कर रहा था। महारवाडा बात कर रहा था। पर नारायण सदन गूँगा हो गया था। आनंद ने भी मौन रखा था।

नेशनल हाई वे की उस ओर खाई में गिद्ध मँडराते हुए दिख रहे थे। उनका कोलाहल सुनाई दे रहा था। कुत्ते आक्रमक होकर मरी गाय पर टूट पड़े थे।

***

लम्बे अर्से के बाद नारायण सदन में डाकिया आया था। डाकिया घर आने के कारण पडवल मैडम को खुशी हुई थी। ''पडवल हैं क्या?'' डाकिये ने दरवाजे से ही चिल्लाकर पूछा। डाकिये को देखकर प्रतीक भागा और उसे लिपट गया। नारायण पडवल दाढ़ी बना रहा था। अपने बेटे की हरकत उसे पसन्द नहीं आयी।

पडवल ने प्रतीक को पास बुलाया था। उसकी पीठ से स्नेह का हाथ फेरा था। प्रतीक घबरा गया था। वह पडवल के हाथों से निकलना चाहता था। वह रुँआसा हो गया था। पडवल जब बेटे पर प्रेम करता तो वह उसे अवश्य पीटता था। पडवल ने प्रतीक को जकड़ रखा था।

डाकिया पत्र देकर घर से बाहर आ गया था और पडवल ने प्रतीक की कमर में लात जमाई। प्रतीक धड़ाम् से नीचे गिरा था और रोने लगा था। पडवल मैडम ने उसे पास लिया। आनंद समझ नहीं पा रहा था कि क्या हुआ।

''इसे और पीटना चाहिए, जो मत करो कहा जाता है, उसे वह जानबूझकर करता है। उल्टा व्यवहार करता है।'' पडवल मैडम गुस्से में थी।

''पोस्टमैन क्या तेरा मेहमान है, उसे क्यों चिपका। मैडम, आज स्कूल जाओ। ये किस के पड़ोस में बैठता है देखो। ये निचली जाति के लड़कों के साथ

होता है क्या देखो। इसे निचले लोग कैसे नहीं समझते?- पडवल भी गुस्से में था।

"पोस्टमैन भी आदमी ही है।" आनंद ने सहजता से अपनी बात कह दी। पडवल भयंकर गुस्से में था। "आप हमें मत सिखाइए। हमें सब मालूम है।" पडवल की आवाज में जहर था। आनंद ने हार नहीं मानी थी। वह हल्के-फुलके ढंग से बोल रहा था, "आज बच्चों के मन पर जात का प्रभाव डालने की आवश्यकता नहीं। कंप्युटर का प्रभाव डालना चाहिए" आनंद को विषय बदलना था। आनंद की बात सुनकर पडवल चौंक गया था। मैं अपने घर में विषैला साप पाल रहा हूँ। यही अनुभूति उसके मन में थी।

रोते प्रतीक को अपने पास लेकर उसने उसकी आँखें पोंछी। 'नयी पीढ़ी को जाति से कोई लेना-देना नहीं हैं।' आनंद और ढीठ होकर बोला। पडवल मैडम चिढ़ गयी। उसने प्रतीक को उसके हाथों से छीन लिया। आनंद स्थित-प्रज्ञ की तरह उसे ताकता रहा। उसका चेहरा जाति में सने अचार की तरह लगा रहा था।

***

जयराम पुजारी हनुमान मन्दिर के चबूतरे पर बैठे लोगों के बीच बड़ी-बड़ी गप हाँक रहा था। अब ताश का पैसों का खेल शुरू हो गया था। सबके सामने सिक्के पड़े थे। सभी हाथ में पत्ते लेकर सोच रहे थे। पुजारी चौकड़ी को नये-नये सपने दे रहा था।

दोपहर में खाने के बाद चौकड़ी हनुमान मन्दिर के चबूतरे पर इकट्ठा होती। दिन भर ताश फेंटते और शाम को घर जाते। ताश खेलते-खेलते वे बड़ी-बड़ी बातें करते। उनके पास बातों के लिए विषय न होने पर मन्दिर के विषय में बातें करते।

"हनुमान का मन्दिर पुराना हो गया है। दर्शन के लिए आने वाले लोगों की संख्या कम हो गयी है। धर्म की रक्षा होनी चाहिए। भव्य राम-मन्दिर की प्राण-प्रतिष्ठा करनी चाहिए। "जयराम पुजारी आवेश में बोल रहा था।

मन्दिर कहाँ बनाना हैं, कैसा बनाना है, कब बनाना है, इस पर रोज चर्चा होती। पत्थर कहाँ से लाने हैं, रेत कहाँ से लानी है, सिमेंट कैसे हासिल करना है, प्रभु रामचंद्र की मूर्ति कहाँ से लानी है; मन्दिर का कलश किससे बनवा लेना है, इस पर हर कोई उत्साह से बोल रहा था। कोई कहता संगमरवर का मन्दिर बनाना चाहिए। कोई कहता काले पत्थर का मन्दिर बनाना चाहिए। कोई कहता लाल पत्थर का मन्दिर बनाना चाहिए। हर कोई अपने सपनों के मन्दिर का चित्र उपस्थित करता।

"अयोध्या जाना चाहिए। अयोध्या का मन्दिर देखना चाहिए। अपने गाँव में प्रति-अयोध्या निर्माण होना चाहिए।" जयराम पुजारी चर्चा को दिशा दे रहा था।

अपनी कल्पना को जड़ें पकड़ते देखने में उसे खुशी होती थी।

श्रीकांत पावले पत्ते पीस रहा था। सुनील नवले का पिता हनुमान मन्दिर के चबूतरे पर आया। मन्दिर में गया। उसने हनुमान के दर्शन लेकर मन्दिर को प्रदक्षिणा लेकर वह ताश खेल रहे चौकड़ी के पास पहुँचा। खेल में रंग चढ़ गया था। सुनील नवले का बाप धीरे से नवले के पीछे गया। पैर का जूता निकाल कर नवले को जूते से पीटने लगा। सुनील नवले पिता के अचानक हमले से घबरा गया। हाथ के पत्ते पटककर और चबूतरे से छलाँग लगाकर भाग गया। सुनील नवले का पिता बिफर गया। ताश खेलने वालों को वह गिन-गिन कर गालियाँ देने लगा, ''पुजारी गाँव के बच्चों को बिगाड रहे हैं। ये घर के काम करते नहीं, खेत में काम करते नहीं। यहाँ आकर दिन भर ताश कूटते रहते हैं। आप भगवान के पुजारी, आपको तो कुछ समझना चाहिए।'' सुनील नवले का पिता बहुत बिफर गया था। एक-एक कर हर कोई वहाँ से खिसक गया था। पर पुजारी सूने मन्दिर की पुराने पत्थर की मूर्ति सा अपनी जगह खड़ा था।

हनुमान मन्दिर के पीछे गाँव के पीने के पानी का काम जोरों से शुरू था। मिट्टी का ढेर पड़ा था। मजदूर कुआँ खोद रहे थे। खुदाई जोरों पर थी। मुजुमदार कुएँ की जगह के पास खड़े रह कर कुएँ में झाँक रहे थे। कुएँ के चारों ओर तमाशबीनों की भीड़ थी। बीच की छुट्टी में विद्यार्थी भी कुएँ का काम देखने चोरी-छिपे आते। गाँव में कुएँ की चर्चा होने लगी थी।

***

नारायण पडवल और पडवल मैडम को गाँव के लोगों ने रोक दिया था। पडवल को उसके पिता के शव के पास जाने नहीं दिया था। मरने से पहले पडवल के पिता ने वैसा बता दिया था। नारायण पडवल घर का बड़ा बेटा था। उसने घर की परवाह नहीं की। माता-पिता की इज्जत नहीं की। वह केवल अपने लिए, अपने तक विचार करता था। उसने किसी की नहीं सुनी। उसने अपनी मर्जी से शीला कुलकर्णी के साथ प्रेम-विवाह किया। इस कारण पूरे घर की बेइज्जती हुई। चार लोगों के बीच मुँह दिखाना मुश्किल हो गया था।

नारायण पडवल ने माँ-बाप की नहीं सुनी। रिश्तेदारों की नहीं सुनी। उसकी शादी रिश्ते की एक लड़की से तय हो गयी थी। उसने उसे नकार दिया। इस कारण नाते-रिश्तेदार दुःखी हुए थे। बड़े लड़के ने ही जात से बाहर शादी करने के कारण घर के दुसरों की शादियाँ या करने में बहुत मुश्किल का सामना करना पड़ा। नारायण पडवल की इकलौती छोटी बहन की तो शादी ही नहीं हुई। वह अविवाहित ही जी

रही थी। अपनी जवान बेटी की शादी नहीं हो रही है, यह वेदना मरते समय भी पडवल के पिता भुला नहीं पाए थे। नारायण पडवल के निर्णय की बहुत बड़ी कीमत उसके माता-पिता को चुकानी पड़ रही थी। नारायण पडवल को उन्होंने कभी घर में नहीं आने दिया। और पडवल भी कभी अपने माता-पिता के घर नहीं गया। पडवल की पत्नी शीला कुलकर्णी की भी यही स्थिति थी। उसे भी घर ने बहिष्कृत कर दिया था।

पिता के गुजर जाने का समाचार पाकर नारायण पडवल और पडवल मैडम अन्तिम दर्शन के लिए गये थे, लोगों ने उन्हें अन्तिम दर्शन नहीं लेने दिए। जाति की दीवारें कितनी क्रूर होती हैं। इसका उन्हें अब अनुभव हो रहा था। पडवल को उसके छोटे भाई ने धक्के मार कर घर से बाहर निकाला था। पडवल घर से बाहर निकलते समय केवल अपनी अविवाहित बहन को देख सका। वह पडवल के जाने के बाद उठ खड़ी हुई। सुषमा बड़ी हो गयी थी।

पडवल आँसू बहाते घर से बाहर निकला। पडवल मैडम भी अपमानित होकर बाहर निकली। औरतें उसके बारे में बोलती रहीं।

पडवल अपनी पत्नी को लेकर दिन भर बस स्टैंड पर बैठा रहा। दोपहर में ही पडवल के पिता की अत्येन्ष्टि हुई। शव को श्मशान में दफनाया गया।

शाम को पडवल अपनी पत्नी को लेकर श्मशान गया। अपने पिता की कब्र पर फूल चढ़ाकर कब्र के पास बैठकर जी भरकर रोया।

जाति-व्यवस्था ने नारायण पडवल से बदला लिया था। जाति के कारण उनका जीवन बरबाद हो गया था। रिश्ते फट चुके थे। इस कारण उसमें अधिक कड़वाहट भर गयी थी। उसने जाति लाँघी थी। वह बहुत जल-भुन गया था। इसिलए अब वह जाति के साथ गहरे लिपट गया था। जो जाति छोड़ता न था। वह और अधिक जातिवादी हो गया था। कोई जाति के विरोध में बात-व्यवहार करता तब उसका सन्तुलन बिगड़ जाता। उसने जाति तोड़कर शादी की थी। पर उसकी बातों से, उसके व्यवहार से जाति नष्ट नहीं हुई थी। इस कारण उस पर जातिवाचक गालियाँ देने का मामला दर्ज हुआ। इसमें उसे सजा हुई। उसकी नौकरी गई। उसकी जातिविषयक अनुभूति और तीखी हो गयी।

नारायण पडवल और पडवल मैडम घर आये तब आनंद और प्रतीक शतरंज खेल रहे थे। पडवल को आनंद के बारे में आत्मीयता हुई थी। यह पराया आदमी कितना अपना बन गया है। इसी विचार को लेकर उसने घर में प्रवेश किया था।

***

गाँव का पानी का कुआँ बनकर तैयार हुआ। कुएँ की पूजा करके पानी भरने

का कार्यक्रम था। गाँव की एक सौ एक सुहागन कुएँ से पानी भरने वाली थी। पहली गगरी एमएलए गजाननराव पिसाल कुएँ से पानी खींचकर भरने वाले थे। उसके बाद एक-एक सुहागन पानी भरने वाली थी। इस कार्यक्रम की जोरदार तैयारियाँ चल रही थीं। पत्रिकाएँ छप गयी थीं। पानी भरने वाली एक सौ एक सुहागिन स्त्रियों में एक विधवा स्त्री दलित होनी चाहिए, ऐसी माँग दौलत कांबले ने की थी। "केवल सुहागन ही सम्मान से जिए, विधवा नहीं जी सकती, यह हमें मंजूर नहीं। केवल सवर्ण स्त्री ही पानी भरे, अछूत स्त्री नहीं। यह हमें मंजूर नहीं।' यह भूमिका दौलत कांबले ने अपनाई। उन्होंने पत्रिका भी छपवाई थी। एक समांतर पानी भरने के कार्यक्रम की तैयारी हो गयी थी।

गाँव में घर-घर हल्दी-कुमकुम का कार्यक्रम होने लगे थे। 'महारिन यदि हमारे साथ पानी भरने वाली होगी तो हम घर से बाहर नहीं निकलेंगी।' यह निर्णय सवर्ण महिलाओं ने सुना दिया। भैरवी और मंगला चाची ने दौलत कांबले के विरोध में प्रचार शुरू कर दिया था। बाजीराव ने भी पत्रिका छपवाई थी। श्रीधर और बंडू पत्रिका बाँट रहे थे। गिरीश और बाजीराव दलित विरोधी जनमत जुटा रहे थे। मंगला चाची के साथ उसकी बेटी मीनाक्षी भी आगे थी। वह भी घर-घर जाकर पत्रिका बाँट रही थी। इस कारण गाँव में मन-मुटाव था। मजुमदार का गाँव पर नियन्त्रण नहीं था। नारायण पडवल बाजीराव को उकसा रहा था। बाबू बारबोले भी सक्रिय हो गया था। इस कारण कार्यक्रम की धज्जियाँ उडनेवाली थीं, यह लगभग तया था।

हमेशा की तरह गाँव की हलचल अखबारों में पहुँच रही थीं। और उसे काफी प्रचार मिल रहा था।

मुजुमदार ने इस पर उपाय निकालने के लिए दौलत कांबले और विक्रम कांबले का बुला भेजा था। सम्पर्क कार्यालय में दौलत कांबले के साथ दलित कार्यकर्ता भी इकट्ठा हुए थे। मुजुमदार ने सबको चाय दिलाई। मुजुमदार ने बड़ी धूर्तता से चर्चा की शुरुआत की। विधायक फंड से यह कुआँ तैयार हुआ है। विधायक के हाथों कुएँ का उद्घाटन होना है। साहब ने यह कार्यक्रम आयोजित करने के लिए कहा है। कार्यक्रम की सारी तैयारियाँ हो गयी हैं। अगले साल दलित बस्ती में कुएँ के लिए फंड देने का विधायक ने कबूल किया है। आपका कुआँ बन जाने पर दलित स्त्रियों के हाथों पूजा कर सकेंगे। उस कार्यक्रम में भी साहब आएँगे। यह गाँव को कुआँ है। यह गाँव का कार्यक्रम है। आप इसका विरोध कर सामाजिक सद्भाव मत बिगड़िए। विधायकजी ने भी ऐसी ही विनती की है, मैं फोन लगा देता हूँ। आप उनसे बात कीजिए।" मुजुमदार धूर्ततापूर्ण बात कर रहा था। दौलत कांबले ने चाय पीते हुए मुजुमदार की बात शान्ति से सुन ली। "अब मैं बोलूँ?" यह पूछकर

दौलत कांबले बोलने लगा।

"मेरे कुछ सवाल हैं। आप उनके उत्तर दीजिए ताकि आप को हमारी भूमिका मालूम होगी।" दौलत कांबले ने बहुत सहज होकर चर्चा की शुरुआत की। मुजुमदार भी प्रसन्न हुए।

अच्छे वातावरण में चर्चा का प्रारम्भ हुआ था।

"पूछिए क्या पूछना है वह। मन में कुछ मत रखिए। मैं उत्तर दूँगा। यही पूछेंगे न कि अगले वर्ष फंड मिलने की क्या गारंटी" मुजुमदार।

"हमारा सवाल सीधा, सरल और सादा है। वस्तु स्थिति पर आधारित है।" दौलत कांबले।

"अरे, यह विधायक का सम्पर्क कार्यालय है। लोग यहाँ जटिल प्रश्न लेकर आते हैं। न सुलझने वाले सवाल सुलझाने का यह स्थान है। आप अपने गम्भीर प्रश्न लेकर आइए। मैं आपकी मदद के लिए तैयार हूँ। मैं मना नहीं करुँगा।" मुजुमदार।

"भारत हमारा देश है ना?" दौलत कांबले।

"अरे बच्चों वाले ऐसे सवाल क्यों कर पूछ रहे हैं? पहली की पुस्तक में पहले ही पृष्ठ पर यह प्रतिज्ञा छपी है। भारत मेरा देश है।" मुजुमदार।

"हम सब भारतीय बान्धव हैं ना?" दौलत कांबले।

"ये देखिए, आप कुछ तो गड़बड़ कर रहे हैं। आपने अच्छे उद्देश्य से प्रश्न पूछा नहीं है, ऐसा मुझे लगता है।" मुजुमदार।

"हमारा उद्देश्य स्पष्ट है। प्रामाणिक है।" दौलत कांबले।

"अच्छा बोलिए।" मुजुमदार।

"कुआँ खोदते समय दलित मजूदरों ने काम किया है। कुआँ बनाते समय भी दलित थे। यह सच है ना?" दौलत कांबले।

"सच है।" मुजुमदार।

"जिन्होंने कुआँ खोदा, बनाया, उन्हें ही पानी भरने से रोकना यह क्या तर्क संगत है?" दौलत कांबले।

"ये देखिए कांबले, यह देहात है। देहात के लोगों के सामने दिमाग लगाने का क्या उपयोग?" मुजुमदार।

"हम सवर्णों की बराबरी में कुएँ से पानी भरेंगे।" दौलत कांबले।

"उस कुएँ का पानी यानी अमृत नहीं है।" मुजुमदार।

"उस कुएँ का पानी पीकर हम अमर हो जाएँगे, ऐसी कोई बात नहीं है। जहाँ सवर्ण पानी भरेंगे वहीं दलित पानी भरेंगे। यह समानता के लिए संघर्ष है।"

दौलत कांबले।

"आप अपने निर्णय पर अडिग हैं क्या?" मुजुमदार।

"हाँ।" दौलत कांबले।

"ठीक है। गाँव के लोगों से चर्चा करनी होगी। सबको मान्य होगा, ऐसा उपाय निकालेंगे।" मुजुमदार।

दौलत कांबले अपनी जगह से उठा। उसके कार्यकर्त्ता भी उसके साथ उठे। सब लोग सम्पर्क कार्यालय से बाहर आये। मुजुमदार दलितों का मन नहीं मोड़ पाए। दलित अपनी भूमिका पर अडिग थे। सम्पर्क कार्यालय से दलित बाहर आते ही बाजीराव, गिरीश और नारायण पडवल सम्पर्क कार्यालय में गये। वे निर्णय जानना चाहते थे। जयराम पुजारी भी वहाँ पहुँच गया।

"विधायक आनेवाले नहीं होंगे तो कार्यक्रम करने में कोई तुक नहीं।" मुजुमदार।

"विधायक को गाँव की तुलना में महारवाडा अधिक महत्त्व का लगता है क्या?" पडवल।

"साहब किसी को दुखाना नहीं चाहते। सब मिलकर योग्य निर्णय लें। केवल इतनी ही उनकी इच्छा है।" मुजुमदार।

"विधायक को गाँव का मान रखना चाहिए।" केशव काकडे।

"गाँव यानी सवर्ण यही हमारी मानसिकता हो गयी है। गाँव में दलितों की गणना नहीं करते हम।" मुजुमदार।

"उनकी क्या गिनती है? वे यदि गाँव के विरुद्ध व्यवहार कर रहे होंगे तो उन्हें गाँव से अलग करना चाहिए। उनके लिए गाँव बन्द करना चाहिए।" बाजीराव

"हमने एक बार दलित विरोधी व्यवहार कर जेल भोगी है।" मुजुमदार।

"फिर एक बार जेल जाने की तैयारी है।" बाजीराव।

"आप जरूर जेल जाइए। हम वैसा नहीं सोच सकते। जब तक दलित और सवर्णों का मेल-मिलाप नहीं होता तब तक कार्यक्रम आगे चला जाएगा। साहब का यही आदेश है।" मुजुमदार।

मुजुमदार ने सबके मुँह पर ताला ठोंक दिया था। "साहब अगले हफ्ते आनेवाले हैं। उनसे बात कर तय करेंगे। आप फिर आइए, मुझे काम करने दीजिए।" मुजुमदार स्वयं पर ही चिढ़ा था। इतने छोटे गाँव में इतने तीव्र और तीक्ष्ण मतभेद हैं। धारदार मत-मतांतर हैं। इस एक गाँव की एकता अबाधित रखना इतनी असम्भव बात है... देश की अखंडता का क्या? देश की अखंडता की बात सुनकर सम्पर्क कार्यालय से एक व्यक्ति बाहर निकल आया था।

मुजुमदार ने काशीनाथ प्रशाला में फोन लगाया। पांचाल ने फोन उठाया। मुजुमदार ने इस तरह बात कही कि प्रत्येक शब्द उसकी समझ में आये, ठीक से सुनाई दे। वह बोला, "सुनो पांचाल, भंडार में ताड़पत्री है। पुरानी नहीं, नयी ले। हाँ, वो बड़ी। काशीकर ने स्कूल के बच्चे साथ में लेकर मरा जानवर उठाया था। काशीकर का गू खा तब तुझमें बुद्धि आएगी। हनुमान मन्दिर के चबूतरे पर होंगे देख। उन्हें बुला ले। वह नयी ताड़पत्री कुएँ पर ढाँक दे। कुएँ में पत्ते-कचरा गिर कर पानी गन्दा नहीं होना चाहिए। उद्घाटन होने तक कुआँ बन्द रखना है। कुएँ से कोई पानी न भरे। अब कुआँ विवादित हो गया है। ताड़पत्री से ढँक दे और मुझे मोबाइल कर। अब मैं घर जा रहा हूँ।" मुजुमदार ने फोन रख दिया था।

मुजुमदार की बात, खिड़की के पास रुककर सबने सुन ली थी और हर व्यक्ति अपने-अपने रास्ते निकल गया था।

गाँव पर जातीयता का जंग चढ़ गया था। बरगद के पेड़ के गिद्ध कोलाहल कर रहे थे। स्कूल छूट चुका था। सवर्ण बच्चे नगरद्वार पार कर गाँव पहुँचे। दलित लड़के नगरद्वार के बाहर की गाड़ी वाले रास्ते से भीमनगर की ओर जा रहे थे।

***

हनुमान मन्दिर के चबूतरे पर ताश खेलने के लिए रोज आने वाले लोग इकट्ठा हो गये थे। जयराम पुजारी बीच में बैठा था। पुजारी अपनी धारदार दाढ़ी में हाथ फेर रहा था। सुनील नवले पत्ते बाँट रहा था। हर कोई अपने पत्ते उठा रहा था। और पत्ते लगा रहा था। श्रावण लोमटे ने अपना पत्ता डाला था। दत्ता जगताप ने भी अपना पत्ता डाला था। संदीप ताकमोगे सोचता रह गया कि कौन-सा पत्ता डाला जाय।

जयराम पुजारी बीच में ही बोलने लगा, "हम रोज ही मन्दिर बनाने का संकल्प करते हैं। पर करते कुछ नहीं। लोग हमारी ओर बुरी नजर से देखने लगे हैं। संशय करने लगे हैं। कम से कम भूमिपूजन तो करना चाहिए। बुनियाद रखने के बाद दीवालें अपने आप चढती रहेंगी। हर कोई यदि एक-एक ईंट भी दान में देता है तब भव्य राम मन्दिर खड़ा होगा।" श्रीकांत नवले बीच में ही बोलने लगा। "मैं परसों अपने मेहमान से बोला। वह पी.डब्ल्यू.डी. में इंजिनियर है। रामभक्त है। वह मन्दिर का नक्शा देने वाला है। हम शान्त नहीं बैठे हैं।" श्रीकांत पावले ने अपना पत्ता डाला था। "मन्दिर बनेगा भई। पहले पत्ता खेलिए।" संदीप ताकमोगे चिढ़कर बोला था।

"मेरे पत्ते क्या देखते हो, सामने देखकर खेल।" श्रावण लोमटे, दत्ता जगताप पर चिढ़ा था। 'इसे दूसरों के पत्ते देखने की बुरी आदत है।' संदीप ताकमोगे

ने जगताप की आलोचना की थी। ''तुम पत्ता चुराकर, रखकर पत्ता मारते हो। मैं तेरे जैसा रोते-रोते ताश नहीं खेलता।'' दत्ता जगताप ने भी ताकमोगे को डाँटा था। जयराम पुजारी अपने पत्ते जोड़ रहा था। ताश की पारी रंगती जा रही थी।

''अरे, केशर, पानी के लिए जा रही है, देख।''

''जाने दे यार, पत्ते डाल।''

''अपने गाँव में अच्छी औरतें ही नहीं हैं।''

''तुझे दिखाई नहीं देती।''

''कौन है बताओ तो।''

''पडवल मैडम अच्छी थी। मुजुमदार ने उसका उपयोग कर उसका शेप खराब कर दिया। गौरी अच्छी है, पर देखती नहीं। महार की कमली अच्छी है। पर वह इधर पानी भरने नहीं आती।''

''तो कल से हम महारवाडे में ताश खेलने जाया करेंगे।''

''हे ऽऽ पत्ते पीस। बारीक पीस। अच्छी तरह नहीं पीसता। इसलिए पत्ते चिपककर बैठे रहते हैं। वही-वही पत्ते आते हैं। मिक्स कर पत्ते।''

''मीनाक्षी कैसी लगती है?''

''दि ग्रेट, मैं कहने ही वाला था। पर, तेरी गली की लड़की, इसलिए बोला नहीं। नहीं तो तुम्हें बेकार में गुस्सा आएगा।''

''साला अपने को वशी करण मन्त्र सीखना चाहिए। मैं केशर को वश में कर लूँगा।''

''पहले पत्ता फेंक।''

''अरे, नवले का बाप आया। भाग नवले, भाग।''

सुनील नवले तपाक से उठा। हनुमान मन्दिर के पीछे जाकर उसने चबूतरे से नीचे छलाँग लगाई। दौड़ते हुए वह कुएँ के पीछे छिप गया।

''नवले के बाप से हमें क्या डरना है। हम पत्ते खेलेंगे। फेंटो पत्ते।''

''मैं हनुमान चालीसा पढ़ता हूँ। आप सुनेंगे?''

''पत्ते खेलो भई। यह खेल है। सभी खेलते हैं। पत्ते खेलने वाले हनुमान भक्त नहीं हो सकते क्या। हम क्यों डरें? हम पत्ते खेलेंगे।''

''नवले के बाप से ही क्यों किसी के बाप से नहीं डरना है। पत्ते नहीं खेलना तो करना क्या?''

''मन्दिर का काम शुरू करें अब।''

''ये देख पुजारी, मन्दिर साल दो साल में बनकर तैयार हो जाएगा। आगे क्या? उसके बाद भी तो ताश खेलना ही पड़ेगा न। खेल कभी खत्म नहीं

होता। फिर वह कोई भी क्यों न हो। हमें खेलना चाहिए। डाल रे पता।''

सुनील नवले का बाप आया था। कमर पर हाथ रखकर खड़ा था। श्रावण लोमटे पत्ते फेंटकर पत्ते बाँट रहा था। सबने अपने सामने के पत्ते उठा लिये थे। सुनील नवले के बाप की ओर किसी ने भी ध्यान नहीं दिया। सुनील नवले का बाप चुपके से वहाँ से निकल गया। और कुएँ की ओंट में छिपा सुनील नवले धीरे से आकर बैठ गया। स्कूल की घंटी बजी।

जूनियर कॉलेज के लड़के बाहर आ गये थे। हाई स्कूल के लड़के मैदान में कतार में खड़े थे। हताले बच्चों को प्रतिज्ञा दिला रहा था। बच्चे सामुदायिक स्वर में प्रतिज्ञा ले रहे थे। 'भारत मेरा देश है। सारे भारतीय मेरे बान्धव हैं।'

श्रावण लोमटे पत्ते मिक्स कर रहा था। वह उसकी खासियत थी।

***

आनंद काशीकर गाँव में फिर चर्चा का विषय बन गया था। दलित बस्ती के पास रामकिसन के हाथों नये कुएँ का भूमिपूजन किया गया था। आनंद ने श्रमदान से दलितों के लिए कुएँ की खुदाई का काम शुरू कर दिया था। पहले दिन एक छोटा गड्ढ़ा खोदा गया। पर उस पर उल्टी-सीधी प्रतिक्रिया शुरू हो गयी थी।

गाँव के लोगों ने आनंद को पागल करार दिया था। दौलत कांबले ने भी आनंद के काम की ओर गम्भीरता से ध्यान नहीं दिया था। ''ये मास्टर बखेड़ा खड़ा करने वाला है।'' यही कइयों की प्रतिक्रिया थी। कुछ लोगों ने मुजुमदार से मिलकर आनंद के बारे में शिकायत की थी। ''इस मास्टर को रोकिए। होस्टल के लड़कों की पढ़ाई डूबेगी। बच्चे फेल होंगे। महारों के बारे में इतना प्रेम क्यों हैं? महार वर्षों से नदी का पानी पी ही रहे हैं न?'' केशव काकडे ने आनंद के विरोध में जोरदार शिकायत की थी। केशव काकडे मानव विकास शिक्षण संस्था का आजीवन सदस्य था। मुजुमदार असमंजस में पड़ गया था।

पर आनंद काशीकर ने अपना काम नियमित रूप से चालू रखा था। दोपहर में वह जूनियर कॉलेज के काम से मुक्त हो जाता था। उसके बाद वह दिन भर कुआँ खुदाई के काम में ध्यान दे रहा था।

होस्टल के जूनियर कॉलेज के लड़के उत्साह से काम कर रहे थे। गाँव के जूनियर कॉलेज के विद्यार्थी भी श्रमदान के लिए जाने लगे थे। भूतपूर्व विद्यार्थियों ने भी इस काम में रुचि ली थी। इस कारण एक हफ्ते में एक फुट गहरी खुदाई हो गयी थी। कुएँ की खुदाई देखने के लिए लोग इकट्ठा होने लगे थे। आनंद स्वयं काम कर रहा था। खोद रहा था। टोकरियाँ भर रहे थे। गाँव के कुछ समझदार लोग भी इस

काम में सहभागी हो गये थे। गाँव के श्रमदान से दलितों के लिए कुआँ तैयार होने के समाचार अखबारों में फोटो समेत छपकर आ रहे थे। इस कारण इस काम की ओर लोगों का ध्यान आकर्षित हुआ था। स्वयं एमएलए ने फोन कर मुजुमदार से इस काम की जानकारी चाही थी। मुजुमदार भी आनंद के काम से प्रभावित हुआ था।

अखबारों में खबरें छपकर आने के कारण गाँव में उत्साह का वातावरण पैदा हो गया था। केशर, भैरवी, मंगला चाची, रेखा ये महिलाएँ कुएँ के काम पर आने लगी थीं। अखाड़े के पहलवान भी कुएँ में उतरे थे। काशीनाथ प्रशाला के विद्यार्थियों ने श्रमदान कर मिट्टी का ढेर बगल में कर दिया था। मुजुमदार भी रोज कुएँ का काम देखने आने लगा था। हनुमान के मन्दिर के चबूतरे पर बैठने वाले कुएँ में हाजिरी बजाने लगे। सुनील नवले केशर पर इकतरफा प्रेम करता था। वह केशर का पड़ोसी था। पर केशर उसे घास न डालती। केशर को देख सकने के लिए वह कुएँ के काम पर आता था।

केशर आनंद पर रीझ गयी थी। उसकी नजरों से आनंद के लिए प्रेम की गंगा बह रही थी। सुनील नवले दुःखी हुआ था। उसे आनंद से ईर्ष्या होने लगी थी। पर आनंद को किसी बात का अन्दाज नहीं था। वे केशर की ओर देखता तक नहीं था। सुनील नवले केशर की ओर देखता रहता। केशर आनंद की ओर देखती। पर आनंद खुदाई के काम में मशगूल था। कुएँ के काम पर आने वालों की संख्या बढ़ गयी थी। मुजुमदार ने भी कुएँ के काम में अधिक ध्यान दिया था। आनंद धीरे-धीरे पीछे जा रहा था और कुएँ का काम गहराता जा रहा था। गाँव के लोग फुर्ती से कुएँ की खुदाई कर रहे थे। महारों के लिए कुआँ तैयार हुआ कि महार गाँव के कुएँ पर नहीं आएँगे, ऐसी उनकी धारण हो गयी थी। दलित ने कुएँ के काम पर बहिष्कार डाला था। उन्हें अलग कुआँ नहीं चाहिए था। उन्हें सवर्णों के साथ अधिकार से पानी भरना था। नये कुएँ ने यह सवाल फिर खड़ा कर दिया था।

कुएँ की खुदाई करते समय चट्टान खिसकने के कारण दो विद्यार्थी मिट्टी के ढ़ेर में दब गये। केशर को भी भीतरी चोट लगी। वह भी ढ़ेर के नीचे आधी फँस गयी थी। लोगों ने उन्हें ढ़ेर के नीचे से बाहर निकाला। मुजुमदार ने तुरन्त जीप मँगवाई। केशर और विद्यार्थियों को लेकर आनंद, जोशी और कांबले उरण गये। मुजुमदार ने भी अपनी कार निकाली। जख्मी लोगों को उरण के सरकारी अस्पताल में भर्ती किया। इस दुर्घटना का समाचार अखबारों ने छापा।

एमएलए तुरन्त गाँव आये। उन्होंने कुएँ के काम का मुआयना किया। अस्पताल में जाकर जख्मी लोगों की पूछताछ की। इस कारण आनंद फूला नहीं समाया। एक बात हुई, इस दुर्घटना के कारण केशर और आनंद के बीच आत्मीयता

पैदा हो गयी थी।

उरण के सरकारी अस्पताल में नर्स का चेहरा आनंद के लिए परिचय का लगा। वह उसकी ओर बार-बार देख रहा था। उसने भी उसकी ओर देखा। उसे उसकी पहचान मिल गयी। वह आशा थी। वह उसे यात्रा में मिली थी। दोनों ने पास-पास बैठकर यात्रा की थी। वह उस समय गर्भवती थी। आनंद आशा के पास गया। अपना परिचय दिया था। वह पहचान गयी। उसके उदास चेहरे पर हँसी उभरी थी।

आशा का पति भारतीय सेना में था। वह श्रीनगर में था। आतंकवादियों के साथ हुई मुठभेड़ मे वह मारा गया था। श्रीनगर से विमान से उसका शव लाया गया था। जिलाधीश ने शववाहिनी में शवपेटी लाई थी। जिलाधीश ने सरकार की ओर से पुष्पचक्र चढ़ाया था। सरकारी सम्मान के साथ उसका अन्त्यसंस्कार किया गया। तोपों की सलामी दी गई। आशा अपने पति के बारे में बताते समय दुःख में डूब गयी थी। आनंद ने भी अखबारों के माध्यम से आशा के पति के अन्त्यसंस्कार की खबर पढ़ी थी। आनंद बेचैन हो गया था। आशा भावुक हो उठी थी। उसे वह शव-पेटिका याद आ रही थी। पति का काला पड़ा चेहरा याद आ रहा था। उसने अपने आँसू पोंछ लिये।

***

गाँव में आनंद काशीकर चर्चा का विषय हो गया। कोई उसे दलित मित्र कहकर चिढ़ाता, कोई उसे समाज-सुधारक कहकर गौरव करता तो कोई उसे औलिया कहकर उसकी ओर अजीब नजरों से देखता। केशर के पति के मन में आनंद के बारे में संशय निर्माण हो गया था। तो सुनील नवले के मन में द्वेष। नारायण पडवल ने आनंद के बारे में विचार करना छोड़ दिया था। जोशी के घर आनंद का विषय निकला।

"अच्छा ये किस जाति का होगा? कोई न कोई जाति तो होगी ही।" वैजयंती। "अरी उसकी जाति मनुष्य ही है। मैंने उसकी जाति जानने की कोशिश की है। काशीकर ने जिस-जिस शिक्षण संस्था में शिक्षा ली उन-उन संस्थाओं को मैंने गोपनीय पत्र लिखे थे। आनंद सुदाम काशीकर की कागजों पर जाति 'मनुष्य' ही लिखी गयी सबने बताया है। अब उसके गाँव और घर जाना होगा। केवल इतना ही बाकी रह गया है।" जोशी।

"मनुष्य भी कोई जाति होती है? यह तो झाँसा है।" वैजयंती।

"तुम्हें क्या कहना है?" जोशी

"मुझे तो शंका है, उसके बाप ने जाति छिपाने के लिए यह काम किया होगा। ये महार होना चाहिए।" वैजयंती

"अरी पगली, महार अपनी जाति क्यों छिपाएगा? उसे रिजर्व सीट मिलती है। जाति बदलने से ये सुविधाएँ बन्द हो जाती हैं। लोग सुविधाओं के लिए जाति का झूठा प्रमाणपत्र देते हैं। सबको आरक्षण चाहिए। सुविधाओं के लिए लोग कास्ट वेलिडिटी कर लेते हैं। महार यानी सरकार का घर जमाई ही है। ऐसा रहते वह क्यों कर जाति छिपाएगा।" जोशी।

"मेरी बुद्धि को तो जँचता नहीं भई।" वैजयंती।

"मुझे भी उसका कई बार संशय आता है। उसके उच्चारण अशुद्ध है। वो बड़े कान्वेंट में पढ़ा है। अंग्रेजी वाला है। इस कारण भी उसे मराठी ठीक से बोलनी नहीं आती होगी। इसके अलावा वह विदर्भ का है। प्रत्येक प्रदेश की बोली अलग है। मुझे यह अपने संघ परिवार का लगता है। सबको अपनी जाति 'मनुष्य' लिखवाना चाहिए, तभी जाति नष्ट होगी। आरक्षण खत्म होना चाहिए। ब्राह्मणों का अनिष्ट टलेगा।" जोशी।

"होगा जी, ब्राह्मण होगा, तो मैं उसे घर जमाई के रूप में स्वीकार करने को तैयार हूँ।" वैजयंती।

पोथी बाँच रही गौरी जोर से चिल्लाती है। "हः ऽऽमाँ, तू तो कुछ भी बोलती है।" वैजयंती को जमाई मिल जाने का आनंद मिला। जोशी क्षण भर स्वप्नों की रुपहली दुनिया में खो गये। गौरी ने हाथ की पोथी बन्द कर दी। पुराण की कहानियों से प्राचीन वासना जम्हाई देती जाग गयी। गौरी ने अँगडाई ली। आज उसने उपवास किया था। उसे शेष नाग पर लेटने का आभास हुआ। उसे लगा, कोल्हापुर जाकर महालक्ष्मी मन्दिर में देवी की कोंछ भर दें।

***

नारायण पडवल की माँ बहुत बीमार थी। कई दिनों से वह अस्पताल में थी। "नारायण को बुला लीजिए। मरने से पहले मुझे बात करनी है। नारायण की पत्नी को बुला लीजिए, पोते को बुला लीजिए।" बुढ़िया ने रट लगा ली थी। परन्तु, उसका किसी ने नहीं सुना। अन्ततः नारायण से मिले बिना ही उसकी मृत्यू हो गयी थी। माँ मरने के बाद नारायण को उसके भाई ने सूचना दी थी। नारायण अपनी पत्नी बच्चा को लेकर अपनी माँ की अन्त्ययात्रा में गया था। इस कारण आनंद को परेशानी हुई। पडवल के आने तक उसे बाहर दिन गुजारने पड़े।

आनंद ने दोपहर का भोजन कस्तुरे के घर लिया। रात का भोजन हताले के घर किया। रात में वह स्कूल की छत पर सोया। रात में पढ़ाई के लिए आये विद्यार्थी भी उपर छत पर सोए। काफी देर उनका हँसी-मजाक चलता रहा। आनंद उनसे

काफी दूर सोया था। वह आकाश की ओर देख रहा था। आकाश में दौड़ने वाले काले-सफेद बादल, तारे, चन्द्र निहारता वह सो गया था। उस खुले आकाश में नींद नहीं आ रही थी। वह सोच रहा था। हँसी-मज़ाक करने वाले विद्यार्थी सो गये थे। वह अकेला ही जगा था। मानवीय रिश्तों की जाति का जादू वह जान चुका था। अपना आदमी, अपनी जाति का आदमी। वह जाति का गहन विचार कर रहा था। पडवल को उसके पिता ने घर से बाहर निकाला था, इसके लिए भी जाति ही जिम्मेदार थी।

मैं मनुष्य हूँ। मनुष्य के रूप में सिर ऊँचा कर जीने का मुझे अधिकार है। कानून ने ही अस्पृश्यता नष्ट की है। अब कोई अस्पृश्य नहीं है। दलित मन्दिरों में प्रवेश करें। सवर्णों के पनघट पर पानी भरें। सवर्णों के साथ समतापूर्वक सह-जीवन जिएँ। यह भारतीय संविधान का सुन्दर सपना है। मैं गाँव में मनुष्य के रूप में घूमता हूँ। इसमें अनुचित क्या है? मैं अपने मनुष्यत्व की दुहाई दे रहा हूँ। कागज पर मेरी जाति मनुष्य ही है। मेरे सारे कागज़ात स्कूल के पास हैं। मैंने क्या छिपाया है? मैं मनुष्य हूँ। शरीर से और जाति से भी। मेरे माता-पिता की जाति मनुष्य नहीं है, इसमें मेरा क्या दोष है? मनुष्य के रूप में मुझे स्वीकार करने में क्या समस्या है। आनंद अपने बारे में सोच रहा था। उसके पिता ने स्कूल में नाम डालते समय उसकी जाति बदल दी थी। कागज़ात में जाति बदलने के बावजूद, उसके मन से उसकी मूल जाति गायब नहीं हो रही थी। उसे जाति चुराने का डर लग रहा था। लोगों को मेरी असली जाति मालूम हो गयी तो? ऐसी कल्पना मात्र से वह बेचैन हो जाता। वह अपराधबोध से ग्रस्त था। मन का डर भगाने के लिए वह सतत मानवतावादी बातें किया करता था।

नींद न आने के कारण वह उठ बैठा। नदी के उस पार पुराने बरगद का उसे डर लग रहा था। बरगद का पेड़ विकराल आदमी की तरह खड़ा था। हवा के कारण डालियाँ झूल रही थी। हवा की आवाज आ रही थी। पूनम का चाँद पूरी तरह उग आया था। स्वच्छ चाँदनी बिछी हुई थी। रात रूपहली लग रही थी। उसकी नजर नदी के रास्ते की ओर गयी और उसके रोंगटे खड़े हो गये। उसे चीखने की इच्छा हुई। पर वह चीख नहीं सका। वह बर्फ की तरह जम गया था। नदी के रास्ते से एक नग्न स्त्री आती हुई दिखाई दे रही थी। उसने बाल बिखरा दिये थे। वह बेसुध-सी हनुमान के मन्दिर की ओर निकली थी। वह गीली थी। उसे पहचानना मुश्किल था। आनंद डर गया था। यह अघोरी शक्ति है या जीवन्त स्त्री? उसकी भौंहें तन गयी थीं। उसका नग्न रुपहला शरीर देखकर वह चकरा गया था। वह रूपवती थी। जवान थी। पूनम की चाँदनी में उसकी नग्न देह दिव्य लग रही थी। वह एकाग्र होकर लोलुप आँखों से नग्न सौन्दर्य देख रहा था। उसे यह चमत्कार ही लगा था। ये नदी से आयी या श्मशान से? ये क्या करने वाली है? आनंद घबरा गया था। ज्यों पूनम की रात

सजीव होकर ईश्वर से मिलने आयी हो, ऐसा ही कुछ उसे आभास हो रहा था।

वह हनुमान मन्दिर की सीढ़ियाँ चढ़ रही थी। उसे कुछ तो अकल्पित और रहस्यमय लग रहा था। इस अघोरी शक्ति को यदि मालूम हो गया कि मैं जगा हूँ तो? वह मुझे अपना बलि बना देगी। वह बिस्तर पर पड़ा रहा। उसने ईश्वर को याद किया। उसने मन्दिर की ओर देखा। वह मन्दिर की प्रदक्षिणा कर रही थी। अब आनंद डर के मारे काँपने लगा था। उसका सारा शरीर थरथराने लगा था। वह दयनीय हो गया था। वह अब हनुमान मन्दिर की सीढ़ियाँ उतर रही थी। उसका गला सूख गया था। वह बहुत कमजोर महसूस कर रहा था। वह फिर नदी की ओर चल पड़ी थी।

आनंद डर गया था। उसने चादर ओढ़ ली। वह बिस्तर में काँप रहा था। वह वैसा ही पड़ा रहा। उसे कब नींद लग गयी, उसे भी नहीं पता।

सुबह छत पर सोए बच्चे उठ कर चले गये थे। आनंद अब भी उठा नहीं था। धूप निकल आयी थी। पांचाल छत पर आया था। उसने आनंद को हिलाकर जगाया था। आनंद को बहुत बुखार था। वह ठीक से बैठ भी नहीं पा रहा था। उठना मुश्किल था। आनंद की लाचार हालत देखकर पांचाल घबराया। वह वैसा ही नीचे दौड़ा था। कांबले, पांचाल और कस्तुरे छत पर गये। आनंद बुखार से तप रहा था। कराह रहा था। कुछ भी नहीं बोल रहा था। वह सबकी ओर दयनीय नजर से देख रहा था। आनंद की हालत देखकर सभी सकते में आ गये थे। आनंद बहुत थका हुआ और बीमार लग रहा था।

जोशी आनंद को अपने क्वार्टर में ले गया। उसे बाहर के कमरे में सुलाया। गाँव के डॉक्टर को बुलाकर उसका इलाज करवाया। आनंद दवाई लेकर सो गया। जोशी स्कूल गया था। गौरी बीच-बीच में आनंद की ओर ध्यान दे रही थी। आनंद नींद में बड़-बड़ा रहा था।

"देख, देख ऽऽ क्या बड़बड़ा रहा है वह। ध्यान देकर सुन। उसकी जाति के बारें में कुछ पता चलता है क्या देख।" वैजयंती।

"अरी, वे बीमार हैं। उनकी जाति का क्या लेकर बैठी है?" गौरी।

"वह नदी से आयी। वह नदी में गयी। नदी के नीचे गाँव है। वह वहाँ रहती है।" आनंद उसके बारे में बड़-बड़ा रहा था।

"देख, देख ऽ, ध्यान से सुन।" वैजयंती।

स्कूल की घंटी बजी। घंटी बजने के कारण उसका बड़बड़ाना वही रुक गया। वह शान्त सो गया था। नदी के बहुत गहरे पानी की तरह। रात में बोर्डिंग के दो लड़कों को बुला लिया। ये लड़के आनंद के पास सोए थे। भीतरी कमरे में जोशी

और वैजयंती चिन्तातुर बैठे थे।

"कुछ कम-ज्यादा हो गया तो हम पर आएगा। इसे यहाँ से ले जाइए। आपने यहाँ क्यों लाया?" वैजयंती।

"आज की रात, संकट की रात है। कल उसे अस्पताल ले जाएँगे। यहाँ नहीं रखेंगे।" जोशी।

"रात में कुछ हो गया तो इसके लिए जिम्मेदार कौन? मर-वर गया तो मैं इस घर में नहीं रह सकूँगी।" वैजयंती।

"मुझे रिस्क नहीं लेनी चाहिए थी।" जोशी।

जोशी ने बाहर के कमरे में आकर देखा था। आनंद शान्त सोया था। बोर्डिंग के लड़के भी उसके पास सोए थे।

जोशी ने भीतर का दरवाजा लगा लिया था। "साँस चल रही है। मुझे लगता है कुछ नहीं होगा। तू सो जा। मैं जागता हूँ।' जोशी अपनी पत्नी को मना रहा था। "मुझे कहाँ से नींद आएगी। सारी दुनिया की चिन्ता आपको। इसके बाद किसी भी बीमार आदमी को घर नहीं लाना।" वैजयंती अपने पति को अपनी चिन्ता जता रही थी। अपने घर में शव पड़ा है। ऐसी कुछ उनकी धारणा हो गयी थी। दोनों देर तक जगे थे। सुबह-सुबह उनकी आँख लगी थी। उधर गौरी शान्त सो गयी थी।

नारायण पडवल रात में देर से घर आया था। पत्नी बच्चों के साथ वह अपनी बहन सुषमा को भी साथ लेकर आया था। सुबह उसे आनंद की बीमारी की जानकारी मिली थी। पडवल सुबह ही जोशी के क्वार्टर में गया था। आनंद नींद से जगा था। बोर्डिंग के बच्चे सुबह ही चले गये थे। पडवल को देखकर आनंद की चिन्ता दूर हो गयी थी। पडवल जानंद को अपने घर ले गया था। जोशी के मन का तनाव दूर हो गया था।

***

नारायण पडवल पैतृक सम्पत्ति में अपना हिस्सा पाने के लिए हमेशा गाँव के चक्कर लगाता रहता था। वकील से सलाह लेता था। सम्पत्ति में हिस्सा मिलेगा, इसलिए पडवल मैडम ख़ुश थी। सुषमा आने के कारण सारा काम वही देखती थी। घर के कामों से भी पडवल मैडम छूट गयी थी। पडवल वकील से मिलने उरण गया था। आनंद अखबार पढ़ने के लिए सीढ़ियाँ उतरकर नीचे आया था। अब उसे पूर्णतः स्वस्थ अनुभव हो रहा था। सुषमा ने आनंद को चाय दी। आनंद के सामने नयी समस्या पैदा हो गयी।

आनंद का कॉलेज सुबह का होता। पडवल मैडम दोपहर में स्कूल जाती थी।

आनंद कई बार दोपहर में अकेला ही घर में रहता। पडवल के रहने पर दोनों बातें करते। वे शतरंज खेलते। अब घर में सुषमा भी रहने वाली थी। सुषमा के घर में अकेली रहते समय मैं अकेला घर में कैसे रहूँ। यह सवाल आनंद के लिए उठ खड़ा हुआ। बीमारी से यह संकट उसे अधिक परेशानी का लग रहा था। इस कारण, इस बारे में सीधे ही, पूछने का निर्णय आनंद ने किया। उसके मन में कलुष पैदा हो गया था।

"मैं दूसरी जगह कमरा खोजूँ क्या?"

"क्यों, क्या हुआ?"

"सुषमा यहाँ रहने वाली होगी तो मैं दोपहर में अकेला कैसे रहूँ?"

"वह नीचे रहेगी। आप ऊपर। दोपहर में उसे कंप्युटर सिखाइए। अंग्रेजी सिखाइए। उसे अपने पैरों पर खड़ा करना है। नहीं तो पडवल सर घर पर होते ही हैं न?"

"नहीं, मैंने पूछा कि मेरी कोई दिक्कत न हो इसलिए।"

"आप हमारे फैमिली मेम्बर हैं। आपकी दिक्कत कैसी?"

आनंद के चेहरे में अभूतपूर्व परिवर्तन आया था। पड़वल मैडम को उसके पुरुषमय चेहरे की क्षण भर चिन्ता हुई। उसकी अविवाहित स्थिति उसकी नजरों से व्यक्त हुई थी। कक्षा में पढ़ाते समय आनंद को मीनाक्षी ने आँख मारी थी। आनंद ने उसे खड़ा किया था। और झापड़ मारा था। आनंद ने यह घटना पडवल मैडम को बताई थी। आज आनंद ने प्रत्यक्ष सुषमा के बारे में प्रश्न पूछा था। चाय पीकर आनंद सीढ़ियों से ऊपर गया था।

दोपहर को खाना खाते समय सुषमा ने भी आनंद की ही तरह सवाल पूछा था। "काशीकर सर दोपहर में घर पर रुकेंगे क्या?" सुषमा का प्रश्न सुनकर पडवल मैडम गम्भीर हो गयी। दोनों ने एक जैसा प्रश्न पूछा था। दोनों को एक-दूसरे के बारे में समस्या थी। दोनों को एक-दूसरे की उपस्थिति खटकी थी। "काशीकर सर अपने घर में ही रहते हैं। उनसे घबराने की कोई बात नहीं। वे कम्प्युटर जानते हैं। उनकी अंग्रेजी अच्छी है। खाली समय में तू उनसे कम्प्युटर सीख ले। अंग्रेजी सीख। घर बैठे तेरी पढ़ाई हो जाएगी।" सुषमा का भी चेहरा बदल गया था। उसका अकेलापन उसकी आँखों के सामने भालू की तरह नाच रहा था। पडवल मैडम को सुषमा की चिन्ता हुई।

सुषमा की शादी नहीं हुई थी। उसकी उम्र बढ़ गयी थी। उसका चेहरा निराशाग्रस्त था। उसके लुभावने व्यक्तित्व को उदासी की झालर लग गयी थी। वह दिखने में सुन्दर थी, पर दुबली थी। उसकी आँखों में अँधेरा ही अँधेरा पसरा था। उसकी जीने की इच्छा ही समाप्त हो चुकी थी। उसे अपने अकेलेपन से ऊब हो गयी थी।

दोनों का भोजन हुआ। सुषमा ने बर्तन समेटे। प्रतीक कम्प्युटर पर गेम खेल रहा था। सुषमा कम्प्युटर के पास जा बैठी। पडवल मैडम आनंद के पास गयी। उसने आनंद से बात करना जरूरी समझा। आनंद कुछ पढ़ रहा था। पडवल मैडम को देखकर उसने पुस्तक बन्द कर दी। पडवल मैडम ने आनंद के हाथ की पुस्तक ली और पन्ने पलटने लगी।

"आप हमेशा ही दलित साहित्य पढते हैं?"

"मुझे दलित साहित्य पसन्द है।"

"क्या है पसन्द का कारण?"

"समाज द्वारा नगण्य और क्षुद्र घोषित दलित आदमी प्रतिकूल बलवान व्यवस्था के खिलाफ लड़ता दिखाई देता है। मुझे उसका यह संघर्ष असामान्य लगता है।"

"आप बीमार कैसे पड़ गये, इसकी पूछताछ के लिए आयी थी।"

"मुझे भी बताना था। पण कैसे बताऊँ समझ न पड़ता।"

"कुछ खास है क्या?"

'हाँ विशेष ही है! आपको विश्वास नहीं होगा।"

"बताइए तो।"

"मैंने पूनम की रात नग्न स्त्री देखी।"

"इसमें अदभुत क्या है? इस इलाके में ऐसी मान्यता है कि जिस स्त्री को सन्तान नहीं होती वह पूनम या अमावस्या की रात नदी में स्नान कर मारुति प्रदक्षिणा करती है। ऐसा करने से सन्तान होती है, ऐसी धारणा है। मुझे शादी के बारह वर्ष तक सन्तान नहीं थी। ऐसी कई बातें औरतें मुझे बतातीं। यह सब पाखंड है।"

आनंद का आश्चर्य खत्म हुआ। आनंद ने जो देखा अद्‌भुत देखा वह इस देहात की एक सामान्य घटना थी। "इसलिए बीमार पड़ गये?" पडवल मैडम ने व्यंग्यपूर्ण पूछा था।

आनंद का भ्रम भंग हो गया था। वह पडवल मैडम की ओर देखता रह गया। उसे सूझ नहीं रहा था कि क्या कहा जाय।

"आप शादी करके छुट्टी कीजिए। नौकरी है। जल्दी बन्धन में बँधना अच्छा होता है।"

"मैं शादी नहीं करूँगा।"

"मैंने आपके लिए लड़की देखी है, मेरे रिश्ते में।"

"मेरी जाति।"

"मैं जात-पात नहीं मानती। हमारा प्रेम विवाह है। हमने अन्तरजातीय विवाह किया है। आप किस दुनिया में रहते हैं?"

"सुषमा के बारे में बोल रही हैं?"

"सुषमा है, और दो तीन हैं।"

"मैं शादी नहीं करूँगा। आप मेरी शादी के बारे में न सोचें।"

"अब तबीयत ठीक लग रही है न?"

"अब मैं पूरी तरह स्वस्थ हूँ। कल से स्कूल जाऊँगा। क्लास भी लूँगा। आज के एक दिन मुझे आराम चाहिए।"

"आराम कीजिए। मैं आती हूँ।"

पडवल मैंडम नीचे गयी। उसके दिमाग में विचार शुरू हो गया था। सुषमा आनंद की तुलना में उम्र में सात आठ साल से बड़ी थी। इसलिए क्या बिगड़ गया? पडवल मैडम भी नारायण पडवल की तुलना में दो वर्ष बड़ी ही थी। सुषमा और आनंद की शादी करवाने की बात को उसने मन में पक्का कर लिया था।

***

दलित बस्ती के पास खोदे जा रहे कुएँ में पानी लग गया था। श्रमदान करनेवाले गाँववालों के चेहरों पर उल्लास दिखाई दे रहा था।

कुएँ का पानी देखने के लिए भीड़ शुरू हो गयी थी। गाँव के कुएँ की तुलना में इस कुएँ में अधिक झरने लगे थे। पानी हटाए न हटता। दो इंजिन लगाकर पानी उलीचा जा रहा था। खुदाई काम तेजी से चल रहा था। यह कुआँ गाँव के लोगों के श्रमदान का प्रतीक बन गया था। आनंद का स्थान मुजुमदार ने ले लिया था। कुएँ के काम पर मुजुमदार की देखरेख थी। कुएँ से उलीचा गया पानी गाड़ी रास्ते से हनुमान मन्दिर तक पहुँच गया था।

हनुमान मन्दिर के चबूतरे पर ताश का खेल रंग ला रहा था। वहाँ भी कुएँ की चर्चा हो रही थी। "गाँव ने ध्यान दिया, इसलिए महारों के लिए अलग से कुआँ तैयार हो गया। जो लोग महारों के लिए काम कर सकते हैं वे प्रभु रामचंद्र के लिए भी काम कर सकते हैं। उन्हें प्रेरित किया जाना चाहिए।" जयराम पुजारी किसी नेता की तरह बात कर रहा था। "लोगों की भावना को छूने वाला मुद्दा चाहिए। इससे लोगों में सामुदायिक भावना निर्माण होती है।"

श्रावण लोमटे पत्ते फेंटते हुए बोला, "प्रभु रामचंद्र यानी सामाजिक न्याय के प्रतीक हैं। राम ने शबरी के जूठे बेर खाए।" संदीप ताकमोगे प्रभु राम के गुणगान करने लगा था।

श्रावण लोमटे ने सबको पत्ते बाँटे। सबने अपने पत्ते लगाए। अच्छे पत्ते आने के कारण जयराम पुजारी के चेहरे पर खुशी दिखाई दे रही थी।

"हम मन्दिर में ताश खेलते हैं, इसलिए लोग हमारी आलोचना करते हैं।"

"हम मन्दिर में कहाँ खेलते हैं? चबूतरे पर खेलते हैं।"

"बोलनेवालों के मुँह नहीं बन्द कर सकते।"

"यह खेल है। खेल रे।"

"तेरे ही पास कैसे इक्के आते हैं? तू पत्ते चोरी से रखता है क्या?"

"पत्ते मैंने नहीं पीसे हैं।"

***

विद्यार्थियों की कलाइयों पर राखी बँधी थी। शिक्षक और शिक्षकेतर की कलाइयों पर भी राखियाँ दिख रही थीं। पांचाल की कलई पर चार राखियाँ थीं। जोशी के हाथ पर दो राखियाँ थी। दौलत कांबले ने राखियाँ नहीं बाँधी थी। आनंद को किसी ने राखी नहीं बाँधी इस कारण उसे कुछ खटक रहा था। रक्षा बन्धन के कारण विद्यार्थियों में उत्साह का वातावरण था।

बेल बजी।

उच्च माध्यमिक के विद्यार्थी स्कूल से बाहर आ रहे थे और माध्यमिक के विद्यार्थी स्कूल में जा रहे थे। विद्यार्थियों की कलाइयों पर रंग बिरंगी छटायुक्त राखियाँ थीं। मुंह बोले भाई बहनों के लिए यह दिन विशेष था। छात्रावास के लड़कों को गौरी ने राखी बाँधी थी।

आनंद अकेला ही स्कूल से बाहर निकला और गाड़ी के रास्ते कुएँ के काम की ओर चल पड़ा। रास्ते में उसे भैरवी ने रोका था और आग्रह से घर ले गयी थी। बाजीराव ने उसका स्वागत किया था। भैरवी ने उसकी आरती उतार कर राखी बाँधी। आनंद को नयी बहन पाने की खुशी हुई। नया रिश्ता अद्भुत लगा। भैरवी के घर काशीकर सर आये यह मीनाक्षी ने देखा और अपनी माँ को बताया। मंगला चाची भी भैरवी के घर आयी। उसने भी आनंद से आग्रह किया और अपने घर ले गए। मीनाक्षी खुश हुई। गिरीश ने आनंद का स्वागत किया। मंगला चाची ने आनंद को राखी बाँधी। मीनाक्षी ने काशीकर सर के लिए चाय बनाई। घर से बाहर निकलते समय आनंद ने मीनाक्षी को पढ़ाई पर ध्यान देने के लिए कहा।

रक्षा बन्धन के कारण कुएँ के काम पर कम लोग आये थे। केशर घर निकली थी। आनंद को देखकर रुकी। लोग कम होने के कारण आनंद भी वापस निकला। केशर उसे अपने घर ले गयी। आनंद को आश्चर्य था कि वह राखी बाँधेगी। आनंद

पहली बार ही उसके घर जा रहा था। इस कारण उसके मन में डर था। केशर उसे अपने घर ले गयी और अपने पति से परिचय करवा दिया था। केशर से उसका पति उम्र में बहुत बड़ा था। उसकी आँखों पर मोटे काँच का चश्मा था। वंसतराव पोटदुखे यह नाम आनंद के कानों पर कई बार पड़ा था, पर केशर उसकी पत्नी है, यह उसे मालूम नहीं था। पोटदुखे शिक्षण सुधार समिति का सदस्य था। पोटदुखे को आनंद के बारे में कई माध्यमों से जानकारी मिली थी। आनंद घर आया इसकी उसे खुशी नहीं थी। आनंद ने तुरन्त जान लिया था। आनंद ने पोटदुखे के साथ बात करने की कोशिश की थी, पर पोटदुखे ने आनंद को प्रतिसाद नहीं दिया।

केशर ने आनंद के लिए चाय रखी।

पोटदुखे आनंद के साथ बात करने के लिए टालने के लिए अखबार पढ़ने का बहाना कर रहा था। आनंद की हालत खराब हो गयी। काफी देर बाद पोटदुखे ने आनंद से अचानक एक सवाल पूछा, "सर आप किस जाति के?" आनंद ने बिना देर किए कहा "मनुष्य"। पोटदुखे झूठ मूठ हँसता बोला, "हाँ मुझे याद आया। विधायक के हाथों आपका सम्मान हुआ था। मैं उस कार्यक्रम में आया था।" केशर ने आनंद को चाय दी। केशर अपने पति के बारे में कह रही थी, "मेरी शादी मामा के साथ हुई है। मेरी माँ के ये बड़े भाई हैं। हमें बच्चा नहीं है। गोद लेने का विचार चल रहा है।" आनंद ने केशर की बात की ओर ध्यान नहीं दिया।

"आपने जाति बदल ली क्या?" पोटदुखें।

"नहीं, मैंने जाति नहीं बदली। मेरे स्कूल सर्टिफिकेट पर 'मनुष्य' जाति ही लिखी है।" आनंद

"चलिए सर मैं आपको छोड़ आती हूँ"। केशर।

"मैं फिर कभी आऊँगा आपसे बातें करने।" आनंद।

"उन्हें घर में लोगों का आना पसन्द नहीं। वे भी कभी किसी के घर नहीं जाते।" केशर।

कुछ न कहते हुए आनंद ने केशर के पति से विदा ली। पोटदुखे का नारी स्वर सुनकर आनंद असंमजस में पड़ गया था। वह केशर के लिए चिन्तित था। पर केशर बेधड़क लग रही थी।

"राखी नहीं बाँधी।" आनंद।

"मैं आपको राखी नहीं बाँधूंगीं। मन में कुछ बाहर कुछ, यह मुझे पसन्द नहीं।" केशर।

"मैं समझा नहीं।" आनंद।

"एक बार समझाऊँगी। आपको मुझे समझ लेना पड़ेगा। मैं कठिन गणित

हूँ। छुड़ाना पड़ेगा। सिखाऊँगी मैं।'' केशर थोड़े समय में जितना बोलना सन्भव था, बोल ले रही थी। ''मेरे लिए बात करने का एक अधिकार का ठिकाना मिल गया है।'' ऐसी कठिन बात केशर कह गयी। आनंद को मुख्य सड़क तक छोड़कर केशर घर की ओर चली गयी।

सुनील नवले ने उन दोनों को इकट्ठा जाते देख लिया। उसके दिमाग में जंगली मधुक्खियों का छत्ता खुल गया था।

***

आनंद के लिए दो दिन की छुट्टी थी। उसे जोड़कर उसने दो दिन की छुट्टी ले ली। आनंद अपने गाँव लौट आया। सुदाम और सावित्री के लिए खुशी का ठिकाना न रहा।

सावित्री बेटे की पसन्द की खाने की चीजें तैयार कर रही थी। सुदाम बेटे के बारे में पास पड़ोस में बातें कर रहा था। बड़ी-बड़ी बातें कर रहा था। पूरे राजीव गाँधी नगर में आनंद की चर्चा थी। आनंद सबसे मिल रहा था। बातें कर रहा था। सब बहुत आत्मीयता से उसकी पूछताछ करते।

''नौकरी लगी, फिर भी तू सुधरा नहीं? वहाँ खाने के लिए नहीं मिलता क्या? होटल में खाता होगा। अब शादी कर ले। बीबी तुम्हें बनाकर खिलाएगी।'' श्रीवास्तव आनंद से कह रहा था। श्रीवास्तव अच्छी मराठी बोलने लगा था। उत्तर भारतीयों के घर बढ़ गये थे। लक्खूभाई ने मोटरसाइकिल रोककर आनंद की पूछताछ की। बस्ती में नयी आयी उत्तर भारतीय लड़की का चेहरा सुषमा की तरह लग रहा था। उसे देखा कि उसे सुषमा की याद आती थी।

माता पिता से बातें करते समय उसने, उनकी चिन्ता बढ़ेगी ऐसी काई बात नहीं बताई। ''गाँव अच्छा है, गाँव के लोग अच्छे हैं, सारे शिक्षक अच्छे हैं।'' ऐसा अच्छा चित्र माता-पिता के सामने उसने खड़ा किया था। ''नौकरी करते करते गाँव के 'पडवल कोचिंग क्लासेस' में ट्यूशन लेता हूँ। ट्यूशन की जगह ही रहने और खाने की व्यवस्था हो गयी है। पडवल फैमिली अच्छी है। उनका बड़ा सा मकान है। गाँव में उनका नाम है। वे मेरा ध्यान रखते हैं। मुझे कोई परेशानी नहीं।'' आनंद माता पिता को अपनी जानकारी दे रहा था। लड़के का सब ठीक चल रहा है, यह सुनकर सुदाम और सावित्री को सन्तोष हुआ।

राजीव गाँधी नगर में बुद्ध विहार का निर्माण कार्य शुरू हो गया था। हर गुरुवार और रविवार को सामुदायिक धम्मवंदना होती थी। उत्तर भारतीय भी अपने तीज त्योहार सामुदायिक रूप से मनाते थे। इस वर्ष उन्होंने छठ पूजा का कार्यक्रम

किया था। मिश्रा की बेटी ने दलित लड़के के साथ शादी की थी। लक्खूभाई की बहू दलित थी। समाज में सदभाव बढ़ रहा था। वैषम्य भी बढ़ रहा था।

आनंद मित्रों से मेल-मुलाकात करता। उनके घर जाता। हर जगह मेहमाननवाजी होती। किसी का दिल दुखाना सम्भव नहीं था। माँ ने भी आग्रहपूर्वक उसे खिलाया था। इस कारण उसका पेट खराब हो गया था। अपचन हो गया था। उसे नींद नहीं आ रही थी। वह सोच रहा था। वह शरीर से अपने घर था, पर मन से रानमसले में ही था। दलित अलग कुएँ से पानी भरेंगे क्या? यह सवाल आनंद को बेचैन कर रहा था।

अपनी समस्याएँ सुलझाने के लिए दलितों को हर समय आक्रामक भूमिका ही लेनी चाहिए, ये जरूरी नहीं है। भूतकाल में दलितों पर अमानुष अत्याचार हुए। इस कारण दलितों को इतिहास का विचार करना अर्थात् द्वेष पालना न करके; इतिहास का योग्य उपयोग कर भविष्य की ओर आगे बढ़ने के लिए इतिहास का विचार करना चाहिए।

सवर्ण और दलित भविष्य में पीढ़ी दर पीढ़ी एक दूसरे के मित्र हों इस भावना से इतिहास की ओर देखा गया तभी सामाजिक सदभाव पैदा होगा। दलित सवर्ण के सवाल पर आनंद के मन में ऊहापोह चल रहा था।

सोचते सोचते आनंद को नींद लग गयी। उसे सपना आया। वह रामझीरा नदी में स्नान कर रहा था। पूनम की साफ चाँदनी बिखरी थी। रात निरभ्र थी। चारों और स्तब्ध शान्ति थी। पुराने बरगद के गिद्ध शान्त सोये थे। आनंद ने पानी में डुबकी लगाई। और उठा खड़ा हुआ। सारे शरीर से पानी ढुलक रहा था। नदी का प्रवाह रूपहला लग रहा था। केशर के पति ने भी प्रवाह में छलाँग लगाई। केशर का पति पोटदुखे पुरी तरह नग्न था। वह हँस रहा था। आनंद की देह पर पानी छिड़क रहा था। तालियाँ बजा रहा था। पर आनंद स्तब्ध खड़ा था। पोटदुखे चिढ़ा "जिन्दगी में पहली बार मैंने इतना ठंडा आदमी देखा।" पोटदुखे आवेग में बोला। वह आक्रमक हो गया था। बौखला गया था। आनंद पर झपटकर उसकी अंडरवियर खींच रहा था। आनंद प्रतिकार कर रहा था। उसका वीभत्स नग्न शरीर देखकर आनंद के रोंगटे खड़े हो गये। आनंद नदी से भाग खड़ा हुआ। बालू से दौड़ते हुए, पोटदुखे उसका पीछा कर रहा था। उसे पुकार रहा था। आनंद जाग गया।

***

दलितों के लिए बनाए जा रहे कुएँ का काम पूरा हो गया। सवर्ण और दलितों में पानी भरने को लेकर उठा विवाद मिटाने के लिए गाँव के दोनों कुओं पर छोटी टंकियाँ बनाई थीं। एक कुएँ का पानी आधे गाँव को और दुसरे कुएँ का पानी आधे

गाँव को नल द्वारा भेजा जानेवाला था। हर चौक पर सार्वजनिक नल की व्यवस्था होने वाली थी। इस्तेमाल किए गये पानी के निकास के लिए गटर बनाए गये थे। सड़को का डामरीकरण हुआ था। गाँव के विवाद के कारण गाँव का विकास हुआ था। संघर्ष के बिना समस्याएँ सुलझती नहीं यह लोगों के समझ बन चुकी थी। इस कारण लोग आक्रामक होने लगे थे। कानून हाथ में लेने लगे थे। लोगों सड़कों पर आये बिना सरकार नहीं जागती। सरकार अधिक संवेदनहीन होती जाती और लोग अधिक संवेदनशील हो गये थे। लोगों को विकास चाहिए था। प्रगति चाहिए थी। पर वे सामाजिक परिवर्तन के लिए अनुकुल नहीं थे। समाज व्यवस्था धीरे-धीरे बदल रही थी और बरसों से चल रही ऊँच नीच की भावना धीरे-धीरे कम होती जा रही थीं।

***

कांबले, वाले और चारमगोल को जोशी ने अपने घर बुला लिया। सब किसी शव के पास बैठे हों, इतने गम्भीर बैठे थे। जो कुछ हुआ वह बिना दुराव-छिपाव के जोशी बता रहा था। उसने कुछ नहीं छिपाया। कांबले सबसे ज्यादा बेचैन था। "पांचाल को भेजकर मुजुमदार ने मुझे बुला लिया। मुजुमदार, बाजीराव, पडवल और बारबोले सम्पर्क कार्यालय में थे। कल रात की घटना है। पांचाल का चेहरा देखकर ही मेरे मन में शंका की छिपकिली रेंगी थी। किसी को मोबाइल करने का समय नहीं मिला। अपनी इच्छा के अनुसार कहलवा ले रहे थे। उन्होंने तय कर लिया था।" जोशी की आवाज से खून टपकने-सी वेदना टपक रही थी। उसकी आवाज में कटुता थी। अफसोस था। जोशी को असह्य हो गया था। उसे किसी के सामने हल्का होना था। इसलिए वह सारा उगल रहा था।

"मुजुमदार ने मेरे सामने कागज़ रखा। बोले मैं कहता हूँ, वह लिखिए, वे सब बहुत पिए हुए थे। अनाप-शनाप बोल रहे थे। मेरे भीतर जाते ही उन्होंने शटर खींच लिया। मुझे उन्होंने बोलने ही नहीं दिया। और मैं बोल भी न सकता था। मैं डरपोक हूँ।" जोशी की आवाज में भयानक मजबूरी झलक रही थी। वैजयंती और गौरी भीतरी कमरें में बैठी थीं। वे बोला हुआ सब कुछ सुन सकती थीं। दुनिया से अन्तिम विदा लेने सा अन्तिम निर्णायक स्वर में जोशी बोल रहा था, "उन्होंने मेरे हाथ में कोरा कागज दिया। ढक्कन निकालकर पेन दिया, 'शुरू किजिएऽऽ' कहकर धमकाया। मैं सहम गया। क्षणभर रुका।"

"आपको लिखना पड़ेगा। मुजुमदार ने अत्यन्त उजड्ड ढंग से बोला। मैं कुछ भी न बोलकर उनकी ओर देखता रहा। 'आपने लिखकर नहीं दिया तो पांचाल को आपके घर भेजेंगे। गौरी को यहाँ बुला लेंगे। इसके बाद जो भी होगा, उसके लिए

आप जिम्मेदार होंगे।' पडवल बहुत मगरूरी से बोल रहा था। उसने मुझ पर पिस्तोल जैसी आँखे टिकाई। थीं। मैंने कागज उठाया। पडवल ने मुझे डिक्टेट किया। पडवल जो कहता है मुजुमदार करता है।'' जोशी व्याकुल होकर बोल रहा था। उसकी आवाज डूब गयी थी। उसका चेहरा काला पड़ गया था।

''पडवल मुजुमदार को ब्लैकमेल करता होगा।'' वाले बेचैन होकर बोला। कांबले कुछ भी नहीं बोल रहा था। उसका चेहरा उतर गया था। 'सम्भव है। मुजुमदार उसकी पत्नी वापर रहा था। मुजुमदार का कोई न कोई वीक प्वाइंट होगा ही !'' चारमगोल वाले की बात की पुष्टि कर रहा था। ''उन्होंने मेरी ओर से प्राचार्य पद का चार्ज निकाल लिया है। शायद पडवल मैडम को चार्ज देंगे। मैं उसके अन्तर्गत काम नहीं करूँगा। मुझे और कहीं फँसा देंगे। मेरी छुट्टियाँ बाकी हैं। सोचता हूँ छुट्टी निकाल लूँ। अन्तिम दिन आऊँगा रिटायर होने के लिए'' जोशी अपने पर बीती घटना अपने साथियों को विस्तार से सुना रहा था।

गौरी और वैजयंती घबरा गयी थीं।

''मतलब उन्होंने खेल शुरू कर दिया है। जोशी सर को उन्होंने आउट कर दिया है। इसके बाद हमारे पीछे लगेंगे। हमें सतर्क होना होगा।'' चारमगोल अपने मन का डर व्यक्त कर रहा था। ''ऐसा कुछ होगा यह मुझे काफी दिनों से लग रहा था। अब हमें सामना करना होगा।'' कांबले सबका धीरज बँधा रहा था। ''हम हैं आपके साथ। चिन्ता मत कीजिए। छुट्टी पर मत जाइए। हमारी संख्या कम हो जाएगी। आपका यहाँ रहना आवश्यक है।'' वाले जोशी को धीरज बँधा रहा था। ''वे अब एक एक को अलग करने की कोशिश करेंगे। हमारे बीच फूट नहीं पड़नी चाहिए।'' चारमगोल सावधानी बरतने के लहजे में कह रहा था। जोशी भयंकर डर गया था। उसे पसीना आ रहा था। बोलते समय साँस फूल रही थी। 'रात में घर पर हमला होगा' इस डर से वह सकपका गया था।

सबसे अधिक बुरी हालत वैजयंती की हो गयी थी। वह डर के मारे काँप रही थी। गौरी रोने लगी थी।

''अस्पताल जाना है क्या?'' चारमगोल।

''नही मैं ठीक हूँ।'' वैजयंती।

''पत्नी घर में अकेले है मैं चलता हूँ।'' वाले।

''हम सभी चलेंगे। सर, कुछ लगा तो फोन कीजिए।'' चारमगोल।

''कुछ नहीं होगा। बिल्कुल मत घबराएँ।'' कांबले।

वाले, चारमगोल और कांबले जोशी के क्वार्टर के बाहर आ गये थे। जोशी ने दरवाजा बन्द कर लिया था। खिड़कियाँ बन्द कर दी थीं। अपने घर पर हमला

होगा। वस्तुओं को नुकसान पहुँचाएंगे, हम से मार-पीट होगी इस डर से जोशी दहल गया था। "मैं सामान बाँधू क्या? हम कल ही गाँव छोड़ देंगे। इस गाँव में हमारा क्या है? अपने गाँव जाएँगे। काफी हो गयी नौकरी। यहाँ मेरा दम छुटता हैं।' वैजंयती चिढ़कर बोल रही थी। उसका शरीर काँप रहा था। "मुझे यहाँ सुरक्षित नहीं लगता।" जोशी साफ-साफ अपनी पत्नी और बेटी से बोला। गौरी अपनी जगह से उठी। उसने दीवाल पर टँगा कैलेंडर उतारा। "पडवल के मन में गुस्सा है। कांबले ने उसकी नौकरी छुड़वाई। आपको कांबले का पक्ष नहीं लेना था।" वैजयंती दुखी थी। अफसोस कर रही थी। "यहाँ जाति का सवाल नहीं है। यह राजनीति है। मुजुमदार ब्राह्मण है, फिर भी हमें तकलीफ दे रहा है। वाले, चारमगोल, कांबले ब्राह्मण नहीं हैं। वे हमारे साथ हैं। अब हमें इस राजनिति में उलझना नहीं है। हम निकल जाएँगे।" जोशी निश्चय कर बोल रहे थे। वैजयंती उठी और सामान समेटने में लग गयी।

जोशी ने पुराण और वेद एक साथ बाँधे। भगवान की मूर्तियाँ और चित्र बाँधे। दरवाजे पर दस्तक हुई। जोशी दहल गया। उसके हाथ का पंचाग छूट कर गिर गया। वैजयंती और भी घबराई।

"चाकू है क्या?' जोशी।

"अपने घर में कहाँ से आएगा चाकू?" वैजयंती।

"प्याज काटने की छुरी दूँ क्या?" गौरी।

"देऽऽ" जोशी।

गौरी दौड़ती हुई भीतर के कमरे में गयी। वह प्याज काटने की छुरी ले लाई। जोशी ने छुरी ली। 'इससे क्या होगा।' जोशी परेशान था। "अब आप रक्तपात करनेवाले हैं क्या?" वैजयंती रूँआसी होकर पूछ रही थी। "मैं क्षत्रिय ब्राह्मण हूँ। समय आने पर एक की जान तो ले लूँगा।" जोशी आक्रामक हो गया था। "कांबले चाचा को फोन करू क्या?" विवश होकर गौरी ने पूछा। फिर दरवाजे पर दस्तक हुई। जोशी चिल्लाया, "कौन है रे?" जोशी की आवाज भेदक थी। "सर, हम बोर्डिंग के विद्यार्थीं हैं, कांबले सर ने भेजा है। हम सोने के लिए आये हैं।" जोशी छुरीं लेकर दरवाजे की ओर निकला। वैजयंती ने उनके हाथ की छुरी ले ली।

जोशी ने दरवाजा खोला। छात्रावास के चार पाँच विद्यार्थी भीतर आये जोशी का चेहरा खिला। "भोजन हो गया न?" जोशी ने आत्मीयता से विद्यार्थियों की पूछताछ की। विद्यार्थियों ने समूह स्वर में हाँ कहा।

जोशी ने विद्यार्थियों को बाहर के कमरे में सोने के लिए जगह दी।

"किताबें लेकर नहीं आये?"

"लाएँ है सर।"

"पढ़ाई करो। बाबासाहब आंबेडकर ने सड़क के दीये की नीचे बैठकर पढ़ाई की थी। तुम लोगों को तो अब काफी सुविधाएँ हैं।"

"हाँ सर, हम पढ़ाई करेंगे।"

जोशी ने भीतर के कमरे का दरवाजा बन्द कर लिया था। दलित विद्यार्थियों ने बाहर के कमरे में अपना बिस्तर लगाया और किताबें लेकर पढ़ाई शुरू की।

***

मुजुमदार ने सुबह ही कांबले को अपने घर बुला लिया। कांबले को छोड़कर संस्था के सारे कर्मचारी मुजुमदार के पैर छूते। पर कांबले किसी के पैर न छूता। कांबले मुजुमदार के सामने बैठा था। मुजुमदार अखबार के पन्ने पलटता पलटता कांबले के साथ बात कर रहा था।

"कल जोशी सर आये थे। उनकी तबीयत की कुछ समस्या है। शादी की बेटी बड़ी होकर घर में बैठी है। जोशी सर ने घरेलू समस्याओं के कारण प्राचार्य पद छोड़ दिया है। वे अपने गाँव जानेवाले हैं। उनके बाद आप ही सीनियर हैं। आपको चार्ज दिया जाय, यह संस्था का विचार है। आपके कार्यकाल में यह संस्था नाम रोशन करेगी। आप में वह धमक है।" मुजुमदार शान्ति से बोला।

मुजुमदार का बोलना होने के बाद कांबले ने भी उतने ही आराम से बोलना शुरू किया।

"जोशी सर ने अपनी व्यक्तिगत कठिनाईयाँ हमें बताई थीं। उन्होंने चार्ज छोड़ दिया यह ठीक ही हुआ। मुझे अपने समाज के लिए काम करना है। उसके लिए समय देना है। मुझे भी चार्ज नहीं चाहिए। मैं भी आपको लिखित रूप से दे दूँगा। यदि आपको चाहिए तो मैं दूसरे शिक्षकों की ओर से भी लिखित रूप में दिलवा दूँगा। आप उसकी चिन्ता न करें। आपको पडवल मैडम को चार्ज देने में कोई हर्ज नहीं। पडवल सर, उनका मार्गदर्शन कर सकेंगे। हमारा उनको सहयोग रहेगा।" कांबले के पडवल मैडम को चार्ज देने का सुझाव देने के कारण मुजुमदार चौंक गया। उसने अपनी खराब स्थिति संवारने की कोशिश की थी। "वे अभी नयी हैं। उनसे यह जिम्मेदारी नहीं निभेगी। पडवल को संस्था ने निकाल दिया है। आपको तो सारा इतिहास मालूम है। आप लोगों को ही आगे आना चाहिए। संस्था बढ़ानी चाहिए।" मुजुमदार कांबले के मन की थाह ले रहा था।

कांबले पूरी तैयारी में आया था। "हम सबका विचार विमर्श हो चुका है। हममें से कोई भी चार्ज स्वीकार नहीं करेगा। हम आपको लिखित रूप में देंगे। आप

संस्था चलाइए। हमारा सहयोग होगा।'' कांबले ने असहकार की भूमिका ली थी। उसकी आवाज में टंकार था। मुजुमदार के लिए उसका मन बदलना सम्भव नहीं था। ''कांबले सर, आप पगार लेते हैं। आपको सहयोग तो करना ही होगा।'' मुजुमदार की आवाज बदल गयी थी। ''आपने यदि तय ही कर लिया है तो सबको यह लिखकर देना होगा। संस्था उस पर निर्णय करेगी।'' मुजुमदार ने डाँटते हुए कहा।

''एक ही कागज पर लिखकर सबके हस्ताक्षर लूँ क्या?'' कांबले।

''सबको अलग अलग देना चाहिए।'' मुजुमदार।

''सबका लिखित रूप शाम को ला दूँगा।'' कांबले।

''जैसी आपकी मर्जी।'' मुजुमदार।

''मैं चलता हूँ।'' कांबले।

''फिर एक बार सोच लीजिए।'' मुजुमदार।

''हमने सोच लिया है।'' कांबले।

''चाय पीकर जाइए।'' मुजुमदार।

''मैने चाय छोड़ दी है।'' कांबले।

''दूध?'' मुजुमदार।

''पानी भी नहीं।'' कांबले।

कांबले की आवाज शान्त और संयमी तो लग रही थी पर स्फोटक भी थी। उसमें दाहकता थी। असन्तोष था। कांबले नाग की तरह फनफनते हुए बाहर गया था। मुजुमदार साँप के केंचुल की तरह दिख रहा था। उसकी पत्नी प्राजक्ता चिन्तित थी। ''आप पडवल की अँगुलयों पर मत नाचिए। संकट मे आ जाएँगे।'' प्राजक्ता की आवाज में चिढ़ और सात्विक गुस्सा था। 'हम सब कुछ लिखित में कर रहे हैं।'' मुजुमदार धूर्ततापूर्ण बोल रहा था। उसे हाथ में हुकुम की रानी चाहिए थी। ''महिलाओं को अधिकार के पद देने चाहिए।'' मुजुमदार स्वयं से ही बुदबुदा रहा था। ''मुझे चाय दो'' मुजुमदार ने प्राजक्ता को और अधिक न बोलने देकर किचन में भेज दिया।

***

सुबह जूनियर कॉलेज शुरू हुआ। आनंद क्लास में गया। बच्चो में काना फूसी निरन्तर चल रही थी। आनंद ने क्लास को कंट्रोल करने की कोशिश की। लड़के सतत बातें कर रहे थे। आज वैसे हुआ क्या ये उसे भी मालूम नहीं था। जोशी आज आया नही था। पांचाल भी आया नहीं था। आनंद और कस्तुरे दोनों ही क्लास में थे। क्लास के बाहर कई लड़के भटक रहे थे। क्लास के लड़के खिड़की से बाहर देख रहे थे। कस्तुरे ने आनंद को क्लास के बाहर बुला लिया। आनंद के क्लास के

लड़के भी क्लास से बाहर गये।

कस्तुरे और आनंद चाय के लिए होटल कानिफनाथ की ओर गये।

"क्या हुआ?" आनंद।

"जोशी सर ने त्यागपत्र दिया है।" कस्तुरे।

"कैसे सम्भव है?" आनंद।

"क्या हुआ मुझे नहीं मालूम।" कस्तुरे।

होटल कानिफनाथ में भी जोशी की ही चर्चा चल रही थी। दबे स्वर में खुसुरफुसुर चल रही थी। 'जोशी ने भ्रष्टाचार किया होगा, इसीलिए उसे निकाल दिया होगा' लोगों में ऐसा भी एक स्वर था। 'पडवल मैडम को चार्ज देने के लिए जोशी को भगाया जा रहा है।' यह भी खुल्लमखुल्ला कहा जा रहा था। 'गाँव में खेत है। बेटी शादी लायक हो गयी है। इसीलिए जोशी जा रहे हैं।' ऐसी भी चर्चा हो रही थी। "हम कोई चर्चा नहीं करेंगे। मुँह को ताला लगाएँगे। संस्था की राजनीति से हमारा कोई लेना देना नहीं।' कस्तुरे चाय पीते पीते आनंद से कह रहा था। आनंद सुन्न हो गया था।

कस्तुरे और आनंद होटल से बाहर आये। गाँव की सीमा से बाहर काशीनाथ प्रशाला के परिसर में काफी भीड़ उमड़ पड़ी थी। जोशी के क्वार्टर के सामने टेम्पो खड़ा था। जोशी के वर्तमान और पूर्व विद्यार्थी टेम्पो के आसपास खड़े थे। वैजयंती को विदा देने महिलाएँ भी बड़ी संख्या में आयी थीं। आनंद और कस्तुरे भी जोशी के क्वार्टर की ओर गये थे।

टेम्पो में सामान चढ़ाया गया था। गौरी और वैजयंती महिलाओं से मिल रही थीं। जोशी भी लोगों से विदा ले रहे थे। आनंद की आँखे भर आयी थीं। सारा वातावरण भावुक हो उठा था। सब कुछ अचानक हुआ। इस कारण सभी भौंचक थे। भूतपूर्व विद्यार्थियों ने जोशी को गुलाब के फूलों का हार पहनाया था। महिलाओं ने वैजयंती की कोंछ भरी थी। वैजयंती का माथा हल्की कुमकुम से भरा था। गौरी भी भावुक हो गयी थी।

जोशी, वैजयंती और गौरी टेम्पो में सामने बैठे। ड्रायवर ने टेम्पो शुरू किया। सबने विदा में हाथ लहरा दिए। टेम्पो शुरू हुआ। टेम्पो हनुमान मन्दिर का चक्कर लगाकर हाई वे की ओर मुड़ा। आनंद का मन भारी हो गया। लोग भारी कदमों से निकल गये। पांचाल ने क्वार्टर को ताला लगाया। स्कूल पर शोक छा गया। आनंद का मन उदास हो गया।

"जोशी के बाद कांबले सीनियर है। अब उसे प्राचार्य बनाएँगे। वैसे भी एमएलए को दलितों का उद्धारक कहलवा लेने में धन्यता का अनुभव होता

है।'' सुनील नवले।

"एक दिन दलितों का राज्य आएगा। हमें झाडू लगाने की तैयारी रखनी चाहिए।'' श्रावण लोमटे।

"महार को प्राचार्य नहीं होने देना है। उसके हस्ताक्षर हमारे बच्चों के सर्टिफिकेट पर होंगे। हम विरोध करेंगे।'' जयराम पुजारी।

"महार को प्राचार्य बनाने तो दो। हम स्कूल को ताला ठोकेंगे।'' सुनील नवले।

आनंद ने कांबले का विरोध करनेवाली चर्चा सुनी। वह बेचैन हो गया। समाज का जातिविषयक बातें हम करते हैं। पर लोगों के मन की जातीयता का क्या? आनंद सोचता-विचारता स्कूल गया।

घंटी बजी। माध्यमिक स्कूल के बच्चे आये। माध्यमिक स्कूल के शिक्षक आये। रोज की तरह माध्यमिक स्कूल शुरू हुआ। आनंद स्टाफ रूम में गया। स्टाफ रूम में कांबले, वाले और चारमगोल कोई तो अर्जी लिख रहे थे। आनंद को देखकर उनका लिखा बन्द हो गया। आनंद की उपस्थिति उन्हें असुविधाजनक लगी। यह जानकर आनंद बाहर निकल आया। उसका जूनियर कॉलेज समाप्त हो गया था। उसका वहाँ का समय पूरा हो चुका था।

मुख्याध्यापक प्राचार्य के ऑफिस को ताला लगाकर सील किया गया था। जोशी के नाम पर सफेद कागज चिपकाया था।

कक्षाएँ लगी थीं। हताले, कस्तुरे, जाई जगताप मैडम क्लास में गये। पडवल मैडम भी एक कक्षा में गयी।

आनंद नारायण सदन में आया। सुषमा ने खाना परोसा। पडवल वकील से मिलने उरण गया था। पडवल के साथ मुजुमदार भी था। जोशी के बाद क्या? इस बारे में कानून सलाह लेने के लिए संस्था के वकील के पास गये होंगे। आनंद का यह कयास था। सुषमा बात नहीं कर रही थी। आनंद भी बात नहीं कर रहा था।

आनंद ने हाथ धोए। आनंद सीढ़ियाँ चढ़कर ऊपर जा रहा था। "मुझे कंप्यूटर सिखाएँगे ? समय होगा तो, मूड होगा तो, मेरी सीखने की इच्छा है। और अब समय भी है।'' आनंद ने सीढ़ियों पर रुककर सुषमा की बात सुन ली। वह सीढ़ियाँ उतरा। सुषमा के चेहरे पर मुस्कान फैल गयी। उसे खुशी हुई।

"आपका मूड ठीक नहीं है क्या?''

"मेरे मूड को लेकर क्या करना है ?''

"आप थके होंगे, मूड नहीं होगा तो कल सीखूँगी।''

"कंप्यूटर शुरू कीजिए।''

"यानी क्या करूँ?"

"मैं कहता हूँ, वैसा कीजिए, पहले बिजली का बटन ऑन किजिए।"

"किया।"

"यू पी एस का बटन ऑन कीजिए।"

"किया।"

"मॉनिटर का बटन ऑन करें।"

"किया।"

"इसमें क्या कठिन है?"

"इतना मुझे मालूम है।"

"कंप्यूटर पूरा ओपन होने दीजिए। प्रतीक्षा कीजिए।"

"ओपन होने के बाद?"

"माऊस पर हाथ रखिए।"

"रखा।"

"राइट और लेफ्ट क्लिक करना आना चाहिए। डबल क्लिक करना आना चाहिए। माऊस से कर्सर योग्य स्थान पर ले जाना आना चाहिए।"

"सिखाइए न।"

सुषमा ने माऊस पर हाथ रखा। आनंद ने भी सुषमा के हाथ पर हाथ रखा। उसे राइट क्लिक और लेफ्ट क्लिक करना सिखाया। डबल क्लिक करना सिखाया। माऊस से स्क्रीन पर कर्सर घुमाना सिखाया। दोनों के हाथ माऊस पर थे। उसके कोमल स्पर्श से उसका मन ओपन हो गया था। उसके स्पर्श से उसके शरीर में सितार के तार झंकृत होने लगे थे। उसका लाड़ प्यार से नखरा और सीखने की जिद के कारण वह अधिक ढीठ हो गया था। समझ में आने के बाद भी न समझने का उसका भाव, प्रत्येक कृत्य को बार-बार करने के लिए कहने की उसकी जिद, उसका अपने आप-पर चिढ़ना, रूठना और खिलखिलाकर हँसना, उसे बार बार वहाँ सवाल पूछना, इस कारण आनंद के मन का तनाव दूर हुआ। उसने उसका हाथ पकड़कर खींचकर पास बिठा लिया।

"मैं कंप्यूटर कितने दिन में सीख सकूँगी?"

"इसमें कठिन है ही क्या?"

"आपको स्निहीं हैं क्या?"

"बातें नहीं। मैंने अब तक जो सिखाया है उसका प्रत्यक्ष कर दिखाइए।"

"मुझे बातें करनी होंगी तो?"

"कंप्यूटर के साथ बात कीजिए।"

"आप नहीं बोलेंगे क्या?"

"मैं तो बोल ही रहा हूँ।"

"मुझसे बात करना पसन्द नहीं है क्या?"

"मैने ऐसा कहाँ कहा?"

सुषमा का कंप्यूटर शिक्षण अलग रह गया। वे दोनों बातें करना सीख रहे थे। उसे वह आत्मीय मित्र लगने लगा था। उसे वह जन्मों की साथिन लग रही थी। समय कैसें बीत गया यह दोनों की समझ में नहीं आया। वह बर्फ की तरह उसमें घुलता चला गया। वह मेंहदी की तरह उसके मन में रंग गयी। दोनों के मन में एक दूसरे के लिए जगह बन गयी।

***

शाम को स्कूल छूटने के बाद पडवल मैडम और जाई जगताप दोनों मिलकर घर की और चल पड़े। कस्तुरे और हताले पहले की निकल गये थे। वाले, चारमगोल और कांबले अपनी लिखित अर्जी लेकर सम्पर्क कार्यालय की ओर गये। मुजुमदार गाँव में न होने के कारण सम्पर्क कार्यालय बन्द था। वाले, चारमगोल और कांबले अपने घर गये। हनुमान मन्दिर के चबूतरे पर ताश खेलनेवाले उठ गये थे। वे भी अपने घर चल दिए। जोशी का क्वार्टर बन्द था। कइयों की नज़र में यह खटक रहा था। कानिफनाथ होटल की सीढ़ियों के पास बैठकर रामकिसन चाय पी रहा था। बाजीराव भी होटल में आया। बाजीराव ने रामकिसन की ओर आँखें फाड़कर देखा।

"काकड़े मुझे भजिया दो और मेरा बिल कस्तुरे के नाम पर लिख।"

"वो चिल्लाएगा न।"

"नौकरी करना नहीं है क्या उसे? मेरा नाम बता। यदि वो नहीं देगा। तो मैं दूँगा ही। पर यह बिल कस्तुरे के नाम लिख।"

केशव काकड़े ने होटल में लाइट लगाए। सबने लाइट लगने पर हाथ जोड़े। काकड़े गणेश के पास अगरबत्ती लगाई। अपने स्वर्गवासी बेटे के फोटो को भी अगरबत्ती लगाई।

"साहब ने मेरे बेटे को स्कूल में यदि मास्टर लगा लिया होता तो बच्चा मरता नहीं। घर बैठकर क्या करेगा इसलिए खेत में गया। साँप ने काटा।" काकडे का कंठ रूँआसा हो गया। "मैं साहब को पैसे देने को तैयार था।" काकडे की आवाज में कटुता थी। 'सभी ओपन जगहें भर गयी। अब आरक्षित जगहें हैं , वहाँ ओपन का आदमी कैसे रख सकेंगे? एक महार से जगह भरी तो सबको तकलीफ हो रही है। सारे आरक्षित जगहें भर दीं तो क्या होगा? सरकार कहती है आरक्षित जगहें भरें।

आरक्षण के कारण तुम्हारा बेटा गया। साहब को दोष देने से क्या उपयोग? मेरा बिल कस्तुरे के नाम लिख ले।'' बाजीराव भजिया खातें-खाते बोल रहा था।

पक्षी अपने घोंसलों में लौट चुके थे। पक्षियों के कलरव से रात का आभास होने लगा था। अँधेरा फैल रहा था। अखाड़े के पहलवानों के ताल ठोंकने की आवाजों से कुस्तियाँ रंग रही थीं। पसीने से गीले हुए शरीर पर पहलवान लाल मिट्टी डाल रहे थे। और एक दूसरे से भिड़ रहे थे। विश्वेश्वर के मन्दिर में प्रवचन शुरू हो गया था। पडवल कोचिंग क्लास में आने वाले विद्यार्थियों की साइकिलें कतार से लगी थीं। भीमनगर में दलित विद्यार्थी पढ़ाई के लिए भिमाई अध्ययन कक्ष में इकट्ठा हुए थे। घर-घर चूल्हे सुलग चुके थे। घर-घर से धुँआ बाहर निकल रहा था। सार्वजनिक नल में पानी आया था। घर-घर से पानी भरने के लिए महिलाएँ और बच्चे बर्तन लेकर दौड़े थे।

आनंद विद्यार्थियों को कविता पढ़ा रहा था। रोज की तुलना में आज अधिक उत्साह से पढ़ा रहा था। उसके दिमाग में प्रतिभा के फूल खिल गये थे। वह तन्मय होकर पढ़ा रहा था। विद्यार्थी मन्त्र मुग्ध हो गये थे। वह कविता की नायिका के बारे में बोल रहा था। वह कविता पढ़ा रहा था कि सुषमा के बारे में बोल रहा था। उसे भी पता न था। पर वह उल्लास से बोल रहा था। उसे सहजता से सब सूझ रहा था उसके बारे में बोलते हुए उसकी आवाज में एक प्रकार की लय आ गयी थी। उसके शब्द सजीव हो गए थे। उसे उसका स्पर्श याद आया। उसके सान्निध्य का जादू याद आया। वह उसके लिए देहहीन एक सजीव याद बन गयी थी। उसके बालों की गन्ध अब भी उसकी साँसो में गमक रही थी। उसका जिद्दी स्वभाव याद कर उसे हँसी आ रही थी। विद्यार्थियों के खिलते यौवन को उसने आवाज दी थी। विद्यार्थी खुश हो गये थे।

पडवल कोचिंग क्लास खत्म हो गया था।

विद्यार्थी सीढ़ियाँ उतरकर बाहर आ रहे थे। विद्यार्थियों के साथ आनंद भी नीचे उतर आया। सुषमा उसकी ओर देख रही थी।

आनंद पैदल विश्वेश्वर मन्दिर की ओर आया था। वहाँ प्रवचन पर रंग चढ़ा था। आनंद विश्वेश्वर मन्दिर की ओर गया। हताले दौड़ता हुआ बाहर आया और आनंद को मन्दिर में ले गया। प्रवचनकार हरिभक्त परायण गौरीशंकर महाराज ने प्रवचन बीच में ही रोककर आनंद का स्वागत किया था। आनंद पहली बार प्रवचन सुनने आया था। गौरीशंकर महाराज ने उसे अपने पड़ोस में बैठा लिया। प्रवचन में तल्लीनता आ गयी थी। पर आनंद उखड़ा उखड़ा था। मन्दिर की सीढ़ियों के पास बैठे रामकिसन को देखकर उसका मन विचलित हो गया। 'मैंने पूरा गाँव अपवित्र कर

दिया।' आनंद के मन में यह डर पैदा हो गया।

***

हेडमास्टर का पद पिछले कई दिनों से खाली पड़ा था। यह पदभार किसी को भी नहीं सौंपा गया था। इस कारण स्कूल के दैनिक कामकाज़ में बाधा पैदा होने लगी थी। मुख्याध्यापक की जिम्मेदारी पडवल मैडम को ही मिलेगी, यह सबका अन्दाज था। कुछ को लगता कि बाहर से किसी को लाएँगे। इस कारण, इस बात की उल्टी-सीधी चर्चा बेमतलब होती रहती।

अन्ततः निर्णय हो ही गया और मुख्याध्यापक व प्राचार्य पद की माला पडवल मैडम के गले में आ गिरी। चर्चा को पूर्ण विराम मिला।

पडवल मैडम को मुख्याध्यापक पद मिलने के कारण आनंद को सहज ही खुशी हुई। और उसका स्कूल में महत्त्व भी बढ़ गया। संस्था यदि ठान ले तो क्या कर सकती है, इसकी प्रतीति सामने थी। संस्था में पडवल का वजन भी उसके ध्यान में आया। जोशी सर जैसे सीनियर व्यक्ति को एक दिन में घर भेज दिया, वहाँ अपनी दाल क्या गलेगी? आनंद दहल गया था। मुझे संस्था को थामकर रखना होगा। इसी निष्कर्ष पर वह पहुँचा था। पडवल मैडम के पास अपना मकान होने कारण वे क्वार्टर में नहीं रहेंगी। पडवल मैडम के द्वारा यह क्वार्टर मिल सकता है , यह विश्वास आनंद को लगने लगा। पडवल मैडम ने उसपर नयी जिम्मेदारियाँ सौंप दीं। इस कारण उसकी आशा पल्लवित होने लगी। पर साथी शिक्षक उससे दो हाथ दूर ही रहते।

काशीनाथ प्रशाला का वातावरण बदल गया था। स्कूल का रिजल्ट अच्छा लगे इसलिए शिक्षकों को अधिक पीरियड लेने पड़ते थे। विद्यार्थिंयों को और अभिभावकों को नया परिवर्तन महसूस होने लगा था। विद्यार्थियों की अनुपस्थिति कम करना, पढ़ाई में कच्चे विद्यार्थियों की ओर अधिक ध्यान देना, तेज विद्यार्थियों को मेरिट लिस्ट में लाने की कोशिश करना अभिभावकों को विद्यार्थियों की प्रगति और पढ़ाई के लिए विश्वास में लेना, विद्यार्थियों के घर भी शैक्षणिक वातावरण होना चाहिए अभिभावकों की ऐसी मानसिकता तैयार करना, विद्यार्थिंयों का निरन्तर मूल्यांकन करने के लिए होमवर्क और इकाई जाँच परीक्षा लेने पर जोर देने जैसी योजनाओं को प्रधानता मिल रही थी। अभिभावक सभा आयोजित करने की नयी बात शुरू हुई थी। केवल वेतनभोगी की साथ नहीं ली जा सकती। अपने बच्चो के यश के लिए अभिभावकों को जागरूक रहना आवश्यक है यह विचार प्रसारित किया जा रहा था। बीच में ही स्कूल छोड़कर जानेवाले विद्यार्थियों को खोजकर उन्हें फिर शिक्षा

के प्रवाह में लाने की पुरजोर कोशिश की जा रही थी।

पडवल मैडम क्लास में जाकर शिक्षकों के पाठ का मूल्यांकन कर रही थी। दसवीं और बारहवीं के विद्यार्थियों ने प्रत्येक शिक्षक का मूल्यांकन करना चाहिए, ये आदेश दिए गये। भीमनगर के भीमाई अध्ययन केन्द्र की तरह योजनाएँ चलाई जा रही थीं। शिक्षकों की बैठक लेकर विद्यार्थियों का बौद्धिक स्तर और उसके लिए शिक्षक द्वारा किए जानेवाले प्रयत्नों की चर्चा की जा रही थी। अध्यापन के लिए शिक्षक ने पाठ की तैयारी कैसी की है, इसकी जानकारी ली जा रही थी। इस नये परिवर्तन के कारण वाले, चारमगोल, कांबले और आनंद को सन्तोष था। उन्होंने इस नयी योजना का स्वागत किया था। जाई जगताप, हताले और कस्तुरे तो नाराज थे। विद्यार्थी शिक्षकों का मूल्यांकन करे यह बात उन्हे पसन्द नहीं थी। पर वे खुले तौर पर विरोध न करते।

अभिभावकों को विद्यार्थियों के प्रगति पत्र जाने लगे। अनुपस्थित रहने वाले विद्यार्थियों का अभिभावकों से पत्र लाना अनिवार्य कर दिया गया। पडवल मैडम छात्रावास में अचानक जाने लगीं और विद्यार्थियों के साथ बैठकर खाना खाने लगीं। इस कारण छात्रावास के बच्चों को अच्छा खाना मिलने लगा। स्कूल का पुराना बोर्ड बदलकर नया बोर्ड लगाया गया। स्कूल की पुरानी घंटी बदल दी। विद्यार्थियों को यूनिफॉर्म अनिवार्य किया गया। इससे स्कूल की छवि ही बदल गयी।

नारायण पडवल अपनी पत्नी को हर बात समझाकर बताता। पडवल मैडम आत्मविश्वास से काम कर रही थी। हर बार आनंद, पडवल मैडम की मदद कर रहा था। पडवल मैडम जबसे मुख्याध्यापक बनी पडवल का पीना भी बढ़ गया। संस्था की राजनीति भी बढ़ गयी। इसका परिणाम स्कूल के कामकाज पर भी होने लगा। पडवल मैडम को सब कुछ सँभालना होता।

पडवल मैडम स्कूल के प्रबन्धन में पूरी तरह उलझ गयी थी। आनंद का काम भी बढ़ा था। इस कारण कंप्यूटर प्रशिक्षण की ओर ध्यान देना न होता। अतिकाम के कारण शिक्षक असहयोग करने लगे। सुषमा को प्रतिघंटा पर आधारित वेतन पर कंप्यूटर शिक्षिका के रूप में रखा जाय, यह सुझाव आनंद का था। आनंद का सुझाव पडवल को अच्छा लगा। सुषमा को भी अच्छा लगा। "मैं सुषमा की तैयारी करवा लूँगा। उसे कंप्यूटर सिखाऊँगा"। आनंद ने अपनी ओर से कहा। पडवल मैडम को भी यह बात पसन्द आयी।

नारायण पडवल पिया हुआ था। आनंद और पडवल खाना खा रहे थे। पडवल मैडम उन्हें परोस रही थी। सुषमा खाना बना रही थी। पडवल खाना खाते समय जोर से पाद रहा था। और 'अब खेल शुरू हुआ है' कहता हुआ पानी पी रहा

था। वह पसीना पसीना हो गया था। पडवल के मुँह से शराब की तेज बू आ रही थी। बीच में ही वह चूतड़ टेढ़ा कर जोर से पादता और अपनी थाली में ज्यादा पड़ी चपाती आनंद की थाली में डाल देता। ज्यादा हुआ भात आनंद को दे देता। आनंद को उसका जूठा खाने में घिन लगती, पडवल बीच में पादता था।

"खाना खाते समय तो ठीक से खाइए।" पडवल मैडम।

"जोर से पादने पर बू नहीं आती।" पडवल।

पडवल ने पानी पिया। हाथ धोया। 'जोशी को भगाया' इसलिए फिर एक बार जोर से पादा। आनंद को लगा कि उल्टी हो जाएगी। आनंद ने किसी तरह भोजन खत्म किया। उसने खाना नहीं खाया, बल्कि नरक से ज्यों उसे छुटकारा मिला हो।

आनंद ऊपर चला गया था। पडवल दाँत में तिनके ढूँढ रहा था। दाँत में फँसे अन्न कण निकाल रहा था। बीच में ही दाँत से निकाले गन्दे कण को सूँघता।

पडवल मैडम, सुषमा और प्रतीक खाना खाने बैठे। पडवल दाँत में तिनका डालता-डालता बोल रहा था। "सुषमा, तू जल्दी कंप्यूटर सीख ले। मैं मुजुमदार से बात करता हूँ। तुम्हें यहीं नौकरी मिलेगी। अब यहीं रह।" सुषमा खाना खाते खाते हाँ मे सिर हिला रही थी। पडवल एक बार फिर पादा।

***

हनुमान मन्दिर के चबूतरे पर ताश का खेल अपनी खुमारी पर था। दाँव पर पैसे लगाए जा रहे थे। स्कूल में चाय ले जानेवाले लड़के को चाय की ऑर्डर दी जा रही थी। इस चबूतरे पर बैठे ताशवालों के लिए होटल कानिफनाथ से चाय और चिवड़ा मिलने लगा था। श्रीधर और बंडू भी हनुमान मन्दिर के चबूतरे पर आकर बैठने लगे थे। श्रीधर का मीनाक्षी पर इकतरफा प्रेम था। वह दिन भर स्कूल की ओर देखता रहता। ये सारे सुशिक्षित बेकार थे।

"गाँव में शराब बन्दी आन्दोलन होने की खबर है।"

"कौन आन्दोलन करेगा?"

"गाँव की औरतें!"

"कौन औरतें हैं?"

"केशर का नाम सामने है।"

"सुनील नवले का माल है। देख बाबा कल वह हमारे ताश के खेल के खिलाफ आन्दोलन करेगी। तू दाँव मत चल।"

"केशर के पीछे काशीकर का हाथ होगा अवश्य। मैं जो कह रहा हूँ देखना। मेरा ही सच होगा।"

"सालेऽऽ काशीकर को इस गाँव से भगाना चाहिए।"

"अरे चायवाले छोकरे को आवाज दे। श्रीधर दे आवाज, तेरी आवाज जोरदार है।" सुनील नवले की बारी आयी थी। वह पत्ते फेंटने लगा था। श्रीधर ने होटल के छोकरे को आवाज लगाई। "मुझे काम है, मैं चलता हूँ। मेरी जगह बंडू तू खेल। मेरा काम होने पर मैं आता हूँ।" श्रावण लोमटे उठकर चला गया। उसकी जगह बंडू बैठा था। सुनील नवले ने पत्ते बाँटे। जयराम पुजारी ने होटल के छोकरे को चाय का ऑर्डर दिया।

"बंडू ताश खेलने बैठा है। पैसे हैं क्या?"

"देता हूँ ना।"

"खेलने दे रे। दाँव आने पर देखेंगे। उसे पत्ते बाँट।"

सुनील नवले ने सबको पत्ते बाँटे। बीच की छुट्टी की बेल हुई। श्रीधर बेचैन हो गया। कक्षा से विद्यार्थी बाहर निकल आये। काशीनाथ स्कूल का परिसर विद्यार्थियों से लबालब भर गया। श्रीधर इस भीड़ में मीनाक्षी को खोज रहा था। उसे मीनाक्षी कहीं दिखाई न देती। वह बेहाल हो गया था।

***

केशर और मंगला चाची आये। उन्होंने आनंद को बुलाया और साथ ले गये। इस कारण घर लौटने में पडवल मैडम को परेशानी हुई। उसे आनंद के साथ की आदत हो गयी थी। वह रोज काम घर ले जाती। आज उसने अपना थैला पांचल के पास दिया। आनंद के साथ न होने का उतना मलाल नहीं था, जितना कि उसके केशर के साथ जाने के कारण था। गाँव की महिलाएँ शराब बन्दी सत्याग्रह में उतर आयी थीं। आनंद उनके साथ था।

आनंद ने इससे पहले बाजीराव की मरी गाय खींचकर ले जाने और दलितों के लिए अलग कुआँ खोदने के कारण दलितों की नाराजी झेली थी। आज वह फिर शराब बन्दी सत्याग्रह में सहभागी हुआ था। शराब के काम में भी दलितों की बड़ी संख्या थी। आनंद फिर एक बार दलितों के खिलाफ खड़ा हो गया। शराब बन्दी सत्याग्रह करनेवाली सारी सवर्ण स्त्रियाँ थीं। 'नारायण पडवल के घर में यह जहरीला नाग है।' ऐसी ही दलितों की भावना दृढ़ हो चली थी। कांबले आनंद के अच्छे उद्देश्य को जान रहा था। आनंद की भूमिका से सवर्णों को ही लाभ हो रहा था। दलित पीछे धकेले जा रहे थे।

"शराब पीनेवालों के खिलाफ सत्याग्रह क्यों नहीं? क्योंकि वे सवर्ण हैं। पैसेवाले हैं। मगरूर हैं।"

"शराब बनानेवालों के खिलाफ क्यों सत्याग्रह हो रहा है? क्योंकि वे दलित हैं। वह उनके रोजी-रोटी का धन्दा है। वे लाचार हैं।"

आनंद ने शराब बन्दी आन्दोलन का पक्ष लिया। इस कारण पडवल मैडम का सिर दर्द बढ़ गया। आनंद गाँव के कारभार में दखल न दे। ऐसी धमकी उसे मिली थी। आनंद यदि आन्दोलन में उलझ गया तो स्कूल के काम में तो हर्ज होना ही था, साथ ही, पडवल कोचिंग क्लास के काम पर भी विपरीत प्रभाव पड़ेगा। सुषमा को कंप्यूटर सिखाना पिछड़ जाएगा। आन्दोलन के कारण आनंद का परिचय बढ़नेवाला था और आनंद के हाथ से निकल जाने का डर था। दूसरी बात यह थी कि स्वयं नारायण पडवल घर में शराब पीता था। इस कारण घर में ही झमेला उठ खड़ा होता था। पडवल मैडम संकट में फँस गयी थी। पडवल मैडम ने पडवल के सामने शराब बन्दी सत्याग्रह का विषय निकाला था। पडवल चिढ़ गया था। "यह स्टंट है। ये आन्दोलन वोन्दोलन कुछ नहीं। हम हमारे पैसों से पीते है। लाइसेंस लेकर पीते हैं। ये रोकनेवाले कौन? मैं जूते से मारूँगा।" पडवल मगरूरी से बोला था।

"काशीकर सर इसमें भाग ले रहे हैं। इसका क्या?"

"अपने लिए अच्छी ही बात है। लोग उनको मानते हैं, यह अपने लिए अच्छी बात है। आनंद की छवि का हमें लाभ ही होगा।"

"उसका परिचय बढ़ रहा है। वह दूसरी ओर जा सकता है।"

"उसे मालूम है हमने जोशी को भगाया है। वह हमारे विरोध में कभी नहीं जाएगा। इससे विपरीत यदि उसकी शादी हुई फिर भी हम उसे हमारे ही घर में रखेंगे। ऊपर दो कमरे बनाए जा सकते हैं।"

"केशर उनके पीछे लगी है।"

"वह पतिवाली औरत है। उससे कोई खतरा नहीं।"

"एक बात कहूँ?"

"बोलो।"

"सुषमा और आनंद का रिश्ता जम गया तो...?"

"मुझे भी एकाध बार ऐसा लगा। जम जाय तो अच्छा ही होगा। तू पूछकर देख।"

"बाद में मुझे दोष मत दीजिए।"

"उसकी जात मालूम नहीं। उसका घर, उसके माँ बाप.."

"उसकी नौकरी यहाँ है मतलब वह यहीं रहेगा उसे यदि अपने पास रख लेना होगा तो उसका घर देखने की क्या आवश्यकता? क्योंकि सुषमा अपने ही पास रहेगी। नहीं तो उन्हें क्वार्टर भी दिया जा सकेगा। उसके माता-पिता तो यहाँ रहने

आनेवाले हैं नहीं। इस कारण उनका कोई सवाल नहीं। सवाल रहा जाति का हमने तो अन्तरजातीय विवाह किया ही है। हमारे घर एक और अन्तरजातीय विवाह हो जाएगा। वैसे भी जाति में सुषमा का विवाह हो ही नहीं रहा है। काशीकर सर को कोई बुरी आदत नहीं है। उनका स्वभाव अच्छा है। हमें विचार करने में कोई हर्ज नहीं।''

''पूछकर देख।''

''सुषमा को कंप्यूटर शिक्षिका के रूप में कॉन्ट्रेक्ट बेसिस पर लिया जा सकेगा। कुछ समय बाद वह स्थायी हो जाएगी। दोनों की समस्या मिट जाएगी।''

''ठीक है।''

सुषमा ने अपने भाई और अपनी भाभी के संवाद सुने। भाई ने विरोध नहीं किया था। इस कारण वह खुश थी। उसे भाभी माँ से भी बड़ी लगी। वह आनंद से मिलने के लिए बेताब थी। वह अधीर हो गई। उसके रोम-रोम में उत्सव शुरू था। वह हनीमून की सुखद कल्पना में खो गयी। उसके मन में समर्पण की उत्कट भावना पैदा हो गयी थी। मिलन की उत्साह से उसके शरीर पर रोमांच उभर रहा था। उसकी नजर में सारस पक्षियों के असंख्य झुंड उड़ान भर रहे थे। वह पूनम की तरह खिली हुई थी। उसकी देह रातरानी की तरह महक रही थी। उसके कौमार्य में बिजली की कड़कड़ाहट के साथ तूफानी बारिश शुरू हो गयी थी। वह महाबाढ़ में उफनती नदी की तरह लगने लगी। उसे संगम का आकर्षण अपनी ओर खींच रहा था।

***

गाँव के शराब बन्दी सत्याग्रह को दलित विरुद्ध सवर्ण स्वरूप प्राप्त हो गया था। गाँव की स्त्रियाँ आक्रामक हो गयी थीं। गाँव की जातीयवादी प्रवृत्तियाँ स्त्रियों के साथ खड़ी थीं। आनंद काशीकर इस आन्दोलन का मुखौटा था। इस आन्दोलन को हिंसक दिशा मिलने लगी। पडवल मैडम ने आनंद को इसका अहसास कराया था।

शराब बन्दी सत्याग्रह में स्त्रियाँ की संख्या अधिक थी। इसके पीछे गाँव के युवा सक्रिय थे। ''दलित बस्ती पर हमला हुआ तो एट्रोसिटी एक्ट के अनुसार कारवाई होगी। उसके परिणाम हमने भोगे हैं। आप समय रहते सावधान हो जाओ। गाँव में जो चार पाँच हजार लोग हैं वे सारे शराब नहीं पीते। उनमें से पाँच-पचास लोग शराब पीते होंगे। इसलिए यह पूरे गाँव की समस्या नहीं है। जो शराब पीते हैं, उन्हे शराब के दुष्परिणाम मालूम नहीं ऐसा नहीं है। गाँव के शराब के धन्धे पर बन्दी लाने से शराब पीना बन्द नहीं होगा। शराब पीनेवाले कहीं से भी शराब हासिल कर लेंगे। यह समस्या बहुत उलझी हुई है। आप इससे अलग ही रहें।'' नारायण पडवल ने भी आनंद काशीकर को समझाया।

"शराब बन्दी आन्दोलन अपनी सफलता की ओर बढ़ रहा है, ऐसे में इससे अलग हो जाना कैसे सम्भव है? लोगों का विश्वासघात होगा। शराब बेचनेवालों की जाति क्या हैं, यह महत्त्वपूर्ण नहीं। शराब बुरी है। बेचनेवाले और पीनेवाले भी बुरे हैं। इसलिए इसका विरोध होना ही चाहिए।" आनंद का यही सोचना था।

लोगों ने आनंद का नेतृत्व स्वीकार किया था।

सत्याग्रह का पहला चरण यह था कि गाँव में शराब पीकर घूमनेवालों को ढूँढकर उन्हें फूलों का हार पहनाना। नारायण पडवल के गले में भी हार पड़ा। इस कार्यक्रम की गाँव में बहुत चर्चा हुई।

सत्याग्रह के दूसरे चरण के रूप में शराब बेचनेवालों के गले में पुष्प हार डालने का प्रस्ताव आनंद ने रखा। इसका सबने जमकर विरोध किया। गाँव के सारे शराब के अड्डे उखाड़ फेंकने की माँग होने लगी। सुनील नवले, केशव काकडे ने इसका जोरदार समर्थन किया था। इसके मध्यमार्ग के रूप में शराब बन्दी के लिए गाँव से प्रचार फेरी निकालने का निर्णय लिया गया। यह कार्यक्रम भी यशस्वी रहा।

'शराब बन्दी के बारे में लोगों के मन में जागृति पैदा हुई है, इसलिए अब यह सत्याग्रह रुकना चाहिए।' यह भूमिका आनंद काशीकर की थी। 'गाँव की पूरी शराब बन्दी होने तक यह सत्याग्रह जारी रखना चाहिए। संपूर्ण शराब बन्दी हमारा कार्यक्रम है।' सुनील नवले, श्रीधर, बंडू, जयराम पुजारी और केशव काकडे ने इसका जोरदार प्रतिपादन किया। जन भावना का आदर कर शराब बन्दी सत्याग्रह जारी रखने का निर्णय लिया गया। "अगले चरण में कोई दूसरा नेतृत्व करे। नया चेहरा सामने आना चाहिए। अब मेरी आवश्यकता नहीं रही।" आनंद ने सत्याग्रह से अलग हो जाने के संकेत दिए थे।

शराब बन्दी सत्याग्रह के कारण गाँव में एकता निर्माण हुई थी। शराब बन्दी के लिए बैठकें हो रही थीं। आनंद ने सत्याग्रह से अपने आपको अलग कर लिया था। इस कारण लोगों में आनंद विरोधी भावना पैदा हो गयी थीं। उसे भगोडा कहा गया। समझौता वादी के रूप में उसे देखा जाने लगा। लोग आवेश में आकर उसके बारे में बोलने लगे थे। बैठक में लग रहे आरोप-प्रत्यारोप को देखकर केशर भी सत्याग्रह से अलग हो गयी थी। लोगों ने आनंद को और केशर को मौके पर हिम्मत हारनेवाले के रूप में घोषित किया था। उनके चरित्र पर भी कीचड़ उछाला गया।

एक ओर शराब बन्दी प्रचार के निमित्त लोग एकत्र हो रहे थे तो दूसरी ओर बाबासाहब आंबेडकर की जयंती मनाने के लिए दलित एकत्र हुए थे। डॉ. बाबासाहब आंबेडकर जयंती की पार्श्वभूमि पर गाँव में कोई अनबन न हो, इसलिए स्वयं दौलत कांबले शराब बन्दी सत्याग्रह की बैठक में उपस्थित था।

गाँव की शराब बन्दी का उसने समर्थन किया था। बैठक में लोगों ने कांबले की भूमिका का स्वागत करने की बजाय उसे ही आड़े हाथों लिया था। सवालों की झड़ी लग रही थी।

'गाँव में सम्पूर्ण शराब बन्दी होनी चाहिए।'' केशव काकड़े।

''हम इस गाँव में रहते हैं। यह गाँव हमारा भी है। इस गाँव पर हमारा प्रेम है। इस गाँव के पूर्वज हम हैं। इस गाँव में शराब बन्दी होनी चाहिए। इससे हमारा विरोध नहीं है।'' दौलत कांबले।

''कांबले सर। आपने यदि सोच लिया तो सम्पूर्ण शराब बन्दी हो जाएगी।'' सुनील नवले।

''शराबियों से सबसे अधिक तकलीफ हमें होती है। गाँव से कई लोग शराब पीने हमारी बस्ती में आते हैं। शराब पीकर धींगा मुश्ती करते हैं। हमारी स्त्रियों की ओर बुरी नज़र से देखते हैं। सचमुच की तकलीफ हमें होती है। और ऐसे लोगों को आप हार पहनाते हैं। हमारे लोग गरीब हैं। गाँव की नाराजी न हो इसलिए अब तक हमने शराबियों को कछ नहीं कहा। आपको आपत्ति नहीं होगी तो कल से शराब पीने आनेवाले लोगों के गले में हम चप्पलों का हार डालेंगे।'' दौलत कांबले।

''सबसे पहले दलित बस्ती के शराब के अड्डे उखाड़ फेंकने चाहिए।'' श्रीधर।

''श्रीधर तेरे पिता शराब नहीं पीते क्या? बाजीराव शराब पीता है। नारायण पडवल शराब पीता है। बारबोले शराब पीता है। मुजुमदार शराब पीता है। अपने एमएलए शराब पीते हैं। मुझे पूरा बोल लेने दीजिए, फिर आप बोलिए। मुजुमदार दलित बस्ती में शराब पीने नहीं आते। वे विदेशी शराब पीते हैं। उनका आप विरोध नहीं करते। ऐसा यदि होता तो आप उसके बंगले के सामने धरना देते। आपका विरोध दलितों द्वारा शराब बेचने से है। आपका विरोध देशी शराब से है। विदेशी से नहीं। यदि ऐसा है तो सम्पूर्ण शराब बन्दी का नारा झूठा है।'' दौलत कांबले।

दौलत कांबले की दलील सुनकर श्रीधर उठकर चला गया था। बैठक का वातावरण गम्भीर हो गया था। बैठक में गहरी खामोशी छा गयी। कांबले के प्रतिवाद को कोई ठोस उत्तर नहीं दे सका। फिर कांबले ही बोलने लगा। ''हमारी बस्ती का शराब धन्धा हमने बन्द कर दिया है। यदि कोई चोरी छिपे शराब बेच रहा होगा, तो उसकी शिकायत आप पुलिस में करें। कोई यदि कानून हाथ में लेना चाहेगा तो, इसका मैं विरोध करता हूँ।'' दौलत कांबले भी अपनी भूमिका स्पष्ट कर बैठक से चला गया।

सम्पूर्ण शराब बन्दी सत्याग्रह के सामने कांबले ने नैतिक पेंच पैदा कर दिया। सुनील नवले क्रोधित हुआ। आक्रमक हो गया। ''मुजुमदार अपने घर में शराब पीते

होंगे पर सड़कों पर वे उपद्रव नहीं करते फिरते। अपने घर में कोई शराब पीता होगा तो उसे नहीं रोका जा सकता। शराब पीकर रास्तों पर उत्पात मचानेवालों को रोकेंगे और गाँव में कोई शराब बेच रहा होगा तो उसका भी विरोध करेंगे।'' सुनील नवले ने अपनी भूमिका स्पष्ट की और सबने तालियाँ बजाकर इसका जोरदार समर्थन किया था। पर प्रत्येक के दिमाग में दौलत कांबले की आवाज की प्रतिध्वनि अब भी गूँज रही थी। उसकी धारदार आवाज सुनकर सब बेचैन हो गये थे।

***

डॉ. बाबासाहब आंबेडकर की प्रतिमा का जुलूस गाँव से जानेवाला था। इसे गाँव के लोगों ने विरोध किया। 'दलित आंबेडकर जयंती महार बस्ती में मनाएँ। गाँव में जुलूस लाने की जरूरत नहीं है। गाँव का और आंबेडकर का कोई सम्बन्ध नहीं है। हम आंबेडकर को नहीं मानते। वे महारों के नेता हैं। आंबेडकर का जुलूस हम हमारे दरवाजे से जाने नहीं देंगे।' गाँववालों ने दलित विरोधी भूमिका अपनायी। 'महारों को एक बार उनकी हैसियत दिखा देंगे। दलित के लाड़ काफी हो गये। उनकी मस्ती उतरनी चाहिए।' हर किसी की जुबान पर दलित विषयक तिरस्कार की भावना थी।

दलित भी जिद पर अड़ गये थे 'बाबासाहब आंबेडकर केवल दलितों के नेता नहीं। राष्ट्रीय नेता हैं। संविधान के शिल्पकार हैं। भारतरत्न हैं। गाँव में दूसरे जुलूस जाते हैं। फिर बाबासाहब आंबेडकर का क्यों नहीं। हम गाँव से जुलूस निकाल कर रहेंगे।' दलितों ने भी संघर्ष की भूमिका अपनायी।

गाँव में तनाव बढ़ गया था। गाँव में अनबन का वातावरण ध्यान में रखकर वहाँ पुलिस बंदोबस्त बढ़ा दिया था। गाँव से जुलूस निकालने पर झगड़ा होगा, गाँव की शान्ति भंग हो जाएगी, इसलिए जुलूस को अनुमति नहीं दी जा सकती, यह पुलिस का कहना था। दलितों ने पुलिस के निर्णय के खिलाफ तहसीलदार के पास शिकायत की थी। शाम चार से छह बजे के बीच गाँव से जुलूस निकालने की दलितों को अनुमति मिल गयी थी।

''हमारी जुबान बन्द कर गाँव में शान्ति बहाल होगी, यह यदि कोई कह रहा होगा, तो वह झूठ है। हम गाँव का आधा हिस्सा हैं। हम अशान्त है। हमें हमेशा के लिए अशान्त रखकर कोई शान्ति की अपेक्षा रख रहा होगा तो वह भ्रम में है। आज तक हम गूँगे थे। इस कारण शान्ति थी। अब हम बोलने लगे हैं। इस कारण आज तक की शान्ति खंडित हो रही है। मूल रूप से वह शान्त थी ही नहीं। वह समाज की मृतप्राय अवस्था थी।''

दौलत कांबले ने दलितों का पक्ष जोरदार ढंग से रखा था और जुलूस गाँव

की दिशा की ओर बढ़ रहा था।

पुलिस ने रास्ते में ही जुलूस रोक दिया, "हमारे पास फोर्स कम है। आप गाँव में जाएँगे तो तनाव बढ़ेगा और कुछ भी हो सकता है। हम आपकी सुरक्षा नहीं कर पाएँगे। आप जुलूस मत निकालिए।" पुलिस दलित कार्यकर्ताओं को समझा रहे थे। जुलूस के लोग आक्रमक हो गये थे। जोरजोर से घोषणा दे रहे थे।

गाँव के लोग ईंट पत्थर लेकर छतों पर चढ़ गए थे। दलित बाजे-गाजे के साथ गाँव में प्रवेश कर गये। जुलूस पर पथराव हुआ। बाबासाहब आंबेडकर की प्रतिमा तोड़ी फोड़ी गयी। जुलूस में कार्यकर्ता जख्मी हुए। पुलिस भी जख्मी हुई। पुलिस ने छतों पर जाकर गाँव के गुंडों को धर दबोचा। सुनील नवले, श्रावण लोमटे, केशव काकडे और पन्ना अखाड़े के पहलवानों को पुलिस ने कब्जे में लिया।

आनंद काशीकर दौलत कांबले से मिलने आया था। कांबले हताश नहीं हुआ था। उसका आत्मबल अधिक दृढ़ हो गया था। "ऐसे सामाजिक संघर्ष के प्रसंग पैदा होने चाहिए। अनबन होनी चाहिए। इसी से सामाजिक परिवर्तन की भूमिका तैयार होगी। ये परिवर्तन आसानी से नहीं होंगे। इसके लिए खून बहाना होगा।" दौलत कांबले बहुत आस्थापूर्वक अपने विचार रख रहा था। "अन्याय के खिलाफ संघर्ष करना चाहिए। अन्याय सहन करना मानवता के साथ अपराध है।" आनंद अपने विचार व्यक्त कर रहा था। "जयंती के जुलूस में मैं जख्मी हो गया होता तो मुझे खुशी हुई होती।" आनंद सहज ही बोला गया पर दौलत कांबले को उसकी प्रतिक्रिया मन से अच्छी लगी थी।

दलितों में हुई जागृति देखकर सवर्ण अंतर्मुख हो गये थे। अब दलितों पर पहले जैसा अन्याय करना आसान नहीं लगा, इसका अहसास उन्हे हो गया था। गाँव में कैंप कर रहे पुलिस को देखकर उन्हें कानून का डर लग रहा था। विरोध जितना अधिक होगा, उतनी दलितों की प्रतिकार शक्ति बढ़ रही है, इसका अनुभव सवर्णों को होने लगा था। बाबासाहब आंबेडकर नाम की एक प्रचंड शक्ति चक्रवात की तरह बढ़ रही है। इस चक्रवात का सामना कैसे किया जाय, इसकी सामाजिक तैयारी करना आवश्यक है, यह पुलिस जान चुकी थी।

***

सुषमा पडवल मैडम के बालों को मेंहदी लगा रही थी। रविवार का दिन होने के कारण आनंद कपड़े धोने नदी की ओर निकल गया था। पडवल मैडम ने उसे बुला लिया था। आनंद पडवल मैडम के सामने खड़ा था। पडवल मैडम आनंद से बात करने की बजाय सुषमा को मेंहदी लगाने सम्बन्धी सुझाव दे रही थी। आनंद

खड़ा ही था।

"सर कुर्सी लीजिए। बैठिए।"

"मुझे कपड़े धोने जाना था।"

"कपड़े जरूरी हैं या मैं?"

"ये बात नहीं।"

"फिर बैठिए ना। मुझे आपसे गप नहीं करनी हैं। जरूरी बातें करनी हैं। इसलिए आपको रोक लिया है। आपके पास समय नहीं होगा, तो बाद में बात करेंगे।"

"ये बात नहीं।"

"फिर बैठिए न। कपड़े सुषमा धो देगी। सुषमा तू सर के कपड़े धो दे।"

"नहीं ... नहीं। मैं धो लूँगा अपने कपड़े।"

"मेरे शब्दों की कोई कीमत नहीं है क्या? या आपने तय ही कर लिया है कि मेरा कुछ भी नहीं सुनना है ? आप कांबले सर की सुनते हैं, काफी करीबी बढ़ गयी है।"

"ये बात नहीं।"

"मैं तो मज़ाक कर रही थी। मुझे तो दूसरे ही विषय पर बोलना है। बोलूँ?"

"बोलिए ना।"

"आप शादी कब करने वाले हैं?"

"करूँगा आराम से, अभी तो नौकरी लगी है।"

"मैं देखूँ क्या आपके लिए रिश्ता?"

"मुझे जात न माननेवाली पत्नी चाहिए।"

"हम कहाँ जात मानते हैं ? हमने तो अन्तरजातीय विवाह किया है। है ना सुषमा?"

आनंद भयंकर चुप्पी साध गया। सुषमा के चेहरे पर लाली चढ़ गयी। सुषमा का बदला हुआ चेहरा सारे रहस्य खोल रहा था। पडवल मैडम भी चुप हो गयी। ज्यों उनके पास के सारे शब्द ही खत्म हो गये थे। मौन इतना मुखर होता है कि वहाँ शब्दों की आवश्यकता ही नहीं बची थी। आनंद सकते में था।

"सुषमा की शादी करनी है।"

"भाभी मैंने अपना पार्टनर ढूँढ लिया है।"

आनंद उठ गया था। पडवल मैडम ने उसे रोकने की कोशिश की। आनंद आवेग से नारायण सदन से बाहर आ गया। उसके दिमाग में तूफान उठा था। उसके कदमों में आकाश आ गया था। उसके मन में तूफानी हवाएँ बह रही थीं। मैं किसी

रहस्यमय प्रदेश में भटक गया हूँ, ऐसा आभास उसे हो रहा था।

बाबासाहब आंबेडकर जयंती के जुलूस पर पथराव करने के आरोप में गाँव के पन्द्रह बीस लोगों को पुलिस ने गिरफ्तार किया था। इसमें पत्रा अखाड़े के पहलवानों की संख्या अधिक थी। गाँव के युवकों को गिरफ्तार किए जाने के कारण सवर्णों में बहुत तनातनी शुरू हो गयी थी।

विश्वेश्वर मन्दिर के प्रांगण में गाँव के कर्ताधर्ताओं की बैठक हुई। दलितों ने ग्रामशासन को नकार दिया था, इसलिए गाँव की मुश्किल हो गयी थी। गाँव ने दलितों पर सामाजिक बहिष्कार लागू करने के कारण दलितों की नाकेबन्दी हो गयी थी। इसमें से रास्ता निकालना जरूरी था। गाँववाले दलितों को सबक सिखाना चाहते थे। और पुलिस गाँववालों को। एमएल ने स्वयं फोन कर गाँव के कुछ लोगों से कहा था। गाँव में शान्ति रहनी चाहिए। गाँव संघर्ष मुक्त होना चाहिए यह सलाह गाँव के कारभारियों को दी थी। आनंद काशीकर और नारायण पडवल भी इस बैठक में थे।

"मांगों की शिकायत नहीं है। चमार, ढोरों की शिकायत नहीं। केवल महारों की शिकायत है। आंबेडकर के कारण वे बिगड़ गये हैं।" जयराम पुजारी।

"सारे महारों की शिकायत कहाँ है ? कुछ पढ़े-लिखे युवक महारों को गाँव के खिलाफ बहका रहे हैं।" केशव काकडे।

"शहरों में पढ़ने के लिए जाकर महारों के बच्चे बिगड़ गये हैं। वे पुलिस में झूठे मुकदमे दायर कर रहे हैं। जिन्होंने उन्हें तकलीफ दी उनके खिलाफ केस करें, लेकिन उन पर अन्याय करता है कोई और पीसा जाता है कोई और ही। यह प्रवृत्ति गलत है। इस कारण गाँव बदनाम हो रहा है।" बाजीराव।

"हमने दलितों को हमारे साथ पानी भरने के लिए विरोध किया। आज दलित आदमी पानी की टंकी भरता है और गाँव के नलों में पानी छोड़ता है, इस बात पर ध्यान दें। हम शहरों में जाते हैं। होटल में खाते हैं, पीते हैं, वहाँ भी वेटर का काम करनेवाले लड़के दलितों के ही होते हैं। इस बात का भी ध्यान रखा जाय। हम बस और ट्रेन से प्रवास करते हैं। हमारे साथ दलित आदमी बैठकर यात्रा करता है। इसे भी हमें ध्यान रखना चाहिए। हमारे बच्चे स्कूल जाते हैं कक्षा में कई जातियों के बच्चे इकठ्ठा बैठते हैं। उनके साथ दलितों के बच्चे भी बैठते हैं। इसे ध्यान में रखना चाहिए। हम अस्पताल जाते हैं। हमें खून चढ़ाया जाता है। यह दलित का खून भी हो सकता है। खून पर जाति लिखा नहीं होता इसे भी ध्यान रखें। सवर्ण ऊपर की पनघट पर पानी भरते हैं। अस्पृश्य नीचे की पनघट पर पानी भरते हैं। यही पानी दूसरे गाँव जाने पर सवर्ण पीते हैं, यह ध्यान रखिए। खेल के मैदान में बच्चे खेलते हैं, इन खेलों में दलित बच्चों का समावेश होता है, हमें यह ध्यान रखना चाहिए।

अछूत अपने खेत में काम करे तो चलेगा, गाँव में काम करे तो चलेगा। फिर संघर्ष कहाँ उपस्थित होता है? बराबरी के व्यवहार के लिए हम तैयार नहीं है। कानून ने अस्पृश्यता नष्ट की है। कानून के सामने सब समान हैं। इसे भी गौर करना चाहिए। हजारों वर्ष दलित गुलामी में जिए। इससे आगे अब वे विद्रोह करेंगे। समय बदल गया है, इसका आप ध्यान रखें।'' आनंद काशीकर

''काशीकर सर हमेशा ही महारों का पक्ष लेते हैं। वे महारों के हिमायती हैं। उन्होंने महारों के प्रेम के कारण बाजीराव के घर में मरा जानवर खींच निकाला था। महारों से प्रेम के कारण उनके लिए अलग कुआँ खुदाई के लिए उन्होंने गाँव को प्रेरित किया। महारों से प्रेम के कारण ही उन्होंने शराब-बन्दी सत्याग्रह से स्वयं को अलग किया। गाँव ने महारों का बहिष्कार किया है, यह मालूम होते हुए भी उन्होंने अस्पताल जाकर दौलत कांबले से मुलाकात की। मुझे काशीकर की जाति पर संशय है।'' वसंतराव पोटदुखे।

''काशीकर सर समझदारी और सामंजस्य की दो बातें बता रहे हैं। उन पर संशय ठीक नहीं है। ऐसा यदि होता तो नारायण पडवल ने अपने घर में उसे जगह न दी होती। महारों ने पडवल को जेल में डाला था। ऐसे में हमें विचारपूर्वक बात करनी चाहिए।'' हरिभक्त परायण गौरीशंकर महाराज।

''काशीकर सर को चाहिए कि गाँव को समझाने की बजाय महारों को समझाएँ।'' वसंतराव पोटदुखे।

''महारों को गाँव में रहना है तो उन्हें गाँव की बातें माननी होंगी। काफी हुई चर्चा।'' बाजीराव।

गाँव के कर्ताधर्ता चर्चा कर रहे थे। सभी आवेश में बोल रहे थे। रामकिसन गाँववालों के जूतों के पास गर्दन झुकाए बैठा था। ज्यों वह किसी की मय्यत में आकर बैठा हो। रामकिसन यानी दलितों के अभद्र भूतकाल का भग्न शिल्प ही था।

***

हनुमान मन्दिर के चबूतरे पर आज ताश के खेल में कोई मज़ा नहीं था। बाबासाहब आंबेडकर के जुलूस पर पथराव किया था, इसलिए श्रावण लोमटे, सुनील नवले, श्रीकांत पावले, श्रीधर और बंडू को गिरफ्तार किया गया था। हनुमान मन्दिर के चबूतरे पर जयराम पुजारी, दत्ता जगताप और संदीप ताकमोगे चिन्ताग्रस्त होकर बैठे थे।

''आंबेडकर के कारण महार बिगड़ गये। उन्होंने घर के देवी-देवता कचरे के ढ़ेर में डाल दिए। इस से हिन्दू धर्म नष्ट हो जाएगा न?'' दत्ता जगताप।

"हम भव्य राममन्दिर बनाएँगे। हमारे गाँव को दक्षिण का अयोध्या कहा जाना चाहिए। मन्दिर के बिना गाँव की शोभा नहीं।" जयराम पुजारी।

"कितने ही केस दर्ज हों, गिरफ्तारियाँ हों। जाति व्यवस्था नष्ट नहीं होगी।" संदीप ताकमोगे।

जयराम पुजारी, दत्ता जगताप और संदीप ताकमोगे हनुमान मन्दिर के चबूतरे पर बातें करते बैठे थे। उनके चेहरे उजाड़ थे। उनकी आवाज ज्यों अशुभ भविष्यवाणी हो। वे गम्भीर हो गये थे। "महारों ने गाँव की नाक में दम कर रखा है।" जयराम पुजारी की आवाज में झुँझलाहट थी। फुफकार थी।

"साला, काशीकर अभी ही नदी पर गया। उसके पीछे-पीछे केशर जा रही है। साला क्या टाइमिंग है?" दत्ता जगताप ने व्यंग्यात्मक ताना कसा। जयराम पुजारी ने उसकी बात की ओर ध्यान नहीं दिया। "अब इससे आगे हम सिर्फ मन्दिर के बारे में बाते करेंगे। मन्दिर बनाने का संकल्प साकार करेंगे।" जयराम पुजारी की आवाज प्राचीन मन्दिर में निनादने वाली प्रतिध्वनि की तरह लग रही थी। इसके बाद उनके बीच छूत की बीमारी की तरह मौन पसर गया था।

***

सुषमा ने कंप्यूटर के गेम सीख लिये थे। जब वह अकेली होती तब कंप्यूटर पर खेल खेलती। वह बहुत सहजता से कंप्यूटर चलाने लगी थी। उसके भीतर का कंप्यूटर सम्बन्धी डर खत्म हो चुका था। उसे पेंटब्रश में चित्र बनाना और रंगना आ गया था। वह वर्ड में लेटर टाइप करने लगी थी। कंप्यूटर पर उसने अपना बायोडेटा तैयार कर लिया था। उसे कंप्यूटर की बेसिक बातें मालूम हो गयी थीं।

सुषमा कंप्युटर सीख रही थी। साथ ही सहजीवन की एबीसीडी भी सीख रही थी। सुषमा के साथ का सकारतमक प्रतिसाद आनंद को जीवन के नये मोड़ का एहसास करवा रहा था। इस मोड़ पर एक खतरनाक जोखिम था। उत्कट आनंद था। अत्याधिक मोह था। न टाला जा सकनेवाला जबरदस्त आकर्षण था। बहुत गहरी तल्लीनता थी। प्राणांतक प्रेम था। व्याकुल कर देनेवाली तड़प थी। बेसुध पागलपन था। वह उसके साथ के लिए, स्पर्श के लिए, लालायित होती। वह अधीर हो गयी थी। उसकी मुखमुद्रा एक नया शिलालेख लिख रही थी। वह उसका शिक्षक था, सखा था। दोनों के बीच का अन्तर खत्म हो चुका था।

"आपको मालूम हुआ क्या?"

"मुझे शंका है।"

"घर में हमारी शादी की चर्चा है।"

"कौन कर रहा है?"

"भैया और भाभी।"

"मुझे लग ही रहा था।"

"मैं पसन्द नहीं क्या?"

"मैं पसन्द हूँ?"

"हाँ कहा तो?"

सुषमा शरमाई थी। उसका चेहरा कली की तरह खिल गया था। वह लजाकर भाग गयी थी। उसके मेंहदी सने पैर, उसकी पैजनिया, पैंजण की आवाज, सीढ़ी उतरते समय पीछे मुड़कर उसके देखने से आनंद दीवाना हो गया था।

आनंद रात भर सो नहीं पाया। वह सोचता रहा। सोच और विचार। उसे भूख न लगती, प्यास न लगती, नींद भी न लगती। वह ज्यों गूँगा हो गया। उसका कायापालट हो गया था। वह सोचता रहता और फिर फिर सोचता रहता सुषमा के बारे में, शादी के बारे में और अपनी जाति के बारे में। मुझे आनंद हो रहा है या दुःख यह वह जान न पाता। जीवन में पहली बार उसे अपनी जाति दुश्मन लग रही थी। अपनी जाति जानने के बाद सुषमा क्या मुझे स्वीकार करेगी। पडवल फैमिली कट्टर जातीयवादी है। पर उन्होंने मुझ पर मन से प्यार किया है। उन्हें अँधरे में कैसे रखा जा सकता है? उनके घर में रहना और बात है और उनके घर में घुलमिल जाना और बात है। मैं इन्कार कर दूँ क्या? सुषमा क्या सोचेगी? या सुषमा को लेकर भाग जाऊँ? क्या करूँ? उसकी सारी जिन्दगी सुषमा के आसपास बुनी गयी थी। उसे किसी बात का न अन्त मिलता न आरम्भ। उसकी अवस्था विकट हो गयी थी। जाति महत्त्वपूर्ण या आदमी महत्त्वपूर्ण? वह कई प्रश्नों के उत्तर खोज रहा था। जन्म से मृत्यु तक। व्यक्ति से समष्टि तक। मानवीय सम्बन्धों से दुनियादारी तक। उसे सर्वत्र जाति दिखाई दे रही थी।

"सर, पिछले दो दिनों से आप ठीक से खाना नहीं खाते।"

"मैंने बाहर खाना खाया था।"

"आपकी आँखें गहरे धँस गयी हैं।"

"दो दिन से नींद नहीं।"

"क्यों क्या हुआ?"

"गाँव के दलित सवर्णों की अनबन कैसे खत्म हो सोच रहा हूँ।"

"स्वयं का विचार करें।"

पडवल मैडम खाना परोसते परोसते आनंद से बात कर रही थी। आनंद गर्दन झुकाकर खाना खा रहा था। सुषमा की हालत भी उसी की तरह हो गयी थी। पडवल

मैडम भी संस्था की राजनीति से परेशान हो गयी थी। पडवल मैडम जबसे मुख्याध्यापक बनी है तब से घर राजनीति का हिस्सा बनता गया था। नारायण पडवल की मगरूरी बढ़ती जा रही थी। पडवल मैडम घर से ऊबती जा रही थी।

***

हर वर्ष की तरह इस वर्ष भी पडवल मैडम ने अखंड सुहागन रहने के लिए वटसावित्री का व्रत रखा था। उन्होंने तीन दिन का उपवास किया था। सावित्री ने अपने पति के प्राण वापस पाने के लिए यमराज को अपनी भक्ति से प्रभावित किया था और अपने पति के प्राण वापस हासिल किए थे। जिस वृक्ष के नीचे सत्यवान जीवंत हुआ था, वह बरगद का पेड़ था। उस समय सावित्री ने वट वृक्ष की पूजा की थी। सावित्री पुण्यवान और पतिपरायण थी। अनेक हिन्दू स्त्रियों ने सावित्री को आदर्श माना। अपना पति यानी सुहाग मृत्यु तक जीवंत रहे और हर जन्म में यही पति मिले, स्त्रियाँ यही प्रार्थना करती है। पडवल मैडम भी वट सावित्री का व्रत करती थी। केशर भी करती थी। 'जनम जनम मैं पत्नी के रूप में जन्मूँ' यह केशर की प्रार्थना होती।

नारायण पडवल अपनी पत्नी की चाल चलन पर सन्देह करता था। उसका पीना बढ़ गया था। पडवल का विश्वास बढ़े इसलिए, पडवल मैडम हर तरह की कोशिश करती।

वटवृक्ष की पूजा का समय ग्यारह बजे का तय था। पडवल मैडम, जाई जगताप, भैरवी और मंगला चाची वटवृक्ष की पूजा करने निकली थी। पडवल मैडम ने पूजा के लिए पानी से भरा लोटा और पूजा की थाल ली थी। थाली में पूजा की सामग्री थी। हरी चूड़ियाँ, सिन्दूर, अबीर, हल्दी, फूल, अक्षत और मंगलसूत्र पूजा के लिए थे। इत्र, कपूर, पंचामृत, पान का बीड़ा, सुपारी, पैसे, गुड़, नारियल का नैवेद्य, दूर्वा आदि सामग्री ली थी। थाली पर रूमाल ढँका था। पडवल मैडम सबसे आगे थी। सब सजी-धजी थीं। सबके सिन्दूर बहुत ठोस दिखाई दे रहे थे।

वटवृक्ष की पूजा करने के लिए सुहागन स्त्रियाँ लम्बी कतारों मे खड़ी थीं। पडवल मैडम, जाई जगताप, भैरवी और मंगला चाची कतार में खड़ी थी। आज वटवृक्ष को महत्त्वा मिला था।

पडवल मैडम ने वटवृक्ष के तने पर हल्दी कुम-कुम चढ़ाया। वटवृक्ष के तने के पास पूजा की सामग्री रखी। उस पर सौभाग्य अलंकार रखा। दीया जलाया। अगरबत्ती जलाई। वटवृक्ष की आरती उतारी। बरगद के तने को धागे से बाँधा और सात प्रदक्षिणा लगाकर तने को धागा लपेट दिया। पानी का फेरा डाला। बरगद के

सामने हाथ जोड़कर खड़ी रही और मन ही मन प्रार्थना की, "हे वटवृक्ष मैं ज्येष्ठ कृष्ण त्रयोदशी के पवित्र दिन तेरी प्रार्थना करती हूँ। मेरे बच्चों और पति को लम्बी उम्र दे। मैं अखंड सुहागन बनी रहूँ।" एक दूसरे को हल्दी कुमकुम लगाया और कोंछ भरी।

वटवृक्ष को देवत्व प्राप्त हुआ था। वट यानी ज्यों ब्रह्मा विष्णु और महेश का प्रतीक लग रहा था। वट का तना धागों से लपेटा गया था। सुहागिनों की पूजा से वटवृक्ष को पवित्रता मिली थी। सभी ने वटवृक्ष के पास अखंड सुहागन होने की मन्नत मानी थी।

सुषमा सीढ़ियाँ चढ़कर छत पर गयी थी। उसने भावुक होकर वटवृक्ष की ओर देखा। वटवृक्ष की आरती उतारने स्त्रियाँ जा रही थीं। वटवृक्ष की पूजा कर रही थीं। प्रदक्षिणा कर रही थीं। लौट रही थीं। सुषमा भी वटवृक्ष की आरती उतारने का सपना देख रही थी। अखंड सुहागीन का व्रत स्वीकार करने के लिए उसकी देह बेताब थी। वह वटवृक्ष की ओर अपलक देख रही थी। उसे वटवृक्ष के रूप में आनंद दिखाई दे रहा था। पुकारने का मोह उसे हो रहा था। उसने स्वयं को सँवारा था। उसे वटवृक्ष के पत्तों की सरसराहट सुनाई दे रही थी। आनंद ने पीछे से आकर उसकी आँखें ढाँप दी थीं। नह प्यार से 'आनंद' कहर चिल्लाई थी। खिल गयी थीं।

***

मुख्याध्यापक और प्राचार्य पद का भार ग्रहण करने के बाद पडवल मैडम ने स्कूल में नये कार्यक्रम शुरू किए थे। नये प्रयोग किए थे। विद्यार्थियों से शिक्षकों का मूल्यांकन करने का प्रयोग विवादास्पद हुआ था। शिक्षकों ने एक स्वर से इस पद्धति का विरोध किया था। सारे शिक्षक एक हो गये थे। पडवल मैडम एकाकी हो गयी थीं। आनंद अकेला ही उनके पक्ष में था। जाई जगताप, कस्तुरे और हताले भी कांबले से जा मिले थे। इस कारण पडवल मैडम का सिरदर्द बढ़ गया था। उसके उत्साह को पाला मार गया था।

"कौन शिक्षक अच्छा पढ़ाता है और कौन बुरा, यह तय करने का अधिकार विद्यार्थियों को होना चाहिए। विद्यार्थी ही शिक्षकों का मूल्यांकन करें।" पडवल मैडम का यह विचार था। संस्था ने भी इस भूमिका को समर्थन दिया। विद्यार्थिंयों को मूल्यांकन के फार्म दिए गये। प्रत्येक पीरियड के बाद हर विद्यार्थी उस पीरियड के बारे में ए बी सी डी दर्ज कर शिक्षक के अध्यापन का मूल्यांकन करते। इस पद्धति के कारण शिक्षक का महत्त्व कम होता है और विद्यार्थी को अधिक महत्त्व मिलता है, यह शिकायत चारमगोल ने की। विद्यार्थियों को मूल्यांकन पद्धति का ज्ञान न होने के

कारण उनकी ओर से योग्य मूल्यांकन नहीं होगा यह शिकायत कांबले ने की। पास न होनेवाले, पढ़ाई न करने वाले विद्यार्थी शिक्षक का मूल्यांकन बदले की भावना से कर सकते हैं। यह आशंका हताले ने व्यक्त की। विद्यार्थियों द्वारा किए गये मूल्यांकन के आधार पर संस्था किसी शिक्षक को परेशान कर सकती है। यही तर्क वाले ने दिया था। विद्यार्थियों की ओर से शिक्षक का मूल्यांकन करवा लेना शिक्षक का अपनाम करना है, यह बात कस्तुरे ने रखी। विद्याथियों को शिक्षक के विरुद्ध यदि भड़काया तो शिक्षकों को क्लास में पढ़ाना मुश्किल हो जाएगा। यह डर जाई जगताप ने जताया। "हमने यदि अच्छा पढ़ाया तो विद्यार्थी अच्छा ही मूल्यांकन करेंगे। शिक्षकों को बेवजह हौवा खड़ा नहीं करना चाहिए। तैयारी कर पढ़ाना चाहिए।" यह भूमिका आनंद की थी।

सारे शिक्षक पडवल मैडम के विरोध में थे। इस कारण स्कूल का वातावरण खराब हो गया। स्कूल का वातावरण गर्म हो गया था। सभी शिक्षकों ने पढ़ाई का बहिष्कार डाला था। पडवल मैडम चिढ़ गयी थी। उसका मानसिक सन्तुलन डगमगा गया था। उसकी कोई नहीं सुनता यह स्पष्ट हो गया था। पडवल मैडम के गुट के शिक्षक कस्तुरे, हताले और जाई जगताप भी कांबले से मिल गये थे।

जोशी संस्था छोड़कर चले गये थे। फिर भी वे सबके सम्पर्क में थे। सबसे फोन पर बोलते थे। इसकी भनक पडवल मैडक को लग गयी थी। उसने सारी स्थिति मुजुमदार के कान पर डाल दी। मुजुमदार ने शिक्षकों की बैठक बुलाई और उन्हें समझाने की कोशिश की। शिक्षक अपनी बात पर अड़े रहे। इस कारण पडवल मैडम को सबके सामने घुटने टेकने पड़े। उसने इस सारी बातों के लिए कांबले को ही जिम्मेदार ठहराया था। उसे कांबले आँख की किरकिरी लग रहा था।

स्कूल का प्रबन्धन समझ लेने के लिए पडवल मैडम रोज एक फाईल पढ़ रही थी। स्कूल शुरू होने के बाद का सारा इतिहास जान ले रही थी। उसने स्कूल को एक नया चेहरा देने की कोशिश की थी, पर शिक्षकों के आन्दोलन के कारण उसके प्रयत्नों को सफलता नहीं मिली। उसने शिक्षकों की पर्सनल फाइल पढ़ने का तय किया था। कांबले की फाइल सबसे अधिक भरी थी। सबसे कम कागज़ जोशी की फाइल में थे। उसने सबसे पहले जोशी की फाइल पढ़नी शुरू की थी।

जोशी की पर्सनल फाइल में आनंद काशीकर के बारे में किए गये गोपनीय पत्राचार के काग़जपत्र थे। जोशी ने आनंद काशीकर ने जिन जिन संस्थाओं में शिक्षा हासिल की उन उन संस्थाओं को गोपनीय पत्र लिखे थे। हर संस्था की ओर से जोशी के गोपनीय पत्रों को उत्तर भी आये थे। शिक्षण शास्त्र महाविद्यालय के प्राचार्य से प्राथमिक स्कूल के मुख्याध्यापक तक सबने उत्तर भेजे थे। आनंद काशीकर की जाति

हमारे कार्यालय में 'मनुष्य' ही दर्ज है। उसमें कोई परिवर्तन नहीं है।' इस आशय के पत्र थे। पडवल मैडम यह फाइल विशेष रूप से घर लाई थी।

नारायण पडवल ने जोशी की पर्सनल फाइल में आनंद काशीकर के जातिविषयक लिखे सारे पत्र पढ़े। जोशी ने आनंद काशीकर की जाति जानने के लिए इतनी उठापटक की होगी इसका रहस्य पडवल पति पत्नी को नहीं मिल रहा था। दोनों सोच रहे थे, तर्क लड़ा रहे थे। पर उन्हें सन्तोषजनक उत्तर नहीं मिल रहा था। उन्हें यह सारी उठापटक समझ में नहीं आ रही थी। पुणे के लोकमान्य तिलक शिक्षण शास्त्र महाविद्यालय के प्राचार्य का पत्र, यहाँ आनंद ने बी. एड. किया था। गोंदिया के स्वामी विवेकानंद कला व वाणिज्य महाविद्यालय के प्राचार्य का पत्र, यहाँ आनंद ने पदवी स्तर की शिक्षा हासिल की थी। बिलासपुर के महाराज सयाजीराव गायकवाड जूनियर कॉलेज के प्राचार्य का पत्र, यहाँ आनंद ने उच्च माध्यमिक तक की शिक्षा ली थी। इंदौर के राजमाता अहिल्यादेवी होलकर इंग्लिश स्कूल के मुख्याध्यापक का पत्र, 'यहाँ आनंद ने माध्यमिक शिक्षा ली थी। सीताबर्डी नागपुर के संत तुकडोजी महाराज प्राथमिक स्कूल के मुख्याध्यापक का पत्र, यहाँ आनंद ने प्राथमिक शिक्षा ली थी। ये सारे पत्र पडवल ने पढ़े थे। नागपुर, इन्दौर, बिलासपुर, गोंदिया, पुणे में आनंद काशीकर की शिक्षा हुई दिखाई दे रहा था। पर आनंद का मूल गाँव कौन सा था? उसके पिता ने इतने स्थान क्यों बदले? इसका पता न चलता। आनंद के पिता केंद्र सरकार की नौकरी में होंगे। उनका निरन्तर तबादला होता रहा होगा, इसलिए उसे इतने स्थानों मे पढ़ना पड़ा होगा क्या? आनंद के पिता नौकरी न कर होते तो उन्होंने गृहस्थी चलाने के लिए इतने स्थान क्यों बदले? फिलहाल तो आनंद के माता पिता रायपुर में रहते हैं। रायपुर उनका मूल गाँव होगा क्या? पडवल को किसी बात का खुलासा नहीं हो पा रहा था। इन सारे प्रश्नों के उत्तर आनंद काशीकर से जानना आवश्यक था। पर आनंद निजी प्रश्नों के उत्तर देना टाल रहा था।

नारायण पडवल ने आज साहस करने की ठान ली थी और सीढ़ियाँ चढ़कर वह ऊपर गया। पडवल अचानक ऊपर आया देखकर आनंद असमंजस में पड़ गया। पडवल शादी की बात करेगा इसलिए आनंद सतर्क हो गया। पडवल आनंद के सामने बैठ गया।

आज पडवल एकदम अलग लग रहा था। आनंद पेशोपेश में था। पडवल ने मुँह खोला, 'काशीकर सर, आप अकेले इसके साथ हैं, बाकी सब इसके विरोध में हैं। इसने सबको अनुशासन में रखने की कोशिश की। पर उन्हें अनुशासन नहीं चाहिए। आपने मैडम का पक्ष लिया। आपके कारण मैडम का धीर बन्धा रहता है।

हमें आपकी बहुत मदद होती है। मेरी नौकरी जाने के बाद मैडम ने ट्यूशन लेकर घर चलाया। आपने हमारे खराब समय में हमारा साथ दिया। मैडम के साथ आपने भी ट्यूशन की क्लास चलाने में मदद की। आपके कारण पडवल कोचिंग क्लस के विद्यार्थी बढ़े। हमारा घर चला। आपने मैडम को कंप्यूटर सिखाया। हमारी सुषमा को कंप्यूटर सिखाया। पिछले जनम में हम निश्चित रूप से रिश्तेदार थे। इस जनम में फिर हमारी मुलाकात हुई है। मैडम ने मुझे बताया आप उसकी बहुत मदद करते हैं।" आनंद बेचैन हो गया था। पडवल जब खुश होकर बोलने लगता है, तब वह अनिवार्यतः झगड़ा निकालता है। यह उसका अनुभव था। आनंद कुछ भी नहीं बोल रहा था। वह पडवल की बात सुन रहा था। और पडवल भी बोलने का अवसर न छोड़ता, "मैडम कहती है आप हमारे घर में ही रहने चाहिए आपके लिए हम ऊपर एक मंजिल बनाएँगे। आप अपनी पत्नी के साथ यहाँ रहिए। हम आपसे किराया नहीं लेंगे।" आनंद ने विषय बदलने की कोशिश की, "मैं शादी नहीं करूँगा।" पर पडवल ने आनंद की कोई बात नहीं सुनी थी।

पडवल ने आनंद की बातों की ओर कोई ध्यान नहीं दिया। पडवल उत्साह और आत्मीयता से बात कर रहा था। "आपको हमारी सुषमा पसन्द नहीं है क्या?" आनंद दहल गया था। वह पडवल को देखता ही रह गया। पडवल बिना रुके बोल रहा था। वह तय करके ही आनंद के पास आया था। "मैडम की इच्छा है। सुषमा ने भी हामी भरी है। मेरी भी इच्छा है, आप सुषमा को इन्कार न कहें। आप पर उसका प्रेम है। मुझे मालूम है की आपका और उसका अच्छा बनता है। आप स्वीकार कीजिए।" पडवल ने आनंद से खुलकर पूछा था। पर आनंद कुछ भी नहीं बोल रहा था। क्या बोले यह उसे न सूझता। पडवल उतावला हो गया था। "हाँ तो कहें, नहीं तो ना तो कहें। हमारी आप पर कोई जबरदस्ती नहीं है।" पडवल आक्रामक हो गया था। उसकी आवाज चढ़ी हुई थी। आनंद डगमगाया। उसे कुछ न कुछ बोलना जरूरी था।

वह विवश आवाज में बोला, "सुषमा सुन्दर है। उसे कौन नकारेगा? मेरी कुछ कठिनाइयाँ हैं।" पडवल चिढ़ा। "सर स्पष्ट बोलिए। मैं साफ साफ बोलनेवालों को पसन्द करता हूँ। आप सुषमा के साथ शादी करेंगे या नहीं, स्पष्ट बताइए। हम बेकार में आपके पीछे नहीं पडेंगे। आपने नकार दिया तो हमें बुरा नहीं लगेगा। मुझे आपका निर्णय चाहिए।" आनंद भाव विवश हो गया था। नकारना उसके लिए सम्भव नहीं था। वह सुषमा से प्रेम करता था। पर हामी भरना भी सम्भव नहीं था। उसे अपने जाति का डर लग रहा था।

पडवल उठा। आनंद घबराया। पडवल ने साफ-साफ कहा। "मैंने और मैडम ने तय किया है। आज से हम रिश्तेदार। चलिए नीचे। मैडम के सामने ही बात

करेंगे।'' पडवल ने आनंद का हाथ पकड़ा और उसे खींचते हुए नीचे ले गया।

आनंद दहल गया था। उसे डर लग रहा था। लाज लग रही थी। उसे खुशी हुई थी। जिस क्षण का उसे इन्तजार था। वह क्षण उसके सामने खड़ा था। ज्यों उस पर स्वर्ग से पुष्प वृष्टि का उसे आभास हो रहा हो। पडवल उसे लेकर नीचे आग गया था। अपनी पत्नी को और बहन को बुला लिया था। सबको आमने-सामने बिठाया था। ''मैंने काशीकर सर से बात की। आप भी बोलिए। मैडम, आप बोलिए। काशीकर सर और सुषमा का विवाह तय करें न?'' सुषमा का चेहरा शर्म से लाल हो गया था। ''आप दोनों से पूछें।'' पडवल मैडम ने भी जिम्मेदारी पडवल पर ही धकेल दी थी।

पडवल ने पहल की। ''सर, बोलिएऽऽ सुषमा आपको पत्नी के रूप में पसन्द है या नहीं?'' आनंद ने तपाक से उत्तर दिया, ''हाँ, पसन्द है।''

पडवल ने तुरन्त सुषमा को पूछा, ''सुषमा तुम्हें?'' सुषमा ने शरमाकर उत्तर दिया ''हाँ.''

पडवल और पडवल मैडम के चेहरे पर खुशी के फव्वारे फूट पड़े, ''चलिए, मुँह मीठा कीजिए।'' पडवल ने आदेश ही दे दिया।

पडवल मैडम ने आनंद को शक्कर दी। आनंद ने सुषमा के मुँह में शक्कर डाली। पडवल मैडम ने सुषमा के हाथ में शक्कर दी। सुषमा ने आनंद के मुँह में शक्कर डाली। पडवल मैडम ने नारायण पडवल के मुँह में शक्कर डाली थी और पडवल ने पडवल मैडम के मुँह में शक्कर डाली थी। यह सब सहज ही हो गया। 'काशीकर सर को अब हम अधिकारपूर्वक जानकारी पूछ सकते हैं।' नारायण पडवल की ऐसी भावना हुई। पडवल का चेहरा प्रसन्न हो गया। आनंद का चेहरा भी खिल गया। नारायण सदन में अब वह पराया नहीं रह गया था। वह सुषमा की ओर आँखे भर देख रहा था।

पडवल उत्साहित हो गया था। ''आज हम सेलिब्रेट करेंगे।'' कहते हुए वह उठा था। आलमारी से उसने व्हिस्की की बोतल निकाली थी। दो ग्लास लिये थे। ''ये क्या कर रहे हैं?'' पडवल मैडम चिल्लाई थी। ''तू चुप बैठ। हमें एंगेजमेंट सेलिब्रेट करने दे।'' पडवल आक्रामक हो गया। ''आप लीजिए सर को मत दीजिए।'' पडवल मैडम भी आक्रामक हो गयी। ''आज काशीकर सर को लेना ही पड़ेगा। मुझे कम्पनी की जरूरत है। मुझे आज बहुत खुशी हुई है। सर, आज आपको लेना चाहिए। पडवल ने दो पेग भरे। आग्रह किया, ''नहीं, मैने कभी नहीं ली।'' आनंद ने पडवल को स्पष्ट ना कर दिया। पडवल और आक्रामक हो गया। ''मैंने आपको अपनी सुन्दर बहन दे दी है अब यह पेग दूँगा। इसके बाद आप कभी मत लीजिए।''

पडवल जिद पर उतर आया। आनंद मना कर रहा था। पडवल पीछे हटने को तैयार नहीं था। उसका आनन्द बदरंग हो रहा था "एक घूँट तो लीजिए। मुझे यह क्षण मनाना है" पडवल की आवाज में मनुहार थी। आनंद ने पडवल के आग्रह की खातिर एक घूँट ली। शराब के स्वाद से उसका मुँह टेढ़ा-मेढ़ा हो गया। आनंद का जूठा पेग पडवल ने मुँह को लगाया। "मैं आपका जूठा पिऊँगा।" पडवल एक-एक घूँट ले रहा था।

आनंद सुषमा की ओर देख रहा था। वह उसे पवित्र होम की तरह धधकती हुई लगी। उसकी जगमगाती रोशनी में वह प्रकाशमान हो उठा था।

***

श्रावण शुरू हो गया था। गाँव को धार्मिक उत्सव का स्वरूप मिल गया था। ई. स. 1717 में इन्दौर की महारानी अहिल्यादेवी होलकर की दी गयी निधि से गाँव के विश्वेश्वर मन्दिर का निर्माण हुआ था। मन्दिर के पीछे के तालाब के चारो ओर घाट बनाया था। भव्य मंडप और गर्भगृह, गर्भगृह के ऊपरी हिस्से पर सुनहरा कलश और तालाब के चारों ओर रम्य परिसर के कारण मन्दिर की शोभा बढ़ गयी थी। गर्भगृह में प्राचीन शैली के ज्योतिर्लिंग निचले हिस्से में स्थापित किया था। काले पत्थर का और वज्रलेप कर चिकने लिंग पर पंचमुखी नाग की ताँबे की मूर्ति उत्तराभिमुख रखी थी। शिवलिंग की पार्श्वभूमि पर शिव-पार्वती और गणेश की मूर्ति का शिल्प साकार किया गया था।

सव्वालाख शिवलिंग पार्थिव पूजा का कार्यक्रम शुरू हो गया था। श्री गणेश को सहस्त्र दुर्वा अर्पण की गयी थी। हर तीन घंटे में ज्योतिर्लिंग का पंचामृत से अभिषेक किया जा रहा था। हर दिन मोगरा और रातरानी के सुन्दर फूलों की सजावट की जाती थी। शिवलिंग पर सुन्दर फूलों की लड़ी रची गयी थी। मन्दिर का प्राचीन वैभव और जागृत माहात्म्य को चमक मिल गयी थी।

गुरुदत्त सेवा प्रतिष्ठान और रानमसले के लोगों ने पालकी का सवाद्य जुलूस निकाला गया था।

'ओम नमः शिवाय', 'हर हर महादेव' का जयघोष करते जुलूस निकला। जुलूस के सामने काशीनाथ प्रशाला के विद्यार्थियों का लेझिम दल था। आनंद इस दल के साथ था। पालकी पर जगह-जगह पुष्पवृष्टि हो रही थी। बारिश के कारण रामझीरा नदी लबालब बह रही थी। चारों ओर हरियाली फैली थी। धरती गीली हो गयी थी। आकाश बादलों से भरा था। धूप बारिश की लुका-छिपी शुरू हो गयी थी। रूपहला इन्द्रधनुष दिख रहा था। बारिश की रिमझिम जारी थी। जुलूस में खुले छातों

की भीड़ दिखाई दे रही थी। स्कूली बच्चों ने रेनकोट पहन रखा था। ढोल ताशों ठुमकों से गाँव गूँज रहा था। शिव भजन मंडल जोश से भजन गा रहे थे। जगह-जगह पालकी के सामने भरी गगरियाँ उँडेली जा रही थीं।

जुलूस गाँव का चक्कर लगाकर विश्वेश्वर मन्दिर के पास पहुँचा। बारिश की रिमझिम शुरू हो गयी थी, ज्यों आकाश से मेघराज पुष्पवृष्टि ही कर रहे हो। ढोल ताशे का स्वर तेज हुआ। लोग जोश में नाच रहे थे। सब भक्तिरस में डूब गये थे। अबीर गुलाल से रंग गये थे। जयघोष कर रहे थे। गा रहे थे। विश्वेश्वर मन्दिर का परिसर गुंजायमान था। नगाड़े बज रहे थे। सारे आसपास के इलाके में संगीत गूँज रहा था। जुलूस मन्दिर के सामने रुका।

एमएलए पिसाल इस वर्ष जुलूस में आये नहीं थे। एमएलए ने आज तक गाँव का मेला कभी खाली नहीं जाने दिया था। उनकी छाती में दर्द होने के कारण वे बाम्बे हॉस्पिटल में एडमिट थे। मुजुमदार भी तत्काल मुंबई रवाना हो गये थे। गाँव के कई लोगों ने मुंबई की राह पकड़ ली थी।

एमएलए को दीर्घायु मिले इसके लिए सामूहिक प्रार्थना सभाएँ आयोजित की गयी और उसके बाद जुलूस विसर्जित हो गया।

मेले के निमित्त महाप्रसाद के रूप में गाँव भोजन था। सर्वप्रथम गाँव के सवर्ण पुरुषों की पंगत बैठी थी। श्रावण लोमटे, कैलाश काकडे, गिरीश, श्रीधर, सुनील नवले, हताले, पांचाल और आनंद काशीकर पंगत को महाप्रसाद दे रहे थे। आनंद बूँदी परोस रहा था। पंगत में आनंद को जिस पावले ने लूटा था, वह भी बैठा था। आनंद उसे एक मुठ्ठी बूँदी और परोसी थी! पावले प्रसन्नता से हँसा था। पंगत बैठी थी। हर हर महादेवऽऽ का जयघोष करते हुए सबने पहला निवाला लिया था। परोसने वालों की भागमभाग जारी थी।

होस्टल के बच्चों की अलग पंगत बैठी थी। दलित विद्यार्थियों को धर्मशाला में बैठाया था। उनके लिए परोसने वाले अलग थे। उनके लिए अलग महाप्रसाद रखा गया था। उन्हें अपने अलगपन का तीव्र अहसास हुआ था। गाँव के पुरुषों की पंगत उठ जाने के बाद गाँव की सवर्ण स्त्रियों की पंगत बैठी थी। सबसे अन्त में गाँव के अछूतों को महाप्रसाद के लिए बुलाया था। पहले अस्पृश्य पुरुषों ने खाना खाया, उसके बाद दलित स्त्रियाँ आयी थीं। महाप्रसाद के लिए बौद्ध नहीं आये। उनकी अनुपस्थिति कइयों को खटकी थी। आनंद भी दहल गया था। आज उसने पूरा गाँव अपवित्र किया था। उसने पूरे गाँव को महाप्रसाद दिया था।

***

पडवल मैडम ने आनंद को कई बार प्रत्यक्ष अप्रत्यक्ष सलाह दी थी। पर आनंद मैडम की सलाहपर ध्यान न देता। आनंद जान बूझकर मेरी सलाह पर ध्यान नहीं देता, यह पडवल मैडम के ध्यान में आ गया था। इस कारण पडवल मैडम स्वयं की ही सक्रिय हो गयी थी। उसने कांबले के खिलाफ विद्यार्थियों से लिखित शिकायतें लिखवा लेना शरू किया।

पहली शिकायत मीनाक्षी से लिखित रूप में प्राप्त हुई। मीनाक्षी ने भी जिस तरह प्रेम पत्र लिखा जाता है उस अन्दाज में लिखित शिकायत दे दी थी। उसने पडवल का कोचिंग क्लास ज्वाइन किया था। पडवल मैडम ने अपने पास पढ़ने आये विद्यार्थियों से लिखित शिकायतें लिखवा लेती थी। जिसने कांबले के खिलाफ शिकायत लिख दी थी, उस विद्यार्थी को पास कर देने का आश्वासन मिल जाता था। "कांबले सर के उच्चारण ठीक नही हैं। वे पढ़ा नहीं पाते। इस कारण हमारा नुकसान हो रहा है।" ऐसे आशय की शिकायतें विद्यार्थियों ने लिख कर दे दी थी। उधर 'कांबले सर लड़कियों के मन में लज्जा उत्पन्न होगी, ऐसी बातें कक्षा में बोलते हैं। लड़कियों की ओर बुरी नजर से देखते हैं' यह शिकायत मीनाक्षी ने लिखकर दे दी थी। कांबले को भी इस मुहिम की भनक लग गयी थी।

कांबले क्लास में पढ़ा रहा था। लड़कों के मन में खलबली शुरू हो गयी थी। उनकी पारम्परिक मानसिकता को झटके लग रहे थे। तूफानी बारिश और हवा में पक्षी सहमकर बैठे वैसे ही विद्यार्थी क्लास में बैठे थे। बिजली की गड़गड़ाहट से कांबले के शब्द विद्यार्थियों के मन पर धुँआधार बरस रहे थे। क्लास में रौद्र शान्ति फैली हुई थी। कांबले के कथन समाज व्यवस्था की चीर - फाड़ कर रहे थे। कांबले क्लास में बाबासाहब आंबेडकर का पाठ पढ़ा रहा था। पाठ की प्रस्तावना करते हुए कांबले की आवाज विस्फोट की तरह व्यक्त हो रही थी। विद्यार्थियों के मन पर चकित करनेवाले और अननुभूत विश्व उभर रहा था।

"इस विश्व का निर्माण ब्रह्मदेव ने किया है, यह हिन्दू धर्म की मान्यता है। ब्रह्मा के शरीर से चतुर्वर्ण की व्यवस्था पैदा हुई ऐसा हिन्दू धर्मशास्त्र में लिखा है। ब्रह्मा के मुख से ब्राह्मण जन्मे, बाहु से क्षत्रिय, जाँघों से वैश्य और पैरों से शूद्रों का जन्म हुआ। इस तरह चतुर्वर्ण व्यवस्था अस्तित्व में आयी। ब्राह्मण विद्यार्जन करें और विद्यादान करें। क्षत्रिय देश की रक्षा करें, वैश्य व्यापार करें और शूद्र तीन वर्णों की सेवा करें ऐसी हिन्दू धर्मशास्त्र में आज्ञा है।

शूद्र किसानों का वर्ग है। उसके नीचे अतिशूद्र हैं। वे अवर्ण हैं। उन्हें चतुर्वर्ण में स्थान नहीं है। अतिशूद्र अर्थात अस्पृश्य, आदिवासी और खानाबदोश जनजाति है। अतिशूद्र समझे जानेवाले अस्पृश्य जाति में बाबासाहेब आंबेडकर का जन्म हुआ।

बाबासाहब आंबेडकर जन्म से महार थे। मनुष्य को जाति चुनने का अधिकार नहीं है। जन्म से ही उस पर जाति लादी जाती है। मरने तक वह उस जाति में जीता है।

गाय जैसे पशु को हिन्दू धर्म में पवित्र माना जाता है। इतना ही नहीं तो गोमूत्र भी पवित्र माना जाता है। है न? परन्तु, अस्पृश्य मनुष्य होकर भी अपवित्र माना जाता है। अस्पृश्य का स्पर्श, छाया और शब्द को अछूत माना जाता है। अस्पृश्यों पर निम्न कोटि के काम लादे जाते हैं। अस्पृश्य गुलाम है। वह गुलामी का जीवन जीता है। ऐसे इस महार, अस्पृय जाति में बाबासाहब आंबेडकर पैदा हुए। उन्होंने कष्ट तकलीफ सहते हुए शिक्षा हासिल की। अत्यन्त प्रतिकूल परिस्थिति से संघर्ष करते हुए उन्होंने अपनी शिक्षा पूरी की। बाबासाहब आंबेडकर ने हमारे देश का संविधान बनाया। सभी विद्यार्थियों के सामने वे ज्वलन्त उदाहरण है।"

कांबले ने बाबासाहब आंबेडकर का पाठ पढ़ाते हुए समाज व्यवस्था की चीर फाड़ की। विषमता की धज्जियाँ उडाईं। सवर्ण विद्यार्थी चौंके थे। दलित विद्यार्थियों को बाबासाहब आंबेडकर पर गर्व हो रहा था। उनके कोमल मन में भव्य दिव्य स्वप्न निर्माण हुए थे। उनके हृदय सुलग रहे थे।

सवर्ण विद्यार्थियों ने बाबासाहब आंबेडकर का पाठ खोला था। कांबले ऊँचे स्वर में बाबासाहब आंबेडकर का महत्त्व बता रहे थे। दलित विद्यार्थी मन्त्रमुग्ध होकर सुन रहे थे। और सवर्ण विद्यार्थी पुस्तक के बाबासाहब आंबेडकर के फोटो में दाढ़ी मूँछ लगा रहे थे।

पिछले वर्ष यह पाठ जाई जगताप ने पढ़ाया था। इस वर्ष कांबले सर ने यह विषय लिया था। कांबले के साफ और स्पष्ट वक्तव्य के कारण सवर्ण विद्यार्थी चिढ़ गये थे। उन्होंने पडवल मैडम के पास लिखित शिकायत की। "कांबले सर ने हमारी धार्मिक भावना पर चोट पहुँचाई है। हिन्दू धर्म की आलोचना की है। इस कारण दूसरे शिक्षक बदल दें।" यह लिखित शिकायत थी। इस शिकायत के कारण जाई जगताप का पसंदीदा विषय उसे फिर मिल गया और पडवल मैडम को कांबले के खिलाफ लिखित शिकायत मिलने की खुशी हुई।

पडवल मैडम कांबले के खिलाफ रेकॉर्ड बनाने लगी। वह बदले की भावना से ग्रस्त थी। कांबले के खिलाफ आनंद सक्रिय हो जाना चाहिए इसलिए वह उसके कान भरने लगी। "कांबले ने सारे शिक्षकों को एकत्र कर लिया है। एक महार यह कारनामा कर सकता है, आप चुपचाप यह सब देख रहे हैं। आपको चाहिए कि सवर्ण शिक्षकों को उनसे तोड़ दे। कांबले अकेला पड़ जाना चाहिए। गाँव से जिस तरह महारवाड़ा अलग थलग होता है, वैसा ही कांबले अलग छिटक जाना चाहिए। महार होकर भी वह यह हिम्मत करता है? घमंडी है। उसकी मस्ती ठंडी करनी

चाहिए। नहीं तो वह संस्था के बारे में इसी तरह उठापटक करता रहेगा। उसे कुचलना चाहिए।'' पडवल मैडम प्राचार्य की कुर्सी पर बैठकर बोल रही थी। पैर ज्यों मैले से सन जाय, वैसा उसका हर शब्द तिरस्कार से सना हुआ था। आनंद शान्त बैठकर पडवल मैडम की बात सुन रहा था। आनंद को लगा की ज्यों पडवल मैडम उसी का अपमान कर रही है। "आपको जो चाहिए, मैं दूँगी। आप माँगें। कोई कमेटी चाहिए? कोई विषय चाहिए? कोई पीरियड चाहिए? क्लास चाहिए? मैं आपके साथ हूँ। संस्था आपके साथ है। ये कांबले मेरे रास्ते का काँटा है, उसे उखाड़ना चाहिए। आपकी मुझे मदद चाहिए।'' पडवल मैडम ने आनंद को स्पष्ट रूप से कह दिया। आनंद दहल गया। भूकम्प से घर जिस तरह जमीनदोस्त हो जाते हैं और बड़े बाँधों में दरारें पड़ जाती हैं। वैसी ही हालत आनंद के मन की हो गयी थी।

***

संदीप ताकमोगे की भर्ती पुलिस में हो गयी थी। वह पुलिस ट्रेनिंग के लिए गया था। दत्ता जगताप को नौकरी लग गयी थी। कृषि उत्पादन बाजार समिति, उरण में वह क्लर्क के रूप में ज्वाइन हो गया था। दोनों ने पहला वेतन राममन्दिर न्यास के शिलान्यास की प्राणप्रतिष्ठा करने के लिए दान देने का वादा किया था। पर वे वादा भूल गये। हनुमान मन्दिर के चबूतरे पर बैठकर ताश खेलने के कारण संदीप ताकमोगे और दत्ता जगताप को नौकरी लगी। यह मानने के कारण श्रीधर और बंडू रोज नियमित रूप से ताश खेलने श्रद्धापूर्वक आने लगे थे। इस कारण ताश का खेल बन्द नहीं हुआ और न ही मन्दिर निर्माण की बातें बन्द हुईं। लोग भी ताश खेलनेवालों की ओर बुरी नजर से न देखते। लोगों को भी आदत हो गयी थी।

'राम मन्दिर क्यों बनाएँ तिरूपति बालाजी का मन्दिर बनाएँगे। दुनिया का सबसे अधिक धनवान मन्दिर है वह। तिरुपति बालाजी के भक्त भी धनवान होते हैं''

"अच्छा विचार है।''

"पत्ते कौन फेटेंगा?''

"कल किस पर दाँव था।''

श्रीधर पत्ते फेंटने लगा था। श्रीकांत पावले ने तम्बाकू मलकर मुँह में डाल लिया था। बंडू टाँग ऊपर कर जोर से पादा था। जयराम पुजारी ने नाक जोर से दबाकर रखा था। सुनील नवले ने बंडू को गालियाँ दीं। श्रीकांत पावले गधे जैसे चिल्लाते हैं, कुछ उस तरह की आवाज में हँसा। श्रीधर बंडू पर चिढ़ा। "उठ! कितना

भयंकर बदबू है।'' बंडू भी बेशरम सा हँसा।

***

सुषमा के लिए हामी भरने के बाद आनंद की हालत बहुत अजीब हो गयी थी। उसे नींद न आती। भूख नहीं। वह बार बार वही वही विचार करता रहता। विचारों की उलझन सुलझाई न जाती। उसके चेहरे पर तनाव दिखाई दे रहा था। नजर में डर का अहसास था। वह भीतर ही भीतर घुटता रहता। जाति छिपाने के अलावा उसके पास दूसरा कोई पयार्य ही नहीं था। यदि अपनी असली जाति वह बता देता, तो उसे गाँव में रहने के लिए जगह न मिलती। उसे खाना न मिलता। भीमननर में तो किराये से जगह मिलना मुश्किल था। क्योंकि दलित झोपड़ियों में रहते थे। उन्हें रहने की पर्याप्त जगह नहीं थी। दलितों को दैनिक जीवन में जो अपमान के प्रसंग सहन करने पड़ते हैं, वे मेरे हिस्से न आएँ इसलिए उसके सामने जाति चुराने के अलावा दूसरा पर्याय ही नहीं था। उसकी जाति का पता न चले इसलिए उसके पिता ने उसका सरनेम कांबले की जगह काशीकर ल्र लिया था। इतना ही नहीं, स्कूल में नाम लिखाते समय उसकी जाति 'मनुष्य' लिखवाई। इस कारण उसे दलितों को मिलनेवाली आरक्षित सीट आदि की सुविधाएँ नहीं मिली थी।

मैं मनुष्य हूँ। मैं मानव समाज का अविभाज्य घटक हूँ। मुझे मनुष्य की तरह जीने का अधिकार है। यही उसकी भूमिका थी। कागज़ात पर मेरी जाति 'मनुष्य' ही है। मैंने रिजर्व सीट की कभी सुविधा नहीं ली। मेरा चयन खुले वर्ग में गुणवत्ता के आधार पर हुआ है। ऐसे में मैं अपना दलितपन क्यों दिखाता फिरूँ? उसका यह प्रश्न था। मैं प्रतिष्ठा से जी सकूँ, मुझे किराये सें अच्छा घर मिले। अच्छा व्यवहार मिले। दलित के रूप में आशा आकांक्षा कुचली न जाएँ, यही उसकी चाह थी। यदि मैंने अपनी जाति बताई होती तो नारायण सदन में मैं न रह सकता। सुषमा जैसी पत्नी न मिलती। वह अपने मन को झूठी सान्त्वना कर रहा था। उसका डर सही था।

पडवल मैडम ने उसे जोशी की पर्सनल फाइल दिखाई थी। जोशी ने उसकी जाति का पता लगाने के लिए किया हुआ गोपनीय पत्राचार उसे पढ़ने के लिए दिया था। आनंद ने ये गोपीनय पत्र पढ़े थे और फ्यूज उड़ने सा उसका चेहरा काला पड़ गया था। उसकी हालत दयनीय हो गयी थी। उसके मुँह से शब्द बाहर न निकलता।

पडवल मैडम स्वयं से ही बात कर रही थी। ''ब्राह्मणों में भी नीच प्रवृत्ति के लोग हैं। सारे ब्राह्मण विद्वान हैं, ऐसा नहीं है। कइयों को ढंग से मराठी बोलनी नहीं आती। शुद्ध मराठी लिख नहीं पाते। कई ब्राह्मण अभक्ष्य भक्षण करते हैं। अपेय पान करते हैं।' पडवल मैडम की आवाज बदल गयी थी। ''मेरे भाई की पत्नी मुसलमान

है। मैंने उसे कभी हीन नहीं समझा। माता-पिता सनातनी हैं। उन्होंने ना-नुकुर की पर समझ लिया। मैंने भी जाति से बाहर शादी की। अब समय बदल गया है। पहले जैसा अब क्या रहा?'' पडवल मैडम अपना दुःखडा गा रही थी। वह उबल रही थी।

''ब्राह्मण ही सख्त है, ऐसा नहीं है। पडवल की जात तो हमसे कितनी नीची। पर उसके पिता ने हमें स्वीकार नहीं किया। पडवल ने मेरे लिए अपने माता-पिता छोड़ दिए। पडवल ने जात तोड़ी, इसलिए सुषमा को किसी ने स्वीकार नहीं किया। आपके पल्ले पड़ी और पवित्र हो गयी। आप जैसा देवता आदमी उसको कहाँ से मिलता। आप बड़े दिल के हैं। सुषमा का जीवन सोना हो गया।'' पडवल मैडम अपना मन हल्का कर रही थी। पर आनंद अपने मन की बात नहीं बता पा रहा था। उसे हजार बार लगा होगा, अपनी जाति बताए। पर उसकी ज़ुबान न उठती। उसे साहस हुआ ही नहीं।

पडवल मैडम का स्वगत जारी था। ''प्रेम में जाति कभी रास्ता नहीं रोकती। आदमी आदमी पर प्रेम करता है, जाति पर नहीं।''

पडवल मैडम की बात सुनकर आनंद के मन का तनाव कुछ शिथिल हुआ। चक्की में दाना पीसने-सा आनंद और पडवल मैडम परिस्थिति के रेले में पिस रहे थे। पडवल मैडम अपना मन हल्का कर रही थी। पर आनंद अधिक सतर्क और संकुचित हो गया था।

नारायण पडवल सीढ़ियाँ चढ़कर ऊपर आया। पडवल मैडम तेजी से उठी। ''मैडम मुझे देर हो रही है।'' पडवल की आवाज में झुँझलाहट थी। काशीकर सर को जोशी की फाइल पढ़ने के लिए दी थी। पडवल मैडम खुलासा कर रही थी। ''ठीक है, चलिए।'' पडवल में संक्षेप मे निपटाया।

आनंद भी उनके पीछे पीछे निकला। पडवल सीढ़ियाँ उतरते समय झुँझलाकर रुक गया। वह काशीनाथ प्रशाला की इमारत की ओर भावुकता से देख रहा था। उसकी आँखें पनीली हो गयीं। चेहरा बदल गया था।

''चलिए, नीचे उतरिए नीचे।'' पडवल मैडम

''मुझे तकलीफ होती है, इसलिए मैं ऊपर नहीं आता। इसीलिए क्लासेस भी नहीं लेता। गाँव के बाहर भी नहीं जाता। यह सब मैंने खड़ा किया है। क्या था? खेल का मैदान, ये पेड़... मैंने दिन रात काम किया। इसलिए यह संस्था खड़ी है और आज मैं ही बाहर हूँ।'' पडवल

'मैं हूँ न आपकी कुर्सी में, फिर तो ठीक है?' पडवल मैडम

पडवल हताश-सा सीढ़ियाँ उतर रहा था। उसके पीछे पडवल मैडम और आनंद नीचे आ रहे थे। नीचे सुषमा खड़ी थी। और आनंद की ओर देख रही थी।

आनंद की नज़र भी उसी पर जम गयी थी। उनकी आँखों मे जनम जनम के नाते जुड़ गये थे।

***

"काशीकर बड़ा फैशनेबल रहता है रे।" श्रावण लोमटे।

"शहर का है न" श्रीधर।

"देख तेरी मीनाक्षी को पटा लेगा। शादी नहीं हुई है उसकी।" श्रावण लोमटे।

"वो पटाएगा? खलास कर दूँगा उसे मैं।" श्रीधर।

"काशीकर की आँख मीनाक्षी पर नहीं है। उसे शादीशुदा औरत अच्छी लगती है। वह केशर के पीछे है।" श्रीकांत पावले।

"केशर मेरा माल है। उसे केशर का नाम तो लेने दे। मैं गाँव के बाहर ही उसे फाँसी पर चढ़ा दूँगा।" सुनील नवले।

"जाने दे यार पत्ता फेंक।" जयराम पुजारी।

"तुझे दूसरों के पत्ते देखने की बुरी आदत है। श्रीकांत पावले।

"मैं अपने पत्ते दिखाऊँ क्या तुम्हें?" सुनील नवले।

"खेल यार।" श्रीधर।

"इस साल नदी का पानी बहुत जल्दी सूख गया देख" श्रीकांत पावले।

"मुजुमदार ने नदी पर बाँध बनाया है। नदी का पानी सारा ही अपने खेती में खींच लेता है। दो दो इंजिन बिठाए है। पानी सूखेगा नहीं तो क्या?" बंडू

"उसका बाँध तोड़ना चाहिए।" श्रीकांत पावले।

"तेरे पास चिड़ी नहीं क्या? देख?" जयराम पुजारी।

"नहीं, पत्ते दिखाऊँ क्या?" श्रीधर।

"आगे खेल।" सुनील नवले।

हनुमान मन्दिर के चबूतरे पर रोज की तरह ताश का खेल जमा था। स्कूल चल रही थी। गाँव में मदारी आये थे। मदारियों का ढोल जोर-जोर से बज रहा था। भीड कट्ठा हो गयी थी। गाँव के भीतर मदारियों का खेल शुरू हो गया था।

***

ग्यारहवीं कक्षा की मीनाक्षी रोती हुई प्राचार्या के कमरे में आ गयी थी। पडवल मैडम और जाई जगताप के बीच चर्चा चल रही थी। वहाँ आनंद भी उपस्थित

था। मीनाक्षी फूट-फूटकर रो रही थी। "कांबले सर ने मेरी कॉपी पकड़ ली है। मुझे पेपर लिखने दीजिए। मैं फिर शुरू से लिखूँगी। मेरा साल खराब होगा।" मीनाक्षी बहुत विलाप कर रही थी। कॉपी मामले में ही पडवल को नौकरी से हाथ धोना पड़ा था। और जेल की हवा भी खानी पड़ी थी।

पडवल मैडम विचलित हुई। उसने मीनाक्षी को समझाया, "एक तो नकल करना और ऊपर से रोना। ये ठीक नहीं। अगले पेपर में नकल मत करना। अब शान्ति से घर जा। और अगले पेपर की तैयारी कर।" पडवल मैडम ने मीनाक्षी को समझाया था।

कांबले ने परीक्षा में बहुत कड़ाई की थी। कांबले के पास परीक्षा की जिम्मेदारी थी। वह चीफ सुपरिंटेंडेंट के रूप में काम कर रहा था। इस बार बोर्ड की ओर से आया ज्वाइंट चीफ सुपरिंटेंडेंट शिरोले, कांबले की कक्षा में साथ ही पढ़ा था। उन दोनों ने परीक्षा कड़ाई से चलाई थी। जो नकल करते उन्हें बाहर भेज देते। उनके पेपर छीन लेते। 'पढ़ाई करके पास होइए।' नकल बहादुरों को सुनाया जाता। स्कूल के प्रांगण में नकल के लिए कॉपी देनेवालों की भीड़ थी। नकल के लिए मोबाइल का खुलकर उपयोग हो रहा था। कांबले बहुत नाराज था। उसने स्कूल परिसर की भीड़ को गेट के बाहर भगा दिया था।

परीक्षा हॉल की खिड़कियों के चारों ओर गाँव के गुंडों का झुंड खड़ा होता। पुस्तकों के पन्ने फाड़कर भीतर पहुँचाए जा रहे थे। स्कूल की दीवाल के पास नकल करने की सामग्री का ढेर पड़ा था। बाहर के लोग स्कूल परिसर में घुसकर विद्यार्थियों को नकल करने के लिए मदद करते थे। इसमें विद्यार्थियों के पालकों की संख्या काफी होती। स्कूल का अनुशासन बिगड़ चुका था। परीक्षा को प्राप्त महत्त्व ही नकल करने का मूल कारण था।

कांबले ने स्कूल परिसर की भीड़ को कंपाउंड से बाहर किया था। फिर भी कॉपी देनेवाले स्कूल की पिछली दीवार को लाँघकर भीतर आ रहे थे। उनको रोकना मुश्किल हो रहा था। कांबले का और कॉपी सामग्री देनेवालों का शब्दयुद्ध हो गया था। मीनाक्षी के विलाप शुरू करने के कारण भीतर घुसी भीड़ को एक तैयार कारण मिल गया। उन्होंने कांबले के मुँह पर कालिख पोत दी। पडवल मैडम विचलित हो गयी। उसे मुजुमदार के बेटे की नकल पकड़े जाने के बाद स्कूल में घटी घटना याद आयी। उसने तुरन्त इस घटना की खबर पडवल और मुजुमदार को दी। कांबले थोड़ा भी विचलित नहीं हुआ। उसने गुंडा तत्वों को स्कूल के गेट से बाहर भगाया। आनंद, वाले ओर चारमगोल ने कांबले की मदद की। भीड़ गेट के बाहर थी। स्कूल में श्मशान शान्ति फैल गयी। परीक्षा लिख रहे विद्यार्थी बेचैन हो गये।

वाले और चारमगोल नकल करनेवाले विद्यार्थियों से लिखित रूप से कबूल करावा रहे थे। कांबले मुँह धो रहा था। ज्यों होली में किसी ने उसके चेहरे को रंग दिया हो।इसी तरह इस घटना की ओर देखा जा रहा था। पर आनंद विचलित हो गया था। उसे गेट से बाहर भागते गुंडों की धमकी याद आ रही थी। आनंद को भीड़ का डर लग रहा था।

परीक्षा ठीक ढंग से शुरू थी। पेपर खत्म होने के दस मिनट पहलेवाली बेल बज गयी थी। नकल करनेवाले विद्यार्थियों ने लिखित रूप में कबूल किया था। मीनाक्षी ने भी लिखित खुलासा किया था। उसने नकल की चिट अपने पास होना मान्य किया और माफी माँगी थी। चारमगोल ने नकल मामलों के विद्यार्थियों की उत्तरपत्रिका और उनका लिखित बयान स्टेपल कर दिए थे। उस पर कक्षा के पर्यवेक्षकों के, कांबले और शिरोले सर के हस्ताक्षर थे। स्कूल में मुजुमदार आया था। मुजुमदार के साथ मीनाक्षी और उसकी माँ आयी थी। धमकी देनेवाले गुंडे थे।

कांबले सतर्क हो गया। उसने तुरन्त चारमगोल को पास में बुलाया। "विद्यार्थियों के लिखित बयान बहुत महत्त्वपूर्ण हैं। सबने नकल करना कबूल किया है। उसकी झेरॉक्स करके एक प्रति अपने पास रखना जरूरी है। मुजुमदार विद्यार्थियों को बहकाकर हमारे खिलाफ शिकायतें लिखवा लेगा। मीनाक्षी का लिखित बयान बहुत जरूरी है। गुंडे लड़के आ गये हैं। वे उत्तरपत्रिका छीनकर भाग सकते हैं। लिखित बयान फाड़ सकते हैं।" कांबले ने चारमगोल को हालात की नजाकत बताई। मुजुमदार मुख्याध्यापक के कार्यालय में गया। मुख्याध्यापक की कुर्सी पर बैठा। पडवल मैडम, जाई जगताप और आनंद उनके सामने खड़े थे। वाले भी वहाँ आया था। मुजुमदार ने वाले, आनंद और जाई जगताप को बाहर जाने के लिए कहा। कार्यालय में घुसी भीड़ को बाहर निकाला। मीनाक्षी रो रही थी। 'मैंने नकल नहीं की' कह रही थी। कांबले, वाले और चारमगोल सतर्क थे। भयंकर तेज गति से तूफान आने का संकेत उन्हें मिल चुका था। वाले ग्रन्थालय में गया था। ग्रन्थालय की झेरॉक्स मशीन पर उसने नकल करनेवाले विद्यार्थियों के लिखित बयान झेरॉक्स कर लिए थे। उसमें मीनाक्षी का भी बयान था।

मुजुमदार ने मीनाक्षी के सामने कागज रखा था। उसे लिखित बयान देने के लिए कहा गया। मीनाक्षी ने आँखें पोंछ ली थीं। कागज खींच लिया था। पडवल मैडम ने उसे अपना पेन दिया था। मीनाक्षी बयान लिख रही थी। "मैं पेपर लिख रही थी। कांबले सर मेरे पास आये। उन्होंने मेरी चिट पकड़ी। मुझसे पेपर लेते समय उन्होंने मेरी छाती दबाई।' मीनाक्षी ने बयान लिखने के बाद उसने नीचे हस्ताक्षर किए। मुजुमदार ने बयान ध्यानपूर्वक पढ़ा था। "बहुत अच्छा, तुम्हारे अक्षर बहुत

अच्छे हैं। कांबले ने तुम्हारी नकल पकड़ी है न? जो हमारा नुकसान करता है, उसका नुकसान करना ही चाहिए। अब आप लोग शान्ति से घर जाइए। इस मामले को हम देख लेंगे।'' मुजुमदार ने मीनाक्षी और मंगला चाची को समझा-बुझाकर जाने के लिए कहा। ''बच्ची पास हो जाएगी न?'' मंगला चाची ने चिन्तित होकर पूछा था। ''आप अब जाइए। मुझे दुसरे काम है, पांचाल सबको गेट से बाहर निकाल।'' मुजुमदार जोर से चिल्लाए थे। भीड़ अपने आप बाहर निकल गयी। पांचाल ने सबको गेट तक पहुँचा दिया था।

पेपर का समय खत्म हुआ। विद्यार्थी क्लास के बाहर निकल आये। पडवल कोचिंग क्लास के विद्यार्थी गुस्से में थे। उनके लिए गणित का पेपर कठिन था। उन्हें पडवल मैडम ने पास होने का जो आश्वासन दिया था, वह झूठा साबित हुआ। विद्यार्थी उबल रहे थे।

मुजुमदार ने बेल दबाई। पांचाल भागता हुआ भीतर गया। ''इसकी तीन झेरॉक्स कॉपी ले आओ। किसी को दिखाना मत। गोपनीय है।'' पांचाल ने मीनाक्षी का बयान लिया था। गर्दन हिलाई थी। और झेरॉक्स करने चला गया था।

स्टाफरूम में उत्तरपत्रिका गिनकर सीलबन्द करने का काम शुरू था। मुजुमदार ने मीनाक्षी की उत्तरपुस्तिका और नकल करने की चिट मँगवा ली थी। कांबले ने मीनाक्षी की उत्तरपुस्तिका और चिट चपरासी के माध्यम से मुजुमदार की ओर भेज दी थी।

मुजुमदार ने मीनाक्षी की उत्तरपुस्तिका को कांबले के खिलाफ लिखे उसके बयान को जोड़ दिया था। मीनाक्षी की कक्षा के पर्यवेक्षक कस्तुरे को बुलाकर उस बयान पर उसके हस्ताक्षर ले लिये थे। पडवल मैडम और जाई जगताप ने भी, मीनाक्षी द्वारा कांबले के खिलाफ लिखे बयान पर हस्ताक्षर किए थे। ''मीनाक्षी की उत्तरपुस्तिका और अन्य नकल करने के चिट सम्बन्धी मामले उत्तरपुस्तिका के साथ सील कर लीजिए। नकल के मामले का अलग पैकेट बनाइए।'' मुजुमदार ने निर्देश दे दिए थे और पडवल मैडम ने उनके निर्देशों का पालन किया था। मुजुमदार सम्पर्क कार्यालय की ओर चला गया था।

पांचाल ने नकल के मामले उत्तरपुस्तिकाओं के पैकेट लाए थे। उसमें मीनाक्षी की उत्तरपुस्तिका डालकर सीलबन्द कर दिया था। पैकेट पर पडवल मैडम ने हस्ताक्षर किए थे। उत्तरपुस्तिकाएँ आलमारी में रखकर उसे भी सील लगाया था।

चारमगोल और कांबले ने मीनाक्षी का लिखित बयान अपने पास रख लिया था। अपने चारों ओर संकट गरजने का आभास कांबले को हो गया था। ''कांबले सर के खिलाफ साजिश रचने का काम चल रहा है।'' आनंद व्यतित होकर चारमगोल के पास बोला था। चारमगोल और वाले उससे दूर चले गये थे। उससे कुछ भी नहीं

बोले थे। "काशीकर उनका आदमी है। वह पडवल मैडम के हाथों की कठपुतली है। उसके चक्कर में मत रहना।" वाले चारमगोल को सतर्क कर रहा था। "लड़की की नकल पकड़ी तो एट्रोसिटी का डर दिखाया जाता है। फिर नकल कैसे पकड़ी जाय? परीक्षा कैसी ली जाय? जाने दे। करने दो नकल। नौकरी महत्त्वपूर्ण है। चूल्हे में जाने दे यह शिक्षा व्यवस्था। वैसे भी वह मूल रूप से सड़ गल चुकी है।" चारमगोल तंग आकर बड़बड़ा रहा था। "संस्था शिक्षकों का साथ देने की बजाय विद्यार्थियों से शिकायत लिखवा लेती है तो हम खतरा उठाकर काम किसलिए करें?" चारमगोल भी वाले के सुर में सुर मिला रहा था।

***

"मीनाक्षी के अभिभावकों से मिलना चाहिए। बोलना चाहिए। यह मामला यहीं खत्म होना चाहिए।" आनंद का मन कांबले के पक्ष में खड़ा था। पर कांबले, वाले और चारमगोल उसे टाल रहे थे। उससे कोई भी बात करने को तैयार नहीं था। आनंद स्वयं इसमें से रास्ता निकालने के लिए जी जान से कोशिश कर रहा था। इसके लिए वह केशर के घर गया था। केशर की मदद से उसे यह मामला आपस में मिटाना था।

आनंद केशर के आँगन में खड़ा था। घर के भीतर से केशर का ऊँची आवाज में झगड़ने की आवाज आ रही थी। उसकी आवाज में गुस्सा और वेदना थी। वह अभद्र और वीभत्स बोल रही थी। आनंद बाहर ही रुक गया। आगे बढ़ने का ढाढस ही नहीं हुआ। "तुझमें ताकत होगी तो मेरी आग बुझा, तुममें ताकत नहीं तो मैं क्या करूँ? तू मेरा मामा है इसलिए मैं तेरी बदनामी नहीं करती। तेरी पहली पत्नियाँ क्यों नहीं टिकीं। मेरा संशय लेता है? मैं गंगा की तरह पवित्र हूँ, तुझे कोढ़ हो जाएगा। तेरी इसी प्रवृत्ति के कारण ईश्वर ने तुझे हिजड़ा बनाया है।" केशर की आवाज में भयंकर अनादर था। आनंद की साँस रुक गयी थी। वह लौट जाना चाहता था। वह अपनी जगह से हिला नहीं। वह सोचकर केशर के दरवाजे पर गया था। 'आऊँ क्या?' कहकर वह घर में गया था। "आइए सर, इसे बताइए। ये आपका नाम लेता है। मैं आपके साथ सोती हूँ इसका कहना है। मैं आपसे कितनी बार मिली हूँ। आप भगवान की सौगन्ध खाकर बताइए।" केशर रूआँसी हो गयी थी। उसका पति परेशान था। आनंद गड़बड़ा गया था। अपने पर भी शीलभंग का मामला हो जाएगा, इसलिए डर गया था। "बैठूँ क्या?" उसने केशर के पति से पूछा था। केशर का पति कुछ न बोलकर घर से बाहर चला गया था। केशर बहुत गुस्से में थी। "जा रहा है तो यह दरवाजा भी बन्द करता जा। मैं इसे लेकर सोऊँगी।" केशर

बिजली-सी कड़की थी। आनंद उसके पास बैठा था। वह किस तरह शान्त होगी और उससे कैसे बात की जाय। यह उसे न सूझता। वह शान्त होने की बजाय आग-सी भड़क रही थी। ''मैं किसी के साथ चोरी छिपे नही सोऊँगी। सब मेरी ओर देखें, मुझे कोई डर नहीं। सांड जिस तरह चढ़ता है न, ऐसा चढ़नेवाला पुरुष चाहिए मुझे। पाँच मिनट में बगल में आनेवाला नहीं। घंटाभर दम रखनेवाला चाहिए। ये हिजड़ा मुझे क्या ठंडा करेगा? मुझ पर उँगली उठाता है।'' केशर आवेग में बोल रही थी। आनंद उसके सामने विवश-सा बैठा था।

''मेरा काम था, इसलिए आया। आज स्कूल में बहुत झमेला हो गया।'' आनंद।

''उसी से हमारे घर में यह रामायण हुआ। मेरे पति ने कहा, काशीकर घर आएगा। कांबले के लिए भागदौड़ किए बिना रहेगा नहीं। और मेरे पति की बात सच हुई। मैं इसमें आपकी मदद नहीं कर सकती। आप पडवल मैडम को बताइए। सारा मामला मिट जाएगा। नहीं तो एमएलए का फोन लगाइए'' केशर।

''जिन्होंने मुझे राखी बाँधी है, उन सबने मेरी मदद करनी चाहिए।'' आनंद ।

''पडवल मैडम, मुजुमदार और एमएलए ये तीन ही इस मामले को खत्म कर सकते हैं। बाकी किसी के हाथ में नहीं है'' केशर।

''मैं पडवल मैडम से बोलता हूँ। मैं आपके पास कांबले सर का विषय लेकर आया था, यह किसी को बताइएगा नहीं'' आनंद।

''आपका मेरे घर आना, अब तक मुंबई में एमएलए को मालूम हो गया होगा। उनकी जबरदस्त सूचना व्यवस्था है'' केशर।

आनंद एक भी शब्द बिना बोले केशर के घर से बाहर आ गया था। केशर का पति बाहर सिगरेट फूँकता खड़ा था। निकलते निकलते आनंद ने उसे हाथ जोड़े थे। केशर के पति ने नमस्कार न कर उसके मुँह पर सिगरेट का धुँआ छोड़ा था। आनंद का धैर्य टूट रहा था। वह पडवल के घर में रहकर पडवल के विरोध में केशर के घर गया था। उसे डर लगा था। उसे अपराध बोध हुआ था। नारायण सदन में आनंद ने प्रवेश किया था। नारायण पडवल आरामकुर्सी में बैठकर टी. वी. देख रहा था। आनंद सीढ़ियों की ओर बढ़ा। पडवल ने उसे बुला लिया। आनंद बिदग गया था। ''बैठिएऽ आज स्कूल में जो कुछ हुआ बताइए'', नारायण पडवल की आवाज में कुत्सित भाव थे। ''सुषमा सर के लिए चाय रख। मुझे नहीं चाहिए।'' सुषमा खाना बना रही थी। इतने में पडवल मैडम आकर पहुँची। उसे देखकर पडवल हँसने लगा था। ''ऐसा क्यों हँस रहे हैं?' पडवल मैडम ने अपने पति से पूछा। पडवल ने एक

शब्द नहीं कहा। वह खिदखिदाकर हँस रहा था। वह उसकी ओर खुश होकर देख रही थी। कांबले जाल में फँस गया इसलिए पडवल हँस रहा होगा, ऐसा उसे लगा था। उसके हँसने का स्वर बदल चुका था। उसका हँसना धीरे-धीरे बढ़ता गया था। फिर वह ठहाके मारकर हँसने लगा। फिर वह पेट पकड़कर हँसने लगा था। आनंद की हालत दयनीय हो गयी थी।

पडवल मैडम पति की ओर विचित्र नजरों से देख रही थी। वह अपने सिर के बाल खींचकर हँस रहा था। पेट पकड़कर हँस रहा था। उसने हाथ की बैग रख दी थी। उसका हँसना धीरे-धीरे कम हो गया था। ''कांबले पर शीलभंग की केस होगी। कांबले जेल जाएगा। मुजुमदार कांबले की पत्नी वापरेगा।'' पडवल फिर बेशरम-सा हँसने लगा था। उसके हँसने की ओर पडवल मैडम ने ध्यान नहीं दिया। आनंद पकड़कर लाए गये बच्चे की तरह बैठा था।

***

कल घटी घटना की पार्श्वभूमि पर मुजुमदार सबसे पहले स्कूल आनेवालों में था। स्कूल के बरामदे में लाठी लेकर खड़ा था। चपरासी परिसर साफ कर रहे थे। स्कूल के आसपास चिट जैसी नकल करने की सामग्री इकट्ठा कर जला रहे थे। क्लास की चिट-किताबों-कॉपियों के पन्नों के टुकड़े बाहर निकाल रहे थे। सारे कागज़ जला रहे थे। केवल विद्यार्थियों को ही परीक्षा केन्द्र मे प्रवेश दिया जा रहा था। अन्य लोगों को भीतर आने की मनाही थी। मुजुमदार ने सभी चपरासियों को कड़क शब्दों मे हिदायत दी थी। कम्पाउंड में किसी को प्रवेश नहीं दिया जा रहा था।

परीक्षा हॉल में विद्यार्थी जा रहे थे। मुजुमदार हाथ में लाठी लेकर विद्यार्थियों को हिदायत दे रहा था। ''परीक्षा हॉल में किताबें लेकर न जाएँ। बैग बाहर रखें। सब अपने मोबाइल जमा करें। कल से मोबाइल न लाएँ।'' मुजुमदार की सूचना सुनकर विद्यार्थी हँसे थे, क्योंकि किसी के भी पास मोबाइल नहीं था।

परीक्षा का प्रारम्भ होने से पहले मुजुमदार ने सबकी बैठक ली थी। सबकी बातों में कल घटी घटना के प्रति नाराजी थी।

''हम विद्यार्थियों को उत्तरपुस्तिका देंगे। प्रश्नपत्रिका देंगे। उनका पहचान पत्र और हॉल टिकट देखेंगे। उपस्थिति शीट पर उनके हस्ताक्षर लेंगे। उन्हें पानी देंगे। बेंचपर सीट नम्बर लिखेंगे। पर उन्हें हाथ नहीं लगाएँगे।'' वाले।

''वाले सर, आपने जो कहा वह करना ही पड़ेगा। इसके लिए आपको वेतन मिलता है।'' मुजुमदार।

''हम विद्यार्थियों की झड़ती लेनेवाले नहीं हैं। पुलिस बुलाइए और तलाशी

लीजिए। हम ईमानदारी से काम करें और आप हमारे खिलाफ शिकायत लिखवा लें। हम क्या करें?" कांबले।

"छात्रा ने आपके खिलाफ लिखित शिकायत की है। संस्था ने उसको गम्भीरता से लिया है। आपकी इनक्वायरी होगी।" मुजुमदार।

"मैं जाँच के लिए तैयार हूँ। पर यदि मुझे बिना कारण बदनाम करने की कोशिश की तो मैं मानहानि का दावा करूँगा। आपके पास जिस तह उस छात्रा का लिखित बयान है, वैसा ही हमारे पास भी है।" कांबले।

"उत्तरपुस्तिका लेकर क्लास में जाइए। आज की प्रश्नपत्रिका निकालिए। सुबह के सत्रों के पैकेट लीजिए। नहीं तो दोपहर के पैकेट खोल देंगे। प्रश्नपत्रिका फूटेगी। विद्यार्थियों को बुलाइए। पैकेट पर उनके हस्ताक्षर लीजिए। उत्तरपुस्तिका बाँटने का काम प्रारम्भ करें।" शिरोले।

उत्तरपुस्तिका लेकर सुपरवायजर क्लास में गये। स्वयं मुजुमदार खाली बोरे लेकर प्रत्येक क्लास में गया था। पांचाल ने बोरा पकड़ा था। "जिनके पास नकल की चिट आदि है, इस बोरे में डाले। बाद में नकल पकड़ी गयी तो पुलिस केस होगी। विद्यार्थी अपनी जेब से नकल की सामग्री बोरे में डाल रहे थे। पास की पुस्तकें और बस्ता बाहर ले जाकर रख रहे थे। जेब से, मोजों से, पैंट से नकल करने की सामग्री निकाल कर दे रहे थे। लड़कियाँ कमर में, बाँह में, और ब्लाऊज में रखी नकल के कागज निकाल कर दे रही थीं। नकल सामग्री से बोरा भर गया था। मुजुमदार दुःखी होकर कह रहा था, "कुएँ में ही नहीं तो घड़े में कहाँ से आएगा? शिक्षक पढ़ाते नहीं। विद्यार्थी नकल नहीं करेंगे तो क्या करेंगे?" पांचाल ने नकल सामग्री से भरा बोरा पेशाब घर के पास रख दिया था। मुजुमदार परीक्षा व्यवस्थित शुरू होने के बाद चला गया था। बच्चे पेशाब घर की ओर जा रहे थे। और आते समय बोरे से नकल के लिए कागज लेते आते। क्लास में सामुदायिक नकल शुरू हो गयी थी। शिक्षकों ने नकल की ओर ध्यान नहीं दिया था। पडवल मैडम आनंद को साथ लेकर क्लास के राउंड पर निकली थी। उसके बाद वे पेशाब घर की ओर गये। पेशाब घर की दीवालों पर स्त्री-पुरुष के चित्र बने थे। स्त्री को "पडवल मैडम" और पुरूष को "काशीकर सर" नाम दिया था। इसके बाद "आइ लव यू" यह भी लिखा था। पडवल मैडम ने पांचाल को बुला लिया था और दीवाल के अश्लील चित्र मिटवा दिए थे।

दोपहर के पेपर खत्म होने के बाद सारे पेपर पैकेट में सील कर दिए थे। प्रश्नपत्रिका और उत्तरपुस्तिका वाली आल्मारी सील की गयी। परीक्षा खत्म होने के बाद सब अपने अपने घर गये थे। पडवल मैडम, आनंद और जाई जगताप स्कूल में ही रुके थे। पडवल मैडम ने कांबले को ज्ञापन देने का मसौदा तैयार किया था।

वह मुजुमदार को फोन पर पढ़कर सुनाया था। मुजुमदार की हिदायत के अनुसार उसमें परिवर्तन किए थे। पडवल मैडम ने स्वयं ज्ञापन लिखा था। ज्ञापन लिफाफे में डाल कर बन्द किया और उस पर गोपनीय लिखा। कांबले का पता लिखा। "कांबले को यह लिफाफा दो और प्राप्ति स्वरूप डाक बुक में हस्ताक्षर लो।" कहकर पडवल मैडम ने वह लिखाफा पांचाल को दे दिया।

पांचाल भीमनगर की ओर निकला था। पडवल मैडम, जाई जगताप और आनंद घर की ओर निकल पड़े थे। अँधेरा उतर आने के कारण हनुमान मन्दिर के चबूतरे पर बैठे लोग उठ गये थे। और घर की ओर निकले थे। नदी किनारे के पेड़ों पर पक्षियों का कलरव बढ़ गया था।

***

कांबले ने मुँह पर कालिख पोंछनेवाले छह लड़कों पर पुलिस ने केस किया था। इन्हीं युवकों पर बाबासाहब आंबेडकर जयंती के जुलूस पर पथराव करने की मामले दर्ज थे। इनमें श्रीधर, बंडू और सुनील नवले आगे थे। पुलिस ने इन सब पर कारवाई की थी। मंगला चाची ने बदनामी से डर कर कांबले के खिलाफ पुलिस में शिकायत नहीं की। कांबले ने मेमो का उत्तर देने की बजाय मीनाक्षी द्वारा की गयी शिकायत की कॉपी माँगी थी। इस कारण परीक्षा के दौरान स्कूल में विवाद पैदा हो गया था।

मीनाक्षी जिस हॉल में पेपर लिख रही थी। उस हॉल पर सुपरवाइजर के रूप में हताले ने काम किया था। परन्तु प्रत्यक्ष में हताले गाँव में एक शादी में उपस्थित था। कांबले ने ये फोटो हासिल कर लिये थे। मीनाक्षी की लिखित शिकायत पर जाई जगताप ने कनिष्ठ पर्यवेक्षक के रूप में काम देखा था। उसके वैसे हस्ताक्षर थे। मीनाक्षी ने जो पहला बयान दिया था, उसमें उसने नकल करना स्वीकार कर माफी माँगी थी। इस बयान में उसने कांबले के खिलाफ शिकायत नहीं की थी। उसने दूसरे लिखित बयान में कांबले के खिलाफ शिकायत की थी। उसने दूसरा लिखित बयान क्यों दिया और किसने वह लिखवा लिया, ऐसे सवाल उभरे थे। दूसरे बयान पर परीक्षा का काम देखनेवाले कांबले और शिरोले के हस्ताक्षर नहीं लिये थे। कांबले के मुँह पर कालिख पोछनेवाले युवक बाहर से आये थे। वे किसी भी विद्यार्थी के रिश्तेदार नहीं थे। वे स्कूल कैसे पहुंचे यह भी सवाल था। कांबले ने मेमो मिलने के बाद कड़ा रुख अपनाया था।

***

मुजुमदार, पडवल मैडम और नारायण पडवल वकील की सलाह लेने के लिए उरण गये थे। उन्होंने यह बात बहुत गोपनीय रखी थी। आनंद तक को इसके बारे में कुछ पता नहीं था। पडवल मैडम ने प्रतीक को साथ लिया था। प्रतीक का चश्मे का नम्बर बदलकर दूसरा चश्मा लेना था। शाम तक लौट आएँगे सुषमा को पडवल मैडम ने बताया था। कांबले को वे निलंबित करना चाहते थे। उस पर जाँच करवाकर कम-से-कम उसकी एक वेतनवृद्धि रोकना चाहते थे। साथ ही जाँच के माध्यम से कांबले को अपमानित करना था। मुजुमदार ने यह मामला गम्भीरता से लिया था।

मुजुमदार, पडवल मैडम और नारायण पडवल जिस वकील के पास गये थे, उस वकील के पास कांबले हो आया था। उस वकील से चर्चा की थी। इस कारण मुजुमदार परेशानी में था। "आप कांबले का केस लीजिए पर हमारी मदद कीजिए। हम आपकी फीस देंगे।" कहकर मुजुमदार उठ खड़े हुए। "कांबले हमारे खिलाफ भड़क उठा है। उसे कुचल डालना चाहिए। हमें अब चुपचाप नहीं बैठना है।" पडवल आग में तेल डालने सा बोल रहा था। पडवल मैडम सहम गयी थी। मुजुमदार गम्भीर हो गया था।

मुजुमदार, पडवल मैडम और पडवल एस. एस. सी. बोर्ड में गये। मुजुमदार ने बोर्ड के सचिव की मुलाकात कर सारी घटना की उन्हें जानकारी दी। कांबले वहाँ भी पहले ही जा चुका था। मुजुमदार चिढ़ गया था। "छुट्टी निकाल ये हकरतें करता फिरता है।" वह बुदबुदाया था। सचिव उन्हें बोर्ड के अध्यक्ष पास ले गये थे। अध्यक्ष ने मुजुमदार का कहना सुन लिया था। "हम जाँच करेंगे। अधिक से अधिक कांबले का नाम ब्लैक लिस्ट में डाल सकेंगे। परीक्षा के काम से उसे अलग रखेंगे। इससे अधिक हम और क्या करत सकते हैं। आप ही कार्रवाई कीजिए।" अध्यक्ष ने गम्भीरता से सुझाव दिया था। मुजुमदार, पडवल मैडम और नारायण पडवल हताश होकर बोर्ड के कार्यालय से बाहर आये। यात्रा के कारण प्रतीक थक गया था।

मुजुमदार, पडवल मैडम और पडवल कोर्ट गये थे। पडवल को यहीं सजा हुई थी। पडवल की पुरानी यादें ताजा हो उठीं। वह बेचैन हो गया। मुजुमदार ने वकील से मुलाकात की। वकील को कोर्ट के सामने खड़ा रहना था। अगले दिन उसे हाईकोर्ट का काम था, इसलिए वकील ने उन्हें रात में घर बुलाया था। मुजुमदार ने जिद पकड़ ली। "एक घाव दो टुकड़े करेंगे।" पडवल जोर देकर कह रहा था। "रुकना पड़ा तो कोई बात नहीं। फिर आना जाना न रहे। वकील की सलाह लेकर ही जाएँगे।" पडवल मैडम गम्भीर होकर कह रही थी। "कांबले को संस्था में लेना भूल थी। साहब को कांबले अभी तक समझ में नहीं आया है।" मुजुमदार चिढ़कर

बोल रहा था।

दिन भर के काम करके मुजुमदार, पडवल मैडम और पडवल शाम को सरकारी गेस्ट हाउस में आये थे। मुजुमदार ने पिसाल के नाम से दो सूट बुक करवाए थे। गेस्ट हाउस के कर्मचारी ने पडवल मैडम को पहचाना था। "काफी दिनों बाद आये मैडम" कहकर बहुत आत्मीयता से उसकी पूछताछ की थी। नारायण पडवल के पेट में ज्यों जहर घुल गया हो। मेरी पत्नी मुजुमदार के साथ पहले यहाँ आ चुकी है, यह उसके ध्यान में आ गया था। पडवल मैडम की हालत पकड़े गये चोर की तरह हो गयी थी। पडवल ने जान बूझकर विषय बदल दिया था। "देखिए कांबले यहाँ भी आकर गया होगा!" पडवल का व्यंग मुजुमदार को बहुत अच्छा लगा था। मुजुमदार जोर से हँसा था, "साला ये लोकतन्त्र है। लोकतन्त्र में कुछ भी हो सकता है। कल वो एमएलए बनकर यहाँ आ सकता है।" पडवल व्यंग्यात्मक बड़बड़ाया था।

मुजुमदार अपने कमरे की ओर बढ़ा। पडवल और पडवल मैडम पड़ोस के दूसरे कमरे की ओर बढ़े। पडवल ने दरवाजा खोला था। पडवल मैडम टॉइलेट में गयी। "तू पहले कभी यहाँ आया था?" पडवल ने प्रतीक से पूछा! प्रतीक ने गर्दन हिलाकर "ना" कहा। पडवल बैचेन हो गया।

गेस्ट हाउस का चपरासी भागता आया। "एमएलए साहब आ गये। आपको बुलाया है।"

पडवल तुरन्त बाहर आया। मुजुमदार का दरवाजा खटखटाया। बेल दबाई। साहब आ गए..." पडवल की आवाज में आतुरता थी। "कैसे? अचानक?" मुजुमदार की आवाज में आश्चर्य था। "आप रूम में रूको। मैं मिलता हूँ। बाद में आपको बुलाऊँगा" मुजुमदार ने कमीज पहनी। मुजुमदार जल्दी में एमएलए पिसाल से मिलने गया। पडवल अपने कमरे में भागा।

एमएलए पिसाल और श्रीमती पिसाल काउंटर के पास खड़े थे। मुजुमदार ने बहन की ओर देखा था। वह उसे ढाल लगी।

"मुजुमदार आपके कमरे में कितने लोग हैं?"

"मै अकेला ही हूँ।"

"पडवल मैडम नहीं है क्या?"

"उनके मिस्टर हैं।"

"ठीक है, ठीक है, वासु को अपने साथ रखिए।"

एमएलए ने अपने साथ आये पी. ए. वासु कालपांडे को मुजुमदार के कमरे में भेज दिया था। "रात के भोजन का ऑर्डर दीजिए।" कहते हुए एमएलए अपने सूट की ओर निकल गये। मुजुमदार उनका बैग लेकर उनके पीछे-पीछे चल रहा था।

वह अपनी बहन से बातें कर रहा था।

एमएलए के पिता के नाम से चल रहे स्कूल में बहुत गड़बड़ी चल रही थी। मुख्याध्यापक जोशी को निकाल दिया था। और कांबले के मुँह में कालिख पोती थी। ये सारी खबरें ऊपर तक पहुँच रही थीं। इस कारण एमएलए को संस्था की चिन्ता होनेलगी थी। "स्वयं के पिता के नाम की स्कूल आप ठीक से नहीं चला सकते, आप अपने चुनाव क्षेत्र का काम कैसे चलाएँगे? विरोधकों ने एमएलए को आड़हाथों लिया था। इस कारण एमएलए अचानक गाँव को ओर निकल पड़े थे।

एमएलए के स्कूल में जाकर ऊधम मचानेवाले गाँव के गुंडे दहल गये थे। एमएलए क्या बोलेंगे? हर व्यक्ति चिन्तित था। वे जमानत पर छूटकर आने के बाद समझौते की भाषा बोल रहे थे। केशर ने उन्हें अपने घर बुला लिया था। सुनील नवले, श्रीधर, बंडू, मीनाक्षी और मंगला चाची आपसी बातचीत के लिए केशर के घर आये थे। आनंद को राखी बाँधनेवाली सभी इस बैठक में उपस्थित थीं।

पुलिस केस होने के कारण सब दहल गये थे। उनका मानसिक सन्तुलन डगमगा गया था। वे घबरा गये थे।

"हमें सजा हो गयी तो सरकारी नौकरी नहीं मिलेगी। कांबले सर को केस वापस ले लेना चाहिए। जुलूस के मामले भी वापस ले लेने चाहिए। हम माफी माँगने के लिए तैयार हैं।" सुनील नवले।

"हमारी बच्ची की बदनामी हो रही है। उसकी जिन्दगी खराब हो जाएगी। कांबले सर को चाहिए की जो कुछ हुआ उसे भूल जाएँ। हम भी भूलने को तैयार हैं।" मंगला चाची।

"अपराध करते समय आपने नहीं सोचा। अब पश्चात्ताप से क्या होगा? आप माफी माँगने के लिए तैयार हैं, पर कांबले सर सुनें तब न?" आनंद।

"काशीकर सर, आप आगे आएँ। हमारी ओर से बोलें। कांबले सर आपको मना नही करेंगे। मामले वापस नहीं लिये तो हम खतरनाक अपराधी बन जाएँगे। फिर हम किसी को सुख चैन से जीने नहीं देंगे।" श्रीधर।

"मैं कांबले सर तक आप लोगों की भावनाएँ पहुँचाता हूँ। समस्या समझदारी से सुलझनी चाहिए।" आनंद।

"आप यदि नहीं कर पाए तो स्पष्ट बताइए। हमें यूँ ही उलझा कर मत रखिए। नहीं तो हम एमएलए से मिलेंगे।" बंडू।

"आप एमएलए से मुलाकात करें। मैं भी कोशिश करूँगा। हम सब कोशिश करेंगे।" आनंद।

"आपसे समस्या हल होगी की नहीं ये बताएँ।" सुनील नवले।

"मैं कैसे बताऊँ?" आनंद।

"फिर बैठक किस लिए बुलाई? यह सब मज़ाक है।" श्रीधर।

"काशीकर सर कह रहे हैं न कि कोशिश करेंगे?" केशर।

"हमें स्पष्ट आश्वासन चाहिए।" मंगला चाची।

बैठक के लिए आये लोग आनंद से विवाद कर रहे थे। केशर मध्यस्थ का काम कर रही थी। आनंद स्पष्ट कुछ भी न कहता। "प्रयत्न करेंगे, चर्चा करेंगे, बोलेंगे।" ऐसा ही उसका स्वर होता। आनंद केशर के घर जा चुका था, इसलिए केशर ने पहल करके लोगों को बुलाया था। उसे लगा था आनंद कांबले को बुलाएगा और समस्या शान्ति से दूर हो जाएगी। प्रत्यक्ष चर्चा होने के बाद इस प्रश्न का पेंच सबकी समझ में आ गया था। जमानत पर छूटे युवकों की मानसिक स्थिति खराब थी। उन्हें जालिम उपाय चाहिए था। आनंद उनके जख्मों पर नमक छिड़क रहा था।

बैठक खत्म होने के बाद सभी केशर के घर से बाहर आ गये थे। केशर का पति सिगरेट पीता आँगन में खड़ा था। वह सबको शरारती निगाहों से देख रहा था। आनंद चुपचाप केशर के घर से बाहर आ गया था और गर्दन झुकाए वहाँ से चल दिया था। केशर को घोर निराशा हुई थी।

सुषमा दरवाजे पर बैठी थी। आनंद, सुषमा को दरवाजे पर बैठा देख विचलित हुआ। इतनी रात गये दरवाजे पर अकेली को बैठी देखकर वह चिन्तित हुआ था। सुषमा झुँझला रही थी। "घर में मैं अकेली बैठी हूँ। मुझे कितना डर लग रहा है। मैं आपकी राह देखती दरवाजे पर बैठी हूँ। आप न आते तो मैं रातभर दरवाजे पर ही बैठी रहती।" सुषमा भावुक हो गयी थी।

सुषमा और आनंद घर में आ गये थे। आनंद ने नारायण सदन का दरवाजा बन्द कर दिया था।"भाभी का फोन आया था। वे आज नहीं आएँगे। कल दोपहर तक आएँगे... कह रही थी।" सुषमा की आवाज में आवेग और एकान्त था। आनंद के मन में रोमांच पैदा हो गया था। उन दोनों ने एक थाली में खाना खाया था। वे दोनों काफी देर तक बातें करते रहे। "भय्या ने अन्तरजातीय विवाह किया। घर के सब लोगों ने भय्या का विरोध किया। हमारे घर में इस तरह किसी ने नहीं किया। पिताजी को मानसिक धक्का लगा था। पिताजी मरने तक इस घटना को नहीं भूल पाए। वे बहुत सनातनी थे।" सुषमा भूतकाल की यादें सुना रही थी। पर आनंद उसकी सनातनी यादें सुनकर बेचैन हो गया था।

"बहुत देर हो गयी है। मैं ऊपर जाकर सोता हूँ, तू नीचे सो।"

"नहीं, मैं अकेली नहीं सो सकती।"

"फिर ऐसा कर, तू भीतर के कमरे में सो। मैं यहाँ हॉल मे सोता हूँ।"

"नींद आ रही है क्या?"

"रात हुई है न।"

"ठीक है।"

वह भीतर सोई थी। वह बाहर। दोनों को नींद नहीं आ रही थी। दोनों जग रह थे। दोनों करवटें बदल रहे थे। दोनों को दोनों का जगना मालूम था। पर कोई नहीं बोल रहा था। दोनों के बीच अँधेरे जैसा मौन पसरा था। उन्हें रात बहुत सुखद लग रही थी। उसे याद आ रहा था, उसे किस तरह हाथ थामकर माऊस क्लिक करना सिखाया था। उसके हाथ का स्पर्श अब भी वह महसूस कर रही थी। उसे याद आया था, उसका झूठ-मूठ का गुस्सा करना। उसे याद आ रहा था, गलती होने पर उसका जीभ चबाना और लाड़ भरी नजरों से उसकी ओर देखना। उसे याद आ रहा था जान-बूझकर गलती कर उसकी मार खाने का बहाना। दोनों को ऐसा न जाने क्या क्या याद आ रहा था। अँधेरा जवान हो गया था।

वह सोया था। वह उठी थी। उसने उसके बदन पर पानी छिड़का था और भीतरी कमरे में जाकर सो गयी थी। वह उठा था। भीतर के कमरे में गया था और उसकी बगल में सो गया था। वह उठी थी और बाहर जाकर सो गयी थी। रात बेचैन हो गयी थी।

वह सोच रहा था। उसने बदन पर पानी क्यों छिड़का होगा? पानी छिड़का तो बाहर जाकर क्यों सो गयी? मैंने कोई गलती की क्या? शायद मैं जगा रहूँ, इसलिए उसने पानी डाला होगा। वह स्वयं को दोष दे रहा था। वह उठकर उसे देखकर फिर सो गयी थी। वह उठा था और उसके बदन पर पानी छिड़क रहा था। फिर भीतर जाकर सो गया। वह उठी और उसके बदन पर गिलास भर पानी उँडेल दिया। उसने उसका हाथ पकड़ लिया। उसे अपने ऊपर खींच लिया। वह उसकी बगल में सो गयी। अँधेरा बड़ा लुभावना लग रहा था।

वह सोच रहा था, पडवल को मालूम हुआ तो? पडवल मैडम क्या कहेंगी? वह सोच रही थी, ये पहल नहीं करता। नकार तो नहीं देगा? रात बरबाद हो रही है। उसने उसके पैर के पास पैर रखा। उसके पैरों को उसके पैरों का स्पर्श हुआ। उसने उसका मुँह अपनी ओर खींच लिया। चुम्बन लेने की असफल कोशिश की। वह "माँऽ" कहकर जोर से चिल्लाई। वह निराश हुआ। और बाहर जाकर सो गया। रात का प्रहर सूना-सूना लग रहा था। भोर में मुर्गे ने बाँग दी। पूरब में लाली छा गयी थी। पक्षियों का कलरव शुरू हो गया था। वह उठी। उसके पास जाकर सो गयी। उसके चेहरे पर लाली छा गयी थी। वह उसकी ओर देख रहा था। वह उससे लिपट गयी। उसने उसे बाहों मे भर लिया। उसने कोई प्रतिकार नहीं किया था। उसकी आँखों में

सूर्योदय की आहट थी। उसका चेहरा रम्य और प्रसन्न लग रहा था। वह उसकी नज़रों को अनिमिष निहारती रही।

रात बीत चुकी थी। दोनों के बीच का परायापन खत्म हो गया था। दोनों में एक रिश्ता उग गया था। मुर्गे ने बाँग दी थी। सुबह हो गयी थी। आँगन में सुनहरी किरणें बिखरी थी।

***

एमएलए की कोठी पर सबको बुला लिया गया था। काशीनाथ प्रशाला के सारे शिक्षक और शिक्षकेतर कर्मचारी इस बैठक में उपस्थित थे। कांबले के मुँह पर कालिख पोतने वाले युवक भी उपस्थित थे। मीनाक्षी और उसके माता-पिता इस बैठक के लिए आये थे। पडवल मैडम और मुजुमदार, एमएलए की बगल में बैठे थे। बाबू बारबोले ने सबको चाय पिलाई। एमएलए सबका पक्ष सुन ले रहे थे।

सबसे पहले कांबले ने अपना पक्ष रखा। ''मैंने मीनाक्षी की नकल पकड़ी है। उसका लिखित बयान मेरे पास है। उसने नकल करना माना है और माफी माँगी है। इस बयान में उसने शीलभंग का उल्लेख नहीं किया है। मैंने ऐसा काम नहीं किया है। कभी करूँगा भी नहीं। मुझ पर यदि यह आरोप सिद्ध हो गया तो मैं कोई भी सजा भुगतने को तैयार हूँ। दूसरी बात यह है कि मेरे मुँह पर कालिख पोतनेवाले गाँव के गुंडे हैं। उनके खिलाफ मैंने रिपोर्ट लिखाई है। उसे मैं वापस नहीं लूँगा। वे कोर्ट से निर्दोष छूट जाएँ। मैं अपनी भूमिका नहीं बदलूँगा।'' कांबले ने अपनी बात बहुत ठोस रूप में रखी। इस कारण उपस्थितों पर झापड़ पड़ने-सा हुआ।

एमएलए ने गम्भीर आवाज में चर्चा की शुरुआत की थी। ''कांबले सर का कहना सही है। मैं भी उन्हीं के मतों का हूँ। स्कूल के बाहर के लोगों का स्कूल में जाकर झमेला खड़ा करने का कोई कारण नहीं। उन्हें सजा होनी ही चाहिए। उन्होंने कानून हथ में लिया है, यह झुंडतन्त्र मैं नहीं चलने दूँगा। दूसरा यानी मीनाक्षी ने दो लिखित बयान दिए हैं। यह मामला स्कूल के भीतर मिटाया जा सकता था। नकल करें और उपर से शिक्षकों पर अनाप-शनाप आरोप करें, यह गलत है। मीनाक्षी सच क्या है?'' एमएलए ने मीनाक्षी को समझाने के स्वर में कहा। ''मीनाक्षी की अभी शादी होनी बाकी है। बच्ची की इज्जत महत्त्वपूर्ण है। यह मामला यहीं समाप्त कीजिए।'' मंगला चाची की आवाज में व्यथा थी। मीनाक्षी के रोने के कारण बैठक को गम्भीर स्वरूप मिल गया था।

एमएलए चिढ़ गये थे। उन्होंने आवाज बढ़ाये,''ये मामला मिटाना होगा तो उस तरह लिखित में दीजिए। कांबले सर की माफी माँगिए। इसके बिना यह मामला

मिटने वाला नहीं है। गाँव में शिक्षा की व्यवस्था हो इसलिए मैंने यह संस्था निकाली। संस्था में शिक्षण के बजाय ऐसे तमाशे चलते होंगे तो मैं स्वयं स्कूल को ताला लगाऊँगा।'' एमएलए की आवाज चढ़ गयी थी। ''आज मेरे स्कूल में आकर मेरे शिक्षकों के मुँह पर कालिख पोती है। कल मेरी कोठी में आकर मेरे मुँह में काला रँगेंगे। यह सभ्य लोगों के लक्षण नहीं हैं।'' एमएलए ने कांबले का पक्ष लिया था। कांबले के मुँह को कालिख पोतनेवाले युवक गम्भीर हो गये थे।

''मीनाक्षी ने लिखित दे दिया है। उसकी जाँच करेंगे फिर निर्णय लेंगे।'' मुजुमदार ने चर्चा की दिशा मोड़ दी।

''मेरी भी इच्छा है। मुझ पर आरोप हुआ है, तो उसकी जाँच होने दें। मैं अग्नि परीक्षा के लिए तैयार हूँ।'' कांबले उठकर अपना पक्ष रखने लगा था।

''मुझे कुछ कहना है।'' कहते हुए आनंद उठ खड़ा रहा। वह शान्ति से अपना कहना रखता रहा।''कांबले सर का दुःख हम समझ सकते हैं। उनके मुँह में कालिख पोती है। कांबले सर की तरह ही कड़ा रूख मीनाक्षी ने भी अपना लिया तो मामले को गलत दिशा मिल जाएगी। मीनाक्षी की माँ और कांबले सर को अपमानित करनेवाले सारे लोग पीछे हटने को तैयार हैं। कांबले सर भी यह सब भूल जाएँ यह मैं सबकी ओर से अनुरोध करता हूँ। बैर से बैर बढ़ता है। लोगों के बीच काम करते हुए लोगों को प्रशंसा भी स्वीकार करनी होती है और प्रहार भी झेलने होते हैं। हम अपनी शक्ति लड़ाई झगड़े में बरबाद करने की बजाय गाँव की प्रगति के लिए और स्कूल के विकास के लिए खर्च करें, ऐसा मुझे लगता है। माननीय विधायक महोदय कांबले सर को मामला वापस लेने का सुझाव दें और इस मामले पर परदा गिरे, यह सबका अनुरोध है।'' आनंद काशीकर ने अपने विचार आग्रहपूर्वक रखे थे और उपस्थितों ने तालियाँ बजाई थीं।

एमएलए हँसते हुए बोले थे।''कांबले सर की ओर से मैं ही घोषित करता हूँ कि उन्होंने मामला वापस ले लिया है। चलो रे ऽऽऽ उठोऽऽ'' कांबले सर को जिन्होंने कालिख पोती थी, वे सब खड़े हो गये। एमएलए ने सुनील नवले, श्रीधर और बंडू को पहचान लिया था। उन सबने माफी माँगी थी। एमएलए ने उन सबको आड़े हाथों लिया था।''कांबले सर की माफी माँगी, अब स्कूल की माफी माँगिए। आप लोग स्कूल में क्यों घुसे?'' एमएलए की आवाज चढ़ गयी थी। सबने एमएल की माँफी माँगी थी। हाथ जोड़े थे। कान पकड़े थे। मुँह में खुद ही झापड़ मार ली थी। एमएलए ने कांबले की ओर देखा था।''कांबले सर इन्हें माफ किया कहिए।''

कांबले के चेहरे पर उदासीनता फैली थी। अब भी उसके चेहरे पर वेदना दिखाई दे रही थी।''मीनाक्षी के लिखित बयान और पडवल मैडम के मेमो का

क्या?'' कांबले ने व्यथित होकर पूछा था। एमएलए के माथे पर लकीरें उभर आयी थी। ''चलिए सब बाहर निकलिए। बैठक खत्म हुई। केवल मीनाक्षी, उसके माँ बाप और कांबले सर रुकेंगे। मुजुमदार और पडवल मैडम भी रुकेंगे। बाकी बाहर जाएं। हम चर्चा करेंगे।'' एमएलए की सूचनानुसार सब उठकर बाहर चले गये। एमएलए बेचैन हो गये थे।

''मुझे अगले कार्यक्रम के लिए निकलना है, जल्दी बोलिए'' एमएलए ने बहुत गुस्सा व्यक्त किया।

''मेमो वापस लीजिए। मीनाक्षी का लिखित बयान फाड़ दीजिए।'' कांबले ने अपनी बात कही।

''मीनाक्षी का बयान बोर्ड को भेजा है। मेमो का उत्तर कांबले दें। यह समस्या प्रशासनिक ढंग से मिटाई जा सकेगी।'' मुजुमदार ने कांबले की माँग ठुकराई।

''मेरा आगे कार्यक्रम है। आप लोग साथ बैठिए और इस पर कोई समाधान निकालिए।'' एमएलए आवेश में बोले और चलते बने।

''हम फिर बैठेंगे। इसमें से रास्ता निकालेंगे। आप मेमो का स्पष्टीकरण दीजिए।'' मुजुमदार ने रूखे ढंग से कांबले को अगली कार्यवाही के संकेत दे दिए।

कांबले दुःखी हुआ। फिर एक बार किसी ने उसके मुँह पर कालिख पोत दी, ऐसा आभास उसे हुआ। एमएलए के मन में क्या है, यह कांबले नहीं समझ पाया था। वह असमंजस में था। ''हम फिर बैठेंगे'' कहकर मुजुमदार उठा था। पडवल मैडम भी उठी थी। कांबले पराजित-सा कोठी से बाहर निकला था। मीनाक्षी के माता-पिता घनचक्कर की तरह बाहर आये थे। मुजुमदार विजयी मुद्रा में बाहर आया था, तो पडवल मैडम उनकी परछाईं की तरह बाहर आयी थी। कांबले और मीनाक्षी इन दोनों के चेहरे फटे पोस्टर से दिखाई दे रहे थे।

***

हनुमान मन्दिर के चबूतरे पर रोज बैठनेवालों की महफिल जमी थी। ताश के दौर शुरू हो गये थे।

''हम सिर्फ बातें करते हैं, करते कुछ नहीं।''

''मन्दिर बनाना, ये क्या इतनी सरल बात है?''

''शुरुआत तो करनी चाहिए न।''

''होगी रे, पहले सब बातों की ठीक से चर्चा होनी चाहिए। सारे कनसेप्ट क्लिअर होने चाहिए।''

''मेरे दिमाग में है। मन्दिर में चार दरवाजे बनाएँगे और कलश सोने का

बनाएँगे।"

"मैंने तो सपना देखा। साक्षात प्रभु रामचंद्र ने प्रसन्न होकर मुझे आशीर्वाद दिया।"

"कोर्ट की तारीख का क्या?"

"कांबले को केस वापस लेने के लिए कहेंगे।"

"उसे काम से हटा दिया है। अब क्या वह मामला वापस लेगा? काशीकर धूर्त हैं। उसने ठान लेनी चाहिए।"

***

पत्तों के दाँव चल रहे थे। बीच में ही जयराम पुजारी मन्दिर में जाता। नारियल प्रसाद के रूप में देता। वह मन्दिर में गया कि श्रीकांत पावले उसके पत्ते देख लेता। पुजारी वापस आया कि फिर दाँव शुरू होता। देर हुई तो सुनील नवले उसके पत्ते देखकर पत्ते डालता। खेल में व्यवधान होता। खेल फिर शुरू होता।

दौलत कांबले को निलम्बित किया गया था। कांबले कोर्ट में गया था। मुजुमदार, पडवल मैडम और पडवल वकील से मिलने उरण गये थे।

"आनंद मैं एक रहस्य बताऊँ?"

"कैसा रहस्य?"

"तू..."

"मैं क्या?"

"फादर होनेवाले हो!"

आनंद का चेहरा बदल गया। उसके चेहरे पर भयंकर तांडव शुरू हो गया था। उसे उसकी चिन्ता थी। उसने उसे करीब ले लिया। उसकी ओर ममता से देखा था। वह उससे लिपट गयी थी। उसके चेहरे पर विस्फोट हो रहे थे।

"सच कहती है?"

"हाँ, सच! तुम्हारी कसम!"

आनंद का चेहरा पुरानी गुफाओं की तरह दिखने लगा। उसे परिणामों की चिन्ता लग गयी। पडवल को मालूम हुआ तो क्या होगा? पडवल मैडम क्या कहेंगी? मुझे क्या करना चाहिए? उसके चारों ओर असंख्य प्रश्नों के तुफान मँडराने लगे। वह भीतर तक दहल गया था।

"सुषमा शादी से पहले यह नहीं होना चाहिए था। मुझसे गलती हो गयी है।

किसी तरह हम गर्भपात करवा लेंगे। मुझे क्षमा कर। तू घर में मत बता। मुझे डर लग रहा है।''

''मैं गर्भपात नहीं कराऊँगी। मैं भाभी को सब कुछ बता दूँगी। इसे मैं चुराकर नहीं रख सकती। मुझे बच्चा चाहिए।''

आनंद अन्तर्मुखी हो गया था। सुषमा को उसने अपने बाहुओं में समा लिया था। सुषमा का चेहरा खिल गया था। प्रतीक उनकी ओर आश्चर्य से देख रहा था। वे दोनों एक दूसरे की ओर आत्मविश्वास से, आनन्द से और आत्मीयता से देख रहे थे। एक दूसरे को देखने की ज्यों उन्हें नयी नज़र ही मिल गयी हो। उनके रोम-रोम में मोर का नर्तन हो रहा था।

***

रविवार की सुबह। नारायण सदन में शान्ति थी। नारायण पडवल, पडवल मैडम, प्रतीक, सुषमा और आनंद टी. वी. के सामने बैठे थे। टी. वी. पर रामायण सीरियल चल रहा था। आनंद यह सीरियल अवश्य देखता था। बेवजह पडवल के मन में अपनी अधार्मिकता की कलुषता पैदा नहीं होनी चाहिए। इसकी वह सावधानी बरतता। सुषमा ने अभी तक रहस्य खोला नहीं था। पर आनंद की चिन्ता बढ़ गयी थी।

कांबले को सस्पेंड करने के बाद से पडवल मैडम की दहशत पैदा हो गयी थी। वाले और चारमगोल भी सहम गये थे। हर कोई पडवल मैडम के आगे-पीछे होता। पडवल मैडम का रौब बढ़ गया था। पर कांबले की हालत खराब हो गयी थी। उसे आर्थिक नुकसान हुआ था। उसका घर संकट में आ गया था। कोर्ट की तारीखों के कारण वह तंग आ गया था। कांबले को निलम्बित करने के कारण गाँव को खुशी हुई थी। कांबले के शत्रु खुश हुए थे। कांबले कई लोगों से मिल रहा था। पर उसका कोई न सुनता। कांबले के लिए कई दलित नेताओं ने एमएलए पिसाल को फोन किए थे। पर एमएलए किसी का न सुनते। कांबले परेशान हो गया था। उसकी मानसिक तकलीफ बढ़ गयी थी। लोग उसे टेढ़ी नज़र से देखने लगे थे। कांबले की हालत बहुत ही दयनीय हो गयी थी।

कांबले, नारायण सदन में आया। पडवल के होश उड़ गये। उसकी जुबान बन्द हो गयी। हाथ पैर काँपने लगे। पडवल मैडम का कलेजा काँप गया। उसका चेहरा सफेद फक्क हो गया।

कांबले किसी पेशेवर गुनाहगार की तरह उनके घर में आया था। उसका चेहरा जंगली जानवर की तरह दिख रहा था। उसकी नजर हिंसक लग रही थी।

पडवल बहुत डर गया था। वह अपनी जगह से उठा। उसने कांबले के हाथ जोड़े। उसके सामने झुकते हुए बोला।"आइए सरऽऽऽ" कहकर उसने अपनी कुर्सी दी।

कांबले कुर्सी में बैठा था। पडवल मैडम उसकी ओर विवश नज़रों से देख रही थी। उसकी हालत बहुत दयनीय हो गयी थी। आगे क्या होनेवाला है, किसी को कल्पनां नहीं थी। कांबले ने रामायण का समय साधा था। इस समय सभी घर में होते हैं यह जानकर वह आया था। छोटे परदे पर राम-रावण का भयंकर युद्ध चल रहा था। कांबले की मानसिक स्थिति बहुत विस्फोटक बन गयी थी। वह धधकती आवाज में कहने लगा।

"मैं आप पर डरपोक हमला करने नहीं आया हूँ। आपको घबराने का कोई कारण नहीं। हिंसा में मेरा विश्वास नहीं। मैं अहिंसा की पूजा करता हूँ। मैं तथागत गौतम बुद्ध का सेवक हूँ।" कांबले।

"तुम हमारे मित्र हो, हमें मालूम है। सुषमा सर के लिए चाय रख।" पडवल।

"मुझे कुछ नहीं चाहिए। मुझे कुछ कहना है।" कांबले।

"बोलो, हम कहाँ मना करते हैं?" पडवल।

"मेरा संघर्ष व्यवस्था के खिलाफ है। व्यक्ति के नहीं। मैं जाति व्यवस्था के खिलाफ लड़ रहा हूँ। किसी व्यक्ति के विरोध में नहीं लड़ रहा हूँ। उसमें मुझे अपनी शक्ति बरबाद नहीं करनी है। मैं आपके खिलाफ नहीं हूँ। मैं अन्याय के खिलाफ हूँ। मैं हाथ जोड़कर माफी माँगने आया हूँ। मुझे समझ लीजिए। आप मुझे परेशान न करें।" कांबले।

"हमने कहाँ आपको तकलीफ दी?" पडवल मैडम।

"मीनाक्षी ने मेरे खिलाफ झूठी शिकायत की है।" कांबले।

"आपको मीनाक्षी के माता-पिता से मिलना चाहिए। मीनाक्षी का मन परिवर्तित करना चाहिए। उनसे माफी माँगे। हमारा कुछ कहना नहीं। मैं संस्था की नौकर हूँ। आप मुजुमदार साहब से मिलें।" पडवल मैडम।

"मैडम आपके हाथ में है। आप मुजुमदार से कह सकती हैं" कांबले।

"कांबले सर, आप मुजुमदार का इकहरा उल्लेख कर रहे हैं। यह गलत है। वे हमारे सचिव हैं। उनका उल्लेख मुजुमदार साहब ही किया जाना चाहिए। आप पढ़े लिखे हैं न?" पडवल मैडम।

"मैडम, मेरा निलम्बन वापस लीजिए। मेरी जाँच भले करवाइए। मैं अपना केस वापस ले लूँगा।" कांबले।

"मैं मुजुमदार साहब से बात करूँगी। मेरे बोलने से आपका बोलना अधिक योग्य होगा। आप उनके पैर पकड़िए। गलती मान लीजिए। लोग उनके पैर

छुएँ उन्हें बहुत अच्छा लगता है। वे बड़े दिल के हैं। आपका सुन लेंगे।'' पडवल मैडम।

''मैं हैरॉस हो रहा हूँ। मैं किसी भी सीमा तक जा सकता हूँ। बाद में आप पछताएँगी।'' कांबले।

''सर, आप धमकी मत दीजिए।'' पडवल।

''आप और संस्था। इसमें मेरा कोई सम्बध नहीं।'' पडवल मैडम।

''मेरी करबद्ध बिनती है।'' कांबले।

''हाँ ना, मैं बोलूँगी ना। आप मुझे मिले और माफी माँगी, यह मैं साहब को बताऊँगी।'' पडवल मैडम।

सुषमा ने कांबले सर को पानी दिया। चाय दी। सबने चाय पी। अब भी राम रावण का युद्ध चालू ही था। प्रतीक टी. वी. देखने में मग्न था। पडवल चाय पीते-पीते समझदारी की बात कर रहा था।''देखिए, कांबले सर, सब सहना पड़ता है। मैंने नहीं सहा? मैंने आपकी तरह हो हल्ला किया क्या? नहीं। शान्ति से सह लेना एक मात्र उपाय है। मैं अपने अनुभव से बताता हूँ। मुझे भी बहुत तकलीफ हुई। गिरफ्तार हुआ। खबरें छपीं। कोर्ट कचहरी हुई। सजा हुई। मैंने जेल भोगी। मेरी नौकरी गयी। ये भोगना पड़ता है। ये बताना किसी काम का नहीं। मेरी तकलीफ आप जानते हैं। मेरी कितनी बदनामी हुई? तब मैं संकट में था, अब आप संकट में हैं, बस इतना ही अन्तर है'' पडवल।

कांबले ने अपनी चाय खत्म की। फिर विवश होकर हाथ जोड़े। पडवल मैडम के पैर पकड़े। पडवल मैडम खिसक गयी।''सर, आप तो क्रांतिकारी हैं। ऐसा क्या कर रहे है?'' पडवल मैडम ने उपहास से उसे टोका।

कांबले जख्मी हो गया था। आनंद की हालत मरने जैसी हो गयी थी। कांबले नारायण सदन से बाहर आ गया। पडवल और आनंद उसे छोड़ने दरवाजे तक आये।

नारायण पडवल ने घर के दरवाजे बन्द कर लिए। पडवल बहुत गुस्से में था। ''मादरचोदऽऽ धेड़गाऽऽ माफी माँगने आया। वह माफी माँगने नहीं आया था, वह धमकी देने आया था।'' पडवल ऊँची आवाज में गरज रहा था। कांबले ने जिस गिलास में पानी पिया था, वह गिलास पडवल ने लात से उछाल दिया।''महार ने भ्रष्ट किया ये बर्तन कचरे में फेंक दो। उसके अशुभ कदम हमारे घर में पड़े। सारा आँगन धो डालो। ये कुर्सी धो लो। गौमूत्र डालो। आज हमारे लिए अपशकुन हो गया है। विश्वेश्वर को नारियल चढ़ाओ।'' पडवल गुस्से में था। उसकी आवाज में भयंकर मगरूरी नाच रही थी।

''शान्त हो जाइएऽऽ'' पडवल मैडम अपने पति को शान्त कर रही थी।

"उसने हमें जितनी तकलीफ दी है, उससे दुगुनी तकलीफ उसे भोगनी पड़ेगी। अभी तो कुछ शुरुआत हुई है।" पडवल मैडम तिरस्कार से बोल रही थी। पडवल जल रहा था। सुषमा गम्भीर हो गयी थी। प्रतीक टीवी देखने में मग्न था। आनंद भीतर ही भीतर ढह रहा था।

सुषमा ने कांबले द्वारा उपयोग किए गये बर्तन कूड़े में फेंक दिए थे। पडवल मैडम ने कुर्सी धो ली थी। आँगन में पानी छिड़का गया। टीवी पर अब भी राम रावण का युद्ध जारी था।

***

सुषमा को आनंद ने बांहों में भर लिया था, यह प्रतीक ने देखा था। उसने अपनी माँ से यह कह दिया था। सुषमा ने अपने प्रेगनेंट होने की बात भाभी को बता दी थी।

पडवल मैडम के मन पर बहुत दबाव बढ़ रहा था।

"स्कूल के पेशाब घर में मेरे और आनंद के चित्र बनाए थे।" यह पडवल मैडम ने पडवल को बताया था।

कांबले के खिलाफ जाँच शुरू हो गयी थी। घर में अनेक गोपनीय चर्चाएँ चल रही थीं। पडवल मैडम को घर में आनंद की उपस्थिति खटक रही थी।

सुषमा ने जबसे आनंद को प्रेगनेंट होने की बात बताई थी, तबसे उसके स्वभाव में बहुत परिवर्तन हो गया था। आनंद खुलकर बात न करता। वह बहुत दबाव में था। वह कांबले के खिलाफ सक्रियता से न बोलता। पडवल मैडम के मन में उसके बारे में शंका पैदा हो गयी थी। पडवल मैडम का रक्तचाप बढ़ गया था। पडवल मैडम को यह लगने लगा था कि वह किसी भयंकर दुष्चक्र में फँस गयी है। पर यह सब अपने पति को कैसे बताए यह उसे न सूझता। और यह सब बताए बिना कोई विकल्प भी नहीं था। सारी स्थिति नाजुक और विकट बन गयी थी।

पडवल मैडम अपने मन की बात अपने पति से एकान्त मे कह रही थी। आनंद कोचिंग क्लास में था। सुषमा और प्रतीक विश्वेश्वर मन्दिर में गये थे।

"मुख्याध्यापक का क्वार्टर खाली पड़ा है। उसे काशीकर सर को दे देंगे। कल सुषमा और आनंद की शादी हुई तो क्वार्टर देना मुश्किल हो जाएगा। लोग कहेंगे पडवल ने अपनी बहन को क्वार्टर में रखा। अभी ही हमें काशीकर सर को क्वार्टर देना चाहिए।" पडवल मैडम।

"उसे घर से निकालना ही पड़ेगा। पर उससे बात करनी होगी। कांबले उसका इस्तेमाल कर सकता है। क्योंकि आजकल उसका व्यवहार बदल गया

है। वह बहुत अलग व्यवहार करता है।'' पडवल।

''सुषमा की और उसकी शादी जल्द से जल्द करनी पड़ेगी। सुषमा की दिक्कत हो गयी है।'' पडवल मैडम।

''कैसी दिक्कत?'' पडवल।

''मैं बाद में बताऊँगी।'' पडवल मैडम।

''अभी बता।'' पडवल।

'''''उसे दिन चढ़ गये हैं।'' पडवल मैडम।

''ये मैं क्या सुन रहा हूँ?'' पडवल।

''ये नाजुक विषय है। शान्ति से लेना होगा।'' पडवल मैडम।

पडवल का चेहरा बदल गया था। पडवल मैडम चिन्ता में पड़ गयी थी। उनके परिवार को ग्रहण लग्र गया था।''तू बात कर और शादी की तारीख तय कर ले। एक हिसाब से ठीक भी हो गया है। सुषमा की शादी होगी और मैं मुक्त हो जाऊँगा।'' पडवल के चेहरे पर समाधान का स्मित भी उभरा था।

नारायण पडवल क्लास में गया था। उसने आज क्लास को जल्दी छुट्टी दे दी थी।

आनंद हड़बड़ा गया था। विद्यार्थी चले गये थे। पडवल सीढ़ियाँ उतरते हुए रुक गया था। काशीनाथ प्रशाला की ओर देखते हुए वह भावुक हो गया था।

''सर, मै जान-बूझकर ऊपर आया। मुझे आपसे बात करनी है।'' पडवल बोलते-बोलते सीढियाँ उतर रहा था। आनंद के हाथ पैर काँपने लगे थे। उसका चेहरा चिन्तित था।

नारायण पडवल, पडवल मैडम और आनंद एक साथ बैठे थे। सुषमा ने रहस्य उजागर करने की बात आनंद के ध्यान में आ गयी थी।

'''''सर, सुषमा प्रेगनेंट है। आपको उसने बताया ही होगा?''

''हां, मुझे मालूम है।''

''यह बाहर मालूम होने से पहले आपकी शादी होनी चाहिए।''

''मैं सुषमा के साथ शादी करूँगा।''

''तारीख तय करनी चाहिए।''

''शादी की बात करने के लिए माता-पिता को बुला लेता हूँ। फिर हम तारीख तय करेंगे।''

''सुषमा गर्भवती है। हम तारीख तय करेंगे। आप घर में बता दीजिए।''

''पर घर में बताना होगा न!''

''बताइए। हम रजिस्टर्ड मैरेज करेंगे। इस शादी के लिए हमारे भी घर से

विरोध होगा ही। मैं आपके साथ हूँ।''

''मैं तैयार हूँ।''

''हमारा विचार है कि आपको मुख्याध्यापक का क्वार्टर दिया जाय। वैसे भी यह खाली ही पड़ा है। आप वहाँ रहना शुरू कीजिए। शादी हुई कि सुषमा को वहाँ भेजा जा सकेगा। अच्छा रिसेप्शन करेंगे। शान से।''

''पर कांबले से दूर रहना चाहिए। इसी में आपका हित है।''

आनंद मौन था। शादी के बारे में भी इतने उत्साह से वह नहीं बोला था। उसकी हामी में भी एक अदृश्य डर था। उसका चेहरा प्रसन्न नहीं था। पडवल मैडम को उसके व्यवहार में संशय था। उसने, उसकी आँखों के डर को ताड़ लिया था। आनंद उठकर चला गया था।

''इसकी कुछ तो गम्भीर दिक्कत है। वह कुछ छिपा रहा था। शायद इससे पहले इसकी शादी हो चुकी होगी या कहीं और तय हो गयी होगी। वह मुक्त नहीं लगता।'' पडवल मैडम।

''ऐसा कुछ होता तो उसने हमें बताया होता न! यूँ ही संशय लेने का कोई मतलब नहीं। तू शादी से पहले जब प्रेगनेंट हुई थी, तब मैं इससे भी अधिक तनाव में था। हमने अनुभव किया है न!'' पडवल।

''मुझे उस पर शक होता है। क्यों, पता नहीं?'' पडवल मैडम।

''काशीकर की जाति महार होगी शायद?'' पडवल मैडम को अचानक अशुभ सूझा था। वह दहल गयी थी। महार घर में था। उसने गर्भ में प्रवेश कर लिया है।'' इसलिए वह स्वयं को दोषी पा रही थी।

***

कांबले को निलंबित करने के बाद काशीनाथ प्रशाला में दहशत फैल गयी थी। शिक्षक और शिक्षकेतर कर्मचारी दहल गये थे। इसका विद्यार्थियों के मन पर भी प्रतिकूल परिणाम हुआ था। गाँव में भी उल्टी-सीधी चर्चा चल रही थी। कांबले को निलंबित किए जाने के कारण स्कूल के कर्मचारियों को असुरक्षित लगने लगा था। कांबले के बारे में सबके मन में सहानुभूति पैदा हो गयी थी। स्टाफ रूम में दबे स्वर में चर्चा चल रही थी। सभी इसे ''पडवल मैडम की हरकत'' कह रहे थे। सबको लग रहा था कि, कांबले के पेट पर नहीं मारना था।''स्कूल में राजनीति शुरू हो गयी है, इस कारण से स्कूल बदनाम हो जाय तो लोग अपने बच्चों को इस स्कूल में नहीं भेजेंगे। स्कूल बन्द हो जाएगा।'' वाले अपनी तीखी प्रतिक्रिया व्यक्त कर रहे थे। धीरे-धीरे सब अपने मन की बेचैनी व्यक्त कर रहे थे।

"आज कांबले को निकाला गया है। कल यह स्थिति हम पर भी आ सकती है। हमें कांबले के साथ खड़े रहना चाहिए। उसे नैतिक समर्थन देना चाहिए।"

"सच है, हमें संगठित रूप से प्रतिकार करना चाहिए।"

"अन्ततः कांबले की ही विजय होगी। वह निर्दोष है।"

"कांबले की पत्नी बहुत क्षुब्ध है। वह मीनाक्षी को गालियाँ दे रही थी। "वो रांड यदि कहती है कि छाती दबाई तो उसे घसीटकर घर लाइए और घर में रख लीजिए। उस पर बलात्कार कीजिए। झूठा आरोप किया है उसने।" मैंने सुना है, उसे बताते हुए।"

"पडवल मैडम और काशीकर के चेहरे देखिए। उनके चेहरों पर तनाव दिखता है। पांचाल बता रहा था, मैडम रक्तचाप की दो-दो गोलियाँ खाती है। जो दूसरों को दुःखी करता है, वह स्वयं सुखी नहीं हो सकता।"

"कांबले दलित है। कानून दलितों के पक्ष में है।"

"कांबले को जीतना चाहिए तभी इनके गाल पर झापड़ बैठेगी। ये पंक्चर होंगे। नहीं तो ये सबको कुचलेंगे। इनकी हिम्मत बढ़ेगी।

"एमएलए को चाहिए कि वह अपने राजनीतिक प्रतिस्पर्धी से संघर्ष करें। एक शिक्षक के खिलाफ ये कैसा संघर्ष? समय पर वेतन नहीं देते।"

"अरे, उन्होंने हम सबका शोषण किया है। पांचाल को नौकरी देने के लिए एक लाख रुपये लिये हैं। अपने से तीन-तीन लाख लिये हैं। विद्यार्थियों से डोनेशन लेकर एडमिशन देते हैं। एमएलए ने हम सबको लूटा है। शोषण किया है। वे शिक्षण-सम्राट और हम शिक्षा सेवक। ये स्कूल नहीं, शोषण का अड्डा है। एडमिशन देते नहीं, डोनेशन लेते हैं।"

"कांबले जीतेगा।"

"कुछ नहीं कहा जा सकता। एमएलए कांबले के वकील को खरीद सकता है। निचले कोर्ट में कांबले के पक्ष में निर्णय हुआ तो ऊपर के कोर्ट में जा सकते हैं। संस्था के पास पैसा है।"

स्टाफ रूम में चर्चा चल रही थी। वाले, चारमगोल, हताले और कस्तुरे एक साथ बैठकर बातें कर रहे थे। कांबले को निलम्बित करने के कारण दलित समुदाय क्षुब्ध था। शिक्षक और शिक्षकेतर कर्मचारी वर्ग पडवल मैडम से डरा हुआ था। उनके चेहरों पर भय और नाराजी की भावना स्पष्ट दिखाई देती थी।

***

आनंद को क्वार्टर में भव्य और मुक्त अनुभव हो रहा था। मुख्याध्यापक के

क्वार्टर में रहने का अवसर मिलने के कारण उसे बहुत खुशी हुई थी। उसे गौरी की याद आयी थी। वह झूले पर बैठकर सुषमा का इन्तजार कर रहा था। अपने वैवाहिक जीवन के सपने देख रहा था। आनंद के क्वार्टर में आने के बाद सुषमा एक बार आयी थी। एक बार विश्वेश्वर मन्दिर में दोनों की मुलाकात हुई थी। एक बार आनंद स्वयं नारायण सदन जा के सुषमा से मिलकर आया था। सुषमा की यादों से, स्पर्श से, सानिध्य से उसका, भावना का संसार व्याप्त था। वह ईश्वर की तरह उसका स्मरण करता था।

दरवाजा बजा था। आनंद तेजी से दरवाजे की ओर गया। उसे लगा था, सुषमा होगी। मैं उसे पकड़ूँगा, उठाऊँगा और उसका चुम्बन लूँगा। आनंद ने दरवाजा खोला। दरवाजे पर छात्रावास के लड़के थे। आनंद ने उन्हें भीतर बुलाया। उन्होंने डरते-डरते क्वार्टर में प्रवेश किया। इन्हीं लड़कों की सहायता से दलितों के लिए अलग कुआँ बनाने के लिए श्रमदान की शुरुआत की थी। जहाँ जगह मिली लड़के बैठ गये। आनंद को उनमें अपना स्कूली जीवन दिखा था।

"हमारा अन्तिम वर्ष है। हम छात्रावास में रहे इसलिए पढ़ सके। हम सबने चन्दा जमा करके बाबासाहब आंबेडकर का फोटो खरीदा है। उसे स्कूल को भेंट देना है। हमें यह फोटो लाइब्रेरी में लगाना है। पढ़ाई करनेवाले हर विद्यार्थी को बाबासाहब दिखाई देने चाहिए।"

"पडवल मैडम का क्या कहना है?"

"वे कहती हैं, सरस्वती का फोटो दीजिए। आंबेडकर का नहीं। आंबेडकर एक जाति विशेष के हैं। हर जाति के लोग अपनी जाति के नेताओं के फोटो लाएँगे। ये सारे फोटो स्कूल में लगाएँ कैसे?"

"ठीक है, मैं पडवल मैडम से बात करूँगा।"

"कल हम स्कूल में फोटो लेकर आएँगे। मैडम को वैसे हमने लिखित अर्जी दी है। हमे आपका समर्थन चाहिए।"

"मेरा समर्थन है।"

लड़कों के चेहरों पर खुशी फैल गयी थी। लड़कों ने तालियाँ बजाई थीं। उनकी हिम्मत बढ़ी थी। आनंद उनकी ओर उत्साह से देख रहा था। लड़को ने आनंद के आभार माने और उनसे विदा ली।

पडवल मैडम ने घर में ट्यूशन लेना बन्द कर दिया था। मुजुमदार ने उसे स्कूल में ट्यूशन लेने की अनुमति दी थी। केवल सुषमा से मिलने के लिए आनंद का नारायण सदन में जाना आवश्यक था। वैसे नारायण सदन में जाने का उसका कोई कारण नहीं था। आनंद सुषमा की यादों से बेचैन हो गया था। सुषमा के मातृत्व

ने उसे पागल कर दिया था।

***

पडवल मैडम आज स्कूल जल्दी आ गयी थी। छात्रावास के लड़के स्कूल में आकर बाबासाहेब आंबेडकर का फोटो लाइब्रेरी में लगानेवाले हैं और उनके साथ कांबले स्कूल में आनेवाला है, यह पडवल मैडम को पता चल गया था। वह बेचैन हो गयी थी। उसका बी. पी. बढ़ गया था। उसने दलित लड़कों के खिलाफ मोर्चा लेना शुरू कर दिया था। उसने शिक्षक और शिक्षकेतर कर्मचारियों की बैठक ली। "आंबेडकर के फोटो का विरोध करो," ये निर्देश दिए। पडवल मैडम के निर्देशों का किसी ने समर्थन नहीं किया। कोई एक शब्द भी नहीं बोला। सब शान्त बैठे थे। उन सब के मौन नकारार्थी थे। पडवल मैडम ने बैठक समाप्त होने की घोषणा कर दी। सब सभात्याग करने की तरह उठकर चले गये।

पडवल मैडम ने आनंद को बुला लिया। आनंद उनके सामने कुर्सी पर बैठा। पांचाल ने बेल बजाई। शिक्षक क्लास में गये। दलित विद्यार्थी आने का समय करीब आने लगा। पडवल मैडम एकाकी पड़ गयी थी। उसे आनंद को अपनी भूमिका बतानी थी।

> "छात्रावास के लड़के आने वाले हैं। उन्हें आंबेडकर का फोटो ग्रन्थालय में लगाना है। आप इसका विरोध करें। उन्होंने यदि बहुत जोर दिया तो फोटो ले लीजिए और बाद में लगाएँगे, ये आश्वासन दीजिए। वह फोटो गोदाम में रख दीजिए।" पडवल मैडम आनंद को समझा रही थी। पर आनंद चुपचाप बैठा रहा। उसका चेहरा निर्विकार था। पडवल मैडम गुस्से में थी। "इस तरह बावले से क्या देख रहे हैं? छात्रावास के लड़के अब आएँगे। उन्हें गेट पर रोकिए। भीतर मत आने दीजिए। आप आगे आइए।" पडवल मैडम की आवाज आक्रामक हो गयी थी। पर आनंद कुछ भी नहीं बोल रहा था। पडवल मैडम को यह बात बहुत विचित्र लगी। अपमान महसूस किया। वह भड़क उठी।"आप आगे बढ़ो। कांबले इन लड़कों का नेतृत्व कर रहा है। आपको उनके खिलाफ भूमिका बजानी आवश्यक है। संस्था को आंबेडकर का फोटो नहीं चाहिए।"

आनंद ने शान्ति से इन्कार किया। बाहर निकलने के लिए वह उठ खड़ा हुआ। पडवल मैडम का गुस्सा बढ़ गया।"बैठिए, मैंने जाने के लिए नहीं कहा। नीचे बैठिए।"

आनंद चुपचाप नीचे बैठ गया।

"आप आंबेडकर के फोटो को विरोध क्यों नहीं कर रहे हैं?"

"मुझे विरोध नहीं करना है।"

"क्यों?"

"छात्रावास के लड़कों ने मुझे गाँव के मृत जानवर खींचकर ले जाने के लिए मद्द की है। ये वे लड़के हैं। मैं उन्हें मदद् करूँगा।"

"पडवल परिवार ने भी आपकी मदद की है। आप हमारे एहसानों को भूल गये शायद?"

"मैं आपके एहसान कभी भूल ही नहीं सकता। पर बाबासाहब आंबेडकर का विरोध नहीं करूँगा।"

"आंबेडकर का विरोध क्यों नहीं करेंगे?"

"नही करूँगा।"

"क्यों नहीं करेंगे। मुझे कारण चाहिए।"

"ये मेरा व्यक्तिगत मामला है।"

"काशीकर सर आप महारों का पक्ष मत लीजिए।"

"मैडम मैं महार हूँ। बाबासाहेब न होते तो हमारा उद्धार न होता।"

"आपने जाति चुरा रखी। हमारा विश्वासघात किया है।"

"ठीक है, आप सजा दीजिए। मैं भोगूँगा।"

"यह बाहर मालूम हो गया तो क्या परिणाम होंगे? आपको मालूम है?"

"मैं सबको बताऊँगा। माफी माँगूगा और परिणाम भोगूँगा।"

"अब आप जाइए।"

आनंद ने पडवल मैडम को हाथ जोड़े और वह बाहर गया। आनंद के बाहर निकलते ही पडवल मैडम को चक्कर आने लगा। उनके होश उड़ गये। वह क्या करें, कुछ न सूझता। घर फोन करने के लिए फोन उठाया। उनके हाथ से रिसीवर नीचे गिर गया। उन्हें पसीना फूटा। पडवल मैडम के कान के परदे फट गये। "मैं महार हूँ" आनंद का यह उद्गार उनके कलेजे में कटार की तरह घुसा था। उनका दम घुट रहा था। नीचे गिरा हुआ रिसीवर उसने उठाकर रख दिया। उसे लगा कि, धरती जोर से घूम रही है। उन्हें शक्ति हीनता का अनुभव हुआ। आँखो के सामने अँधेरा छा गया। वे घबरा गयी थी। कांबले और दलित विद्यार्थी बाबासाहब आंबेडकर का फोटो लेकर आये थे। पांचाल दौड़ते हुए पडवल मैडम की ओर गया। "कांबले सर आये हैं।" कहकर चिल्लाया था। पडवल मैडम उठ खड़ी हुई थी। उन्होंने सहारे के लिए टेबल पर हाथ रखा। उन्हें चक्कर आयी और वह धड़ाम से गिर गयी।

पांचाल दौड़कर आगे आया। कांबले भी मदद के लिए दौड़ा। उन दोनों ने पडवल मैडम को उठाया। कांबले ने पडवल मैडम को पीठ पर उठाया। पांचाल

उनके पीछे गया। दलित लड़कों ने स्कूल को बाबासाहेब आंबेडकर का फोटो देने का कार्यक्रम स्थगित कर दिया।

कांबले पडवल मैडम को नारायण सदन की ओर उठाकर ले गया। पांचाल ने कांबले की मदद की। कुछ दलित लड़के पडवल को खबर देने नारायण सदन की ओर दौड़े। मुजुमदार को भी खबर दी गयी। वह भी तुरन्त नारायण सदन की ओर निकल पड़ा।

स्कूल मे खलबली मच गयी थी।

पीरियड के बाद आनंद ने बेल बजाई। अगला पीरियड नियमित शुरू हुआ। आनंद अकेला ही स्टाफ रूम में सोचता बैठा था। आनंद दहल गया था। पडवल मैडम होश में आएंगी और मेरी जाति पडवल को बताएँगी। सुषमा को मेरी जाति मालूम हो जाएगी। धीरे-धीरे गाँव को मेरी जाति मालूम हो जाएगी। मुझे ही अपनी जाति सबको बता देनी चाहिए। अब वह सबको मालूम हो जाएगी।

आनंद अपनी जगह से उठा था। उसका चेहरा दयनीय हो गया। उसने अपनी जाति सबको बताने का दृढ़ निश्चय कर लिया। वह स्टाफ रूम से बाहर आ गया।

क्लास में वाले पढ़ा रहा था। आनंद क्लास में गया था। वाले को लगा था; आनंद विद्यार्थियों को महत्त्वपूर्ण सूचनाएँ देने के लिए आया होगा। वह पडवल मैडम के बारे में बोलेगा। क्लास में सन्नाटा फैला था। आनंद, विद्यार्थियों के सामने हाथ जोड़कर खड़ा था। "मित्रों, मेरी जाति महार है।" आनंद के मुँह से यह वाक्य बाहर आते ही सारी कक्षा में हँसी उठी। "सच!" आनंद दयनीयता से बोला। बच्चे फिर हँसे।"मुझ पर विश्वास रखिए। मैं झूठ नहीं बोल रहा हूँ। मैं महार हूँ।" बच्चों ने बेंच थपथपायी थी। उन्हें लगा आनंद सर मजाक कर रहे हैं। पर वाले अवाक होकर आनंद की ओर देख रहा था। आनंद क्लास से बाहर निकल आया था और दूसरी क्लास में गया था। इस क्लास में चारमगोल पढ़ा रहा था। आनंद ने उससे एक मिनट माँग लिया था। वह विद्यार्थियों के सामने हाथ जोड़कर खड़ा था। "मित्रों, मुझे क्षमा करें। मैं आपकी क्षमा माँगने आया हूँ। मैं महार हूँ। यह मैंने शुरू में नहीं बताया। यह मेरी गलती थी।" आनंद ने अपने गाल पर झापड़ मार ली थी। क्लास के बच्चों ने उसका मजाक उड़ाया था। चारमगोल असमंजस में पड़ गया था। आनंद दूसरी क्लास में गया। "मे आइ कम इन मैडम?" कहकर वह भीतर गया। "वन मिनट प्लीज" कहकर वह बोलने लगा था। इस क्लास में जाई जगताप पढ़ा रही थी।

आनंद हाथ जोड़कर विद्यार्थियों के सामने खड़ा था। रोज क्लास में अनुशासनपूर्ण आनेवाले सर अपने सामने हाथ जोड़कर खड़े हैं। यह देखकर विद्यार्थियों का अच्छा

खासा मनोरंजन हुआ था।''मित्रों, मैं आपसे मजाक नहीं कर रहा हूँ या आपसे झूठ भी नहीं बोल रहा हूँ। मैं अपनी जाति बताना चाहता हूँ। मैं महार हूँ। मैंने आपको अपनी जाति नहीं बताई थी। मैंने अपनी जाति चुराई है। मैं मनुष्य हूँ, यह झूठ कहा था। मैं मनुष्य नहीं, महार हूँ। आप मुझे माफ करें।'' क्लास के विद्यार्थी चकरा गये थे। एक विद्यार्थी उठकर खड़ा हुआ था,''सर आप मनुष्य हैं। झूठ क्यों बोलते हैं? यह आपको शोभा नहीं देता।'' आनंद ने अपने कान पकड़ लिये। वह अधिक विनम्र हो गया था, ''नहीं मित्रों, मैं मनुष्य नहीं। मैं महार हूँ।'' विद्यार्थियों को ''महार'' और ''मनुष्य'' के बीच का अन्तर समझ में नहीं आ रहा था। और काशीकर सर यह सब उन्हें क्यों बता रहे हैं, यह भी समझ में न आ रहा था। क्लास का एक विद्यार्थी उठकर खड़ा हो गया था। वह साहस करके बोल रहा था।''सर के दिमाग में कोई गड़बड़ी हो गयी होगी। उन्हें अस्पताल ले जाने की आवश्यकता है।'' इस बात पर क्लास के लड़के हँस पडे। आनंद ने अपने गाल पर तमाचा मार लिया था।''मित्रों, मैं ठीक हूँ। मुझे उपचार की आवश्यकता नहीं। मुझे आपकी दया चाहिए मुझ पर दया कीजिए।'' आनंद का गला दुःख से भर आया था। विद्यार्थियों ने तालियाँ बजाई। विद्यार्थियों को आभास हुआ कि काशीकर सर एक पात्री नाटक कर रहे हैं। आनंद क्लास से बाहर आया। जाई जगताप ने अपना माथा ठोंक लिया।

आनंद ने दूसरी क्लास में अनुमति लेकर प्रवेश किया था। कस्तुरे की क्लास चल रही थी। आनंद ने विद्यार्थियों के सामने हाथ जोड़े। कस्तुरे आश्चर्यचकित हो गया।''मित्रों, प्रमाणपत्र पर मेरी ''मनुष्य'' जाति झूठी है। मेरी असली जाति ''महार'' है। यह मैंने सबसे छिपा कर रखा। इसके लिए मैं आप सबकी माफी माँगने आया हूँ। आपने मुझसे मनुष्य के रूप में व्यवहार दिया। मेरा अपमान नहीं किया। मैं आपका बहुत आभारी हूँ। मित्रों, मैंने आपसे प्रेम किया। आपको प्रेम से पढ़ाया। आप पर संस्कार किए। शेक्सपियर पढ़ाया। कीट्स की कविता पढ़ाई। मैंने आपके साथ हमारे देश का राष्ट्रगीत गाया। मैं आपके साथ,''हम सब भारतीय हैं। हम सब बन्धु हैं'' कहा। मुझे आशा है कि आप मुझे उदार मन से क्षमा कर देंगे''। पूरी क्लास में गम्भीर चुप्पी छायी रही। आनंद की सारी शक्ति समाप्त हो गयी थी। फिर भी वह विद्यार्थियों के सामने खड़ा था। इस क्लास में दूसरों की नकल उतारनेवाला एक हँसोड विद्यार्थी था। वह आगे आया और उसने काशीकर सर की नकल उतारी। उसने आनंद की तरह हाथ जोड़े हुए थे। कान पकड़े थे। मुँह में तमाचा मार लिया था और आनंद की ही तरह आवाज निकाली थी। ''मित्रो, प्रमाणपत्र की मेरी ''मनुष्य'' जाति झूठी है। मेरी असली जाति महार है।'' विद्यार्थियों ने बेंच थपथपाए थे। तालियाँ बजायी थीं। आनंद क्लास से बाहर आ गया था। कस्तुरे हताश हो गया था।

आनंद हर क्लास में जा रहा था और माफी माँग रहा था। क्लास का अच्छा मनोरंजन हो रहा था। पर शिक्षक गम्भीर हो गये थे। वे क्लास में ठीक से पढ़ा नहीं पा रहे थे। उनके पढ़ाने का चैतन्य नष्ट हो गया था। वे विद्यार्थियों के सामने खड़े होकर रूखे और ऊबाऊ ढंग से बोल रहे थे। विद्यार्थी भी जम्हाई देने लगे थे।

आनंद काशीनाथ स्कूल से बाहर आ गया था। वह हनुमान मन्दिर के चबूतरे पर गया। ताश खेलनेवाले सतर्क हो गये। आनंद उनके सामने हाथ जोडकर खड़ा था। आनंद रूँआसा हो गया था। वह विनम्र आवाज में बोला, "मित्रोंऽ मुझे माफ कीजिए। मैं महार हूँ। मैं मनुष्य नहीं। यह मैंने छिपा रखा था। यह मेरा भयंकर अपराध है।" जयराम पुजारी ने मजाकिए लहजे में कहा, "आज सुबह से आपका कोई नहीं मिला क्या?"

"आपका स्कूल यहाँ नहीं चलेगा। हम आपको महार कहें और आप हम पर जातिवाचक सम्बोधन करने के अपराध में पुलिस केस करें, ऐसी आपकी साजिश लगती है। हम आपको महार कहें इतने पागल नहीं है। आप ब्राह्मण हैं। विद्यादान करनेवाला ब्राह्मण होता है। अच्छा अब जाइए। हमें शान्ति से ताश खेलने दीजिए। हमारा समय मत लीजिए। दूसरा कोई ग्राहक मिला तो देखिए।" श्रीकांत पावले ने उसे डाँटा था। आनंद हिलने का नाम नहीं लेता। वह दयनीय-सा हो गया था। वह कान पकड़कर खड़ा था।"सर आप महार होते तो इस मन्दिर की सीढ़ियाँ चढ़कर ऊपर न आते। महार की जगह सीढियों के पास है। आप महार होते तो पडवल आपको अपने घर न रखता। हमें बेवकूफ मत समझिए। चलिए यहाँ से।" सुनील नवले ने झुँझलाकर कहा। आनंद निराश होकर लौट आया था।

आनंद होटल कानिफनाथ गया था। होटल में बैठे लोगों ने आनंद को नमस्कार किया था। आनंद हाथ जोड़कर खड़ा था। सब आनंद की ओर देख रहे थे। आनंद ने अपने मुँह पर थप्पड़ मार ली थी। होटल के लोगों को आश्चर्य हुआ।"बन्धुओं मुझे माफ कीजिए। मैं महार हूँ, यह मैंने छिपा रखा था।" आनंद ने अपने दोनों कान पकड़ लिये। आनंद के पगले कारनामे देखकर होटल में बैठे ग्राहक उठ गये थे और वहाँ से चल दिए थे। आनंद हताश हो गया था।

आनंद नारायण सदन की ओर गया था। नारायण सदन में ताला पड़ा था। पडवल मैडम को लकवे का झटका आया था। उन्हें उपचार के लिए उरण ले गये थे। आनंद नारायण सदन के बन्द दरवाजे के पास गया था और वह रो पड़ा था। रास्ते से जानेवाले लोग उसकी ओर देख रहे थे। पडवल मैडम को अस्पताल ले जाने के कारण काशीकर सर रो रहे हैं, लोग यही समझ रहे थे। लोग उन्हें सान्त्वना दे रहे थे। आनंद फूट फूट कर रो रहा था। आनंद ने अपने आपको सँभाला। वह अपनी

जगह से उठा।

आनंद क्वार्टर की ओर चल पड़ा। उसे रास्ते में घर लौटनेवाले विद्यार्थी मिले। वे सब गीले कपड़ों में थे। सबने नदी में स्नान किया था। अपनी भ्रष्टता दूर की थी। काशीकर सर को देखकर वे रास्ते से दूर हो गये। हड़बड़ा गये थे। आनंद गर्दन झुककर निकल गया था। विद्यार्थी घबरा गये थे और ''महार आया, बाजू हटोऽ'' कह कर घर की ओर निकल गये थे।

***

सारे गाँव में अफवाह उठी थी। महार ने गाँव भ्रष्ट कर दिया, इसलिए घर-घर चर्चा शुरू हो गयी थी। लोगों में गुस्सा था। हर किसी को लगता कि वह ठगा गया है। लोग दबी आवाज में अपना गुस्सा व्यक्त कर रहे थे। उन्हें अधर्म घट जाने का अहसास हो रहा था। हर कोई गुस्से में था। गाँव में अफवाह तूफान पर सवार होकर बह रही थी। लोग इकट्ठा हो रहे थे। बोलने लगे थे।

''काशीकर की बुद्धि की चमक देखकर ऐसा नहीं लगा था कि वह अस्पृश्य होगा।''

''मुझे तो लगता है काशीकर पर झूठा आरोप लगाया जा रहा है। उस पर दबाव डालकर महार होने का जबरन झूठ लादा जा रहा है।''

''सच है! काशीकर महार होता तो उसके इतने उच्च विचार होते क्या? काशीकर ने हमारे गाँव के लिए बहुत कुछ किया है।''

''शिक्षा के क्षेत्र में जातिवाद होना अच्छी बात नहीं। काशीकर अच्छा शिक्षक है। कई बरसों तक अंग्रेजी का शिक्षक नहीं मिल रहा था। भले वह महार होगा, पर उसे यहाँ टिके रहने देना चाहिए। नहीं तो वह भाग जाएगा। इसमें हमारे बच्चों का नुकसान ही है।''

''वह महार होगा तो उसे सजा होनी ही चाहिए। उसने गाँव भ्रष्ट कर दिया है। ओपन से उसने नौकरी हासिल की। सवर्णों की एक सीट उसने छीन ली। हमें विरोध करना चाहिए। हमें नरमी से काम नहीं लेना चाहिए। उसे आरक्षित जगह ही नौकरी करनी चाहिए।''

''शिक्षक है वह। शिक्षक को सच बोलना चाहिए। ऐसा झूठा शिक्षक विद्यार्थियों को क्या आदर्श सिखाएगा? उसे निकाल बाहर करना चाहिए।''

''गाँव का शुद्धिकरण करना होगा''

''जाति चुराकर रखी, सारा गाँव भ्रष्ट कर दिया! यह साहस किया ही कैसे उसने? क्या मजाल है?''

नारायण पडवल को आनंद की जाति मालूम हो गयी थी। लोगों ने उसे फोन कर बता दिया था। उसे भयंकर गुस्सा आया। कांबले ने स्कूल में आंबेडकर का फोटो लाया इसलिए पत्नी को लकवा मार गया, पडवल तो यही समझ रहा था। ऐसे में आनंद के महार होने की खबर मिल गयी थी। वह भड़क गया था। उसकी हालत शोचनीय हो गयी थी। "कांबले ने लड़ाई आमने-सामने की। काशीकर ने छापामार हमला किया। कांबले ने मीनाक्षी की छाती दबाई। काशीकर ने सुषमा को गर्भवती बनाया। कांबले की तुलना में काशीकर महाभयंकर शत्रु है। हमारे कुल का सत्यानाश कर दिया।" पडवल अशान्त- बेचैन हो गया था। प्रक्षुब्ध हो गया था। गुस्से से पागल हो गया वह!

"सुषमा, हमने तेरा घात कर दिया।"

"भय्या, भाभी बीमार है। उसकी ओर ध्यान देना आवश्यक है। आप यदि चीखे-चिल्लाए तो उसका बी. पी. और बढ़ जाएगा। और कॉम्प्लिकेशन्स बढ जाएँगे।"

"महार ने हम से बदला लिया है।"

"उन्होंने बदला नहीं लिया है। मुझ पर प्रेम किया है। मैंने उन पर प्रेम किया है। वे मेरे लिए महार नहीं है। वे मेरे पति हैं। आप मेरी चिन्ता न करें। हम गाँव छोड़कर चले जाएँगे। भैया आपने भी घर के खिलाफ जाकर प्रेम-विवाह किया था। मैं भी वही करूँगी।"

"महार से रिश्ते-नाते?"

"मैंने उन्हें मन से पति के रूप में स्वीकार किया है। मैं उनके बच्चे की माँ बन गयी हूँ। मुझे जाति की झूठी प्रतिष्ठा की बजाय प्रेम महत्त्वपूर्ण लगता है। मुझे अपनी इज्जत से अपना मातृत्व बड़ा लगता है।"

"मैं तेरा खून कर दूँगा। फिर एक बार उसका नाम लिया तो। सारा गाँव भड़क उठा है। कुछ भी हो सकता है। उसे खोजते हुए भीड़ हमारे घर में घुस सकती है। कुछ तो अमंगल होगा।"

"मैं उन्हें एक बार तो मिलकर आती हूँ।"

"अब उससे मुलाकात नहीं करनी। तेरा गर्भपात करेंगे।"

"नहीं, यह सम्भव नहीं। मुझे बच्चा चाहिए। मैं गर्भ की हत्या नहीं करूँगी।"

"सुषमा तू पागल है।"

नारायण पडवल उठा। सुषमा ने उसकी ओर, आँखों में प्राण उतारकर देखा। पडवल ने अपनी पत्नी की ओर आँख भर देखा।

पडवल मैडम को बुखार था। वह कराह रही थी। उसकी आँखे भीतर धँस

गयी थीं। सुषमा उसके पास बैठी थी। सलाईन चल रही थी।

***

पडवल मैडम अस्पताल में थी। सुषमा भी अस्पताल में ही थी। नारायण सदन को दो दिन से ताला ही था। आनंद दो दिनों से भूखा था। नींद नहीं थी। पांचाल ने उसे खाने का डिब्बा देने से मना कर दिया था। आनंद भयंकर परेशानी में फँस गया था। भाग जाने की उसकी इच्छा हो रही थी। पर सुषमा की खातिर वह भागकर नहीं जा रहा था। उसने तय किया था। यहीं रहना है। जो होना होगा हो। सबका सामना करूँगा। मुझे यदि मारने ही वाले होंगे तो मरने का डर कैसा? मृत्यु का वरण करूँगा। पर सुषमा को अकेले नहीं होने दूँगा। आनंद रोज स्कूल जा रहा था। कांबले ने बात करने की कोशिश की थी। पर वह कांबले के साथ भी खुलकर पेश नहीं आया। उसकी हालत बहुत नाजुक हो गयी थी।

आज आनंद छात्रावास में आया था। उसने छात्रावास के लड़कों के साथ पंगत में खाना खाया था। लड़कों ने आनंद का लटका हुआ चेहरा चोरी से देख लिया था। आनंद ने किसी से नजर नहीं मिलाई। वह नीचे देखकर खाना खा रहा था। चारों ओर डरावनी चुप्पी पड़ी थी।

आनंद ने खाना खाया और छात्रावास से बाहर आया। रास्ते में सामने से आती स्त्री ने उसकी ओर देखकर तिरस्कार से थूक दिया। आनंद को देखकर हर कोई फुसफुसा रहा था।

''यह नीच आदमी है। इसने सारा गाँव भ्रष्ट कर दिया।''

''कैसा जा रहा है, चोर की तरह। इसने विश्वेश्वर को भी पाप में धकेल दिया।''

''इसे पाप चुकाना होगा।''

लोगों की कुत्सित नजरों से आनंद विचलित हो गया था। उसे डर लग रहा था। उसे हर क्षण सुषमा की याद आ रही थी। वह बेचैन हो गया था।

***

विश्वेश्वर मन्दिर के प्रांगण में गाँव के लोग इकट्ठे हो गये थे। नारायण पडवल, बाजीराव, बाबूराव बारबोले, केशव काकडे, गिरीश, वसंतराव पोटदुखे, दीपक लाखे, विश्वास महाले, हरि भक्त परायण गौरीशंकर महाराज, ऐसे कई लोग बैठक में उपस्थित थे। हर कोई गाँव के शुद्धिकरण की बात कर रहा था।

''गाँव पर संकट आया है। महार ने गाँव भ्रष्ट कर दिया है। ग्राम देवता को

भ्रष्ट कर दिया है। पाप हो गया। सारे गाँव की शुद्धि होनी चाहिए। नहीं तो बारिश नहीं होगी। अकाल पड़ेगा। लोग मरेंगे। जानवर मरेंगे।''

''भविष्य मत बताइए। उस महारड्या का क्या करना है, ये बताइए।''

''फिर कोई गाँव भ्रष्ट करने का दुःसाहस न करें, ऐसी सजा दीजिए।''

''सब गम्भीरता से विचार कर निर्णय लीजिए। कानून हाथ में मत लीजिए।''

''कानून से कोर्ट-कचहरियाँ चलती है, गाँव नहीं। गाँव की परम्परा है। संस्कृति है। धर्म है। रीति-रिवाज है। हमारे धर्मशास्त्र क्या कहते हैं? धर्म के खिलाफ जाने वाले को माफ नहीं करना चाहिए।''

चारों ओर से लोग बोल रहे थे। सबकी जुबान पर धर्मरक्षा की भाषा थी। वे परम्परा का समर्थन कर रहे थे। उन्होंने संस्कृति रक्षा का ठेका लिया था। वे अपने व्यवहार के लिए रीति-रिवाजों का हवाला दे रहे थे।

''महार को गाँव से बाहर रहना चाहिए था। उसे अपनी सीमा में रहना चाहिए था। उसने सारा गाँव भ्रष्ट कर दिया।''

बैठक के लोगों की बात ज्यों हथियारों की खनखनाहट ही थी। कोई तलवार की तरह दिख रहा था, कोई भाले की तरह, कोई चक्र-सा, कोई त्रिशूल की तरह, सबकी जुबान पर बदले की भाषा थी।

''पीछे एक महार डॉक्टर ने गाँव में हंगामा किया था। कांबले भी गाँव के खिलाफ एट्रोसिटी का झूठी केस लगा रहा है। काशीकर ने तो सारे गाँव को ही चूतिया करार कर दिया है। वह भाग जाएगा और आप यहाँ चर्चा ही करते रह जाएँगे।''

भयंकर हो हल्ला हुआ। लोग उठे। हजारो वर्षों की परम्परा हड़बड़ाकर जाग गयी। धर्मशास्त्र के आदेश जाग गये। भीड़ की आक्रामक चीख चिल्लाहट से पेड़ के गिद्ध उड़ गये और आकाश मे चक्कर लगाने लगे। आकाशवाणी हुई। ''शूद्र गाँव के बाहर रहे। शूद्र लाश पर डाले कपड़े पहने। शूद्र मिट्टी के बर्तन इस्तेमाल करें। शूद्रों के नाम अमंगल होने चाहिए। शूद्रों का स्पर्श और उनकी छाया अपवित्र माननी चाहिए। शूद्र ने यदि वेद के मन्त्रों का उच्चार किया तो जीभ काट देनी चाहिए। शूद्र यदि आँखे तरेरकर देखे तो उसकी आँखे निकाल दी जानी चाहिए। शूद्र ने धर्म के विरूद्ध आचरण किया तो उसका वध कर देना चाहिए।'' भीड़ आक्रामक हो गयी थी। कुछ लोगों ने गली गलियारे से पलायन किया। भीमनगर में भी दहशत फैल गयी थी।

''धरो। पकड़ो। पीटो। मारो'' की चीख चिल्लाहट सुनाई पड़ रही थी। भीड़ क्षुब्ध हो गयी थी। उनके कदमों की आवाजें आ रही थीं। सारा गाँव दहल गया था।

केशर ने तेजी से गाँव की सीमा पार की। वह क्वार्टर में पहुँची।

आनंद झूले पर बैठा था। उसके भीतर का डर जा चुका था। वह शान्त मन से सुषमा का विचार कर रहा था। दरवाजा बजा। आनंद को लगा कि सुषमा आयी है। वह तुरन्त दरवाजे की ओर गया। दरवाजे पर केशर थी। वह डरी हुई थी।

"सर, भाग जाइए। लोग प्रक्षुब्ध हो गये हैं। कुछ भी हो सकता है। आप यहाँ मत रुकिए।"

"मैं नहीं भागूँगा।"

"आप जाइए। प्राण बचाइए।"

आनंद चुपचाप खड़ा था। केशर झुँझला रही थी। भीड़ की चीख चिल्लाहट सुनाई दे रही थी। हनुमान मन्दिर के चबूतरे पर ताश के पत्ते खेलने वाले लोग उठ गये थे। वे भीड़ में शामिल हो गये थे।

भीड़ तूफान की तरह क्वार्टर की ओर सरक रही थी। झुंड क्रुद्ध हो गया था।

"सर, लोग आ गये। अब तो भागिए।"

"केशर, शान्त हो जा। तू घर जा।"

"मै आपको छोड़कर जाने वाली नहीं।"

"केशर, मुझे मेरी मृत्यु से भी तुम्हारा निश्चय अधिक भव्य लग रहा है। आज मेरे साथ तू अकेली है। कल कई लोग होंगे।"

भीड़ क्वार्टर के पास धमक चुकी थी। क्रूरता अपनी चरम-सीमा पर पहुँच चुकी थी।

आनंद बाहर आया। उसने हाथ जोड़े। उसकी दृढ़ता और शान्त वृत्ति देखकर लोग दो कदम पीछे हट गये। पर पिछले लोग आक्रामक हो गये थे। उनका विवेक और सोच-विचार करने की शक्ति नष्ट हो गयी थी। उनमें राक्षसी शक्ति ने संचार किया था। उनकी भयंकर चीख-चिल्लाहट से वातावरण जल रहा था। बदले की भावना से उनका सिर फिर गया था। होंठ जल रहे थे। हाथ झुनझुना रहे थे।

केशर आनंद के पास खड़ी थी।

वसंतराव पोटदुखे ने पहला हमला केशर पर किया। उसके बाल पकड़कर उसे जमीन पर पटक दिया।

सुनील नवले आगे बढ़ा। उसने आनंद को पकड़ा। आनंद को धकियाना शुरू किया।

भीड़ चिल्ला रही थी। अश्लील और वीभत्स गालियाँ दे रही थी। हिंसा का तांडव शुरू हो गया था।

भीड़ आनंद को धकेल रही थी। श्मशान की दिशा की ओर। उत्साही तरुण

आगे भागे थे। बरगद पर चढ़ गये थे। उनका लपक डंडा का खेल शुरू हो गया था।

नारायण पडवल लपेटी हुई रस्सी काख में लटकाकर चल रहा था। आनंद हाथ जोड़कर चल रहा था। कोई उसके बाल खींचता। कोई उसे लात मार रहा था। कोई उसे चप्पल से मारता होता। कोई उस पर थूँकता। पर आनंद स्थितप्रज्ञ-सा निश्चल था। हालात ने भयंकर रूप धारण कर लिया था।

"चारमगोल ने कांबले को फोन किया। कांबले मुंबई गया था। पुलिस की मदद मिलना सम्भव नहीं थी। "अपराधियों को सजा होगी ऐसा कुछ कीजिए। सबूत इकट्ठा कीजिए। मोबाईल के कैमरे से भीड़ की रिकार्डिंग कीजिए।" कांबले ने चारमगोल को सूचित किया। चारमगोल हताश हो गया था। उसने एक के बाद एक सभी शिक्षकों से सम्पर्क किया था। मुजुमदार ने अपना फोन बन्द कर रखा था।

भीड़ बरगद के पेड़ के नीचे आयी थी। आनंद ने भीड़ का गुस्सा देखा था। पडवल बहुत पिया हुआ था। उसके मुँह से गन्ध आ रही थी। उसकी आँखे लाल हो गयी थीं। उसका चेहरा भयंकर और उदास लग रहा था। उसने आनंद के कँधे पर हाथ रखा। उसका शरीर बुखार से तप रहा था। उसने मगरूर आवाज में पूछा, "तू महार है न?" आनंद की आँखों में पानी भर आया। वह कुछ नहीं बोला। पडवल बहुत क्रुद्ध हो गया। चिल्लाया। आनंद दयनीय हो गया। डरा। दहल गया। "मुझे क्षमा करें।" इतना ही बोल पाया। पडवल विस्फोट होने सा चिल्लाया; "लोगों शान्त होऽ, शान्त हो। एकदम शान्त। ये गुनाह कबूल कर रहा है।" आनंद व्यथित हो रहा था। उसका गला रुँध गया था। सबके चेहरे तने थे। झुंड संवेदनाहीन हो गया था। पडवल का पारा चढ़ गया था। "बोल, आखिरी का बोल। सबको सुनाई दे, इतनी जोर से बोल।" पडवल की आवाज थर्राई थी।

आनंद अपना सब कुछ दाँव पर लगाकर बोलने लगा। "मैं भी आप की ही तरह आदमी हूँ। मेरा रक्त भी आपकी तरह लाल है। मेरे पास भी आप की ही तरह मन है। आप ही की तरह मैं भी इस देश का नागरिक हूँ।" झुंड स्तब्ध खड़ा था। हरि भक्त परायण गौरीशंकर महाराज गुस्से में बोले, "महार पर बहुत चर्बी चढ़ गयी है। उसे भगवान के धरम का डर नहीं रहा। सबको भ्रष्ट किया। ऐसे से धरम नष्ट होगा। संस्कृति का नाश होगा।" हरि भक्त परायण गौरीशंकर महाराज की आवाज देववाणी की तरह प्रकट हुई।

पडवल ने कन्धे पर टाँगी रस्सी हाथ में ली और पेड़ की दिशा में उछाली। डाल पर बैठे सुनील नवले उसे नहीं पकड़ सका। पडवल ने आनंद के गले में फन्दा डाला। आनंद विचलित हुआ। डर के मारे उसके होठ थरथराए। भीड़ में से कोई चिल्लाया। "खींचोऽ"। झुंड चौक गया। पीछे हटा। आनंद की देह ऊपर उठाई

गयी। उसके गले में फन्दा अटक गया था। देह छटपटा रही थी। झुंड की नजर काँप गयी थी। शव डाल पर लटक गया था। झुंड दहल गया था। और वहाँ से गायब हो गया था।

पडवल पेड़ के नीचे खडा था। उसने शव की ओर देखा। उसका गला भर आया। उसे रोना आ गया। वह फूट-फूटकर रोने लगा। सुनील नवले पेड़ से नीचे उतर आया था। बंडू ने डाल से छलाँग लगाई थी। उसके पीछे कइयों ने छलाँग लगाई थी। सब फरार हो गये। हरिभक्त परायण गौरीशंकर महाराज पडवल के पास गया। उसके कँधे पर हाथ रखा। गम्भीर आवाज में बोला। "गाँव पर आयी अनिष्ट छाया खत्म हुई। अब गाँव को शुद्ध करने का विचार करना चाहिए।" पडवल का दिमाग सुन्न हो गया था। उसे ठंड लग रही थी। उसके बदन पर रोंगटे खड़े हो गये थे। उसकी देह थरथराने लगी थी।

सब गाँव की ओर चल पड़ थे।

नगरद्वार पर केशर विलाप कर रही थी। उसके करुण विलाप से आकाश भर आया था। हनुमान के ठीए पर असंख्य गिद्ध एकत्र हुए थे। गिद्धों की भीड़ देखकर पडवल घबरा गया था। गिद्ध कोलाहल कर रहे थे।

***

सुदाम और सावित्री को आनंद का पत्र मिला था। क्वार्टर में जाने के बाद उसका भेजा हुआ यह पत्र था। बहुत गदगद होकर लिखा था। सुदाम और सावित्री को बहुत गर्व हुआ था। सुदाम ने वह पत्र कई बार पढ़ा था। कई बार उन्होंने आँखो की कोर पोंछी थी। सुदाम ने डबडबाई आँखों से सावित्री को देखा। सावित्री भी कृतार्थ अनुभव कर रही थी। आनंद ने अपनी पत्नी के बारे में और उसके गर्भवती होने के बारे में खूब लिखा था। पत्र पढ़कर सुदाम की आँखों के सामने बहू का चित्र साकार हुआ था। दादा-दादी बनने की भावना से वे दोनों कितने खुश थे। सावित्री तो सपने में ही विचरण कर रही थी।

"अब आपको काम करने की जरूरत नहीं। आप मेरे पास रहने के लिए आइए।" इन पंक्तियों को पढ़ते हुए सुदाम गद्‌गद् हो गया। उसे धन्यता का अनुभव हुआ।

"बच्चे को क्वार्टर मिल गया है। अब जाने में क्या हर्ज है?" सावित्री ने सुदाम के पास जिद की। सुदाम को भी आकर्षण था मिलने का। "क्या करेगा? बिना बताए आ गये कहकर गुस्सा करेगा? करने दे। हम जाएँगे। उसने अगर घर में नहीं लिया तो दरवाजे पर सो जाएँगे।" सावित्री भावुक होकर बोल रही थी। "अरी उसने

हमें हमेशा के लिए बुलाया है। जाएँगे। बिना बताए जाएँगे। उसे चौंकाऐंगे।'' सावित्री ने सुदाम का आग्रह मान लिया था।

सावित्री ने चलने की तैयारी की। आनंद के पसन्द की खाने पीने की चीजें बनाई। उसके लिए फल्ली की रोटियाँ बनाई। मूँगफली भून ली। उसके लिए बूँदी के लड्डू खरीद लिये। सुदाम ने यात्रा-खर्च के लिए मिश्रा से पैसे उधार लिये थे। जाने-आने के गाड़ी खर्च के पैसे गाँठ में बाँधकर वे बेटे के पास जाने के लिए निकल पड़े थे।

वे बहुत सुबह रानमसले पहुँचे। हाई वे पर उतरे। आँख भर कर रानमसले की ओर देखते रहे। सुदाम खुश हुआ। ''मेरा जनम गाँव भी ऐसा ही था! केवल हाई वे नहीं था। अच्छा गाँव है।'' सुदाम सावित्री से बोल रहा था। बस स्टॉप में दुबककर बैठा पावले आगे आया। उसने चाकू निकाला। सावित्री घबरा गयी।

''बाबा रे! हमारे पास कुछ नहीं। हम काशीकर सर के माँ-बाप है। उसे मिलने आये हैं। उसके लिए मूँगफली की रोटियाँ बनाकर लाई है। तुम्हें उसमें से एक खाने के लिए दूँ क्या?'' सुदाम ने पावले से पूछा था। पावले दो कदम पीछे खिसक गया था। ''मेरे बेटे का नाम सुनकर घबरा गया क्या? मैं उसे कुछ नहीं बताऊँगा। रोटी दूँ?'' सुदाम के सवाल को पावले ने नकारात्मक उत्तर गर्दन हिलाकर दिया। ''स्कूल कहाँ है।? क्वार्टर कहाँ है?'' सुदाम ने पावले से प्रेम से पूछा। पावले ने स्कूल की इमारत की ओर उँगली दिखाई।

सुबह के झुटपुटे में वे दोनों स्कूल की ओर चल पड़े। वे बेटे से मिलने के लिए आतुर हो गये थे। बारह घंटे की यात्रा कर वे रानमसले में पहुँचे थे। ''बहुत लम्बा रास्ता है। आनंद कह रहा था, वह सच है।'' सावित्री सुदाम के पीछे-पीछे चलती हुई स्वयं से ही बड़बड़ा रही थी।

दोनों काशीनाथ प्रशाला के पास पहुँचे। स्कूल की सीढ़ियों के पास पहुँचकर विश्राम किया।

''रुकेंगे। सुबह होने दे। सोया होगा। उसकी नींद क्यों तोड़े?''

''सारे बच्चे उसे ''सर'' कहते होंगे, है न?''

''अरी, सारा गाँव उसे ''सर'' कहता होगा। सर का नाम सुनते ही वह चोर कैसा घबरा गया था।''

''आनंद ने खूब मेहनत की। पढ़ाई बीच में नहीं छोड़ी। इसलिए उसे अच्छे दिन दिखे।''

धीरे-धीरे रोशनी आने लगी थी। गाँव के बाहर से लोगों का आना-जाना शुरू हो गया था। गाँव में पुलिस की जीप आयी थी।

आज स्कूल में कोई नहीं आया था। स्कूल वीरान पड़ा था। बरगद के पेड़

की ओर भीड़ जाती दिख रही थी। "उस चोर ने किसी को लूटा होगा। गाँव में पुलिस आयी है। लोगों की भीड़ लगी है।" सुदाम सावित्री से बोल रहा था। "क्वार्टर कहाँ है, पूछेंगे। हम अपने घर जाएँगे।" सावित्री ने सुदाम को झकझोरा। सुदाम उठा। गाँव के बाहर की ओर जाने लगा।

सुदाम ने रास्ते चलते आदमी को हाथ से रोककर पूछा, "अजी, यहाँ काशीकर सर का क्वार्टर कहाँ है?" सुदाम का प्रश्न सुनकर वह आदमी झटके से वहाँ से खिसक गया था। दूसरा आदमी भी मुँह चुरा रहा था। उन्हें सुदाम पुलिस का खबरची लग रहा था। इस कारण हर कोई सुदाम को टाल रहा था। सुदाम को विचित्र लग रहा था।

स्कूल में वाले और चारमगोल आये थे। उन्होंने सावित्री की पूछताछ की। सावित्री का जवाब सुनकर उनके पैरों तले की जमीन ही खिसक गयी। वाले दौड़ता हुआ सुदाम के पास गया। उन्हें लेकर स्कूल आया। उन्हें क्या जवाब दें न सूझता। उनकी हालत खराब हो गयी। कोई भी अपने बेटे के बारे में नहीं बोलता यह देखकर सुदाम घबरा गया था।

वाले उन्हें स्कूल में ले गया। उनका बैग स्टाफ रूम में रखा। उन्हें टाइलट और बाथरूम दिखाए।

चारमगोल स्वयं होटल कानिफनाथ गया और उनके लिए चाय ले आया।

चाय पीकर वे उठे। वाले और चारमगोल ने बहुत हिम्मत से उन्हें अपने साथ लिया। सब बरगद की दिशा में निकले। सुदाम फिर-फिर प्रश्न पूछ रहा था। वाले उन्हें एक ही वाक्य में उत्तर दे रहा था। "काशीकर सर, बरगद के पेड़ के पास है।" सुदाम और सावित्री उसके पीछे हो लिए।

"काशीकर सर को बुला लिजिए। हम आये हैं। यह बताइए।" सुदाम ठसके से बोला था। "हमें ही उधर जाना होगा। वे इधर नहीं आ सकेंगे।" चारमगोल ने सुदाम को एक अनर्थ की अस्पष्ट कल्पना दी थी।

सावित्री चकरा गयी थी। सुदाम घबरा गया था।

रास्ते जाती हुई भीड़ देखकर सुदाम ने यह ताड़ लिया कि कुछ अशुभ घटित हो गया है। उसका उत्साह ठंडा पड़ गया था। वाले और चारमगोल भी स्पष्ट कुछ न बताते।

पुलिस ने भीड़ पर लाठीचार्ज किया था। भीड़ बेतहाशा उखड़ गयी थी। वाले और चारमगोल आनंद के पिता को लेकर आगे गये थे। पुलिस ने उन्हें रास्ते में रोक दिया था। चारमगोल ने पुलिस को आनंद के माता-पिता का परिचय दिया। पुलिस ने उन्हें आगे जाने की अनुमति दी। सुदाम चिन्ता में पड़ गया। "क्या हुआ?"

सावित्री ने चिन्तातुर होकर पूछा। "बुरी खबर है। हम बता नहीं सकते। थोड़ा धीरज रखिए। बुरी घटना है यह!" वाले अत्यन्त संयम से बोल रहा था।

"हम आपके साथ हैं। चिन्ता मत कीजिए। जो नहीं होना था, वह हो गया है। उसका सामना करना ही होगा।" चारमगोल ने बुरी खबर पर मुहर लगाई।

बरगद के पेड़ के नीचे आनंद का शव रखा था। शव पर नीम की डालियाँ डाली थीं। पुलिस शव का पंचनामा कर रही थी। मुजुमदार पुलिस के साथ बात कर रहा था। कांबले घटना स्थल पर पहुँच चुका था। पुलिस अपना काम कर रही थी। गाँव के गिनती के लोग बरगद के नीचे खड़े थे। पुलिस ने भीड़ को लाठी घुमाकर हटाया। विद्यार्थी चीख-चिल्ला रहे थे। छात्रावास के विद्यार्थी अधिक चीख चिल्ला रहे थे। छात्रावास के विद्यार्थी अधिक आक्रमक हो गये थे।

वाले और चारमगोल ने कांबले को बुला लिया। उससे आनंद के माता-पिता का परिचय कर दिया। कांबले सुदाम के गले से लिपटकर फूट-फूटकर रोने लगा। सुदाम अपने बेटे का शव देखकर दहाड़ मारकर फूट पड़ा। सावित्री बेहोश होकर नीचे गिर पड़ी।

पुलिस ने पंचनामा कर शव पोस्टमार्टम के लिए उरण भेज दिया था। इसके बाद पुलिस गाँव में गयी और उसने सशंयितों को गिरफ्तार किया।

कुल बहत्तर लोगों को पुलिस ने हिरासत में लिया था।

***

उरण के सरकारी अस्पताल में आनंद का शव पोस्टमार्टम के लिए लाया गया था। आशा नर्स ड्यूटी पर थी। वॉर्ड बॉय उसकी ओर दौड़ता हुआ आया था। उसे वह शव परिचित लगा था। वार्ड बॉय को, वह व्यक्ति आशा सिस्टर से मिला था, यह याद आ रहा था। वह आशा सिस्टर के पास आया था। "सिस्टर, रानमसले से एक शिक्षक का शव आया है। पोस्टमार्टम के लिए। वह जात चुराकर गाँव में रह रहा था। इसलिए चिढ़कर गाँव के लोगों ने उसे फाँसी दी है। मैंने उस व्यक्ति को दो-एक बार आपसे मिलते देखा है। पर शव की हालत बहुत बुरी है। आप मत देखिए। जीभ बाहर आ गई है। आँखे बाहर आ गयी है। शव भयंकर दिख रहा है।"

वॉर्ड बॉय की बात से आशा दहल गयी थी। उसे आनंद काशीकर की याद आयी। वह शवागार की ओर भागी।

आशा के साथ दूसरी नर्स भी आयी। वार्ड बॉय भी उनके साथ शवागर की ओर गया। आशा को कुछ न सूझता। पिछले हफ्ते ही आनंद आशा से मिल कर गया था। सुषमा के गर्भवती होने की बात उसने बताई थी। वह सुषमा को उसके पास ले

आने वाला था। आशा काँप गयी। उसे अपने आप रोना आ गया।

आशा ने आनंद का शव देखा और उसे चक्कर आ गया। वह नीचे बैठी। उसके आँसू सूख गये थे। उसे रोना नहीं आ रहा था। उसका मन भीतर से बोझिल हो गया वह बेचैन हो गयी थी।

आशा को अपने पति का शव याद आया। आतंकवादियों ने उसके पति की हत्या की थी। वह दहल गयी। उसने आनंद के शव की ओर देखा। वह भावुक हो उठी। "आतंकवादी हममें भी हैं।" वह इतना ही बोल पाई। वार्ड बॉय ने उसकी बाँह पकड़कर उसे उठाया। उसे लगा कि धरती फट गयी है। वह फिर जमीन पर गिर गयी। अस्पताल में भगदड़ मच गयी।

***

एमएलए पिसाल गाँव में आये। उनकी संस्था के एक दलित शिक्षक के निलम्बन की चर्चा शुरू रहते हुए ही दूसरे एक दलित शिक्षक को लोगों ने फाँसी पर चढ़ा दिया था। पूरा राज्य दहल गया था। अखबारों ने हेडलाइन बनाई थी। एमएलए पिसाल मुश्किल मे आ गये थे। पुलिस ने गाँव में कैम्प किया था। गाँव पुलिस छावनी में बदल गया था। पुलिस पूछताछ कर रही थी। पत्रकार जानकारी बटोर रहे थे। गाँव के लोगों ने कान पर हाथ रख लिये थे। प्रत्येक व्यक्ति "हमें कुछ मालूम नहीं" यही उत्तर दे रहा था। गाँव वाले पुलिस से सहयोग नहीं कर रहे थे।

एमएलए ने पुलिस की उपस्थिति में गाँव के लोगों की बैठक बुलाई थी। सारा गाँव विश्वेश्वर मन्दिर के प्रांगण में इकट्ठा हुआ था। एमएलए गाँव वालों को सम्बोधित कर बोल रहे थे।

"जिन्होंने मानवता पर कालिमा पोतने का काम किया है, वे स्वयं पुलिस के सामने समर्पण करें। जिन्होंने यह अपराध होते देखा है, वे सामने आकर पुलिस को जानकारी दें। कानून हाथ में लेने का किसी को अधिकार नहीं। यदि असली अपराधी नही मिले तो सारे गाँव को ही दोषी करार देकर सामुदायिक सजा देनी होगी।" एमएलए पिसाल आक्रमक आ होकर बोल रहे थे।

केशर बीच में ही खड़ी हो गयी। वह आवेश में बोली, "पूरे गाँव को जिम्मेदार ठहराने की जरूरत नहीं। सारे गाँव ने यह अपराध नहीं किया है। जिन्होंने अपराध किया है, उन्हें फाँसी दीजिए। इस गाँव की औरतों ने क्या किया है? छोटे बच्चों ने क्या किया है? बूढ़ों ने क्या किया है? गाँव के एक गिरोह का यह काम है। सब झुंड बना कर गाँव से बाहर आये। मैं सबके नाम बताऊँगी। मैं किसी से नहीं डरती। मुझे पुलिस की सुरक्षा नहीं चाहिए।" केशर चिल्लाकर कह रही थी। सभी

चुपचाप बैठे थे। उसकी आवाज काँप रही थी। उसकी देह थरथरा रही थी। सारी बैठक स्तब्ध थी।

आनंद काशीकर के क्लास का एक विद्यार्थी उठकर खड़ा हुआ। "मैंने देखा है काशीकर सर को फाँसी देते हुए। मैं बताता हूँ, उनके नाम। वे अब भी गाँव में घूम रहे हैं।" स्कूली बच्चे का साहस देखते हुए आनंद को राखी बाँधने वाली स्त्रियाँ उठकर खड़ी हो गयीं। उनकी हिम्मत बढ़ गयी थी। "काशीकर सर को हमने भाई माना था। उन्हें राखी बाँधी थी। गाँव के गुंडों का यह काम है। वे यदि हमारे घर के होंगे तो उन्हें भी गिरफ्तार कीजिए। जेल में डालिए।" भैरवी बेधड़क बोल रही थी। एमएलए अवाक रह गये थे। छात्रावास के लड़के उठ खड़े हुए थे। "हम बताते हैं, अपराधियों के नाम। हमने देखा है काशीकर सर को फाँसी देते हुए।" बैठक में से एक-एक व्यक्ति खड़ा हो रहा था और अपराधियों की निर्भर्त्सना कर रहा था।

बैठक का वातावरण बदल गया। एमएलए ने बैठक जल्दी समेट ली। "पुलिस किसी को न छोड़े। सबूत नष्ट न हों। अपराधी कितना भी बड़ा हो, सजा होनी ही चाहिए।" सभा में आनंद की निर्घृण हत्या का तीखे शब्दों में निषेध किया गया। अन्त में श्रद्धांजलि दी गयी।

आनंद को फाँसी देने की खबर जब पडवल मैडम को मिली तो वह पछाड़ खाकर रो पड़ी। वह स्वयं को सँभाल नहीं पाई। रोते-रोते वह बेहोश हो गयी। उसकी तबीअत और गम्भीर हो गयी।

सुषमा तो शोक से विह्वल हो गयी।

नारायण पडवल को गिरफ्तार किया गया।

पडवल मैडम के बीमार होने के कारण संस्था ने जोशी को फिर काम पर बुला लिया। उसकी छुट्टी रद्द की गयी। कांबले का निलम्बन रद्द हुआ था।

काशीनाथ स्कूल पूर्ववत शुरू हो गया।

***

आकाश डबडबाया था। धूप नहीं निकली थी। वातावरण बरसाती हो गया था। ठंडी हवा चुभ रही थी। काले-काले बादल जमा हो रहे थे। बीच-बीच में बिजली कौंध रही थी। बारिश कब आ जाएगी कोई भरोसा नहीं था। हवा में ठंडक पसर गयी थी। दिन काला पड़ गया था। तूफानी हवा से "पडवल कोचिंग क्लास" का बोर्ड नीचे गिर पड़ा था। सुषमा ने वह बोर्ड उठाकर घर में रख दिया। पडवल मैडम अब तक ज्वाइन नहीं हुई थी। वह अब भी विनाश से सँवरी नहीं थी। उसे भयंकर हताशा ने लील लिया था। सुषमा की हालत तो और विकट थी। उसका गर्भ बढ़ रहा था।

पडवल मैडम उसे समझा रही थी। पर सुषमा नहीं मान रहीं थी। वह डबडबाए आकाश-सी लग रही थी।

"सुषमा तू जिद छोड़ दे। गर्भपात के लिए तैयार हो। हमारा समाज आज भी कुमारी माता को नहीं स्वीकार करता। तू गर्भवती है, यह लोगों को मालूम हुआ तो...?"

"क्या होगा? मुझे फाँसी देंगे, इतना ही न?"

"मुझे लगता है, तू गर्भपात करवा ले।"

"मैं मनुष्य को नहीं मारूँगी। मै मनुष्य को जन्म दूँगी।"

"तुम्हारा भय्या आज नहीं तो कल जेल से बाहर आएगा उन्हे यह पसन्द नहीं होगा।"

"मैं यहाँ नही रहूँगी। यह गाँव छोड़ दूँगी।"

"कहाँ जाएगी?"

"मैंने वह सोच लिया है। पडवल घराने ने एक महार की हत्या की, यह बात जैसे सब लोगों को मालूम हो गयी है, वैसी ही पडवल घराने की किसी ने महार का गर्भ बढ़ाया है, यह भी मालूम होने दो।"

"क्या कह रही है तू?"

"मैंने निश्चय कर लिया है।"

पडवल मैडम और सुषमा एक दूसरे का दुःख हल्का कर रहे थे। एक-दूसरे को सहारा दे रहे थे। "कम से कम तू किसी की नजर के सामने मत आ। गाँव का वातावरण अब भी गन्दा है।" पडवल मैडम सुषमा को उसके हित की दो बातें बता रही थी।

सुषमा सुन्न होकर बैठी थी। हवा तूफानी वेग से बह रही थी।

दरवाजे पर किसी के आने की आहट हुई। पडवल मैडम ने सुषमा को भीतरी कमरे में भेज दिया। दरवाजे से एक बूढ़ा दम्पति घर में आया। आकाश में बिजली कौंधी।

सुदाम बहुत संयम से कदम बढ़ा रहा था। सावित्री भी उसके साथ आगे आयी थी। पडवल मैडम उनकी ओर देखती ही रह गयी। वो बूढ़ा और वो बूढ़ी पहाड़ की तरह खड़े थे। उनका निश्चय अटल था। वे आकाश से अवतरित हुए थे या कि पाताल से कुछ पता न चलता। उनका दृढ़-निश्चय उनके हावभाव से साफ झलक रहा था। फिर एक बार आकाश गरजा था।

"काशीकर सर यहीं रहते थे क्या?" सुदाम की आवाज नारायण सदन में गूँजी। पडवल मैडम काँप गयी। सुषमा बाहर आयी थी। "हाँ! आप कौन?" सुषमा ने बहुत आस्था से पूछा। सावित्री ने बहुत निश्चय से पूछा था, "सुषमा कहाँ है?"

सुषमा दहल गयी। क्या बोले उसे कुछ न सूझता। आकाश में बिजली कड़की

थी। पडवल मैडम ने हिम्मत से पूछा, "क्यों?" सुदाम काँप गया। "हमें उससे मिलना है। हम उससे मिले बिना यहाँ से नहीं हटेंगे।" सावित्री ने भी तैश में आकर कह दिया। "मुझे सुषमा से मिलवाइए, नहीं तो मैं यहाँ सिर पटककर जान दे दूँगी।" पडवल मैडम अपनी जगह से उठी। आगे आयी। आकाश में बिजली चमकी।

सुषमा का गला भर आया। सुदाम आक्रमक हो गया। "सुषमा से विनती करनी है, इसलिए आये हैं।" सुदाम की आवाज बिजली गिरने-सी कौंधी। सुषमा आगे बढ़ी। आकाश से बारिश की मोटी बूँद गिरी।

"मैं सुषमा हूँ।" सुषमा।

"बेटा, हम पर एक उपकार करेगी?" सुदाम।

"गाँव ने हमारा आदमी मार डाला। तू मत मार।" सावित्री।

"आनंद मरा नहीं बाबूजी, वह जिन्दा है, मेरे गर्भ में।" सुषमा।

आकाश में बिजली कौंधी। सफेद फक्क रोशनी फूटी। सुषमा गद्‌गद् हो रही थी।

सुषमा ने अपने सास-ससुर को घर में भीतर बुलाया। सावित्री डबडबाई आँखों से सुषमा को देख रही थी। उसकी पलकें गीली हो गयी थीं। सुदाम ने घर में नजर दौड़ाई थी। "आनंद यहाँ रहता था।" उसका गला भर आया था। पडवल मैडम भयभीत हो गयी थी। सुषमा अपना रोना नहीं रोक पाई।

तूफानी हवा बह रही थी। मुसलाधार बारिश हो रही थी। तूफानी हवा ने नारायण सदन का दरवाजा जोर से खोलकर दीवार पर पटका था। भयंकर आवाज हुई। दहलीज फट गयी। बारिश की गति बढ़ गयी। प्रलय के कदम नाच रहे थे। सावित्री की आँखों से आँसू ढुलक रहे थे। भयंकर गड़गड़ाहट के साथ बिजली गिरी थी। चारों ओर भयंकर प्रकाश बिखर गया था।

भयानक विस्फोट हुआ था। एमएलए की कोठी ढह गयी थी। चारों ओर पानी ही पानी था। रामझीरा में नया पानी आया था। नया पानी झाग के साथ बह रहा था। रामझीरा लबालब भर कर बह रही थी।

पानी नगरद्वार पार कर गया था। बरगद तक चला गया था। लोग बोलने लगे थे, पिछले कितने ही दिनों से ऐसी बारिश नहीं हुई थी। ऐसी बाढ़ नहीं आयी थी।

लोग काना-फूसी करने लगे थे। ऐसा कभी नहीं हुआ था, गाँव की बेटी ने कभी महार का गर्भ पाला नहीं था।

रामझीरा का पानी बढ़ा था। बाढ़ की कलकल की आवाज गाँव भर फैल गयी थी। नया पानी झाग फेनिल पैदा करता कलकल प्रवाहित हो रहा था।

□□